Drama is life with the dull bits cut out.

영화란 지루한 부분을 잘라낸 인생이다.

_알프레드 히치콕

손모아

시네마 에피파니

시네마 에피파니

Cinema Epiphany

김응교 영화에세이 1991-2021

새물결플러스

차례

1부

2부

3부

1. 순서대로 읽을 필요는 없습니다. 평론으로 쓰고 싶은 글은 평론으로 썼고, 칼럼으로 쓰고 싶은 글은 칼럼으로 썼습니다. 관심 있는 글부터 읽으시면 됩니다.

2. 제목이 왜 '시네마 에피파니'인지 궁금하시면 3부에 실린 "<사일런스>, 시네마 에피파니"를 읽으시면 됩니다. 각 장 앞에 붙은 년도는 영화를 만든 때가 아니라, 그 영화에서 가장 중요한 순간인 '에피파니'가 일어난 해입니다.

3. 배우 이름은 괄호 안에 넣었습니다. 가령 영화 <기생충>에서 기택의 역할을 맡은 배우 송강호를 '기택'(송강호)으로 표시했습니다.

4. 영화에 나오는 특정 장면을 예시로 들 때, 가령 '12분 40초'라고 한다면, '12:40'으로 썼습니다.

5. 영화와 관련한 정보는 유튜브 <김응교 TV>에 올려놓고 있습니다. 찾아보실 수 있도록 글 끝에 영상 정보를 써놓았습니다.

6. 이번 책에 넣지 않은 저자의 영화 관련 글은 아래와 같습니다.
「영화 <동주>와 윤동주 아우라」『서른세 번의 만남, 백석과 동주』, 아카넷, 2020.
「느닷없이 다가오는 낯선 문제들: 공지영 소설과 영화 <우리들의 행복한 시간>」『그늘: 문학과 숨은 신』, 새물결플러스, 2012.
「그늘, 은밀한 은혜: 이청준 『벌레 이야기』와 영화 <밀양>」『그늘: 문학과 숨은 신』, 새물결플러스, 2012.

1부

죽여주는 캐릭터, 윤여정

〈화녀〉, 〈죽여주는 여자〉, 〈미나리〉

"그동안 다들 내 이름을 틀리게 불렀어요. 내 이름은 여영, 야정이 아니라 여정이에요. 하지만 오늘 다 용서하겠어요."

93회 아카데미 수상식을 보다가 한참 웃었다.

윤여정을 처음 봤을 때 인상이 나에겐 또렷하다. 흑백 티브이 시대, 60년대였다. 아마 1969년인가 70년이었던 거 같다. 내가 국민학교 1, 2학년 때였다. 마치 더블린 같은 분위기로 기지촌 비슷한 삼각지에서 살다가 우리 집은 1972년에 그 동네에서 빠져나왔는데, 바로 그 동네에서 흑백 텔레비전을 보다가 윤여정을 봤다. 무슨 아침 드라마인지 방송에 나왔는데, 윤여정을 보다가 학교에 늦을 뻔했기 때문에 기억이 또렷하다.

그때는 그냥 유치원 선생님을 닮아서 그녀가 좋은지 알았는데, 지금 생각해보니 삽시에 매료된 이유가 몇 있었다. 첫째, 당시 여배우들은 입을 가리고 웃는데 그녀는 입을 크게 열고 거침없이 웃었다. 가지런하고 긴 치아가 어린 나를 확 끌었다. 둘째, 둥근 테 안경이었다. 어린 나로서는 처음 보는 독특한 안경이었다. 셋째, 꿀리지 않는 모습이었다. 뭔가 혼자 길을 갈 거 같은, 내가 그간 유치원이나 집이나 동네에서 본 적 없는 여자 같았다.

이후 텔레비전을 켜면 나는 그녀가 나오기를 기다렸다. 언제 나올까. 아주 짧게 오란씨 광고에 나왔다. 말수 적었던 나는 어른들이 채널을 돌리지 않기를 바라며, 오란씨 광고에 경배했다. 핫팬츠를 입고 도도한 표정으로 오란씨 병을 바라보는 당찬 아우라, 뭔가 깔보는 듯했다. 그 아우라 때문에 "사랑해요 오란씨"를 좋아했다. 동네 목욕탕에서 목욕을 마친 아버지가 카운터 앞에서 오란씨를 마시면, 아이는 유치원 선생님과 닮았던 오란씨 여인을 생각했다.

1971년 한 가수와 결혼하고 동시에 미국으로 간 그녀를 어린 추종자는 더 이상 볼 수 없었다. 그녀가 떠나고 아이 영혼의 빈자리에 "커피 한잔"의 펄시스터즈와 "거짓말이야"의 김추자가 들어섰다.

13년 후 귀국한 윤여정에 관심을 둘만치 내게 여유 있는 세월은 아니었다. 사실 생계형 예술가가 만든 작품을 보는 것은 『마지막 잎새』(오 헨리)를 보듯 괴롭다. 그간 윤여정이 무슨 드라마에 출연했는지 별 관심이 없었다기보다, 두 아들의 엄마인 그녀가 하는 연기가 생계형으로 보였기 때문이다. 나 또한 생계형 번역자, 생계형 작가였다. 바람피우고 떠난 남자를 그녀는 언급조차 하지 않았다. 깔보는 게 아니라, 그냥 외면했다.

영화를 공부하다가 다시 윤여정을 만났다. 영화 〈화녀〉(1971)다. 한국영화사를 공부할 때 안 보면 안 되는 영화다. 언제 봤는지 쓰기 민망할 정도로, 나는 이장호 감독 언저리를 한참 돌며 「이장호 감독론」 같은 글을 쓰다가, 한참 나중에야 〈화녀〉를 보고 며칠 충격에 빠졌다. 조악한 촬영장비와 영상 편집인데도 졸작과 히치콕의 경계에서 김기영 감독과 전계현과 윤여정의 열정이 돋보였다.

사실 세계인에게 주목받은 〈미나리〉(2021)를 보면서 내 마음은 편치 않았다. 들판에 놓인 화물칸 같은 집에서 생활하는 가족들 모습이 행복하게만 보이지 않았다. 겨울날 이주 노동자들이 컨테이너 집에서 얼어 죽는 끔찍한 사건들이 그저 일상으로 보이는 한국 농촌은 얼마나 엽기적인가. 한국 농촌이나 공장에서 이주 노동자들은 거의 잔혹한 개장(개집)의 잡종견 취급을 받지 않는가. 영화 속의 화물칸 집이 한국 농촌의 컨테이너 집과 자꾸 겹쳐서 영화를 보는 내내 불편했다.

작품론과 배우론은 다르다. 윤여정 배우론으로 다시 돌아가자. 〈미나리〉에 나오는 '순자 할머니'는 '화녀 윤여정'이 나이 든 모습일까. '윤여정'이라는 어떤 일관된 캐릭터가 그대로 나온다. 현실에서는 어떤 분인지 모르나, 영상에 나오는 그녀는 어떤 일관성을 보여준다.

"화투도 지금 배워야 나중에 이겨 먹지."

"기도 안 해도 돼, 천당 같은 거 안 가도 돼, 애한테 별소리 다 한다."

"오마이갓, 노 땡큐, 천당 안 가."

12

"Wonder풀 미나리, Wonder풀 미나리."

더러운 습지에서 오히려 잘 자라는 미나리가 갖고 있는 생명력은 그녀의 평생 캐릭터와 너무도 잘 어울린다.

제임스 조이스 『더블린 사람들』에 있는 단편 「하숙집」에 나오는 무니 부인과 〈화녀〉에 나오는 윤여정은 많이 다르다. 무니 부인은 힘 있는 여성이고, 윤여정은 힘없는 여성을 연기한다. 다만 푸줏간 집 딸이며 푸줏간 집 조장과 결혼하는 무니 부인은 "과단성 있는 여자"(a determined woman)로 나오는데, 윤여정도 과단성 있는 여인으로 자주 등장한다. 식칼로 자를 듯 단호한 푸줏간의 무니 부인을 형용하는 여러 표현이 있는데, 실제로 〈화녀〉에서 칼을 드는 도발적인 윤여정의 이미지가 겹친다.

〈미나리〉뿐만 아니라 이후에 계속되는 그녀의 인터뷰, 영국인을 스노비쉬 피플이라고 한다든가, 내가 당신들을 용서하겠다고 한다든가, 제작자인 영화배우 브래드 피트에게 "우리 영화 만들 때 당신 어딨다가 상 받을 때 나타나요"라고 하는, 그녀의 캐릭터는 전혀 꿀리지 않는 정말 독특한 여성상이다. 여성상이라는 규범도 그녀에게는 실례다. 그냥 외톨이 캐릭터다.

윤여정은 독특한 외톨이 여성을 연기한다. 이미 하급사회나 식민지식 열등감에서 저만치, 오리엔탈리즘이나 옥시덴탈리즘 어떤 규범에 가둘 수 없는, 아예 벗어나 있는 단독자 인간형이다.

최고의 자리에 오를 때 실수하는 분들이 있다. 최고의 자리에 오르자마자 자기 인생을 다 망치는 인물들이 있다. 그래도 안심하는 이유는 첫째, 그녀는 자신을 최고로 보지 않고 중간에 있는 최중(最中)으로 보는 까닭이고, 둘째 큰 실수를 저지를 만한 천방지축 나이가 아니라는 사실이다. 젊은 시절 큰 아픔을 이겨낸 그녀가 남은 생애를 큰 실수 없이, 하고 싶은 연기 넉넉히

하기를 바란다.

여기서 글을 끝낸다면 그저 〈화녀〉, 〈미나리〉만 있는 줄 알겠다. 윤여정이 나온 정말 기억해야 할 영화는 〈죽여주는 여자〉(2016)다. 이 영화에서 그녀는 종로 일대에서 노인들의 성욕을 해결해주는 65세의 '박카스 할머니' 소영으로 나온다.

"나랑 연애할래요. 원래는 사만 원씩 받아요."

이 영화에는 파고다 공원을 중심으로 도시의 온갖 주변인들이 다 나온다. 남녀 구분 없이 독거노인들의 생계 문제, 성 문제, 트랜스젠더인 집주인 티나(안아주), 다리 하나가 없는 장애인 청년 도훈(윤계상), 필리핀 여자와 한국 의사 사이에 태어난 '코피노' 꼬마 민호 등 한국 사회의 구석진 그늘을 파격적으로 드러낸 영화다. 그늘진 소재를 노출이나 폭력이나 자극적 방식이 아니라 차분하게 그린다. 트랜스젠더 티나는 자신 있게 말한다.

"야, 우리 교회 목사님이 나 같은 사람도 천국에 갈 수 있댔거든. 심판은 하나님이 하는 거랬어."

사회에서 소외받는 인물들이지만 모두 따뜻하고 밝게 살아간다. 과거 기지촌에서 미군을 받았다가 임신하여 낳은 자식을 입양 보냈던 소영은 '코피노' 민호를 자기 자식처럼 돌본다(코피노는 코리안과 필리핀 사이에 태어난 혼혈아를 말한다). 결국 소영은 단골 고객이자 풍 맞아 쓰러진 송 노인을 부탁대로 정말 거두어(죽여)준다. 그녀는 매정한 사회에 견딜 수 없는 노인 세 명의 죽음에 관련된다.

제20회 몬트리올 판타지아 국제영화제 각본상, 여우주연상을 수상한 이력과 상관없이 이 영화야말로 그녀의 계보학에서 빼놓을 수 없는 중요로운 수작이다. 부제가 '소영과 함께하는 친구들'인 만치, 이 영화의 주인공은

'비정상'이라고 무시당하는 덜된 인물들이다. 이 영화는 '정상/비정상'을 나누는 뻔뻔한 고정관념을 죽여준다. 배우론으로 말하면, 〈미나리〉에 비해 윤여정이 주역으로 나왔고, 〈화녀〉나 〈충녀〉에 비해 컬러영화여서 과장하지 않는 작은 몸짓과 얼굴 근육과 주름과 바닥 훑듯 눈치 보는 눈빛으로 연기하는 윤여정의 연기술을 확실히 체험할 수 있는 작품이다.

의료 기술이 발전하여 100세 인간을 양산하는 지구 사회에 내놓을 수 있는 영화라고 끝낼 영화가 아니다. 윤여정이 연기를 잘한다로 끝낼 영화가 아니다. OECD 중 노인빈곤율 최하위 국가의 노인 여성을 이렇게까지 조명한 영화가 있을까. 이야기는 너무 실감 나고 잔혹하리만치 끔찍하다.

그녀는 〈윤식당〉, 〈윤스테이〉 출연자 정도로 기억할 배우가 아니다. 〈화녀〉, 〈충녀〉와 〈미나리〉, 〈바람난 가족〉(2003)에서는 바람난 시어머니,

〈돈의 맛〉(2012)에서는 파격 베드신을 하는 등 그녀가 출연한 필모그래피 (filmography, 영화 목록)는 그야말로 파격이다. 이 다양한 필모그래피에 〈죽여 주는 여자〉를 꼭 넣어야 한다. 그녀가 맡은 역할 주변에는 보이지 않는 유령 같은 존재들이 주역으로 등장한다. 그 비정상의 존재들이야말로 '여정과 함께하는 친구들'이다. 그녀의 대차거나 서글픈 연기는 보는 이의 저리고 먹먹한 인생을 퍼올리고 곰삭여 회감(回感)하게 한다.

온갖 시궁창에 버려진 서벌턴 역을 맡아온 배우, 여성이면서도 여성에서 벗어난, 외면하고 싶은 부조리를 재미있게 직면시키는, 할머니이면서도 할머니 같지 않은 단독자(Der Einzelne). 나는 이렇게 솔직하고 황당하고 당당한 실존을 좋아한다. 내 어릴 적 추앙은 신기하게도 틀리지 않았다. 위대한 배우와 한 세대를 살아온 모든 관객은 기뻐할 자격이 있다.

(2021)

10초의 에피파니

한강의 소설 『채식주의자』와 조남주의 『82년생 김지영』을 원작으로 만든 영화는 성차별 문제를 중요하게 재현했다. 이 소설들은 〈채식주의자〉(2009)와 〈82년생 김지영〉(2019)이라는 같은 제목의 영화로 제작되었다. 아쉽게도 이 영화는 젊은 여성의 성차별만 다루는데, 노인의 성폭행 문제를 다룬 영화 〈69세〉(2019)는 충격적이다.

혹시 이 영화와 비슷한 불길한 예감에 괴로워했던 경험은 없으신가. 늙은 어머니가 홀로 집에 계실 때, 아무도 없는 집에 누군가 들어가 어머니 몸에 손을 대지 않을까.

"링거 저쪽에 두시고 여기 누우시면 됩니다."

첫 대사가 나오는 배경은 병원 물리치료실이다.

머리를 이쪽으로. 네, 고마워요. 바지 걷으시고요. 수영은 오래 하셨나 봐요, 차트에 적혀 있던데요, 평소에 운동하신다고. 나이가 드니까 무릎 때문에 할 수 있는 게 별로 없어서. 이거 금방 따뜻해질 거예요.

"다리가 예쁘세요. 노인 아니신데요."

숨소리까지 들리는 블랙 화면에 곧 당혹스러운 공포가 밀려온다.

꿈틀거리는 절규나 이미지도 나오지 않는다. 삐, 물리치료기가 끝나는 알람과 빨간 불빛으로만 폭력을 암시할 뿐, 희디흰 손목에 실핏줄만 선연하다. 물리치료를 받던 69세의 심효정(예수정)이 29세의 간호보조사 중호(김준경)에게 성폭행당했다.

경찰서에서 고소장을 접수한 효정이 정액 묻은 옷가지를 제출하지만, 형사들은 "늙은 여자를 젊은 남자가 탐했을 리 없다"며 웃는다. "친절이 과했네"라며 성폭력 가해를 친절이라고 충격적인 농담까지 한다.

형사(김중기)는 효정, 남성간호조무사, 효정과 동거하는 책방주인 남동인(기주봉)을 심문한다. 그는 조무사에게 "사정까지 얼마나 걸렸냐?"며 신체적 반응까지 묻는다. "증거물이 나온다 해도 강제성을 인정할 수 없다"며 동인이 더 걱정하게 한다. 형사가 세 사람을 따로 만나는 교차편집 컷은 심각성을 고조시킨다.

이 과정에서 할머니는 온갖 프레임에 몰린다. 몸매 좋다는 처녀 프레임, 남성과 동거한다는 꽃뱀 프레임, 기억을 믿을 수 없다는 치매 프레임까지 덧씌워진다. 법원은 구속영장을 기각시킨다.

결정적인 순간은 33분 55초에서 34분 5초까지 10초의 컷이다. 상담받고 통화하며 복도를 걸어 나오는 효정의 머리 위에 '성폭력 상담센터'라는 간판은 침침하다.

복도 왼쪽으로 돌아서자마자 효정은 세 사람과 마주친다. 왼쪽에는 진술서 같은 서류를 쥐고 있는 여경찰이 있다. 중앙엔 교복을 입은 여학생이 고개 숙이고 들어온다. 오른쪽에는 엄마로 보이는 여성이 검은 비닐봉지를 들고 있다.

여학생에게 성폭행 사건이 터지면, 교육계와 의료계와 경찰이 총동원된다. 전국에 있는 해바라기 센터에서 피해자는 '청소년 성폭력 비상조치'를 받는다. 피해자는 손이나 몸도 씻지 말고, 옷도 그대로 입고 있어야 한다. 의사는 72시간 이내에 피임약을 처방하고, 발설하면 안 된다. 경찰은 진술받자마자 피해자를 해바라기 센터로 신속히 이송해야 한다.

10초의 컷은 비상조치를 받는 소녀와 아무런 대우도 받지 못하는 여성 노인을 대비시킨다. 여성으로도 대우받을 가치가 없다는 듯 소녀는 효정을 흘긴다. 여성 노인은 무성(無性)적 존재로, 아니 존재로도 인정받지 못한다.

동인이 낸 시집 『봄볕』의 한 구절이 마지막에 나온다.

"그늘에 숨어 잊히기를 바라는 게 고작이었습니다. 줄에 걸린 해진 양말 한 짝 봄볕에 눈물도 찬란하여라."

쓰잘 데 없는 시만이 두 노인을 환대할 뿐이다.

성폭행당했던 병원 옥상에서 효정은 폭행당할 때 멍들었던 손을 내민다. 가끔 들리는 피아노 소리와 관련 있을 손으로 햇살을 받는다. 신체 기능이 저하된 할머니를 물건으로 분리 수거하는 세상에 저항하듯, 나는 살아 있다고 표시하듯, 햇살에 손을 비추어 본다.

영화의 배경인 실제 사건에서 노인은 오히려 무고혐의로 역고소되어 5개월간 구속되었다. 대법원에서 무고죄 무죄판결을 받았지만 자살로 끝났다. 이 영화는 점점 늙어가는 지구인들에게 주는 에피파니다. 인간이란 성별과 나이와 상관없이 존엄하다고 표시하는 강력한 에피파니다.

(2021)

2020

<아웃브레이크>, <컨테이전>, <월드워Z>, <킹덤>

팬데믹 영화에서, 오리엔탈리즘은 사라질까

2020년 1월 20일 중국 우한에서 전염병 코로나 바이러스 확진자가 3명 나왔다. 이후 이 글을 쓰는 4월 5일 전 세계에 5만 명이 넘는 사망자가 생겼고, 전염은 아직도 진행형이다. 끔찍한 바이러스다. 팬데믹 선언이 불을 지르듯, 전 세계에 무섭게 바이러스가 퍼지고, 하루에도 몇천 명이 연기로 사라지고 있다. 바이러스 비극을 소재로 만든 영화도 많다. 이 계열 영화들은 다양한 장르로 전염병

을 소재로 다루는데, '좀비영화'나 '호러영화'처럼 굳어진 이름은 없다. 전염병 영화라 해야 할지, 바이러스 영화라 해야 할지.

가장 오래된 전염병인 흑사병 사건을 소재로 한 영화 <블랙 47>(Black

47, 2018)은 1845년부터 4-5년간 아일랜드를 휩쓸었던 흑사병과 빈곤을 민족 독립문제와 함께 엮은 명작이다. 피니 역에 제임스 프레체빌, 해나 역에 휴고 위빙, 코닐리 역에 스티븐 레아, 배우들 이름만 보아도 이 영화는 두 번 보고 싶은 마음이 생긴다. 보고 나면 아일랜드의 풍광과 두 배우가 거의 대사 없이 펼치는 침묵의 여운이 며칠 동안 가슴을 울린다.

최근 많은 바이러스 영화에서 아시아가 발생 지역으로 나온다는 기사가 자주 나온다. 먼저 쓰지만 모든 바이러스 영화가 모두 아시아를 지적하고 있지는 않다. 바이러스 영화에서 진원지(epicenter)는 아프리카, 워싱턴, 영국, 혹은 외계 등 다양하게 나온다. 다만 최근 언론이 주목하는 세 편의 영화에서 중국, 홍콩 그리고 우리나라가 두 번 나올 뿐이다.

1.

〈아웃브레이크〉(Outbreak, 1995)는 원숭이 바이러스를 소재로 하는 영화다. 아프리카에서 발병되었으나 한국 '태극호'라는 배가 운반하는 아프리카 원숭이에 의해 전염된다. 여기에 한국 사람들이 한국말을 하며 자신도 모르게 전염병을 옮기는 역할로 등장한다. 이 영화는 독특하게 미국의 화학병기 비밀과 전염을 막으려고 시민을 미사일로 죽이려던 계획까지 나온다. 미 육군 전염병의학연구소(USAMRIID)의 군의관 샘 대니얼스 역으로 나오는 더스틴 호프만의 연기는 대단하다. 천신만고 끝에 바이러스의 숙주를 찾아낸 그는 해독제를 개발하고 집단학살 당할 뻔한 시민들을 구한다.

〈컨테이전〉(Contagion, 2011)은 MEV-1 바이러스를 소재로 한 영화다.

한 번 감염되면 사흘 정도 잠복기를 지나 빠르게 사망한다. 여기서도 발병지는 중국이나 홍콩의 야생 시장이다. 마지막 장면에서 발병 루트가 나온다. 박쥐가 흘린 배설물을 돼지가 먹는다. 그 돼지고기는 미국으로 와서, 돼지고기를 칼질한 요리사가 첫 사망자(기네스 펠트로)와 악수하면서 발병이 시작된다. 12일 만에 300만 명이 사망하는 치사율 30%의 무서운 바이러스다. 이번에 유행하는 코로나 바이러스처럼 박쥐가 숙주로 밝혀진다. 발생지는 홍콩, 피해지는 미국, 일본, 홍콩, 전 세계다.

〈월드워Z〉(World War Z, 2013)는 바이러스 좀비 영화다. 동명 베스트셀러를 영화로 만들었다. 제목에서 Z는 좀비의 Z이기도 하고, 인류의 종말을 상징하려고 알파벳의 마지막 Z를 쓴 것으로도 보인다. 전염되면 12초 안에 좀비가 되어 다른 사람을 이로 물어버린다. 물린 사람은 다시 12초 만에 좀비가 된다. 최초의 발생지는 인도, 최초의 감염자는 한국인이다. 북한에서는 전염병이 안 도는데, 이유는 '2천만 모든 인민의 이를 뽑아 버렸기 때문'이라고 한다. 판타지이기에 재미는 있지만 리얼리티에서 오는 감동은 적은 작품이다. 미국, 한국의 평택, 예루살렘이 초토화된 것으로 나온다.

2.

이번 코로나 바이러스는 중국에서 발생했지만, 서구 유럽에 더 많이 번지고 있다. 반면 대한민국의 진단 키트와 의료 시스템은 전 세계에서 큰 찬사를 받고 있다. 이런 변화를 보고 오리엔탈리즘은 끝났다고 하는 이들이 있다.

아시아가 전염병 영화에 많이 나오는 것은 오리엔탈리즘이고, 한국이 이것을 극복했으니 서양에서 이제는 오리엔탈리즘이 끝날 거라는 칼럼 몇 편이 요즘 나오고 있다. 반은 맞고 반은 틀리다.

그런 칼럼들에서 에드워드 사이드(Edward W. Said, 1935-2003)의 『오리엔 탈리즘』을 예로 들고 있다. 1935년 영국령 예루살렘에서 태어나 이집트 카 이로에서 자란 에드워드 사이드는 미국인이지만 자기가 자란 중동 지역에 서구의 폭탄이 떨어지는 것을 보고 분노한다. 서양인의 눈에 아랍인 남자는 테러리스트, 아랍인 여자는 할렘의 갈보로 보인다는 것이다.

에드워드 사이드 책에서 한국이나 일본 등 동아시아에 대한 언급을 찾 기는 어렵다. 왜냐하면 이 책에서 예로 드는 '동양'이란 유럽이 아닌 이집트 나 팔레스타인이나 인도 지역이지, 중국이나 한국이나 베트남이나 일본 같 은 동북아시아는 없기 때문이다. 이후 『제인 에어』 등 서양의 고전을 비판하 면서 그 영역이 넓어졌지만, 그가 『오리엔탈리즘』을 쓴 동기에는 매우 강한 반(反)중동 경향이 있었다.

'동양'(orient)과 '서양'(occident) 사이에서 왜곡된 인식 구조를 지적한 그 의 시도는 좋았지만, 그의 머릿속의 동양에는 우리가 알고 있는 아시아가 없 다는 사실이 나에게는 아쉬웠다. 막스 베버가 중국을 제대로 못 봤듯이, 사 이드의 한계가 아닐까.

2000년대 에드워드 사이드가 일본에 오면 피아노도 연주하고 오리엔 탈리즘 TV 강의를 하곤 했는데, 그가 예로 드는 오리엔트는 역시 중동 지역 에 집중되어 있다. 에드워드 사이드를 들어 미국과 유럽에 확진자와 사망자 가 더 많이 나오고, 중국과 한국이 극복했으니 이제 오리엔탈리즘은 끝났다 고 쓰는 것은 뭔가 이론의 핀트가 안 맞는다. 아직 코로나 폭발이 꿈틀대는 상황에서 마친 것처럼 판단하는 것도 지나치게 성급하다.

1967년 일어난 제3차 중동전쟁에 충격받고 『오리엔탈리즘』을 썼다고 이 책 후기에 썼던 에드워드 사이드는 이라크를 공격했던 부시 정권을 끈질기게 비판했다. 『오리엔탈리즘』 새 버전 후기에는 새뮤얼 헌팅턴의 『문명의 충돌』이 부시 연구비를 받은 어용서라고 써놓기도 했다. 부시 세력이 석유를 장악하기 위해 일으킨 석유전쟁을 부시 정권의 연구비를 받은 새뮤얼 헌팅턴이 문명충돌로 전쟁의 원인을 감추었다고 에드워드 사이드는 비판했다. 그 논쟁이 얼마나 격렬했는지 사이드 교수가 사망했을 때 부시 정권이 살해했을 거라는 글이 돌아다니기도 했다.

그가 던져 놓은 오리엔탈리즘이라는 단어를 이후 학자들은 트리컨티넨탈리즘, 곧 식민지를 겪은 아시아 아프리카 남미 지역으로 확대해서 보기도 한다. 다만 오리엔탈리즘이 한국을 보는 서양인의 눈에서 사라지지 않을까 하는 이야기를 쓰고 싶다면, 에드워드 사이드란 이름을 빼고 쓰는 편이 좋겠다.

동양인을 무시해도 된다는 오리엔탈리즘이나, 가미카제·문화대혁명·탈레반 IS의 극단적 반(反)서구주의를 정당화하는 옥시덴탈리즘이나, 모두 사라져야 할 폭력 세계의 언어다. 오리엔탈리즘/옥시덴탈리즘 모두 사라져야 할 혐오의 언어다.

3.

물론 한국이 이번에 전혀 다른 인상을 만들어낸 것은 사실이다. 한국인이 코로나 바이러스를 그나마 슬기롭게 이겨내고 있다는 배경에 대한 여러 설이 나오고 있다. 동양적 유교 정신이 있다느니, 가족적 성실성이 있다느니, 나아가 한국에 내재한 파시즘적 복종 심리라는 글까지 프랑스에서 나왔다. 여러 분석이 있지만 일단 겉으로 볼 때 네댓 가지 특징이 뚜렷하다.

첫째, 속도다. 엄청 빠르게 시스템을 개혁했다. 조기 진료, 조기 치료와 인터넷을 이용한 빠른 속도의 정보 교류가 이루어졌다. 면역성이 퍼지기를 기다렸다는 영국과 전혀 다른 방식이다. 이제 영국의 사망자는 의료체계로 막을 수 없을 정도로 음성적으로 퍼져 있다. 스마트폰으로 즉각 보내는 긴급 알림도 다른 나라는 흉내 낼 수 없다. 한국에서는 즉각 받는 긴급 알림을 영국에서는 4일이 지나 받았다는 지역도 있다.

둘째, 유연성이다. 관료주의가 거의 딱딱하게 굳어 있는 일본 사회에서는 한국처럼 빠르게 대량으로 치료하고 입원시킬 '속도'나 '유연성'이 없다. 예전에도 터널 사고가 날 때마다 윗선의 지시를 기다리다가 많은 사상자를 낸 적이 있다. 일본 관료사회에 유연성이 없다는 지적은 일본인들도 잘 알고 있다. 게다가 부패한 일본 정권이 시민의 자생력까지 막아버리고 있어 마음 아프다.

셋째, 자기희생 정신이다. 사재기가 없다는 말을 하는 것이 아니다. 사재기가 없는 이유는 쿠팡 등 세계에서 유래가 없는 로켓 택배 시스템이 있기 때문이기도 하다. 주목해야 할 일은 1997년 IMF 때 금 모으기 신화, 2007년 태안반도 기름유출 때 너나 할 것 없이 기름 치우러 가던 모습들, 국뽕에 앞서 가족주의에 가깝지 않을까 싶다. 나라가 망하면 우리 가족도 망한다는 생각이 아닐까.

4.

분명 아시아인을 무시하는 서구인의 시각이 전염병 영화 몇 편에 나오지만, 모든 전염병 영화가 그렇지는 않다. 적은 밖에서 들어온다는 할리우드 영화 문법도 깨진 지 오래다.

〈인베이전〉(The Invasion, 2007)에서는 외계 바이러스가 숙주다. 잠을 자면 다른 인격체가 되어버리는 이상한 바이러스다. 발병의 근원지는 아시아가 아니라 워싱턴 근처다.

〈눈먼 자들의 도시〉(Blindness, 2008)는 전염되면 시력을 잃어버리는 실명(失命) 바이러스다. 다행히도 시간이 지나면 시력을 찾는 희망도 보인다. 발병 근원지는 모른다.

〈28주 후〉(28 Weeks Later, 2007)는 분노 바이러스 영화다. 케임브리지에 있는 연구실에서 분노 조절 약제를 만들다가 발생한 바이러스다. 전염되면 분노하고 다른 이들을 해하지만, 좀비는 아니다. 발생지는 영국이다.

〈둠스데이〉(Doomsday, 2008)는 염병에 걸린 사람들을 30년 동안 장벽에 가둔 내용의 영화다. 여기서도 발병지가 영국이다.

내가 가장 재밌게 본 〈더 바〉(The Bar, 2016)는 스페인 마드리드에서 번진 전염병 이야기다. 바에 있던 사람들이 살아남으려고 추악하게 서로 죽이는 심리 스릴러다. 뒤에 소개한 영화 다섯 편은 발생지가 각각 외계, 불명, 영국, 스페인이다. 모든 바이러스 영화에서 발생지를 아시아라고 보는 것 자체가 지나친 고정관념일 수도 있다.

전체는 아니더라도, '부분적으로' 바이러스 영화 중에 아시아 지역을 바이러스 숙주와 관련 지은 영화가 있는 것은 분명하다.

5.

에드워드 사이드가 말하던 오리엔탈리즘과 별도로, 최근 중국을 향한 오리엔탈리즘은 더욱 강화되고 증오로까지 느껴질 정도다. 중국과 인도에서 보이는 폭력적인 경찰 영상, 호주에서 보이는 동양인에 대한 폭력 등은 포괄적으로 '이방인을 괴물로 보는 혐오'의 문제가 아닐까 한다. 오리엔탈리즘을 강조하는 글을 보면, 반대로 서구를 무시하는 옥시덴탈리즘이 엿보인다.

물론 한국의 이미지는 분명히 달라졌다. 〈킹덤〉에서 내놓고 이 나라는 전염병이 경복궁까지 퍼졌던 나라라고 넷플릭스에서 아무리 보여줘도, 오히려 '조선 시대 때 염병을 경험했으니 대한민국은 그 경험으로 이번에 잘 극복하고, 판타지 영화까지 만드네'라고 생각할 외국인도 있을 법하다.

오리엔탈리즘, 그 혐오는 더 지속될 수 있다. 한국에 대한 이미지만 바뀔 수 있다. 예전 자포니즘의 재팬을 별개로 했듯이, 코리안 웨이브(한류) 코리아만을 조금 배려하고 아시아에 대한 무시는 계속될 여지가 있다. 일본이나 한국이나 중국이나 몽골이나 모두 '몽골의 침입'으로 보는 서구 유럽에서 오리엔탈리즘은 지속될 것이다. 한국형 키트가 많이 수출된다고 하늘에 계신 에드워드 사이드 교수가 오리엔탈리즘이 끝났다고 기뻐하실 거 같지는 않다.

(2020)

2019

<기생충>

공간의 고현학과 카프카 소설

존재한다는 것은 다만 '거기에 있다'는 것뿐만 아니라
'거기에 속한다'는 것을 의미한다(프란츠 카프카).

두 가지 이유로 이 영화를 피했
다. 첫째는 남이 보는 영화는 안
보려 하는 엉뚱한 경향 때문이다.
둘째는 그 지겨운 계투, 계급투쟁
(class struggle)을 어떻게 표현할지
생각만 해도 짜증 났다. 망치로
때리고 부수지 않을까. 그 이상한
습관, 짜증을 뚫고 영화를 봤다.
피식피식 웃으며 영화를 봤다. 영
화가 끝나고 한참 멍했다. 그냥
놀랐다. 계급 문제를 저렇게 재밌

29

게 표현하다니. 마르크스의『자본론』은 얼마나 어렵고 근엄한가. 한번 그 첫 문단을 체험해보자.

자본주의적 생산양식이 지배하는 사회에서 부는 하나의 '거대한 상품집적'으로 나타나고, 하나하나의 상품은 이러한 부의 기본형태로 나타난다. 그래서 우리의 연구는 상품의 분석부터 시작한다.

상품은 우선 외적 대상으로, 그 속성을 통해 인간의 여러 가지 욕망을 충족시키는 물적 존재이다. 이 욕망의 성질이 무엇인지는, 즉 이 욕망이 뱃속에서 나온 것인지 머릿속에서 나온 것인지 그것은 여기에서 중요하지 않다. 또 그 물적 존재가 생활수단, 즉 향유의 대상으로서 직접적으로 인간의 욕망을 충족시키는가 아니면 생산수단으로서 간접적으로 그 욕망을 충족시키는가도 여기에서는 문제가 되지 않는다(칼 마르크스,『자본론』, 1867, 1권, 강신준 옮김, 도서출판길, 87쪽).

처음부터 벽을 대하는 듯한 어려운 문장이다. "자본주의적 생산양식"이라는 단어가 제일 먼저 나온다.『자본론』은 공산주의 책이 아니다. 첫 단어가 말하듯 우리가 살고 있는 '자본주의'를 분석한 책이다. 당연히 "자본주의적 생산양식"을 밝히는 것이 저자 칼 마르크스(Karl Marx, 1818-1883)의 목적이다. 뒤에 쓰겠으나, 〈기생충〉(2019)도 공산주의 영화가 아니다. 자본주의를 미시적으로 고찰한 영화다.

"부(富)는 하나의 거대한 상품집적"에서 부란 무엇일까. 흔히 부자라고 하면 돈이 많은 것을 생각하지만, 마르크스는 상품이 쌓여 집적(集積)된 것이라고 한다. 우리가 쓰고 있는 핸드폰, 자동차 등이 바로 하나의 거대한 상품집적이다. 하다못해 주문해 먹는 치킨도 거대 공장에서 키운 닭으로 만든 상품집적을 체인점들이 받아 튀긴 것이다. 돈이 아닌 "상품"이란 무엇일까. 식구들이 먹으려고 텃밭에서 재배해서 먹는 채소는 상품이 아니다. 〈기생충〉에서 박 사장이 부자가 된 것은 부의 축적이 있었기 때문이다.

이제 중요한 용어가 나온다. 욕망(Bedürfnisse)이다. "욕망의 성질이 무엇인지"는 중요하지 않다. 고대 노예제, 중세 농노제에도 욕망은 있었다. 그 욕망으로 귀족이 노예를, 영주가 농노를 착취했다. 〈기생충〉에서 주목하는 것은 가진 자만의 욕망이 아니다. 〈기생충〉은 반지하/지하 인간들의 욕망도 깊게 다룬다.

〈기생충〉은 자본주의적 '욕망'을 분석한다. 이미 오래전부터 봉 감독은 욕망 탐구를 해왔다. 개를 키우는 욕망과 개고기를 먹고자 하는 욕망의 대립을 그린 〈플란다스의 개〉(2000), 기차의 꼬리칸에서 짐승처럼 살다가 인간답게 살고 싶어하는 커티스의 욕망과 인간 수를 조절하며 엔진실에서 편하게 살고 싶어하는 윌포드의 욕망이 대립하는 〈설국열차〉(2013) 등은 모두 욕망 탐구 시리즈다.

영화 〈기생충〉은 빈부격차와 욕망이라는 문제를 유머, 공포, 비극 세 가지 미학으로 정리해냈다. 세 가지 미학은 따로 떨어져 있지 않고, 서로 섞여 미묘한 충격을 만들어낸다.

작년에 이 영화를 보고 한 자도 쓸 수 없었다. 그냥 충격이었다. 어떤 글을 읽고 나서 느낀 충격과 비슷했다. 카프카 소설을 읽을 때 느끼는 유머와 충격이었다. 섬뜩하고 예상할 수 없다 하여 '카프카스럽다'는 뜻의 '카프카에스크'(Kafkaesk)는 '봉준호에스크'(BJHesk)이기도 하다.

영화를 두 번째 보고 나서야 글을 쓸 수 있었다. 첫째, 앙상블 캐릭터에 주목하여 쓰려 한다. 이 영화는 한 명의 주동인물(主動人物, protagonist)이 이 끌어가지 않는다. 여러 명이 몰입도를 이끌어가는 앙상블 캐릭터 영화다. 둘째, 현 사회를 영화가 어떻게 드러내는지 살펴보려 한다. 봉준호의 〈기생충〉은 까마득한 고대를 고증하는 고고학이 아니라, 오늘의 자본주의를 해체하는 봉준호 '고현학'(考現學, the study of modernology)이다.

유머 – 반지하

카메라는 양말이 걸려 있는 반지하에서 지상 세계를 20초 정도 비추다가 천천히 반지하 공간으로 들어온다. 첫 장면부터 이 영화의 카메라 워크(Camera Work)는 상하운동이다. 봉준호 감독이 김기영 감독의 〈하녀〉(1960)에 영향을 받았다고 말했다. 〈하녀〉에 나오는 계단 이미지를 얻어 〈기생충〉에 사용했다고 할 수도 있다. '계단 시네마'라고 할 정도로 이 영화에는 계단이 많이 나온다. 특히 위에서 아래로 내려오는 하강 카메라 워크는 계급사회를 표현하는 방식이다.

　아버지 기택(송강호)은 유교적인 품격을 지닌 가부장이다. 좀처럼 흥분하지 않지만 어딘가 늘 어수룩하다. 잠자고 있다가 아내가 깨워 일어나 식탁에 앉아 빵을 먹으려다가 식탁에 있는 꼽등이를 손가락으로 때려죽인다(02:40). 이어 소독약 차가 다가온다. 딸이 창문 닫겠다고 하니, 기택은 집안에 소독도 하고 그냥 두라고 한다. 이때 아내는 "그래, 요새 꼽등이 너무 많아"(03:39)라고 하는데, 이 가족이 이후에 살아가는 방식이 꼽등이와 다를 바없다. 온 가족이 소독약 연기를 콜록거리는 장면은 이후 가족 전체가 벌레가 된다는 내용을 암시한다.

　어느 날 아침 그레고르 잠자는 불안한 꿈에서 깨어났을 때 자신이 침대 속에서
　한 마리 흉측한 벌레로 변한 것을 알았다(카프카, 『변신』, 민음사, 9쪽).

카프카의 『변신』에서는 아들 그레고르 잠자가 하루아침에 벌레가 되는
데, 〈기생충〉에서는 큰아들부터 시작하여 한 명씩 지상 부잣집의 벌레가
된다. 비 오는 날에는 정말 테이블 밑에 바퀴벌레처럼 들어가, "흉측한 벌
레"(ungeheueren Ungeziefer)로 '변신'한다. 갑자기 벌레로 변하는 것이 아니라,
자신들의 '욕망'에 따라 즐겁게 재앙의 길로 가는 비극이다. 꼽등이를 죽이
고, 벌레처럼 소독약을 마시는 장면은 비극으로 끝날 '일가족 사기단'의 운
명을 보여주는 복선(伏線)이다.

　벌레들의 아버지 기택은 전원 백수 가족인 가장으로서 위조 증명서를
만든 아들에게 "너는 계획이 다 있구나"(12:05)라며 격려한다. 자신은 계획
없이 살면서도 온 가족을 격려하고 사랑한다. 이 영화에서 계획(計畫)이라는
단어는 중요하다. 저택에서 도망쳐 나온 기택은 "아빠가 다 계획이 있다"며
불안해하는 가족을 안심시킨다. 치킨집, 발레파킹, 대만 카스테라 가게 등
수많은 계획을 세워 해봤지만 실패만 해온 기택이었다. 그는 이제 좌절이라
는 밑바닥에서 그저 우연을 바랄 뿐이다. 이후에 아들 기우가 아버지 기택에
게 계획을 묻자 기택은 "절대 실패하지 않는 계획은 무계획"이라며 "계획이
없어야 잘못될 일이 없다"라고 답한다. 이 말은 계획해봤자 희망이 없으며,
차라리 계획 없이 사는 것이 마음 편하다는 뜻이다. 얼마나 실패를 거듭했으
면 이런 대사가 나올까.

기택의 아내 충숙(장혜진)은 왕년에 투포환 선수였다. "야, 김기택, 이 씨발, 자는 척하지 말고", "씨발, 계획이 뭐야?"가 그녀의 앞부분 대사다. 욕설을 접속사처럼 사용하는 습관이 있고, 거칠다. 희망 없이 살지만 "돈이 다리미라고 돈만 있으면 다 착하고 예뻐. 돈이 주름살을 쫘악 펴준다"며 유머를 잊지 않는다. 무기력한 남편 기택보다 더 다부지다.

큰아들 기우(최우식)는 네 번이나 입시를 치렀지만 대학에 가지 못한 백수다. 첫 장면에서 기우는 공짜 와이파이를 잡으면서 이 영화 제목인 '기생충'의 모습을 상징한다. 반지하에는 햇빛이 보물이다. 기택네 반지하는 낮에도 형광등이 켜 있다. 빛이 들어오는 유일한 순간은 기우가 와이파이를 찾을 때다. 정화조의 압력 때문에 반지하 집의 변기는 높이 있다. 와이파이를 찾으면서 변기 옆에 앉을 때 기우 발밑에 햇빛이 잠깐 비춘다(02:48). 이 장면은 우연이 아니라, "햇살조차도 부자와 가난한 자의 차이를 보여주고 싶었다. 영화 시작만큼은 한 조각의 빛이 반지하로 들어와 기우 머리에 닿는 느낌을 보여주고 싶었다"라고 봉 감독이 말했다.

기우는 친구 부탁으로 고액 과외 면접을 보러 가며 재학증명서를 위조한다. 그는 "아버지, 전 이게 위조나 범죄라고 생각하지 않아요"라며 온 가족의 위장취업을 예시한다. 나중에는 비극의 문을 여는 계기적 인물이다.

과외 첫 시간에 다혜를 가르치다가 "시험이란 게 뭐야? 앞으로 치고 나가는 거야. 그 흐름을 놓치면 앞으로 완전 꽝이야"(17:00)라는 대사는 삶을 대하는 기우의 당찬 태도를 드러낸다. 다혜에게 영작 문제를 주면서는 "단 프리텐드라는 단어 2회 이상 사용할 것"(23:20)이라고 한다. 살짝 지나가지만 '가장하다', '꾸미다', '~인 척하다'라는 뜻의 프리텐드(pretend)는 이 영화에서 핵심적인 키워드다. 막내아들 다송이가 인디언을 흉내 내는 것도 프리텐드다. 반지하 가족들이 영어 선생, 미술 선생, 운전사, 가정부로 사기 취업하는 것도 모두 프린텐드다.

딸 기정(박소담)은 미대에 지원했다가 떨어진 백수다. 첫 장면에서 오빠 기우와 공짜 와이파이를 잡으면서 함께 기생충으로 살아갈 것을 복선으로 보인다. 그녀 역시 증명서를 위조하고 기우의 소개로 지상 부잣집에 미술 선생으로 들어간다. "그 검은 상자를 저와 함께 열어보시겠어요?"라고 말하는 용의주도하며 당찬 인간형이다.

카프카의 『변신』에서 그레고르 잠자는 "어느 날 아침"(eines Morgens)에 갑자기 변신하는데, 〈기생충〉에서는 한 명 한 명씩 가족 사기단 혹은 가족 벌레단으로 변신한다. 먼저 큰아들 기우가 '캐빈 선생님'으로 기생(奇生)하고, 딸 기정이 '제시카 선생님'으로 기생하고, 이어 아버지는 운전사, 엄마는 가정부로 기생한다. 방금 '기생'이라고 썼는데, 대신 카프카의 소설 제목 '변신'으로 바꿔도 좋겠다. 가족 네 명 모두 기생충은 물론 확실한 괴물로 '변신'하는 예상할 수 없는 과정이 재미있다.

이들의 붕괴는 반지하 세계의 물이 터지는 영상에서 복선되어 나온다.

본래 한국에서는 도시 내 전투를 대비해 벙커형 반지하 주택을 구상했다고 한다. 영국에는 있지만, 지진이 많은 일본이나 다른 나라에서는 보기 힘든 양식이다. 북한에는 반지하 주택이 없다고 한다. 대신 하모니카 구멍처럼 다다다닥 집이 붙어 있는 '하모니카 주택'이라는 말이 있다고 한다(유튜브 '연통티비 YonTongTV'). 영어 자막엔 '세미 베이스먼트'(semi basement)라 나간 이 특이한 공간은 외국인들에게 가난을 구조로 표현한 상징으로 이해됐을 것이다. 여러 매체에 따르면 외국인들은 지상/반지하/지하 세계로 구분한 것이 재미있었다고 한다.

영화 〈기생충〉은 인간이 인간답게 살지 못할 때, 기생충 같은 말종인간이 아닌지 블랙 코미디로 깨닫게 한다. 이 영화에서 과연 누가 기생충일까. '기'택, '기'우, '기'정으로 가족 이름 안에 '기' 자가 들어 있다. 생(生)은 사는 것 자체가 생이니 생략하고, 엄마 이름이 '충'숙이어서, 가족 이름에 기생충 글씨가 들어 있는 반지하 가족은 분명 기생충이다. 그런데 지상 부자도 이들의 도움 없이는 살아갈 수 없기에 상호 기생충이다. 원래 이 영화의 제목은 '데칼코마니'였다고 한다. 데칼코마니는 양면이 같은 그림을 말한다. 곧 부자나 빈자나 마찬가지라는 의미를 담는 제목으로 제작했다는 뜻이다. 이 영화는 기생충이 증식(增殖)해가는 과정을 그린다.

카프카의 『변신』은 인간이 인간답게 살지 못할 때 벌레 같은 말종인간이 아닌지 코믹하게 깨닫게 한다. 이 소설에서 기생하는 인간은 벌레가 된 그레고르 잠자가 아닌 가족들이다. 그레고르 잠자가 영업사원으로 일해 벌어온 돈으로 아버지와 엄마는 생활비를 쓰고, 여동생은 바이올린을 배운다. 그레고르 잠자가 벌레가 되어 더는 노동하여 돈을 벌어오지 못하자 매몰차게 잠자를 버리는 이야기다. 『변신』에서 벌레 잠자는 작가 카프카만을 알레고리하지 않는다. 이 소설은 자본주의 사회에 증식해가고 있는 주변인들을 벌레로 읽기도 한다.

이 영화에서 흥부는 더 이상 선하지 않다. 프롤레타리아는 선하지 않다. 반지하 가족은 위조를 공모하고, 단란했던 가족은 한 명 한 명 지상 집에 기생하며 가족 사기단으로 증식한다.

유머와 공포 - 지상

유명 건축가 남궁민수가 지었다는 박 사장의 언덕집은 고급스럽고 예술적인 주택이다. 지상의 공간은 높은 곳에 있다. 수직적인 위계질서를 상징하듯, 도시가 내려다보이는 높은 언덕에 있다. 반지하에서는 보기 힘든 햇빛이 쏟아진다. 기우가 저택에 들어설 때 카메라는 아래에서 위로 찍어 기우 머리에 쏟아지는 햇살을 담아낸다. 박 사장 저택에서 거실에 앉아만 있어도 빛이 쏟아진다. 비극이 벌어지는 마지막 야외파티 장면에는 거의 땡볕이 쏟아진다.

이 영화에서 더이상 부르조아지는 악, 프롤레타리아는 선이라는 단순 이항 대립은 없다. 그 뻔한 이분법이 현실에서 작동하지 않는다는 것을 영화는 보여준다.

박 사장(이선균)은 글로벌 IT CEO다. 아주 선한 아빠이자 남편이며, 성실하게 기업을 돌본다. "선 넘는 사람들 내가 제일 싫어하는데"라고 말하는 주도면밀하고 유능한 회사 대표다. '선'(線)이라는 단어가 대단히 중요하다. 이 선은 갑/을, 부/빈 사이에 있는 잘 보이지 않는 비스듬한 사선(斜線)이다. 정원에서 야외파티를 할 때 박 사장은 기택에게 인디언 역할을 함께하자고 한다. 기택이 머뭇거리자 박 사장은 그를 또렷하게 보며, "그냥 일의 연장이라 생각하시고" 하라고 말한다. 다시 한번 선을 넘지 말라고 강조하는 것이다. 박 사장이 강조하는 선은 잘 보이지 않지만, 감히 넘어서는 절대 안 되는 확실한 사선(死線)이다.

박 사장의 아름다운 아내 연교(조여정)는 심플하고 착해서 잘 속는다. "내가 사람을 잘 못 믿잖아. 잘 아는 사람 소개 아니면 믿음이 안 가서"라면서, 늘 영어를 섞어 쓰고, 미제 미제, 하면서 욕망에 가득 차 있다.

박 사장 딸 다혜(정지소)는 예민한 사춘기 고2 학생이다. 과외 선생으로 온 기우와 키스를 하며 딴 공부에 팔려 있다.

박 사장 아들 다송(정현준)은 엉뚱하고 산만한 초등학생 3학년이다. 아잇적 지하에서 올라온 가정부의 남편을 보고 정신적 충격을 받은 적이 있다. 늘 인디언 역할에 빠져 있다. 다송이 인디언을 좋아하는 상황은 너무도 모순된다. 엄마 연교는 "저거 미제 텐트예요"라며 '미제'(美製)를 반복해 강조한다. 미국 개척 시기에 인디언은 괴멸된 종족이다. 인디언 놀이야말로 현실과 모순된 분열적 낭만주의다. 다송이가 인디언 역할을 하면서, 화살을 쏘아대는 것이 가벼운 놀이처럼 안 보이는 것은 마지막 장면에서 기택이 인디언으로 분장하는 기괴한 입장이 되기 때문이다. 기택은 인상을 찌푸리며, 갑(박 사장)을 위해서 을로서 인디언 역할을 해야 하는 상황에 처하자, 정리할 수 없이 엉키는 심리에서 분노가 폭발하고 만다.

카프카는 「인디언이 되려는 소망」(Wunsch, Indianer zu werden)에서 무한한 자유를 욕망한다.

> 그런데도 인디언이라면, 얼른 준비해서, 달리는 말잔등에 서슴없이 올라타고, 허공을 가로지르며, 진동하는 대지 위에서 거듭거듭 짧게 전율해봤으면, 마침내 박차를 내던질 때까지, 왜냐하면 박차는 없었으니까, 마침내 고삐를 집어던질 때까지, 왜냐하면 고삐는 없었으니까, 그리하여 눈앞에 보이는 땅이라곤 매끈한 황야뿐일 때까지, 이미 말모가지도 말대가리도 없이(프란츠 카프카, 「인디언이 되려는 소망」 전문).

"이미 말모가지도 말대가리도 없이"(schon ohne Pferdehals und Pferdekopf) 달리고 싶다는 욕망은 꼬마 다솜에게 있을지 모르나, 역설적으로 기택에게는 인디언으로서 자유가 아닌 억지 인디언 역할이 주어진 것이다. 여기서 참았던 분노가 폭발한다. 인디언처럼 자유롭고 싶을 때 어릿광대 인디언으로 희화화할 때 기택은 도저히 참지 못했던 것이다.

이외에 소품처럼 등장하는 중요 동물이 있다. 쭈니, 베푸, 푸푸라는 강아지다. 이들은 반지하나 지하 인간들보다 더 좋은 음식을 먹는다.

'지상/반지하'가 극적으로 대비되는 장면은 비가 내리는 홍수 신이다. 캠핑장에 갔다가 홍수로 다시 돌아온 지상 가족들이 갑자기 들이닥치자, 반지하 가족은 테이블 아래 누워 숨는다. 비를 대하는 두 가족의 자세는 전혀 다르다. 비가 내리면 지상 가족은 미세먼지가 사라지니 좋지만, 반지하 가족은 집이 빗물에 잠겨 끔찍한 상황을 만나야 한다.

비 내리는 상황에서, '소파 위(지상)/테이블 아래(반지하)' 가족이 대립된다. 박 사장네 거실에서 보는 홍수는 어두운 밤 아름다운 실루엣을 내리는 운치 있는 축복일 뿐이다. 비 내리는 아름다운 풍경 아래 소년의 인디언 텐트는 장식불을 반짝인다. 이 장면에서 비싼 테이블은 하이 앵글로 잡는다. 이 테이블도 자세히 보면 계단 모양이다. 여기서 박 사장은 냄새를 맡는다. 테이블 아래 바퀴벌레처럼 누워 있는 반지하 가족에게 나는 냄새다.

"어디서 그 냄새가 나는데? 김 기사님 스멜(smell), 당신도 알 텐데. 은은하게 차 안에 퍼지는 냄샌데. 그 오래된 무말랭이 냄새? 아, 아니다. 행주 삶을 때 냄새, 그치? 그 양반 선을 넘을 듯 말 듯 하면서 결국은 절대 선을 안 넘거든. 그건 좋아. 근데 냄새가 선을 넘지. 씨. 말로 설명하기 힘들구. 가끔 지하철에 타면 나는 냄새 있어"(01:27:27-01:28:28).

중요한 대사이기에 길게 인용한다. 냄새라는 단어는 이 영화에서 빼놓을 수 없는 갑/을을 구별하는 요소다. 여기서 극적인 대비는 소파에서 벌어지는 선정적인 장면에 있다. 옷 한 올 벗지 않았지만 대사와 행위가 수위를 넘어, 이 장면 때문에 15세 이상 등급이 되었고, 비행기에서 상영할 수 없는 영화가 되었다. 연교는 흥분하면서 "마약 사줘, 마약 사줘"를 반복한다. 이 대사는 이들 부부가 마약을 하지 않았나 하는 추측을 하게 한다. 박 사장 집이 처음 나올 때 정원에서 정신없이 자던 연교의 모습이 그 혐의를 품게 한다. 섹스로는 만족할 수 없기에 불법적인 도구라도 사용하려는 욕망을 꿈꾸는 상태다.

앞서 운전기사를 마약하며 카섹스 하지 않았느냐 해서 해고시켰는데, 이들 부부는 흥분하여 이런 환상 속에 들어간다. 소파에서 박 사장과 연교는 서로 탐닉하는 데 반해 기택의 가정은 테이블 아래 누워 그 은밀한 장면을 감내한다.

그는 장갑차처럼 딱딱한 등을 대고 벌렁 누워 있었는데, 고개를 약간 들자, 활 모양의 각질(角質)로 나뉘어진 불룩한 갈색배가 보였고, 그 위에 이불이 금방 미끄러져 떨어질 듯 간신히 걸려 있었다. 그의 다른 부분의 크기와 비교해 볼 때 형편없이 가느다란 여러 개의 다리가 눈앞에 맥없이 허우적거리고 있었다 (카프카, 『변신』, 민음사, 9쪽).

거대한 테이블 아래 "장갑차처럼 딱딱한 등을 대고 벌렁 누워 있"고, 테이블 아래서 "형편없이 가느다란 여러 개의 다리"로 숨어 있는 바퀴벌레 닮은 반지하 가족의 모습은 영락없이 카프카 『변신』에 나오는 이미지다. 이들은 기적처럼 한 명씩 기어 나와 탈출한다.

이후 집으로 돌아오는 길에 계속 비가 내린다. 이 영화를 '계단 시네마'라고 할 만치 한참 계단을 내려가는 장면이 이어진다. 끝없이 이어지는 계단 내려가기를 통해 기우는 지상으로 올라가려 했던 자신의 시도가 까마득히 추락하는 순간을 체험한다. 절망하여 빗물에 젖은 운동화를 바라본다. 동네에 오니 반지하 집들에 홍수 물이 넘친다. 홍수 신을 위해 기택네 반지하 집은 대형 수조 안에 세트로 지어졌다. 반지하 집들은 똥물이 넘치고, 기우는 창문을 닫으려다가 전기 합선에 멈칫한다. 목울대까지 물이 차오르고, 기정은 담배 한 개비를 피우기 위해 똥물이 솟는 변기에 앉으려고 화장실 계단을 오른다.

고작 담배 하나를 피우려고 똥물을 감내하며 변기에 앉는 기정, 이제 수재민들과 함께 강당에 있는 기정에게 연교의 전화가 온다.

"오늘 집에서 다정이 생일 번개하려구. 하늘 파랗구 미세먼지 제로잖아."

이 대사는 비가 내린 후, 미세먼지가 없어 야외파티를 하려는 지상 가족과 수재민 강당에 있는 반지하 가족을 극명하게 대립시킨다. 무엇보다도 자가용 뒷자리에 앉아 맨발을 앞자리에 올려놓은 연교 앞에서 운전하는 기택의 성난 표정이 극명하게 대립된다. 이때 전화를 걸면서 연교는 차 안에서도 이상한 냄새가 난다며 차창을 연다. 이 영화에서 송강호 얼굴이 심하게 일그러지면서 가장 분노해 있는 신이다.

공포와 비극 - 지하

극적 전환은 새로운 공간에서 탄생한다. 이 공간은 거의 굴(窟)이다. 굴지하다. 반지하 밑에 또 굴지하가 있는 것이다. 거기엔 여러 끼니를 굶은 좀비가 살고 있다. 봉 감독은 데뷔작 〈플란다스의 개〉(2000)에서 지하층의 어두운 면을 보여주었다. 아파트 지하층에서는 경비원이 개를 삶아 먹고, 경비원 몰래 숨어 사는 노숙인이 또 개를 삶아 먹는다. 〈살인의 추억〉(2003)에서 지하실은 취조하고 고문하는 곳이다. 〈괴물〉(2006)에서 괴물은 시체를 지하 하수구에 저장해놓았다.

지상/반지하/지하로 나누어진 영화의 공간은 카프카의 단편소설 「굴」(Bau)을 연상시킨다. 이 우화는 당연히 두더지를 인간에 비유한 이야기다. 무엇보다도 소심한 작은 짐승의 모습이 인간의 심성이 아닌가.

> 내가 비겁하고, 아마도 오로지 비겁했던 탓에 굴을 파기 시작했다고 믿는 사람은 나를 잘못 안 것이다. 이 구멍에서 천 걸음쯤 떨어져, 걷어낼 수 있는 이끼층에 가리어져, 굴로 통하는 진짜 통로가 있는데 그 통로는 도무지 세상 그 무엇보다도 안전하게 되어 있었다(카프카, 「굴」, 민음사, 119쪽).

카프카는 우리에게, '나'에게 '굴'은 어떤 의미인지 묻는다. 우리는 우리가 쉴 '굴'을 만든다. 지상집, 반지하집, 지하굴도 모두 굴이다. 카프카는 우리의 주거지를 비유하며 「굴」에서 철학적으로 경고한다. 내가 만든 안전한 굴이 내 무덤이 될 수 있다. 인간이 만든 세상이 안전한가. 그는 묻는다. 내가 구입한 저택은 안전한가, 아파트는 안전한가, 반지하 주택은 안전한가, 지하집은 안

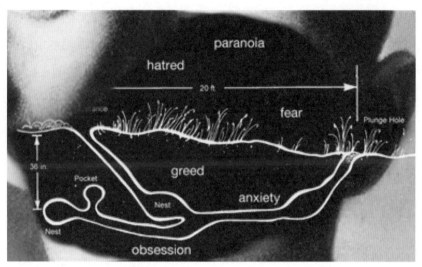

카프카 소설 「굴」의 내용을 표현한 그림

전한가.

〈기생충〉의 앞부분에서 관객은 '지상/반지하/지하'의 갈등만 해결하면 되는 줄 아는데, 문제는 그렇게 단순하지 않다는 것을 영화는 보여준다. 오히려 복잡하고 복잡하다.

이 영화는 계단이 많아 나와 '계단 시네마'라고 했는데, 실은 '창문 시네마'라고 할 수도 있다. 박 사장네 집 통유리로는 햇살이 가득 쏟아진다. 기택네 반지하 창문으로는 햇살은커녕 방역차 소독약이나 취객이 방뇨하는 풍경, 아니면 홍수 물이 쏟아져 들어온다. 이제부터 설명하려는 지하 벙커에는 창문이 아예 없다. 그런데도 주인집에 기생하는 예의로 "리스펙트!"를 반복한다.

박 사장네 입주 가사도우미 문광(이정은)은 실패한 남편을 지하에 데려와 4년간 먹여 살렸다. '문으로 들어온 광인'이라 해서 문광으로 지었다고 봉 감독은 말했다. 문광은 박 사장 전 주인이 주거할 때부터 일해온 가사 전문 도우미다. 그녀는 단역 같지만 영화의 극전 전환을 만드는 고정점(라캉)이다. 쫓겨났던 그녀는 늦은 밤에 다시 돌아온다. 현관문 모니터에 벨을 누르는 상처 입은 그녀의 억지웃음이 등장하는 순간, 영화의 장르 자체가 바뀐다. 문광이 현관 모니터에 등장하는 순간이 '극적 전환(Dramatic Situation)'이다.

스스로 불우이웃이라 하고 사채 때문에 얻어맞았다고 한다. 문광이 소파에 누운 남편을 마사지할 때 남편 근세와 이렇게 대화한다(01:12:32-01:12:45).

"여보, 이 전송 버튼이 완전 미사일 버튼이네."
"뭔, 얘기야, 여보."
"아니, 이 버튼만 누른다 하면 저 양반들 꼼짝도 못 하잖아. 이게 완전 북한 미
사일이야. 북핵 미사일 버튼! 흐흐."

이 부분은 완전히 김정은의 미사일 실험을 패러디한 대사다. 김정은이 핵 미사일을 실험하겠다고만 하면 주변국들이 꼼짝 못 하는 상황을 풍자한 대사다. 이때부터 자연스럽게 문광은 북한 아나운서 흉내를 낸다(01:12:55-01:13:44). 두 배우의 앙상블이 너무 잘 어울리는 명장면이다.

문광: "경애하는 최고 령도자 김정은 동지께서는 오늘, 이번 일가족 사기단의
동영상을 보시면서~ 그들의 악랄하고 저급한 도발에 대해서 경악과 분
노를 금치 못하시었다!"

근세: [웃으며] "그거 진짜 오랫만이다 여보~"

문광: [신나서] "이에 위대한 수령께서는 한반도 비핵화의 과정 속에서, 마지막
남은 단 한 발의 핵탄두를 저들 미치광이 일가족의 간악한 아가리에 처박
으라는~ 궁극의 지령을 내리셨다!"

근세: [웃으며] "역시~ 종북 개그의 지존…, 사랑해 여보~"

문광: "저들의 구린내 나는 오장육부를 최후의 핵 폐기장으로 삼아, 마침내 비
핵화와 세계평화를 이룩하시려는 위대한 령도자 김정은 동지 [돌변] 똑
바로 안 들어 이것들아? 손 번쩍. 에휴~ 씨발 일가족들아."

배우 이정은의 연기가 빛나는 대목이다. 탈북자들이 이 부분을 듣고 "경악
을 금치 못하였습니다" 같은 약간 강조하는 부분이 약하여 어색하다고는 하
지만, 이정은의 연기는 대단했다. 여기서 북한 사투리는 왜 나왔을까. 통일
이후 아니 현재 북한이 어두운 굴 지하에서 살고 있는 현실을 상징하는 부분
이다.

가정부 문광의 남편 근세(박명훈)가 살고 있는 지하는 빛도 없는 굴이며
벙커다. 근세라는 이름은 갑근세에서 따왔다고 한다. 갑근세를 낼 수 없는
실패한 인간이란 뜻이다. 국민연금 안 받아도 지하가 좋다는 기생충 중에 기
생충이다.

근세에게 박 사장은 투쟁의 대상이 아니다. 그에게 박 사장은 신적인
존재다. 근세는 박 사장에게 "리스펙!"(존경한다)을 연발한다. 그러면서 자
신의 생각을 표현하지 못하고, 팔이 묶인 채로 머리에 피가 나도록 전등 스
위치를 켠다. 그는 자신의 생각을 모르스 부호로밖에 표시할 수 없는 서벌
턴(Subaltern)이다. 스피박 교수가 "서벌턴은 말할 수 없다"(Subaltern can not

speak)라고 했듯이, 박 사장에게 들리지도 않는 지하의 밑바닥에서 소리치는 모습은 재벌을 보면서도 경제적 '낙수효과'(trickle-down effect)를 기대하는 서민들에 대한 풍자나 조롱으로 보인다. 근세에게 투쟁의 대상은 감사한 박 사장 쪽이 아니라 반지하 가족이다. 근세는 기우에게 수석을 던지고, 딸 기정의 가슴에 칼을 꽂아 살해한다. 죽으면서도 "리스펙!" 하고 외친다.

수석, 냄새, 식사의 전쟁

마지막은 전쟁이다. 기우의 친구 민혁(박서준)이 반지하에 찾아가 재물운과 합격운이 있다는 수석을 선물로 전해주면서 비극은 시작된다. 민혁이 창문 밖에서 방뇨하는 사람에게 "정신 차려! 정신!"이라고 외치는데 이것은 기생충 가족에게 정신 차리라는 암시이기도 하다. 민혁이 반지하 집으로 들어오다가, 뭔가를 밟은 듯 오른쪽 발을 살짝 드는 신은 이 반지하 집에 온갖 벌레가 있다는 것을 암시한다. 아버지 기택이 수석을 보고 하는 "이거 정말 상징적이네"라는 대사는 관객들이 수석에 계속 주목하도록 하는 미끼다.

　어느 인터뷰에서 봉 감독은 이 수석이 아무것도 아니라고 했지만, 사실이 산수경석이야말로 영화의 시작이자 끝이다. 기우는 이 수석 때문에 박 사장 저택의 계단을 오를 수 있었다. 영화에서 비현실적인 장면은 구정물이 가득 찬 반지하에서 기우 앞에 수석이 저절로 떠오를 때다.

　수재민들이 누워 있는 강당에서 기우는 수석을 품고 있다. 기택이 왜 수석을 품고 있냐고 물으니, "얘가 자꾸 저한테 달라붙는 거예요"라며 돌을 껴안고 다음을 계획한다. 그 계획이란 수석으로 지하 부부를 살해하는 것이다.

그 계획대로 하려 했다가 기우는 철사줄에 목이 묶이고, 도망가려다가 지하 인간 근세가 던진 수석에 머리를 맞는다. 행운의 상징이었던 수석이 살해의 도구로 쓰인 것이다.

〈기생충〉에서 식사하는 장면은 상징적이다. 특히 봉 감독은 고기를 그리 긍정적으로 표현하지 않는다. 반지하 가족은 집에서도 고기를 구워 먹고, 월급을 타면 기사 식당에 가서 고기를 먹는다. 부자들은 하도 한우를 먹으니 짜파구리에 한우를 볶아 넣어 새로운 맛으로 먹는다. 그냥 한우를 먹는 것은 더 이상 재미가 없는 듯하다. 지하 부부는 그냥 냉장고에서 훔쳐 먹는다. 훔쳐 먹는 생활이 편하니 계속 이렇게 살고 싶다고 한다.

봉 감독의 영화에서 식사란 대단히 중요하다. 〈플란다스의 개〉(2000)에서 아파트 경비원은 죽은 개 사체만 봐도 입맛을 다신다. 개를 아파트 지하에서 끓여 먹는 경비원, 옥상에서 끓여 먹는 노숙인은 지하 인간을 풍자한다.

〈살인의 추억〉(2003)에서는 시체 부검할 때 끔찍한 장면에 형사들이 고기 구워 먹는 장면을 오버랩 시킨다. 〈마더〉(2009)에서는 아들이 경찰서에서 수사받고 올 때마다 엄마가 닭백숙을 해준다. 〈괴물〉(2006)에서는 사람 시체를 고기처럼 먹는 괴물이 등장한다. 송강호가 병원에서 탈출할 때, 야전 병원 바로 앞에서 미군과 의사들은 바비큐 파티를 하고 있다. 〈설국열차〉(2013)에서는 아비규환의 꼬리칸 막장 인간들이 벌레로 만든 단백질 블록을 먹고, 일등칸에서는 신선한 채소와 스테이크를 먹는다. 꼬리칸의 대장 커티스가 너무 배고파 사람을 죽여 먹었다고, 고백하는 장면은 끔찍하고 눈물겹다.

"제일 혐오스러웠을 때가 뭔지 아니? 내가 사람 맛을 알기 시작할 때, 그중에 아기 맛이 가장 좋다는 것을 알았을 때였어."

인류 최초로 꼬리칸에서 엔진칸으로 온 커티스를 환영하며, 윌포드가 스테이크를 같이 먹자고 하는 바로 그 식탁 아래에는 엔진 돌리는 노역을 하는 흑인 아이가 있다.

〈옥자〉(2019) 역시 미래 먹거리에 대한 이야기다. 강원도 산골 소녀 '미자'(안서현)에게 옥자는 10년간 함께 자란 둘도 없는 친구이자 소중한 가족이다. 어느 날 글로벌 기업이 나타나 옥자를 뉴욕으로 끌고 가고, 할아버지(변희봉)의 만류에도 미자는 옥자를 구하기 위해 무작정 위험천만한 여정에 나선다.

〈기생충〉의 식사 전쟁의 클라이맥스는 야외 파티 장면이다.

파티가 펼쳐지는 정원으로 나온 근세는 햇빛으로 눈을 제대로 뜨지 못한다. 그러다 이내 칼을 들고 사람들을 해치기 시작하여, 피 칠갑을 한 채로

날뛴다. 이후 기생충들, 지상 기생충, 반지하 기생충, 지하 기생충들의 전쟁이 일어난다. 〈기생충〉에서 반지하 가족이 마시는 술도 변화한다. 소주에서 필라이트 맥주로, 다시 삿포로 맥주였다가 지상 저택에서는 양주를 마신다.

봉준호 감독은 〈마더〉에서도 밑바닥 사람들이 서로를 잡아먹는 구역질 나는 지옥을 드러냈다. 계급투쟁과 피지배계급, 갑/을만 있는 줄 알았는데, 그 밑에 또 더한 지하 인간이 있다.

이 영화를 상징하는 공간, 햇살, 돌 외에 중요한 상징이 또 하나 있다. 냄새다. 냄새는 확산된다. 박 사장은 운전사 기택에 대해 "다 좋은데 냄새가 선을 넘어"라고 말한다. 사우나실인지 샤워실인지에서 기택이 연교의 손을 잡는 장면이 나온다. 느닷없어 보이는데, 유부남인 운전기사가 집주인 사모님 손을 좁은 공간에서 잡는다는 설정은 갑작스럽다. 이런 설정이 가능하려면 영상에는 안 나오지만 기택이 연교를 은근히 애모하는 상황이어야 한다. 연교는 기택이 손을 잡자마자 "손 씻으셨어요?"라고 말한다. 기택은 연교를 연모하는 마음을 품고 있었던 것으로 보인다. 소파에서 섹스하기 전에 박 사장이 "어디서 그 냄새가 나는데?"라고 할 때, 테이블 아래에 누운 기택은 인상을 찌푸린다. 박 사장이 냄새 얘기를 할 때마다 기택의 분노 게이지는 충전된다. 마지막 장면에서 기택이 박 사장을 칼로 찔러 죽이고 가장 먼저 보는 대상은 연교다.

어린 다솜이는 운전사와 가정부에게서 같은 냄새가 난다고 말한다. 이 냄새라는 단어에 기택은 무시당하는 기분을 느낀다. 그 굴욕감은 계속 쌓여 마지막 장면에서 분출된다. 박 사장이 꼬챙이에 찔려 쓰러진 지하 인간 근세 밑에 깔린 차 열쇠를 주우려다가, 근세 몸에서 나는 냄새로 코를 막고 인상을 찡그린다. 이 순간 기택 마음에 똬리 틀고 있던 굴욕감이 폭발하여, 박 사

장을 찔러 죽인다.

　카프카의 『변신』은 자본주의 계급사회의 메커니즘과 착취를 노골적으로 냉소한다. 『변신』과 〈기생충〉에는 모두 불안과 공포가 있다. 이 불안과 공포를 피의 보복으로 해결하자는 구호를 외치지는 않는다. 피의 보복은 오히려 그 구조를 반복시킬 뿐이다. 카프카와 봉준호는 그 해결 방법으로 폭력을 제시하지 않는다. 부조리한 현실을 숙고(熟考)해야 한다고 말한다.

　이 영화는 사회주의적 계급투쟁을 말하는 것일까? 극우 보수 논객들은 〈기생충〉이 사회의 불안을 증대시키고, 부르조아지를 죽이는 것으로 끝을 맺는 폭력 혁명 영화라고 한다. 영화를 보려면 끝까지 봐야 한다.

　이 영화에는 한쪽의 승리가 없다. 반지하 가족이나 굴지하 좀비들이 승리하는 영화가 아니다. 프롤레타리아가 부르조아지를 타파하여 언덕 위 집

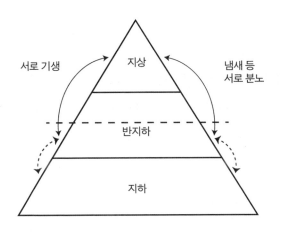

을 쟁취하는 영화가 아니다.

　그림에서 볼 수 있듯이, 지상과 반지하는 서로 기생하는 관계다. 식모나 운전사가 없으면 지상의 가족은 불편하다. 지하와 반지하는 대화하는 듯하면서도 결정적인 순간 투쟁한다. 빈부격차가 만연하고, 겉으로는 친절해도 속으로 냄새 등으로 굴욕감이 쌓이면 어느 순간 폭발할 수 있다고 영화는 경고한다. 지상에 살던 박 사장은 칼에 찔려 죽고, 사기 친 반지하 가족도 딸이 칼에 찔리고 가족이 모두 헤어지는 징벌을 받는다. 오로지 구걸로 살아가려 했던 지하 부부는 모두 비극적으로 사망한다. 영화는 극적 분열이 있는 곳에는 끝내 비극이 있을 뿐이라는 사실을 보여준다. 프롤레타리아가 승리한다는 사회주의적 메시지와는 전혀 다르다. 계급투쟁 영화가 아니라, 계급 갈등을 미세하게 보이는 계급 미시학(微示學) 영화다.

에피파니, 공동체의 회복

도표로 정리하기 어려울 만큼 복잡하게 얽혀 있는 스토리지만, 대강의 이해를 위해 도표로 정리하면 다음과 같다. 비교하기 위해 봉 감독의 다른 영화 두 편을 예로 들어본다.

〈플란다스의 개〉에서는 독특하게 중산층 아파트가 배경이다. '중산층 아파트/아파트 지하' 공간을 대비시킨다. 마지막 장면에서 체포된 노숙인이 수갑에 채여 "거기(구치소)에 가면, 아침 식사는 튀김, 점심 식사는 돼지고기, 저녁 식사는 임연수어, 좋다"라고 하는 장면이 나온다. 마치 〈기생충〉에서 근세가 지하에서 사는 편이 가장 편하고 좋다고 하는 대사를 연상시킨다.

〈설국열차〉(2013)는 열차 끝에서 인간으로 살지 못하는 사람들이 맨 앞 인간 세상으로 가기 위해 끔찍한 전쟁을 치르는 판타지 영화다. 〈기생충〉은

		지상	중간	반지하	지하
플란다스의 개 (2000)			중산층 아파트		경비원과 노숙인이 개를 잡아먹는다. 구치소로 비유.
설국열차 (2013)		열차 일등칸 엔진실	이등칸 교실	물, 식량 창고	꼬리칸, 벌레로 만든 단백질 블록을 먹는다.
기생충 (2019)	창문	햇살이 들어오는 통창문		화장실에만 조금 들어온다.	빛을 전혀 볼 수 없다.
	비	미세먼지를 없애주는 축복		홍수 물, 수재민, 천재지변	
	냄새			무말랭이 냄새, 행주 냄새	
	식사	야외 파티 짜파구리		삼겹살, 기사식당	냉장고에서 훔쳐 먹는다.

〈설국열차〉를 좀 더 일상으로 풀어쓴 영화라 할 수 있다.

가까스로 살아 병원에서 실실 웃는 기우의 모습은 프리텐더의 끝을 보여준다. 사문서 위조, 주거침입으로 수감되었다 집행유예로 나온 기우는 반지하에 돌아와 지나간 뉴스를 본다. 한국에서 신뢰받는 방송인 JTBC 뉴스조차 이 사건의 궁극적인 문제인 계급 문제를 다루지 않는다. 그저 살인자 기택이 어떻게 사라졌는지 아무도 모른다는 수수께끼만 보도한다. 진실보다 수수께끼를 좋아하는 언론에 대한 풍자다.

어느 날 기우는 지상 집이 보이는 언덕에서 지하에 남아 있는 아버지의 모르스 부호를 보고 기뻐하며 집으로 뛰어온다. 그는 모르스 부호로 편지를 쓰다가 지쳐 소파에 누워 잠이 들어 꿈을 꾼다.

마지막 3분은 봉 감독이 얼마나 냉엄한 리얼리스트인지 보여준다. 기우는 꿈속에서 아버지에게 편지를 쓴다. 산수경석을 맑은 햇살 내리는 시냇물에 돌려두는 꿈이다. 돌을 놓으면서 기우는 "근본적인 계획입니다"(02:04:48)라고 말한다. 시냇가의 돌이 수석이라는 사용가치와 교환가치를 입어 판매되는 욕망으로 바뀌기 이전 '근본적인' 사회로 가고 싶다는 상징적 장면이다. 물건을 판매하는 것이 아니라, 서로 나누며 사는 자연 상태의 사회에서는 비극이 발생하지 않았을 것이다. 이 장면에서 기우는 비로소 모든 욕망이 일장춘몽이었음을 깨닫는다. 바로 이 장면이 에피파니(Epiphany)의 순간이다. 진리를 깨닫는 순간이다.

카프카의 『변신』에서는 그레고르 잠자가 "불안한 꿈"(unruhigen Träumen)을 꿈을 꾸고 난 뒤, 괴상한 벌레로 변신한다. 반지하에서 순진하게 살던 가족 네 명이 비극적인 불안한 꿈(욕망)을 꾸었다는 것, 그로 인해 여동생은 죽고, 아버지는 지하 토굴에 갇히는 재앙을 받았다는 것을 기우는 이제야 깨달은 것이다.

다만 기우의 프리텐드(pretend)는 프리텐드로 끝난다. 꿈속에서 "돈을 벌겠습니다. 아주 많이. 돈을 벌면 이 집부터 사겠습니다"(02:04:53)라며 기우는 부자가 되어 저택을 구입하는 프리텐드를 꿈꾼다. "아버지는 그냥 계단만 올라오시면 됩니다"라는 말은 꿈속에서의 프리텐드에 불과하다. 계단을 올라온 아버지와 깊이 포옹하는 꿈을 꾸지만(02:06:28), 꿈에 불과하다. 마지막 장면은 영화의 첫 장면을 복기한다. 반지하 창문 밖으로 눈이 내리고, 배경 음악은 너무 침울하다. "그날이 올 때까지 건강하세요. 그럼 이만"(02:07:11)이라는 마지막 대사는, 계급 역전이 거의 불가능한 사회를 풍자한다.

봉 감독의 영화에서 사실 가장 중요한 공동체는 사회 이전에 가족이다. 〈마더〉에서 엄마는 절실하게 아들의 무죄를 주장한다. 〈괴물〉에서 온 가족은 딸을 살리기 위해 괴물과 싸운다. 이번에 〈기생충〉에서는 남을 속인 가족에게 징벌을 내리면서도, 끝내는 만나야 한다는 따뜻한 마음으로 끝낸다. 이 영화는 현대 자본주의 계급사회에서 일어날 비극을 제시하고, 이에 대한 극복으로 가족의 화해, 공동체의 화해를 그린다. 빈부와 상관없이 온 가족이 함께 있는 포스터는 봉 감독이 우리에게 주는 에피파니가 아닐까.

기우가 원래 있던 자리인 시냇물에 수석을 놓고, 아버지에게 보내는 편지를 낭송하면서 마치는 장면이 따스한 마음일 것 같지만, 상황은 따뜻하지만은 않다. 봉 감독은 냉엄하다. 그의 영화에 공허한 낙관은 없다. 〈살인의 추억〉에서는 결국 범인을 잡지 못한다. 〈괴물〉에서는 딸 현서가 사망한다. 〈기생충〉에서는 가족이 몰락하고 다시 반지하로 끝난다.

엔딩 크레딧이 올라갈 때 흐르는 노래 〈소주 한 잔〉은 이 영화를 만든 정재일 음악 감독이 작곡, 봉준호 감독이 작사했고, 아들로 출연한 최우식이 노래를 불렀다.

> 길은 희뿌연 안개 속에
> 힘껏 마시는 미세먼지
> 눈은 오지 않고
> 비도 오지 않네
> 바싹 메마른 내 발바닥

이 노래는 부조리한 세계를 쓰린 소주 한 잔 마시듯 견디며 살자고, 빈부격차에 관계없이 모든 이에게 드리는 봉준호 감독의 마지막 헌사다.

영화 〈기생충〉은 공간과 햇살과 비와 냄새를 통해 '예상 불가능한 스토리 전개'(봉준호 인터뷰)로 현실의 에피파니를 깨닫게 하는 명작이다. 한번 화면을 보면 도저히 빠져나올 수 없는 몰입도 높은 미시적 계급 고현학(考現學)이다.

(2020)

〈신문기자〉

아베 '도금 민주주의'에 맞선다

댓글부대

국가나 시대와 상관없이 권력에 빌붙어 사는 하수인들도 나름의 사명 의식을 갖고 있다. 권력을 지키려는 하수인 공안 경찰들이 모인 내각정보실은 언론을 조작하고 또 조작한다. 공안부 전직 경찰들이 국민을 지키지 않고 권력자를 지키려고 왜곡 기사를 올리는 댓글부대

에 참여하는 상황은 몇 년 전 우리나라 상황을 떠올리게 한다.

"이것은 국가를 지킬 중요한 일이다"(これも国をまもる大事な仕事だ; 12:44).

우리로 말하면 국정원이라 해야 할까. 총리 직속 조직인 "내각정보조사실이 PC방에 난민을 고용해서 댓글을 조작한다"(19:35)는 소문도 기자들은 알고 있지만, 파헤치려 하지 않는다.

16분 11초부터 거짓 뉴스를 만들어내는 댓글부대 사무실 풍경이 나온다. 모르모트들의 좁고 깨끗한 책상 위에는 컴퓨터 외에 아무것도 없다. 그저 알만 낳게 하는 닭장처럼, 컴퓨터에만 집중하게 하는 작은 책상에 줄지어 앉은 사무실은 어두컴컴하다.

이들은 철저한 사명 의식을 갖고 있다. '국가를 지키는 일'이면 어떤 왜곡이나 가짜뉴스를 퍼뜨려도 애국이다. "실장님이 퍼뜨리라 했어"라는 명령이 떨어지면 모르모트처럼 가짜뉴스와 가짜댓글을 만들어낸다. 전혀 상관없는 일반인 여성이 야당 의원과 불륜 관계라고, 일본인들이 좋아하는 '인물 상관도'를 조작해 가짜뉴스를 만들어 퍼뜨리기도 한다. 신혼의 신랑 스기하라 타쿠미(마츠자카 토리)는 조금씩 양심에 가책을 느끼기 시작한다.

내각정보실에서 여론 조작 일을 하다, 양심의 가책을 느낀 칸자키는 빌딩 옥상 위에 선다.

"스기하라, 우리들은 도대체 무엇을 지켜왔단 말인가"(杉原, おれたちはいったい何をまもって来ただろうな).

칸자키는 후배 스기하라에게 마지막 유언을 남기고 빌딩에서 떨어져 자살한다(35:21). 이 말은 국민을 위해서 일하지 않고 부패한 정권을 지키기 위해 모르모트로 살아온 공무원의 유언이다.

칸자키의 자살이 텔레비전에 보도되자, 내각정보실에서 스기하라에게 임무를 준다. 칸자키가 자살한 원인을 '정책 자금 부정 유용 발각'으로 인터넷에 뿌리라는 명령이다. 댓글 요원들이 트위터에 칸자키의 죽음 원인을 정책 자금 부정으로 올리고 서로 공유하며 가짜뉴스를 뿌린다.

　내각정보실을 찍는 카메라 워크는 늘 멀리서 누군가 감시하는 듯이 전면을 찍는다. 특히 스기하라를 찍을 때는 누군가 미행하는 듯이 나무 사이나, 집 사이에서 카메라가 엿보듯 찍는다.

기자의 눈빛

2019년 10월에 개봉한 영화 〈신문기자〉는 가짜뉴스부터 댓글 조작까지 국가가 감추려는 진실을 좇는 기자의 이야기다. 이 영화에서 주연으로 출연한 배우 심은경이 제43회 일본아카데미상에서 우수여우주연상을 수상했다. 오랜만에 일본 영화를 보았다.

　내가 놀란 것은 심은경이 출근하는 장면의 '눈빛'이다. 4분 25초에 옆모습만 나오던 심은경의 정면 모습이 처음 나온다. 여기서 눈빛, 뭔가 바닥을 보면서 신중하게 걷는 설명하기 어려운 일본인 특유의 눈매가 심은경의 눈빛에서 보였다. 눈빛 하나로 일본인 기자 '요시오카 에리카'(吉岡エリカ)가 느껴졌다. 이건 연기력도 아니고 뭐라 해야 할까. 이름이 '에리카'인 것은 미국에서 자란 일본인이기 때문에 미국식 이름을 지었을 것이다.

　동료 기자가 "별종이야, 미국에서 자랐는데 일부러 여기 와서 기자 하려고 하지? 나는 절대 못해. 언어 장벽도 있고"(20:35)라며 요시오카가 미국에서 자라 일본어 발음이 독특할 수 있다고 관객에게 슬쩍 밝힌다. 요시오카는 일본인 기자 아버지와 한국인 엄마를 두었고 뉴욕에서 태어났다.

　이제부터 요시오카의 독특한 일본어는 성장 배경을 들으면 오히려 자

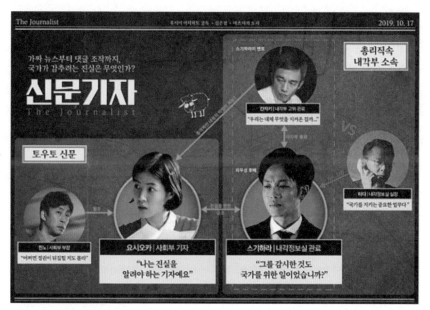

영화 〈신문기자〉 인물관계도(출처: 네이버 영화)

연스럽게 인물상에 녹아든다. 말수 적은 요시오카의 눈빛을 카메라는 자주 클로즈업한다. 이 영화에서 요시오카, 아니 심은경은 거의 눈으로 연기한다. 그녀의 눈빛이 내용과 감정을 정돈시킨다.

15분 20초에 주인공 심은경이 "일본 언론이 아버지를 죽였다"는 말을 미국 기자에게 듣고 "아마도"(Probably)라고 하면서, 허공을 헤매는 큰 눈도 많은 아픔을 겪은 한 존재가 쟁점을 피하고 싶은 무의식을 잘 표현하고 있다. 40분 40초에 죽은 아버지 시신에서 목을 맨 흔적을 보고 울음을 참으며 소리 죽이고 통곡할 때 그 눈빛은 연기가 아니라 그냥 현실로 보였다.

"나는 칸자키 상이 죽은 이유를 알고 싶습니다."

장례식 빈소에서 스기하라에게 요시오카는 묻는다. "가족을 남겨두고 목숨을 끊을 만치"라고 하며 잠시 울먹이는 그녀의 눈빛(47:15), 이때부터 본격적인 취재를 시작한다.

"내각은 사퇴하라!"

"기만을 멈춰라!"

"진실을 밝혀라!"

"진실 조작 멈춰라!"

내각정보실에서는 시민들이 데모를 하면 사진을 찍어 붉은 매직으로 얼굴을 표시해서 공안에 넘겨 신상을 조사하게 한다. 스기하라는 개인의 의사표현 아니냐며 항의해도, 실장은 시민이 아니라 "범죄자"라고 강조한다.

내각정보실은 시위를 예비 범죄자들의 소행으로 몰아붙이는데, 요시오카 기자는 트위터에 당차게 써서 올린다. 영화가 시작한 지 1시간이 지나는 중반에, 주인공이 트위터에 올린 글은 부패한 정권을 향한 투쟁의 신호다.

현 정권은 국민을 '분단'시키고, 고립시키며, 개인[個]을 억눌러 부수려 한다. 이것에 대하여, 여기까지 온 것은, 회사나 학교와 분리된 '개인'[個]이다. 개인 [個]과 개인[個]이 연결하여, 용기가 생기고, 큰 집단과 맞서려 한다. 우리는 이 광경을 보며 무시할 수 있을까?(01:00:23)

드디어 내각정보실의 미행을 따돌린 듯싶어 스기하라와 요시오카 기자는 다리 위에서 만난다. 신문기자였던 아버지가 죽은 이야기를 스기하라에게 하면서 허공을 헤매는 듯한 요시오카의 눈매(01:07:10)도 그녀가 서성였던 많은 방황을 떠올리게 한다.

내각정보실은 요시오카가 정권의 비리를 캐내는 것을 알고, 신문사를 통해 요시오카를 협박한다. 협박 문서를 보내놓고 내각정보실 실장은 스기하라에게 당연하게 말했다.

"안정된 정권을 유지시키는 것이 곧 이 나라의 평화와 안정과 연결된다. 그렇지 않나?(01:10:38)"

편집부를 통해 협박을 받은 요시오카는 눈시울을 떨며 "그러니까, 그만두라, 그 말인가요"라고 말한다. 이때 카메라는 요시오카의 눈을 화면 전체에 클로즈업시키고 15초 정도 롱테이크한다. 심은경의 눈이 스크린에 가장 크게 확대되었던 장면이다.

요시오카 기자는 위협에 굴하지 않고, 칸자키의 부인을 찾아간다. 집히는 뭔가(心あたり)를 찾아 두 사람은 칸자키가 남긴 유품을 살펴본다.

허공을 헤매는 눈길 외에도 요시오카에게는 독특한 습관이 있다. 손소독제에 손을 자주 씻는 습관이다. 처음엔 단순히 청결한 것을 좋아하나 싶었는데, 여러 번 장면이 반복되면서 마치 절대 한 점도 더럽히지 않겠다는 다짐으로 보인다.

영화 〈써니〉(2011)에서는 접신해 욕을 쏟아내는 장면이 나온다. 심은경의 연기는 접신의 상태, 혹은 전혀 다른 인물로 빙의된 상태가 아닐까. 그런데 심은경이 일본 텔레비전에 나오는 많은 영상을 보고 나는 전혀 다른 인물이 아니라, 영화 배우가 등장인물과 아주 유사한 성격을 갖고 있다는 느낌을 받았다.

항간에는 아베 정권을 비판하는 영화에 일본인이 주연으로 나오면 이후 활동이 어려워질 거 같아 모두 거절했기에 심은경이 나왔다는 설이 있었다. 소문과 다르게, 기자회견에서 카와무라 미츠노부 프로듀서는 명확히 말했다.

"내가 심은경 배우를 개인적으로 아주 좋아하기 때문에 캐스팅했다. 이 영화를 기획할 때 다른 일본 여배우에게는 전혀 출연 제의를 하지 않았다. 난 심은경이라는 배우가 이 역할에 딱 맞다고 생각했다. 지적인 면도 있고, 다양한 아이덴티티를 갖고 있으면서 진실을 추구하는 캐릭터에 맞다고 생각했다. 일본 여배우들이 다 출연을 거절해서 어쩔 수 없이 심은경을 내세웠다는 소문이 있는데 사실이 아니다."

한국에 와서도 그는 이렇게 말했다. 심은경 자체가 "진실을 추구하는 캐릭터"로 정확히 맞는다.

더 놀란 것은 영화 외에 인터뷰 자리에서 심은경이 사용한 일본어였다. 그녀의 정확한 존경어와 노력한 억양, 그리고 절제된 겸손을 보면서 나는 영화 이상의 감동을 느꼈다. 어떻게 단 2-3년 일본에서 지내면서 저 높은 수준의 일본어를 구사할 수 있는지, 10여 년을 살아도 브로큰 제페니즈를 쓰는 나와 차원이 달랐다.

다시 살아나려는 군국주의

요시오카 기자는 칸자키가 남긴 유품에서 양 그림과 영어 원서 『더그웨이』를 찾아낸다.

"더그웨이는 생물병기 실험소가 있던 곳이죠."

"이 책은 1968년에 실험소에서 누출된 신경가스로 양떼가 죽은 사건을 쓴 책이죠."

"그렇다면, 정부가 일본의 더그웨이를 만들려고 했다는…, 칸자키 상이 만들어야 했던 대학이 생물병기 제조를 하려는 대학을 정부가 세우려는 계획?"

"그것을 칸자키 상이 참을 수 없었던 거죠. 그래서 신문사로 계획을 유출시킨 거죠. 근데 이것만으로는 기사를 쓸 수 없어요."

"정부가 대학을 세우려는 목적이 의료가 아니라 군사용이라는 증거가 있어야 하는군요."

"네, 협력해주시지 않겠어요?"

생물병기 금지조약을 일본 정부가 위반하려 한 것이다.

스기하라는 스스로 공무원이라며 거부하지만, 요시오카는 계속 설득한다. 그는 아기를 낳은 아내를 보며 오랫동안 망설이며 울기까지 한다. 스기하라는 가족의 생계를 걱정해야 하면서도, 아기가 살아갈 일본이 좋은 나라가 되기를 바라는 쪽으로 마음을 정리한다. 끝내 스기하라는 대학이라는 이름으로 생물병기를 만들려는 정부의 계획을 폭로하기로 한다. 먼저 대학 설립을 담당한 선배 사무실에 들어가 핸드폰으로 비밀 문건을 사진 찍기 시작한다.

호텔 방에 진노 주필이 오고, 스기하라와 요시오카는 비밀을 전한다. 정부가 의료계 대학을 짓는다고 발표했지만, 사실은 평화적인 의학대학이 아니라 'G제', 즉 제2차 세계대전 때 독일이 사용한 신경계 독가스를 연구하고, 테러와 외압에 대응하기 위한 군사적 연구라는 목적이 비밀 서류에 써 있다. 게놈 조작 등 전쟁에 필요한 의학을 연구하는 대학을 일본 정부가 준비한다는 내용이었다.

무섭게도 이미 세 사람이 호텔에 있다는 사실을 내각정보실은 다 알고 있다. 전화가 온다. 만약 기사로 내면 모두 오보라고 반박하겠다고. 그때 반전이 일어난다. 일본이란 나라에 아직 기대감을 가져야 하는 반전이다. 이후의 이야기는 영화를 보시면 한다.

영화는 여기서 끝나지 않는다. 아베 정권의 부패 카르텔을 정확히 알리는 문장이 영화 속에 있다.

도금 민주주의, 형태만 민주주의

영화 후반에, 우리로 말하면 국정원 실장이 무서운 말을 한다.

"이 나라의 민주주의는 형태만 있으면 돼"(この国の民主主義は形だけでいいんだ。; 01:45:02).

영화 앞부분에 댓글부대 사무실이 나온다. 닭장에 들어앉은 닭들처럼, 종이 몇 장만 놓인 작은 책상에 앉은 사무원들이 지령받은 거짓 뉴스를 컴퓨터에 올리는 어두컴컴한 사무실이다. 놀랍게도 그곳은 '내각정보조사실'이라는 국가기관이고, 그들은 공무원이다.

서경식 도쿄게이자이대 교수와 다카하시 데쓰야 도쿄대 교수는 일본 사회를 껍질만 민주주의라는 의미에서 '도금(鍍金) 민주주의'라고 규정했다. 일본이라는 나라는 말이 민주주의지, 상징천황을 꼭대기에 둔 철저한 먹이사슬 계급사회다. 1945년 이후 일본에 민주주의가 도입됐으나 껍데기만 민주주의 체제이지, 과거의 실패를 직시하고 이를 개선할 노력은 없고 '도금'된 껍질을 조금만 벗겨내도 곧바로 한계가 드러난다는 지적이다.

가장 위로는 천황 가족이 있고, 그 아래는 먹이사슬을 유지하려는 국수주의자들, 그 아래 일반 서민들, 그 아래 삼고쿠진(三国人—중국인, 조센징, 타이완징 등 식민지 출신을 가리키는 차별어), 맨 밑바닥에 부락민(옛 백정 출신)이 있는 차별사회가 일본의 본질이라는 평가도 있다.

멋진 신세계, 암흑기 동북아시아

이제 〈신문기자〉를 시발로 아베 정권에 조금씩 균열이 일어날까. 일본 영화 배우와 언론인들이 힘을 얻을까. 쉽지 않은 일이다.

이 영화를 보고 일본 사회에 '작은 기대'를 품기 시작했다.

어떤 작은 기대일까. 그 작은 기대는 할리우드에서 〈기생충〉이 아카데미상을 쓸고, 일본아카데미에서 〈신문기자〉로 한국 배우가 주연상을 받아서 생긴 것과 다르다. 심은경이라는 탁월한 배우는 경이로운 이상의 연기력을 보였는데 그것을 넘어서는 '작은 기대'가 생겼다.

〈기생충〉이 아카데미상을 받은 시기가 2020년 2월 말이고, 일본영화아카데미는 3월 6일이었으니 일본 영화계에서 반성적 고찰이 시작되었다는 평가도 있지만, 그것을 넘어서는 기대감이 생겼다.

〈신문기자〉는 언론 자유를 억압하는 국가에 참 언론의 메시지를 던지는 '현재진행형 영화'다. 영화에서 자살하는 공무원 사건이 나오는데, 바로 지난주 3월 18일에 비슷한 사건이 또 터졌다. 아베의 사학비리를 감추다가 양심상 더 이상 견딜 수 없어 자살한 사건이다. 아베 정권 이후 도대체 몇 번째 공무원 자살인가, 아베는 도대체 몇 번이나 거짓을 반복해왔는가.

2017년 6월 아베의 '가케(加計) 학원 스캔들'이 한 기자에 의해 밝혀졌다. 이 영화는 아베의 비리를 파헤친 도쿄신문 모치즈키 이소코(望月衣塑子)

기자가 쓴 저서 『신문기자』를 모티프로 했다. 모치즈키 기자는 10분만 허용된 기자 질문 시간에 스가 관방장관(현 일본 총리)을 향해 40분 동안 23회에 걸쳐 질문을 퍼부었다. 그의 질문으로 2017년 지방 사학재단이 국유지를 헐값에 매입하는 과정에서 아베 총리가 부당한 영향력을 행사했다는 사실이 드러났다. 이 스캔들이 밝혀지면서 공문서 조작에 참여했던 국

아래는 모치즈키 이소코 〈도쿄신문〉 기자 ⓒ시사IN 이명익

세청장이 사임, 실무를 담당했던 공무원이 자살하는 사건이 벌어졌다. 영화 〈신문기자〉는 이 구도에서 출발한다.

영화를 보면 누구든 아베 총리의 가케 학원 사학비리, 모리토모 학원 비리 등을 생각할 수밖에 없지만, 단지 아베 문제만을 지적하는 영화일까.

이 영화는 일본 사회를 넘어 언론 자유의 본질을 묻는다.

북한이나 중국이나 언론 자유는 암담하다. 현재 문화대혁명(1966-1976)의 피해자였던 시진핑은 세계에 공자학당을 세우며 변형된 '중화' 문화대혁명을 재현하고 있다. 겉으로는 세계와 대화하는 듯하지만, 중국 국내에서는

언론 통제가 무서울 정도다.

시진핑(习近平, 습근평)의 별명은 '모등습'이다. 모·등·습은 세 인물의 이름을 줄인 말이다. 모택동·등소평을 넘어선다 하면서도, 이들의 나쁜 점을 배웠다며 풍자하는 별명이다. 이 시진핑이 언론과 영화를 탄압하여 현재 중국의 언론과 영화계는 암흑기에 들었다. 겉으로는 민주주의지만 속으로 곪아 있는 일본도 마찬가지다. 아베 정권이 들어서자 거의 박근혜 시대 때 '국뽕'과 비슷한 '일뽕' 영화가 줄을 이었다.

〈신문기자〉는 아베 정권의 정점에서 아베 정권을 비판하는 영화다. 마치 '이명박근혜' 시대 때 친일파와 부패 정권을 비판하며 "우리는 계속 싸우고 있다"라던 〈암살〉, 1980년대 민주화 투쟁을 그린 〈택시운전사〉, 〈1987〉처럼 현재진행형 영화다.

한국 역시 얼마 전까지만 해도 해직 언론인과 예술인 블랙리스트가 공공연했던 사회였다. 한국 사회는 이제 일베 등이 일으키는 가짜뉴스와 싸워야 하는 상황이다.

예술이 정치에 균열을 일으킨 역사적 예는 많고도 많다. 투르게네프(1818-1883)의 중편 소설 『무무』(1854)가 러시아 농노제도를 무너뜨린 신호탄이 된 것은 잘 알려진 사실이다. 18세기 말에 괴테, 실러 등이 시작한 독일의 질풍노도시대(Sturm und Drang, 1767-1785)는 유럽을 개인 자유 사상으로 들끓게 했고, 그 뜨거운 마그마는 두께가 얇은 파리에서 솟아올라 프랑스 대혁명을 일으켰다는 연구도 있다.

내가 거는 '작은 기대'는 바로 이 지점이다. 영화 〈신문기자〉는 아베와 수구세력의 노예로 전락한 일본 언론 및 예술계에 균열을 일으켰다. 그 균열이 동북아시아의 언론과 영화 창작의 자유를 넓혀주기를 바라는 기대감이다.

창의적인 개인의 연대로서의 국가

국가는 필요하나, 자유로운 개인과 개인이 연결된 민주주의 공동체여야 한다. 〈신문기자〉는 국민 개인의 자유를 억제하고, 자기들만의 이득을 세습하는 부정한 정권에 맞서는 영화다.

일본이든 어느 나라든, 국경을 초월하여 언론의 자유와 창작의 자유를 억누르는 권력에 대해서 언론인과 예술인은 저항해야 할 것이다. 언론 자유를 희구하는 참 언론인만이 아니라, 아직도 블랙리스트가 있는 많은 나라 예술인들이 이 영화를 보고 힘냈으면 좋겠다.

〈기생충〉에 이은 '쾌거'니 '일본을 점령한 한국 예술인' 같은 국수주의적 표현을 삼가면 어떨까. 이제부터 더욱 한일 예술인, 한일 영화인, 한일 언론인들이 연대하고, 한국이든 일본이든 부패한 권력이 있을 때는 함께해야 한다는 교훈을 〈신문기자〉를 보며 다시 얻어본다. 연대를 통해 탄압을 이겨낼 때 아시아 평화 르네상스에 다가갈 수 있겠지만, 쉽지는 않다.

아베의 거짓말에 일본 시민들은 얼마나 분이 차오를까.

상황은 그리 쉽지 않다. 코로나 바이러스 전염병이 폭발하면서, 문제 많은 아베 정권의 지지율은 오히려 올라갈 것이다. 신기한 것이 아니라 전시 중에는 부시도 트럼프도 지지율이 올랐고, 하다못해 한국전쟁 때 이승만 지지율도 올라갔었다. 문제를 해결해달라는 요구인 것이다. 올림픽이 열리기까지 아베는 그 긴장감을 극도로 이용하겠지.

언젠가 끓는 분노가 일본 사회의 제대로 된 민주주의를 향해 표출되기를 기대해본다. 〈신문기자〉를 보는 일본인들도 '작은 기대'와 함께 용기를 얻으리라 고대한다. 일본아카데미상 우수여우주연상뿐만 아니라, 우수남우주연상, 우수작품상까지 받았다는 소식은 그래서 더욱 기쁘다.

(2020)

〈시티 오브 조이〉

만남의 기쁨과 어떤 시혜의식

이미 국내에도 상영되었던 영화 〈킬링 필드〉(Killing Fields, 1984), 〈미션〉(Mission, 1986) 두 작품으로 우리에게 알려진 롤랑 조페(Roland Joffe, 1945-) 감독은 또다시 휴머니즘을 내걸고 영화 팬들 앞에 섰다. 〈시티 오브 조이〉(City Of Joy, 1992)를 만들기 전까지 롤랑 조페 감독이 영화로 사람들에게 말하고 싶었던 것은 무엇이었을까. 위기의 역사적 상황을 깔고 뭔가 심각한 주제를 펼쳐놓는 감독의 문제의식은 무엇일까.

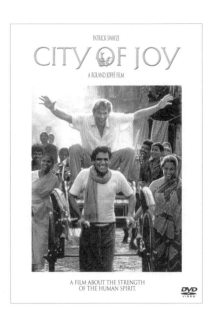

    캄보디아 전쟁의 전율할 만한 실상을 그려 넣은 〈킬링 필드〉에서 그는 죽음의 위기를 거쳐 헤어졌던 두 사람을 만나게 한다. 18세기 남미에서 일

어난 인디오의 살육을 그려낸 〈미션〉에서는 영성신학을 추구하는 가브리엘 신부(제레미 아이언스)와 해방신학적 지향을 보이는 멘도자 신부(로버트 드 니로)의 영혼을 죽음의 자리에서 만나게 하는 감동(이에 대해서 내가 쓴 "두 사람의 표정―〈미션〉에 대한 단상", 「살림」, 1992.5. 제42호를 참조 바람)을 마련한다. 또한 만남의 의식 세계는 〈킬링 필드〉와 〈미션〉 속에서 백인과 유색 인종 사이에 일어나는 우정과 따뜻한 인간애로 표현되기도 한다.

이렇듯 그가 주목하는 대목은 만남의 미학이다. 그의 영상이 주목하는 것은 단순한 만남의 기쁨이 아니라 주인공들이 추구하고 있는 '실천의 과정'이다. 그는 〈킬링 필드〉에서 파괴된 죽음의 세계 속에서 순수한 인간성을 희구하는 두 인물을 내놓았고, 〈미션〉에서는 과라니족 마을에서 사랑을 실천하는 두 신부의 행동에 강조점을 두었다. 그리고 이제는 빈민촌에서 기쁨을 나누는 인물들을 담은 〈시티 오브 조이〉라는 영화로 우리에게 다시 다가온 것이다.

도미니크 라피에르의 베스트셀러 소설 『기쁨의 도시, 캘커타』(City of joy-Calcutta, 1985)를 원작으로 한 이 영화는 〈작은 신의 아이들〉로 재능을 인정받은 마크 메토프가 각본을 쓰고, 영화 음악의 거장 엔니오 모리꼬네가 음악을 맡았다.

도망치든가, 방관하든가, 부딪히든가

배경은 인도 동북부의 항구도시 캘커타. 영화의 골격은 간단하다. 전혀 다른 인생을 살아온 두 사나이의 영혼이 손을 잡는다는 이야기다.

미국의 젊은 외과의사인 맥스(패트릭 스웨이지)는 수술 중에 어린 소녀의 목숨을 구하지 못한 무력한 자신을 견뎌내지 못하고 인도로 향한다. 한편 북인도에서는 극심한 가뭄과 기아가 계속되고 있었고, 하사리 팔(옴 푸리)은 가족과 함께 고향을 버리고 양식을 구하러 캘커타에 온다. 캘커타에 도착하자마자 일가는 사기를 당하고 노상에서 하룻밤을 보내야만 했다. 거의 같은 시각에 캘커타에 도착한 맥스. 의사로서 무력했던 자신을 용서할 수 없었던 그는, 이 거리에서 공허한 마음을 메우려 하지만 미국에서 도피한 맥스 앞에 펼쳐진 캘커타의 비참하고 엄격한 현실은 마치 그를 비웃듯 다가선다. 가족을 위해 몸을 파는 소녀 푸미아와 만나지만, 맥스는 마을 대부의 아들 패거리에게 몰매를 맞고 돈을 빼앗긴다.

이튿날 밤새 헤매다 눈을 뜬 맥스의 앞에 아주 초라한 창고, 캘커타에서도 가장 가난한 무료 진료소가 보인다. 진료소의 경영자 조안 바실(폴린 콜린스)은 맥스가 의사라는 사실을 알고 도움을 청하지만, 자포자기한 맥스는 거절하고 그곳을 떠난다. 하사리는 그 마을의 대부인 가타쿠에게 사정하여 릭샤(인력거) 끄는 일을 겨우 얻고, 가족의 생활과 딸을 시집보내기 위해 열심히 일하며 '시티 오브 조이'에 작은 집을 마련한다.

어느 날 맥스는 거리에서 자신을 공격한 대부의 아들 아쇼카를 보고 격분하지만, 경관에게 저지당하고 만다. 계속되는 조안의 설득에도 맥스가 소용없다고 말하자 그녀는 이렇게 말한다.

"사람에게는 세 갈래의 길밖에 없다. 도망치든가, 방관하든가, 부딪히든가."

결국 진료소 일을 결심한 맥스는 의사로 돌아가게 되는데 진료소 운영을 눈치챈 대부 가타쿠가 집세를 올려달라고 횡포를 부린다. 가난한 사람들의 모든 것을 탈취하려는 대부에게 복종하는 대신, 맥스와 조안은 자리를 옮기고 서로를 돕는데 그런 모습을 본 아쇼카는 하사리의 인력거를 빼앗고 마을 사람들의 집을 파손시킨다. 결국 아쇼카는 인력거의 임대료를 요구하지만 하사리는 이에 굴복하지 않고, 외로운 맥스로부터 굴복하지 않는 배짱을 배운 듯 분분히 일어선다. 그러자 다른 인력거꾼들도 자신들의 처지를 이제야 깨달은 듯 목소리를 합쳐 외치기 시작한다.

"인력거꾼 노조의 권리를 인정하라!"

아쇼카 일당은 이런 반항을 부추긴 맥스를 습격한다. "미국으로 돌아가라"는 위협에도 오히려 맥스는 다시 진료소로 향한다. 그런 가운데 '시티 오브 조이'에는 계속해서 재난이 닥치고, 큰비가 내려 진료소는 순식간에 파묻히고 만다. 하사리와 마을 사람들은 맥스를 구하고, 순간 전혀 다른 인생을 걸어온 두 사람의 영혼이 우정으로 이어지는 것을 느낀다. 하사리는 기쁨의 축제 속에서 딸을 시집보내고 맥스와 함께 '시티 오브 조이'의 길을 거닌다.

길을 걷다가 악당의 칼에 찔린 배의 고통을 참으려는 하사리를 맥스가 도우려 하자, 하사리는 차분하게 말한다.

"아냐, 이젠 혼자 걸을 수 있어."

고박스러운 눈빛과 목가적인 음악

〈시티 오브 조이〉에는 최고의 스태프와 최고의 제작자가 참여하여 시선을 끌었다.

먼저 TV 드라마 〈남과 북〉(1985)을 거쳐 〈더티 댄싱〉(1987)으로 일약 스타가 되었고, 데미 무어와 호흡을 맞춘 〈사랑과 영혼〉(Ghost, 1990)으로 세계적인 주목을 받은 패트릭 스웨이지의 연기가 돋보인다. 그러나 '다정하고 섹시한 터프가이'로 평가받고 있는 패트릭 스웨이지는 새로운 이미지 변신을 보여주지는 못했다.

릭셔(인력거)꾼으로 '하사리' 역을 맡아 실제로 '시티 오브 조이'에서 인력거 끄는 연습을 하기도 했다는 인도의 명배우 옴 푸리의 연기 역시 아주 인상 깊다. 길게 골진 주름살을 지닌 그의 눈매는 때로는 걱정으로, 때로는 허망으로, 때로는 분노로 표현되어, 마치 영화의 흐름이 고박스럽기 이를 데 없는 그의 눈빛에 따라 이끌어지는 듯한 감동을 준다.

음악은 롤랑 조페와 함께 콤비를 이룬 로마 태생의 작곡가 엔니오 모리꼬네(Ennio Morricone, 1928-2020)가 맡았다. 60년대 마카로니 웨스턴의 거장 세르지오 레오네 감독의 영화 〈황야의 무법자〉(A fistful of Dollars, 1964)를 통해 영화음악에 발을 들여놓은 그는 작곡과 관현악 편곡을 전공한 전문가로서, 이후 〈원스 어폰 어 타임 인 아메리카〉(Once Upon A Time in America, 1984) 등에서 클래식의 음악적 재능을 십분 살려 영화음악 속에 영화의 주제를 잘 부각시켰다. 엔니오 모리꼬네 음악의 매혹은 영화 〈미션〉에 이어 〈시티 오브 조이〉에도 잘 나타난다. 엔니오 모리꼬네는 오케스트라 지휘도 맡았는데, 자연과의 조화미를 느끼게 하는 놀라움과 감동을 긴 여운으로 남겼다. 오케스트레이션과 스테판 싱어즈의 합창은 자못 감동적이다. 다만 주된 테마곡을 듣고 있으면 〈미션〉에서 흘러나왔던 '테마' 음악이 연상되는데 이런 느낌은 엔니오 모리꼬네의 상투성에서 비롯된 것이 아닐까 싶다. 그래서 혹자는 모리꼬네의 음악을 "첫맛은 달고 끝맛은 씁쓸하고 질린다"고 표현하기도 한다.

영화음악 중에서도 주된 테마인 "The Family of the Poor"는 매우 서정적이고도 목가적인 아름다움을 가득 담고 있다. 플루트와 오보에, 피콜로에 의한 애잔한 연주는 슬픔과 희망을 동시에 전해준다. 또한 인도의 전통악기 시타르와 타블라(Tabla)라 불리는 작은 손북 등의 신비로운 소리를 곳곳에서 들을 수 있다. 인도의 전통악기가 서양의 바이올린 선율과 만나는 음율은 마치 동양과 서양이 교묘히 어울리는 장면을 떠올리게 한다.

영화 제작 기간에 숱한 어려움이 뒤따랐는데, 인도 시민들과 정부의 방해로 우여곡절을 겪어 예정보다 6개월 뒤에 완성되었다고 한다. 캘커타의 가난한 일면에 카메라를 들이댄 내용이라든지 좁은 노상에서 촬영해야 하는 어려움 등이 영화의 완성을 늦춘 이유가 되었던 것이다. 이런 상황 속에서도 롤랑 조페 감독은 확신을 갖고 작업에 임했고, 인도 촬영팀의 적극적인 지원과 엑스트라의 협조로 〈시티 오브 조이〉를 완성했다.

박애자로서의 롤랑 조페 감독은 이렇게 말한다. "나는 캘커타의 빈곤만을 묘사한 것은 아니다. 이 영화는 캘커타에 살고 있는 사람들의 넘치는 힘과 휴머니즘을 이야기하고 있다."

캘커타의 가난하지만 활력 넘치는 모습을 이방인의 눈을 통해 생명력 있는 한편의 서사시로 묘사해내고 싶었다는 감독의 의도가 담긴 말이다.

숨겨진 오리엔탈리즘

칭찬이 무성한 만큼 롤랑 조페 감독에게 쏟아지는 비판의 화살 또한 만만치 않다. 첫째, 그의 작품 속에 들어 있는 교묘한 시혜의식이다. 앞서 말했지만

〈시티 오브 조이〉에서도 롤랑 조페 특유의 동서양 문화의 접근, 융합, 이해와 서구의 에고이즘을 끊임없이 비판하려는 의식이 작품 전체에 배어 있다. 이러한 의식 세계는 〈킬링 필드〉와 〈미션〉에 반영된 백인과 유색 인종 사이에 일어나는 우정과 따뜻한 인간애를 통해 깊은 감동을 전해주었다. 다만 그 '만남'이란 항목 속에 자리 잡은 미묘한 서열체계가 문제다. 〈킬링 필드〉에서부터 보이는 미국인 기자가 월남인을 구출해내고 포용하는 장면이 그렇다. 마치 주인이 종을 구해내는 듯한 풍경이다. 〈미션〉 또한 카메라의 초점이 백인 순교자들에게 맞추어 있다. 〈미션〉의 마지막 대사가 그 흔적이다. 몹시 거부감을 주는 대사이기도 한데, 아이들이 물에 젖은 바이올린을 집어 올리면서 "그들(원주민)의 마음속에는 두 신부의 모습이 영원히 남아 있게 되었다"는 마지막 코멘트가 그렇다.

이번 영화에서도 그렇다. 하사리는 맥스에게서 용기를 배운다. 가까스로 하는 말이 "이젠 나 혼자 걸을 수 있어"다. 마치 스스로 깨닫는 동양인은 동양 역사에 없는 듯이. 어쩔 수 없는 시혜의식을 피할 수는 없는가. 다소 작위적이지만, 그래도 실추된 중국인의 자긍심을 높이고 있는 서극 감독의 〈황비홍〉(Once Upon A Time in China, 1991)은 서구인들의 비열함과 동양인의 자긍심을 강조하고 있는 반면에, 롤랑 조페 감독은 여전히 동양인은 열등하고 서구인은 존엄한 모양으로 그려낸다.

둘째, 창작자로서 롤랑 조페 감독의 능력 문제다. 그가 지은 작품의 성과는 그의 영상 창작 능력보다 데이비드 퍼트남(David Puttnam)이라는 특별한 제작자의 기획 능력 때문이라는 평가가 있다. 80년대 영국 영화에 '르네상스'를 아울러 1986년 코카콜라 회사의 자회사인 콜롬비아 영화사의 회장으로 취임하여 80년대 할리우드의 전설적인 제작자로 이름을 남긴 데이비드 퍼트남.

1941년 영국 런던에서 태어난 그는 앨런 파커 감독의 두 번째 작품 〈미드나잇 익스프레스〉(Midnight Express, 1978)를 대성공시키면서, 이후 10년 가까이 앨런 파커, 롤랑 조페, 에밀 쿠스트리차 등의 '신인감독 발굴 → 고급영화제작 → 국제영화제 수상 → 전 세계 흥행성공'이라는 소위 '퍼트남 공식'을 창조해낸 명제작자다. 롤랑 조페 감독 역시 심각한 주제, 최고 수준의 배우와 스태프진, 최고의 음악감독, 인류 공통으로 이해할 수 있는 이야기 등 '퍼트남식 영화의 전형'(구혜영, 『영화에 대하여 알고 싶은 두세 가지 것들』, 127쪽)이라 할 만한 토대 위에서 〈킬링 필드〉와 〈미션〉을 만들었다는 평이다.

이런 논리에서 롤랑 조페 감독의 영화들은 '퍼트남 생산 양식'의 철저한 기획 상품으로 만들어졌다. 그러니까 그의 영화는 소비라는 자본주의적 메커니즘 속에서 교묘하고도 철저한 소비성을 추구했다는 말이다. 곧 현실사회의 사탕발림이라는 측면이 강하지 빈부 격차에 대한 근본적인 대안을 제시하는 영화가 아니며, 서구 관객에게는 계몽적인 효과와 시혜적인 만족성을 제공하는 반면에, 제3세계 민중들에게는 그들의 이미지가 상업적인 효과로 탈각되는 상품화 과정을 겪게 한다는 비평이다. 이런 잣대에 따라서 몇몇 평론가들은 롤랑 조페를 장 뤽 고다르나 스파이크 리 혹은 프란시스 코폴라보다 한 단계 낮은 열등생으로 평가한다.

새로운 양심에 거는 기대

몇 가지 비판이 있지만 나는 롤랑 조페 감독의 분투 노력에 더욱 관심을 기울이는 쪽을 택하기로 했다. 〈킬링 필드〉에서 인간주의가 거세된 양쪽의 이념을 모두 비판했고, 〈미션〉에서 제국주의에 빌붙어 허울 좋은 권위로 충만한 로마 교황청을 꼬집은 비판적 리얼리스트의 차가움 쪽에. 그리고 〈시티 오브 조이〉에서 약자를 괴롭히는 깡패들에게 소중한 사랑의 메시지로 경고하는 폭넓은 비판적 리얼리스트의 따스함 쪽에. 고군분투하는 한 영화꾼의 의로운 광기 쪽에. 바로 이런 까닭에 나는 이 영화를 "극빈자들의 용기를 북돋아주는 위대한 공헌"이라 평가한 테레사 수녀의 말에 많은 부분 동감한다. 비판만 하는 쪽보다는 롤랑 조페 감독에게 기대를 거는 쪽에 주사위를 던지기로 했다. 롤랑 조페 감독이 우리 비평가들의 차가운 비평에 귀 기울이고 좀 더 뼈아픈 작품을 남겨주기를 기대해본다.

그가 내한해서 보여준 행동과 좋은 말들, 그리고 "최근의 할리우드 오락영화란 책을 읽어본 적이 없는 문맹층을 상당히 염두에 두고 만드는 것 같다. 그래서 관객들은 자신들의 문제를 잊어버린다"(「한겨레」 인터뷰, 1993. 7. 3.)는 예리한 지적대로 영화사에 새로운 양심으로 남아주기를 바란다.

다시 영화를 떠올려 본다. 안테나가 연연히 이어지는 양철 지붕, 낡은 커튼이 펄럭이는 창문, 쓰레기와 헌 타이어가 뒹굴고 있는 골목. 아직 우리에게도 익숙한 장면이 아닌가. 저물녘 달동네에 두부 장수의 가위 소리와 함께. 기억에 남는 마지막 코멘트.

나누지 않은 모든 것은 잃어버린다.

All that is not given is lost.

(1991)

〈보헤미안 랩소디〉

마이 프렌드와 니체

첫 장면에서 함성이 아주 짧게 나오고 암전 후, 침대 옆에서 미끄러진 오른손, 방금 잠에서 눈을 뜬 주인공 눈동자가 잠깐 클로즈업되면서 거칠게 숨쉬는 장면이 나온다. 숨소리가 극장을 가득 채운다. 벗은 상체의 뒷모습이 나타나고 주인공은 갈한 기침을 토한다. 어딘가 고장 난 듯한 몸에서 나오는 기침이다. 거친 한숨, 갈한 기침은 그가 병들었음을 보여준다. 그의 벗은 등에 영화 제목이 찍혀 나온다.

〈BOHEMIAN RHAPSODY〉

코털을 다듬은 그는 공연하러 갈 준비를 한다. 런던 웸블리 스타디움에서 펼쳐질 라이브 에이드(Live Aid) 공연을 보러온 다이애나 왕세자비와 왕세자의 모습이 보이고, 고양이 다섯 마리가 먹이를 먹고 있는 거실을 거니는 그의 맨발이 클로즈업된다. 첫 장면에서 나오는 노래는 "Somebody To Love"다.

음악을 배경으로 무대장식 하는 사람들이 나오고, 그의 자동차는 공연장으로 향한다. 조명과 기타가 나오고 그가 쓰는 마이크와 일렉트릭 기타가 나온다. 문이 열리고 하얀 런닝에 청바지를 입은 그가 공연장으로 향한다. 그의 앞서 공연했던 세계적인 가수들이 옆으로 스쳐 내려오고 그가 무대에 오른다. 휘장이 열리고 피아노 뒤로 웸블리 스타디움에 가득 찬 관중이 보인다. 노래는 "Somebody To Love"라는 가사에서 끝나고 장면이 전환되며 20여 년 전으로 페이드백한다. 영화의 주제는 앞부분에 모두 나온다.

인종차별, 노동자, 장애인

1970년 런던 히드로 공항 활주로, 비행기에서 짐을 옮기는 수하물 노동자가 등장한다. 이 영화에서 제일 먼저 나오는 대사는 인종차별 문제다.

"Oi, You missed one, Pakkie."

"I am not from Parkistan."

짐 하나를 떨어뜨리자 팀장인 듯한 사람이 "짐 하나 떨궜잖아, 파키스탄 놈아"라고 하고, 주인공은 "저 파키스탄에서 오지 않았어요"라고 답한다. 그를 단순히 영국 가수로 알던 사람들에게는 당혹스러운 대화다. 이 영화는 처음부터 그가 다인종사회에서 외면받는 사람, 영국 식민지 출신이라는 사실을 언급한다. 식민지 출신으로 차별받는 그는 찢어진 메모지에 노래 가사를 메모한다.

집으로 돌아온 그에게 저녁상을 차리던 엄마는 어디 가려 하냐고 묻는다 (07:10). 그는 "Out with friends"라고 답한다. 친구 만나러 간다는 것이다. 엄마가 "여자 친구?"(Girl)냐고 물으니 그는 머뭇거린다. 아주 짧은 머뭇거림이지만 이 머뭇거림 안에 그가 여성을 넘어 동성까지 사랑의 대상으로 할 삶이 복선처럼 짧게 나온다. 이 영화에서 주의 깊게 듣지 않아도 계속 반복되는 주제는 '친구'다. 그는 계속 함께 노래할 친구를 찾아 헤매고, 마지막에는 그 자신이 난민, 빈자, 약자, 동성애자 등 주변인의 친구라는 선언으로 끝난다.

여자 친구인 메리(Mary)의 아버지는 말 못 하는 장애가 있기도 하다. 메리는 아버지가 수화로 하는 말을 통역한다. 이 영화의 제목인 〈보헤미안 랩소디〉에도 피해받은 방랑자라는 뜻이 있다. 영화는 약자, 빈자, 주변인들이 하나가 되는 화합으로 향한다. 미리 쓰지만 보헤미안(Bohemian)이란 체코 주변에서 사는 집시들을 말한다. 이들은 전통에 얽매이지 않고 자유롭게 살았지만 정착하지 못하는 떠돌이들이었고 가난했다. 서구인들은 체코 지역인 보헤미아를 거쳐 들어오는 이들을 보헤미안이라 불렀다. 이 말에는 멸시와 차별의 의미가 진하게 스며 있다.

니체와 프레디, 나를 찾는 단독자

밖으로 나가려는 그 앞에 현관문이 열리면서 아버지가 등장한다.

"Out again Farrokh"(또 밖에 나가냐, 파로크).

"It's now Freddie, Papa"(이젠 프레디예요, 아빠).

"Freddie or Farrokh"(프레디든 파로크든).

이 짧은 대화에 디아스포라의 정체성에 대한 고민이 숨어 있다. 아버지는 본래 고향의 이름인 "파로크"로 호명하는데, 주인공은 자신의 이름을 "프레디"로 지어 말한다. 여기서 주인공 이름이 처음 나온다. 다시 아버지는 "프레디 파로크"라고 원적을 잊지 말 것을 당부한다. 이어서 아빠는 조로아스터 신앙인이 갖춰야 할 가훈을 가르친다.

"Good Thoughts, Good Words, Good Deeds."

좋은 생각, 좋은 말, 좋은 행동이 열망해야 할 삶의 목표라고 교훈한다. 부자 간의 갈등을 염려하는 엄마 표정 옆으로, 어릴 때부터 몇 번이고 들었던 표정으로 프레디는 아빠 말을 침을 삼키고 바닥을 보며 참는다. 이 말은 단지 이 한 가족의 가훈뿐만 아니라, 그가 살았던 사회가 강요했던 프레임이었다. 거기서 벗어나면 인간으로 대접받지 못하는 프레임이었다.

아빠의 가르침에 프레디는 대항하듯 말한다. 그래서 그것들이 아빠 삶을 어떻게 변화시켰는지 묻는다. 사회가 강제하고 있는 가치나 기준들이 과연 얼마나 개인과 사회에 기여했냐는 질문이다.

동네 라이브 바에 갔다가 프레디는 첫 번째 친구를 만난다. 평생 연인이 되는 메리다(09:41). 그리고 밖으로 나가 싱어를 잃은 두 명, 미래 그룹 퀸의 멤버가 될 뮤지션 앞에 선다. 프레디는 퍼스트 기타를 치는 브라이언 해럴드 메이(Brian Harold May)의 전공은 천문학이고, 드럼 치는 로저 메도스 테일러(Roger Meddows Taylor)는 치과의사가 될 사람이라는 것을 이미 안다고 말하면서, 자신은 전공이 디자인이고 노래를 짓는다며 메모지를 보인다. 리드싱어가 방금 그만뒀다고 하자, 프레디는 자신은 어떠냐고 묻는다. 두 명이 냉소적인 표정을 짓자 프레디는 노래 한 구절을 부른다. 짧은 시연에 두 명은 프레디의 실력을 알아챈다. 옷가게 비바에서 일하는 메리를 찾아간 프레디는 여자 옷이 마음에 든다고 한다. 메리는 프레디 눈 주변에 메이크업을 해주고 거울을 보라 한다. 프레디의 동성애적 취향이 조금씩 예고되는 장면이다.

첫 공연에서 어떤 관중이 "저 파키스탄 놈 누구냐"고 인종차별적 말을 하지만 프레디는 굴하지 않고 자신의 음악을 실연한다.

> 즐기면서 살란 말야. 즐기면서 살자고.
> 너희들 모두 다, 즐기면서 살란 말야
> (Keep yourself alive, Keep yourself alive,
> All you people Keep yourself alive).

프레디가 관중 앞에서 처음 불렀던 노래는 "너 자신의 삶을 살아라. 저 자신의 삶을 살아라. 모든 사람 각자 저 자신의 삶을 살아라"는 권유다.

이 장면부터 니체 철학과 유사한 면이 자주 등장한다. 니체 철학적 요소가 자주 등장하는 이유는 니체나 프레디나 조로아스터교적 요소가 있기 때문이다. 프레디의 가족은 조로아스터 교도였다. 니체의 철학적 산문시에 등장하는 '차라투스트라'가 그다. 어린아이처럼 자신의 삶을 즐기는 프레디는 죽음으로 향하는 실존을 알면서도 적극적 허무주의로 삶에 맞선다. 거의 니체가 말했던 위버멘쉬(Übermensch)를 떠오르게 한다.

> 어린아이는 원죄에 억눌려 있지 않고, 새로운 시작, 놀이, 자기 힘으로 돌아가는 바퀴이며 최초의 운동이자 거룩한 긍정이다. 그렇다. 형제들아, 창조하는 놀이를 위해서는 거룩한 긍정이 필요하다("Unschuld ist das Kind und Vergessen,

ein Neubeginnen, ein Spiel, ein aus sich rollendes Rad, eine erste Bewegung, ein heiliges Ja-sagen. Ja, zum Spiele des Schaffens, meine Brüder, bedarf es eines heiligen Ja-sagens." 니체, 「세 변화에 대하여」, 『차라투스트라는 이렇게 말했다』).

가족이 모여 프레디의 생일파티를 할 때 그의 아버지는 수천 년 전 프레디 선조가 무슬림의 공격을 피해서, 어떻게 영국까지 이르렀는가 말한다. 프레디의 조상은 종교 박해를 피해 탈출한 '파르시'(Parsi)였다. 넓은 의미로 '페르시아인'이지만 7, 8세기 무렵 이슬람의 박해를 피해 옛 페르시아 땅에서 중앙아시아나 인도로 피신한 조로아스터 교도였다.

본명이 파로크 불사라(Farrokh Bulsara)인 아들 프레디는 제3세계 주변을 거친 디아스포라의 후예다. 페르시아 부모의 아들로 현재 아프리카 탄자니아인 잔지바르에서 태어난 프레디는 8세인 1954년에 인도로 간다. 인도 뭄바이 근처의 영국식 기숙학교에서 1963년까지 거의 10년을 지냈다. 아잇적에 아프리카와 인도, 서양 문화를 고루 체험한, 국경을 넘는 포스트 식민지 인이었다.

프레디는 피아노를 치며 생일축하 노래를 부르다가 개명한 자기 이름 "머큐리"(Mercury)를 넣어 노래한다. 동생이 "머큐리?"에 놀라 묻자 프레디는 이름을 바꿨다고 말한다. 한참 자랑스러운 가계를 말하던 아버지는 "파로크"라는 이름이면 충분하다고 하자, 엄마는 다툼이 있을까 봐 "무대에서만 쓰는 이름일 거"라고 보호한다. 아버지의 압박에 굴하지 않고 프레디는 무대 이름이 아니라 법적으로 이미 이름을 바꾸었고 여권과 모든 서류에도 이름을 바꿨다고 말한다. 이름까지 완전히 바꾼 그는 어떤 틀에도 매이기 싫었던 것이다. 1971년 이제 어떤 것도 두려워하지 않는 "프레디 머큐리"(Freddie Mercury, 1946-1991)가 탄생한다.

형식을 파괴하는 예술가

프레디는 자기만의 고유성을 소중히 여기는 단독자였다. 그룹 이름으로 지은 '퀸'(Queen)을 프레디는 이렇게 설명한다.

> '전하'처럼 말이야. 이건 파격적인 표현이지. 나보다 더 파격적인 사람은 없을 거라고 나는 생각해(As in 'Her Royal Highness'. And Because it's outrageous. And I can't think of anyone more outrageous than me; 19:00).

대단한 자부심이다. 자신의 생각이야말로 늘 독창적이라는 말이다. 어느 누구와 비교되지 않을 자기만의 고유성을 갖고 싶다는 욕망이다. 이 영화에는 자기만의 가능성을 최대한 증폭시키려는 의지가 곳곳에 충만하다.

가장 흥미로운 부분은 녹음실과 라이브 공연 장면이다. 이들은 기존의 형식을 파괴하면서 실험에 실험을 반복한다. 단순함을 벗어나려고 몇 번이고 새로 녹음하다가 마침내 좌우 스피커로 음향을 오가게 한 후 중앙에 모으는 실험으로 새로운 사운드를 창출하기도 한다(17:20). 베이스 기타를 녹음할 때 스피커를 공중에 달아 좌우로 흔들어 또 다른 효과를 실험해보고, 드럼 대신 온갖 주방 기구를 걸어 새로운 퍼커션을 실험하기도 한다. 드럼 위에 동전을 흩뿌려 넣거나, 맥주를 부어 쳐보기도 하고, 피아노 울림통 안의 피아노 선 위에 탬버린을 놓고 피아노를 쳐보기도 한다. 영화 〈아마데우스〉(Amadeus, 1984)에서 나왔던 하늘 보고 누워 피아노 거꾸로 치기도 잠깐 나온다.

퀸의 멤버 네 명은 어느 유행에도 속해 있지 않았다. 그들은 오로지 자신만의 재능에 속해 있었다. 마침내 세계적인 레코드 회사인 EMI와 엘튼 존에게 녹음하자는 믿기 어려운 연락을 받는다. 이어 엘튼 존을 만나고 덕분에 TV 프로그램에도 나가고 일본 공연도 성사된다. 퀸은 립 싱크(Lip synch)를 선호하는 BBC 프로듀서와 갈등을 겪기도 하면서 대중문화의 속성을 익혀 나간다. 아메리카 투어 공연이 결정되고, 퀸은 버스를 타고 브로드웨이, 뉴올리언스, 애틀랜타, 피츠버그 등 미국 각지를 횡단하며 공연하기 시작한다.

프레디와 '퀸'의 장르 파괴적 태도는 음반 회사를 선택하는 격한 대화 장면에서 확연히 드러난다(33:00). '퀸'은 오페라 같은 웅대한 효과를 락으로 표현하고 싶어했으나 EMI 대표는 말도 안 된다며 무시한다. 그는 형식을 강조한다. 리드기타 담당 메이는 말한다.

우리는 우리 자신을 반복하고 싶지 않다고요. 같은 형식은 계속 반복됩니다. 그런 형식은 완전히 전적으로 시간 낭비예요(We don't want repeat ourselves. The same Fomula over and over. Formulas are complete and utter waste of time).

비슷한 것을 반복하지 않고 전혀 새로운 것을 창조하고 싶다는 말이다. 음반 업자가 이해하지 못하자 프레디는 자신의 음반에 그리스 비극과 셰익스피어의 위트와 오페라의 웅대함, 뮤지컬 극장 분위기를 락에 넣어 표현하고 싶다고 한다. 그는 믹스 장르(Mix Genre)와 경계를 뛰어넘는 음악을 만들고 싶었다. 이때부터 조금씩 명곡 "보헤미안 랩소디"의 탄생이 예견된다. 퀸 멤버는 1975년 푸른 초장의 언덕이 펼쳐진 락필즈 농장에서 합숙한다. 푸른 평원을 보면서 프레디는 "Love of My Life"와 "보헤미안 랩소디"를 녹음한다.

프레디는 녹음실에서 박자며 애드리브를 세세하게 지적한다. 오페라적인 부분(the operatic section)에서 네 명은 다양한 화음을 실험한다. 농장에서 새벽을 알리는 암탉을 연상하면서 "갈릴레오 피카로"를 합창하기도 한다. 높은음을 맡은 드럼 테일러에게 더 높은 음을 요구하고, 3분 내로 마쳐야 하는 대중음악을 넘어 6분이 넘는 곡을 창조해낸다. 그들은 명곡을 서서히 완성시킨다. 평론가들의 차가운 냉대와 무시가 있었으나, 마지막 거대한 징 소리로 끝나는 긴 노래에 대중은 터질 듯 환호한다. 서사적 오페라 락이 탄생하는 순간이었다.

그들은 여기서 멈추지 않고 손발을 맞추어 모든 대중이 즐기며 참여할 수 있는 음악을 만든다. "We Will Rock You"는 이렇게 창작된다.

동성애 문제

이 영화에서 가장 예민한 부분은 동성애를 어떻게 볼 것인가 하는 문제다.

프레디는 메리에게 "너는 내 인생의 사랑이야"(You're the Love of My life)라고 고백하면서 청혼한다. 안타깝게도 두 사람의 사랑은 오래가지 못한다.

미국 공연을 돌던 중 고속버스 휴게소에서 프레디는 이름 모를 남성에게 미묘한 감정을 느낀다. "Love of My life"의 가사를 쓰면서 프레디는 이별해야 하는 상황을 예감하고 떨며 훌쩍인다. 메리와의 이별은 엘튼 존의 소개로 매니저가 된 폴(Paul)로 인해 일어난다. 폴은 프레디를 성적 대상으로 접근하기 시작한다.

영화의 중반에 이르기 전인 30분대부터 동성애 장면이 예고된다. 54분부터 프레디 방에 옷 벗은 남자가 누워 있는 모습이 나온다. 메리는 뭔가 잘못된 것을 직감하고, 프레디는 자신이 양성애자(bisexual)임을 고백한다.

1980년 프레디는 런던에 거대한 집을 장만한다. 별거한 메리가 건너편 건물에서 살고, 고양이 한 마리 한 마리가 자기 방을 갖고 있는 집이다. 영화의 중반인 1시간 지점부터 성대한 파티 장면이 펼쳐진다. 막대한 부를 얻은 프레디는 퀸의 멤버들을 함부로 대하고, 매일 화려한 파티를 즐긴다. 프레디는 곤드레만드레(shit-faced) 취한 일상으로 지낸다. 오랜 친구들은 점점 프레디를 멀리한다. 외로운 프레디는 파티를 정리하는 남자 직원 짐 허튼(Jim Hutton)을 새로운 파트너로 사귀기 시작한다.

프레디는 점점 연습 시간에 늦게 나타나며 멤버들에게서 멀어진다. 폴은 프레디가 솔로로 독립할 것을 꾸민다. 메리는 새로운 남자 친구 데이빗과 나타난다. 우리로서는 쉽게 이해하기 힘든 장면이다. 1980년대에 이미 다른 남자 친구를 둔 사랑하는 연인과 웃으며 만날 수 있는 문화는 정말 우리로서는 이해하기 쉽지 않다.

엘튼 존과 폴이 프레디에게 퀸에서 독립하면 마이클 잭슨보다 크게 성공할 수 있다고 하자, 그는 당장 차에서 내리라며 연을 끊는다고 한다. 그러자 폴이 자기는 이 일에 반대했던 척한다. 그를 이용하는 동성애자 폴로 인해 프레디는 팀원들과 복잡하게 꼬인다. 프레디의 동성애가 알려지면서 가족과도 갈등이 생긴다. 프레디는 팀원들을 무시하고 자기만의 고집을 내세운다. 드럼 주자와 주먹질을 할 뻔할 정도로 갈등이 생긴다. 기자회견장에서 기자들은 프레디의 성적 성향(sexuality)을 끈질기게 묻는다. 보수적인 방송은 여성 복장을 한 퀸의 영상 송출을 금지한다.

마침내 프레디는 폴에게 속아 퀸의 멤버와 상의 없이 CBS레코드와 독집음반을 계약한다. 깜짝 놀란 멤버들 앞에서 프레디는 성장하고 싶었다고 한다. 우리는 가족이라고 말하는 동료들에게, 그는 가족이 아니라 작곡이며 노래며 모두 자기가 했다고 조롱한다. 자기가 없었다면 드럼 담당 테일러는 치과의사요, 리드기타 메이는 천문학 박사요, 베이스 기타 존 리처드 디콘(John Richard Deacon)은 전기기사에 불과할 거라고 조롱한다. 그는 이제 모두 필요 없다며 퀸을 떠난다.

1984년 뮌헨에서 음반을 준비하는 프레디에게 메리 등이 연락하면 폴은 연락을 못 하게 끊어버린다. 폴은 프레디를 동성애 파티로만 이끌고, 옛 매니저와도 연락하지 못하게 한다. 퀸 멤버 수준의 창의로운 세션맨을 만나지 못한 프레디는 절망한다. 이 과정에서 그는 기침에 섞여 나온 피를 본다. 이후 메리가 전화를 걸어도 폴이 연락을 못 하게 끊었다는 것을 알게 되고, 술과 담배로 병에 걸린 자신을 발견한다. 결정적으로 전 세계에 동시에 방송되는 거대한 라이브 에이드 쇼에서 퀸을 초청한 사실을 폴이 숨겼다는 것을 눈치챈다. 메리는 프레디가 수많은 남성애에 둘러싸여 자신을 깨닫지 못하고 있다고 지적한다.

이 영화에서 동성애가 좋다/나쁘다는 기준은 나오지 않는다. 다만 동성애로 인해 프레디가 황폐해져 가는 과정을 그대로 드러낸다. 프레디는 방탕한 생활로 스스로 썩어갔다(rotten)고 고백한다. 감독은 동성애 문제를 영화 전면에 내세운 것이 분명하다. 현재 세계적인 문제를 영화에 내세우는 것은 흥행적인 면에서도 손해되지 않는 선택이었을 것이다. 결국 이 영화의 프레디는 에이즈에 걸려 사망한다.

많은 동성애 반대자들이 관람을 거부한 글 몇 개를 읽었다. 이 영화에서 프레디는 동성애로 인해 한 인간이 어떻게 파괴되는지 말한다. 영화를 보면 동성애자의 고민을 엿볼 수 있다. 동성애 반대자들이 이웃을 향한 마음이 있다면 오히려 적극 보아야 할 영화인 셈이다.

종교적 제의, 누가 친구인가

뒤늦게 깨달은 프레디가 '퀸' 친구들에게 라이브 에이드 콘서트에 함께 가자고 한다. "내가 비열했다"(I've been hideous)라며 용서를 구하고 마지막 공연을 준비한다. 밥 딜런이 나오고 150개국에 인공위성으로 동시 상영되는 대규모 공연을 준비하기 시작한다. 프레디는 자신이 병에 걸리고 약자가 되자 아프리카 빈자를 구하려는 의식을 깨닫는다.

이제 병은 점점 깊어지고 더 이상 치료할 수 없다는 의사의 진단을 듣는다. 프레디는 멤버들에게 에이즈에 걸렸다는 사실을 고백하며, 마지막 공연으로 생각하고 온 힘을 다해 준비하자고 한다. 그러면서 그는 동료들에게 이제야 자신의 존재를 깨달았다고 말한다(01:50:00).

내 삶은 내가 결정한다. 내가 어떻게 태어나야 할지는 내가 결정한다. 사람들이 원하는 것을 주는 음악가가 될 거야. 천국을 건드려라(I decide who I am. I'm going to be what I was born to be, A performer who gives the people what they want. Touch the Heaven).

프레디는 에이즈의 상징으로 소비되기를 거부한다. 음악가(Performer)로서 자신의 정체성을 확실히 한다. 프레디는 국경을 초월한 음악가일 뿐이다. 이제 프레디는 모든 장벽을 뛰어넘는 종교 사제의 역할을 맡는다. 그들은 서로 어깨동무하고 마지막 연습에 몰입한다.

1985년 7월 런던 웸블리 스타디움에서 열린 라이브 에이드 공연 실황, 이제 이 영화의 첫 장면으로 이어진다. 마지막 20분의 실황은 거대한 종교 제의였다. 아버지를 죽인 사형수가 화자인 "보헤미안 랩소디"로 시작한다. 죄를 고백하는 예배 양식이다. 이어 모든 관객/신도가 하나 되는 "라디오 가가"를 부른다. "All we here is Radio GaGa. Someone still loves you"라는 가사는 모든 지구인이 하나가 되자는 메시지를 담고 있다. 다음은 모두 합창하는 "에오"를 외친다. 이어 "해머 투 폴"을 부른다. 그의 공연은 하나의 제의, 미사, 예불, 예배라 할 수 있을 정도로 강력한 종교적 열정을 불러일으킨다. 거대한 부흥회처럼 모금액은 기하급수로 늘어난다. 퀸이 노래 부르는 동안 기금액이 백만 달러를 넘어선다. 마지막 노래는 "We are the Champion"이다.

종교적 제의라는 말이 낯선 분들은 프레디가 지은 "예수"(Jesus)라는 곡을 들어보시기 바란다. 1973년에 낸 첫 앨범에 실린 노래다. 단순히 상업적인 노래로 들리는가. 적그리스도나 악마적으로 들리는가. 노래는 "군중 속에서 '그'를 만났다"는 고백으로 시작한다. '그'는 거지, 문둥병자 등과 함께하는 예수다. 그리고 예수는 문둥병자의 머리에 손을 얹고 이렇게 얘기한다.

이제 가라.

너는 새로운 사람이 되었다

(Go now go now you're a new man instead).

기독교 국가인 서구권 사람에게는 "너희는 소금이다. 빛이다"라는 예수의 말이 내면화되어 있다. 소금이 되어야 한다, 빛이 되어야 한다가 아니라 '~이다'의 존재론이다. 이미 인간이란 존재는 장애인이든 동성애자이든, 난민이든, 디아스포라든, 죽어가는 아프리카 난민이든 모두 소금이고 빛이고 가능성을 가진 존재다.

이 영화의 핵심을 나는 '친구'라고 본다. 이 영화는 처음부터 끝까지 빈자, 난민, 동성애자 등 그 사회의 중심에서 살지 못하고 주변에서 맴도는 주변인을 말한다. 그 절정에서 "We Are The Champion"이 울려 퍼진다. 에이즈에 걸린 그에게 친구는 누구였을까. 그는 모두가 친구라고 말한다. 이 영화는 반대로 우리에게 말한다. 에이즈 환자였던 그가 다른 약자들과 함께 이웃이 되는 이야기다.

누가복음 10:25-37에 강도 만난 나그네를 구하는 사마리아인이 나온다. 예수는 이 구절에서 어떤 율법도 들이대지 않는다. 그저 강도 만난 나그네를 구한 이가 누구냐고 묻는다. 잘난 척하는 바리새인들에게, 강도 만나 죽을 뻔한 이에게 누가 이웃이냐고 묻는다. 그 이웃이 교회에 다닌다든지, 개신교 신자라든지, 헌금을 잘 낸다든지 하는 말은 단 한 구절도 없다. 예수는 그저 묻는다.

"폭행 당한 사람에게 이웃은 누구냐."

퀸의 노래에서 나는 그 물음을 겹쳐 들었다. 프레디가 조로아스터교든 불교든 어떤 종교든, 그는 예수의 물음에 정확히 답했다.

"우리는 모두가 챔피언입니다. 나의 친구여."

이 영화는 니체 철학이 그러하듯 기독교적이지 않으면서도 예수적이다.

이 영화의 첫 노래는 "Somebody To Love"이고 마지막 노래는 "We are The Champion"이다. 마지막 라이브 에이드에서 모든 주변인은 하나가 된다. 난민의 후예였던 디아스포라 아버지와 가족도, 동성애자인 짐 허튼과 상처 받은 애인 메리도 함께 서서 공연을 응원한다. 메리와 허튼은 눈시울이 뜨거워지고, 프레디의 어머니는 숨을 가쁘게 쉰다. 이름을 알 수 없는 수많은 관중이 환호하며 공연에서 하나가 된다.

그들은 모두 노예가 되고 싶지 않고, 폭군이 되고 싶지 않은 지점에서 친구가 된다.

당신은 노예인가? 그렇다면 친구가 될 수 없다. 너는 폭군인가? 그렇다면 친구를 사귈 수 없다(Are you a slave? Then you can not be a friend. Are you a tyrant? Then you can not have friends; 니체, 「친구에 대하여」, 『차라투스트라는 이렇게 말했다』).

(2018)

〈택시운전사들〉

다중의 단독자들

그러니까 진짜 제목은 '택시운전사 들'이어야 한다. 이 글은 영화 보고 끄적인 지극히 사사로운 메모다.

1980년 5월, 광주로 간 택시운전사

완성도 떨어지는 영화 보며 울 었다는 사람들이 참을 수 없이 저급 했다는 평론도 읽었다. 영화를 평가 하지 않고 관객 반응에 염증을 느꼈 다는 것이 무슨 영화평론인지 모르 겠다. 광주에서 이 영화를 보는데 계 속 흐느끼고 급기야 통곡하는 사람 도 있었다고 한다. 그것은 관객의 반 응일 뿐이지, 영화를 평가하는 잣대가 될 수는 없다.

마지막에 흑백 영상으로 변하는 영화 〈화려한 휴가〉에 비하면 참혹한 비극성이 덜하거나, 시체들이 대화하는 한강 장편소설 『소년이 온다』에 비하면 깊이가 덜해 보일 수도 있다. 그러나 한 작품에 모든 것을 담아낼 수는 없다. '5월 광주'라는 비극적 참사를 광주 사람이 아닌 서울과 외국 사람이 어떻게 보았는가 하는 시각에 한정해서 보고자 한다.

비극을 넘어선 '연대의 인류학'

"사랑도 명예도 이름도 남김없이"

2014년 12월, 대만 가오슝에서 홍콩과 대만에서 모인 민주 인사들이 광둥어로 "님을 위한 행진곡"을 불렀다. 그날 가오슝에서는 국제학술대회 '민주화와 과거 청산의 실천'이 열렸다. 한국, 대만, 홍콩의 민주화 운동 인사들이 모여 각 나라의 체험을 교환하는 자리였다. 광주 5·18 기념재단, 광주민주유공자유족회와 참가한 나는 한국 작가들의 문학적 실천을 발표했다. 그날 저녁 식사를 마치고 가오슝 노조 조합장이 노래를 시작하자, 아시아에서 모인 시민운동가들이 팔을 흔들며 아시아인의 투쟁가를 불렀다.

1980년 5월 18일 아침부터 27일 아침까지 10일 동안 과연 무슨 일이 일어났을까. 강인철 교수의 『5·18 광주 커뮤니타스』(사람의무늬, 2020)를 권하고 싶다.

5월 18일부터 21일까지는 치열한 충돌과 계엄군의 학살극이 있었다. 물론 5월 16일 학생들의 횃불 시위는 불쏘시개가 되었다. 계엄군의 학살이 있자 광주 시민들은 변혁의 리미널리티(liminality) 단계로 변한다. 문지방(limen)이란 단어에서 유래한 리미널리티는 일상의 문지방, 곧 '문턱에 있는' 마술적 순간을 말한다. 광주 시민은 평범/비범을 가르는 문턱을 넘어선다.

문지방을 넘어서는 리미널리티는 보통 사회가 일시 정지되고, 전혀 새로운 드라마가 펼쳐지는 순간을 말한다. 20일 초저녁 7시경 헤드라이트를 켠 200여 대의 차량 시위로 시민 참여가 눈덩이처럼 확대되며, 처음 집단적 환희가 촉발된다. 광주항쟁은 '변혁 리미널리티'가 전개되는 생생한 현장이다. 리미널리티는 광적인 카니발리즘이 아니다. 리미널리티는 성찰과 비판과 대안을 나누는 성스럽고 단기적인 현상이다.

일상적인 커뮤니티와 구별하여, 리미널리티가 지속되는 공동체는 '커뮤니타스'(communitas)라고 한다. 광주항쟁 초기 시기를 '재난과 항쟁의 커뮤니타스'라고 한다.

자치와 의례의 커뮤니타스

영화 〈택시운전사〉에서 어렵게 광주로 들어간 운전사 김만섭(송강호)과 기자 위르겐 힌츠페터(토마스 크레취만)는 해방된 자치 공화국 광주를 목도한다.

5월 21일 오후 8시부터 27일 새벽까지 5.5일 정도의 기간은 해방의 시간이었다. 계엄군이 광주 밖으로 퇴각하여 비교적 평온했고, 주민들이 대동세상을 만들었던 '자치의 커뮤니타스' 시기였다. 버스터미널 구두닦이와 이발소 아저씨나 술집 아가씨도 차별 없이 서로 '민주시민'으로 불렀다. 직업에 관계없이 헌혈 대열에 줄을 섰다. 그릇이 부족해 주먹밥으로 밥상 공동체를 이루었다. 도덕적 분노로 모인 민주 시민들은 자발적 나눔에 긍지를 가지며, 자치의 커뮤니타스를 이루었다.

동시에 시신과 관 위에 태극기를 감싸고 "아리랑"을 부르는 추모의식을 반복했다. 평화의 커뮤니타스는 '시민종교'(civil religion)와도 연관된다. 광주 시민들은 자신들의 싸움을 성스러이 여겼다. 시신 썩는 심한 악취 앞에서도, 강요해서 부를 때와 전혀 다른 애국가다운 "애국가"를 추모의 만가로 불렀다. 태극기는 시민군의 상징이자 군기(軍旗)였다. 모일 때마다 "아리랑", "우리의 소원은 통일", "내게 강같은 평화"를 부르며 눈시울을 적셨다. 분노로 참을 수 없었던 그들은 거룩한 추모의 커뮤니타스에 공손하게 참예했다.

'변혁의 리미널리티'야말로 대동세상, 화엄광주, 광주코뮌, 하나님 나라 광주 등으로 불렀던 '광주 커뮤니타스'의 잉걸불이었다. 초기에 '광주 리미널리티'에의 참여는 대체로 원치 않은 선택이었지만, '광주 커뮤니타스'에의 참여는 지극히 자발적인 선택이었다. 그들은 광주 커뮤니타스에서 평등하며, 우애와 연대가 넘치고, 이타적이며 인격적인 만남으로 집단적 기쁨을 나눴다.

이들은 두려움 없이 혹은 두려워하며 무장했다. 최정운 교수는 『오월의 사회과학』(오월의봄, 2012)에서 시민군들을 "리미널한 존재"(liminal entity), "문지방을 넘는 사람들"로 명명했다. 시민군들은 지위를 따지지 않고, 무소유하며, 서로 낮추는 겸손을 공유한다. 그들이 경험했던 해방의 기쁨은 백 년의 고통도 견디게 할 두터운 자긍심을 주었다.

영화에서 너무도 끔찍했던 광주 도청 현장은 나오지 않는다. 택시운전사가 마지막 학살사건 이전에 광주에서 탈출했기 때문이다.

5월 27일 괴이쩍은 새벽, 계엄군의 무차별 총살은 잔인한 2차 학살극을 자행했다. 죽을 자들은 자신들의 죽음을 지리멸렬하게 판단하지 않았다. 죽을 자들은 살 자들에게 부탁했다.

"돌아가, 살아서 계속 싸워줘."

죽을 자들과 살 자들의 연대로 '최후 항전의 커뮤니타스'가 이루어졌다.

생명의 공동체 광주(ⓒ 나경택, 5·18기념재단 제공)

죽을 자들은 예정된 '집단적 순교'로 스스로 세상을 내려놓았다. 산 자들은
죽은 자들과의 약속을 평생 울음 삼키며, 또 울음 삼키면서, 미덥게 지켰다.

〈택시운전사〉, 흠 많은 영화지만

영화 앞부분에서 송강호가 핸들을 돌릴 때, 자동차 창밖의 CG가 여간 어색
하지 않다. "광주? 돈워리, 아이 베스트드라이버" 식의 엉터리 영어에 개그
스러운 과장연기도 불편하다. 생각만 해도 울혈(鬱血)이 부풀어 오를 사건을
영화화했다는 이유만으로 몇 가지 아쉬움이 무마될 수는 없다.
　　탈출 장면에 갑자기 자동차 추격신이 벌어진다. 뜬금없이 나타난 포니

자동차들은 누아르 영화에서 가끔 나오는 싸구려 장면을 닮았다. 택시운전사들이 형사의 추적을 막는 마지막 추격신, 위기 상황에 반드시 건맨이 나타나는 서부영화 작법이 떠오른다. 포니 택시들이 나타나자 누군가 박수를 쳤다. 악당들 앞에 보안관 존 웨인이나 용기를 낸 동네 사람들이 떼거리로 말 타고 나타나면, 어김없이 모두 손뼉을 치거나 휘파람을 불던 어린 시절 영화관 이후 정말 오랜만에 박수 소리를 들었다.

천박할지 모르나 박수 소리를 들으며, 이 영화의 진짜 주인공은 택시운전사(들)이라는 생각을 했다. 당시 사진을 보면 버스와 택시운전사들이 데모대 앞에서 총알막이를 했다. 홍콩 누아르가 아닌 실화다. 광주 적십자병원에서 만난 광주 택시기사(들), 금남로에서 기총 사격을 택시로 막는 택시기사(들), 만섭의 광주 탈출을 도와주며 뜨거운 눈시울로 황태술(유해진)이 내뱉는 외마디가 이 영화의 주제다.

"여긴 걱정 마시고."

민중이란 단어, 파쇼라는 단어 하나 쓰지 않고, 이 영화는 역사의 밑바닥을 기쁨과 처참 그대로 보여준다. 야만스러운 살육(殺戮) 앞에, 어찌할 수 없는 무력함에 온몸을 부들부들 떨어야만 했던 순간들, 그 시대를 살았던 사람이라면 여러 번 경험했던 일이다.

형사에게 매를 맞으면서도 "내가 잡고 있을게요. 얼른 도망가 우리들 소식 알려줘요"라며 죽어가는 대학생 구재식(류준열)도 주인공 택시운전사다. "약속한다. 진실을 반드시 전하겠다"는 위르겐 힌츠페터도 택시운전사다.

택시운전사(들)은 이 시대 곳곳에 많다. 있는 그대로 보도하려 했던 민주 기자들도 택시운전사(들)이다. 당시 전남고등학교 독일어 교사로 목숨을 걸고 시 「아아, 광주여, 우리나라의 십자가여」를 전남매일신문에 발표했던 시인 김준태 선생님도 그런 분이다. 광주일보 기자였던 임동확 시인도 증인이다. 아직도 광주의 아픔을 품고 작품으로 쓰는 수많은 작가 모두 증인이다. 서울 표지판을 봤으면서도 모른 척하며 통과시킨 박중사(엄태구)도 택시 운전사(들)이다.

영화 끝에 실제 위르겐 힌츠페터 씨가 등장해서 택시운전사 김만섭 씨를 만나고 싶다 하여, 개인이 영웅화되는 듯하지만, 영화의 사실성을 높여주는 결말이다. 감독 입장에서는 빼놓을 수 없는 귀한 자료였을 것이다.

한국 현대사의 대표적인 민주화운동인 4·19혁명, 광주항쟁은 지배층의 위반에 저항한 하나의 사회극(social drama)이었다. 주먹밥을 만들든, 헌혈을 하든, 소총을 들든, 시신을 모시든, 통곡을 하든 광주 사람들은 각각 역사 현장의 등장인물이었다. 광주 시민은 역사라는 드라마에서 자신도 모르게 배역으로, 주체로 출연했다. 자기통치의 커뮤니타스를 경험한 이들은 끔찍한 고통과 상처의 트라우마를 조금씩 이겨냈다. 총알을 맞고도 살아남은 자들의 죄책감과 부채감은 민주주의를 회복시키는 정신적 근력으로 변했다. 산 자들은 피로 찾은 자유의 의미를 악착같이 전수했다.

이듬해 1988년 노태우 정부는 '광주사태'라는 몰상식한 표현을 후퇴시킬 수밖에 없었다. 1988년 11월 28일 저들은 어쩔 수 없이 '광주민주화운동'이라는 명칭을 공식화했다. 혁명적 경험을 몸으로 육체화·내재화한 이들은 비극을 넘어 아름다운 공동체를 이루었던 순간을 반복 기억하며 미덥게 실천해왔다. 2013년부터 광주항쟁의 세계기록유산 등재 사실이 중학교 역사 교과서에 실렸다.

4·19의 실패와 5·18의 희생은 1987년 6월 민주 항쟁으로 이어졌다. 2016년 10월 26일-2017년 4월 29일까지, 그 겨울에 촛불을 들어 민주주의

를 외치며 불의를 몰아냈던 사람들 가슴에도 광주의 에너지는 훈훈했다. 일본과 달리, 한국의 시민운동이 강한 까닭은 독재정권을 무너뜨린 광주라는 샘물이 가슴 깊이 끊임없이 솟기 때문이다.

1989년 톈안먼 사건 때, 홍콩·이집트·필리핀 민주화 운동 때 그들은 광주항쟁을 반추했다. "님을 위한 행진곡"을 캄보디아어, 태국어, 일본어, 중국어, 영어로 아시아의 민주 시민들이 떼창으로 부르는 이유는 '광주 커뮤니타스'의 그 한없는 힘을 알기 때문이다. 세계인들에게 코로나 바이러스를 극복한 체험을 전하는 것도 중요하지만, 광주민주화운동 40주년의 의미 또한 전해야 할 미덕이다.

고통스러운 역사는 '기억'으로 새롭게 조직된다. 그 기억은 기억하는 주체를 변화시키고, 기억하는 공동체를 변화시킨다. 역사의 진실을 '기억'하느냐 '망각'하느냐에 따라 미래가 결정된다. 첫 페이지를 넘기면 마음을 겸허하게, 가끔 시큰하게 하는 이 책은 기억의 힘이 얼마나 위대한지 검박한 언어로 가르쳐 준다.

마지막 장면은 이름 없이 사라진 택시운전사'들'에 대한 호명으로 해석할 수도 있을 것이다.

지금도 그날 목숨을 걸었던 많은 택시운전사'들'은 이 나라 여기저기서 그 몫을 하고 있다. 세월호 사건 이후 노란 리본을 달았던 모든 분도 택시운전사들이다. 세월호에서 죽어간 아이들의 생일을 챙겨준 임영호 선생님도 실제 택시운전사다. 지난겨울 촛불을 들던 다중(多衆, Multitude)도 모두 택시운전사들이다. 우리 곁에 김만섭, 그와 함께했던 택시운전사들은 수없이 많다. 이 영화를 보며 유치하게 박수를 치거나 우는 사람들, 이 영화 보러 가는 사람들 자체가 택시운전사들 아닐까.

덧말, 아빠가 손님을 두고 왔어

생일을 맞은 아내가 〈택시운전사〉를 보러 가자 해서 두 아들과 함께 봤다. 영화를 다 보고 집으로 가면서 막내와 얘기했다. 그때 광주 사람들이 정말 주먹밥을 공짜로 돌렸는지, 주유소에서 기름까지 덤으로 주었는지, 택시운전사들이 정말 목숨 걸고 총알을 막고 데모 행렬에 가담했는지, 막내는 궁금해했다. 과장이 아닐까.

"대학 입학했을 때 아빠는 잘 몰랐어. 친구들이 왜 저리 흥분하고 그러는지. 광주민주화운동이 일어났을 때 정말 사람이 사람을 그렇게 많이 죽였을까 믿을 수 없었어. 관심도 없었고. 그냥 아빠는 이태원에 있는 디스코텍도 다니고 놀며 지냈어. 근데 어느 날 우연히 학교에서 처참한 영상들을 보고 직접 확인하고 싶었어."

학교 학생회관에서 봤던 영상은 〈택시운전사〉의 실제 주인공인 위르겐 힌츠페터가 찍은 비디오였다.

"1985년이던가, 저항이 강해지고 아마 1986년 5월 무렵이었던 거 같아. 혼자 고속버스 타고 광주로 갔어. 전남대에 처음 갔는데 저녁에 생전 처음 보는 광경을 봤어. 횃불이 아니라, 엑스자로 엮어 세운 통나무 위에 얹힌 세숫대야 같은 그릇이 있었어. 기름을 부었는지 성화처럼 활활 타오르는 횃불이 천여 명이 넘는 사람들 사이에서 활활 타올랐어. 서울에서는 본 적 없는 성화같은 불이었어. 노래패들이 앞에서 노래할 때 양쪽에서 춤추는 것도 처음 봤어. 무슨 임꺽정 같은 의적들이 모인 집회 같았어. 여기가 한국인가 싶더라. 전남대 광장에 모인 학생과 시민들이 부르는 노래는 서울 사람들하고 강약이나 빠르기가 전혀 달랐어. 정말 육자배기 판소리 가락이 느껴지는 전혀 새로운 풍경이었어."

동학농민전쟁 때 이렇게 노래 불렀겠구나 하는 풍광이 떠오르는 신기한 밤이었다. 마치 〈인디아나 존스〉(2008)라는 영화 속에 나오는 원주민들 틈에 앉아 있는 기분이었다. 누군지도 모르는 사람들이 주먹밥을 건네줬다. 빵이 든 상자도 군중 사이로 돌았다. 옆에서 박카스가 자꾸 와서 두어 병 마셨다. 꾸벅꾸벅 졸면서 주먹밥을 받아먹었다.

"밤새 사람들이 구호를 외치는데 너무 졸려서 학생회관일 거 같은 건물에 들어갔는데, 스티로폼이 여기저기 깔려 있고 사람들이 여기저기 쓰러져 자더라. 그날 그렇게 잤어. 밤새 모기에 엄청 물렸지."

다음 해 1987년에 이한열 사건이 있었다. 이한열이 사망했을 때 시답잖은 나는 대학원 UT(언더팀)였다. 논문에 노동자라는 단어를 쓰거나 북한문학을 인용하면 졸업하기 힘들다는 말을 듣던 시대였다. 시인 신동엽을 석사논문으로 쓰려 할 때 "자네는 신동엽이 시인이라고 생각하나?"라고 천천히 꾸짖는 교수가 있던 시대였다. 운동을 하며 앞날이 막막한 대학원 과정에서 살아남기 위해 이름을 숨기고 가명으로 글을 쓰고 책을 내며 가끔 회의도 했던 지하조직이 언더팀 UT였다.

광주로 들어가는 차량을 경찰이 막아서 한참 고속도로에서 대기해야 했다. 버스 앞문을 붙잡고 몸을 반쯤 밖으로 내놓고 구호를 외치며 광주 시내로 들어갔다. 금남로에는 사람들이 양쪽으로 가득했고, 공중전화박스 위에도 사람들이 올라가 시위에 참여했다.

"금남로에서 버스는 천천히 도청 쪽으로 향했어. 도로에 사람들이 가득 차서 천천히 갈 수밖에 없었어. 버스 문에 기대서 몸을 반쯤 내놓고 마이크로 계속 구호를 외치는데 사람들이 박카스도 주고 뭔가 막 쥐여줬어. 광주

시민들이 주머니에 뭔가 막 넣어주는데 그때는 사탕이나 빵 같은 건 줄 알았어. 구호 외치기에 바빠서 주머니에 있는 걸 잊었어. 근데 한열이를 묻고 나서 어두운 밤에 등불 옆에서 꺼내 보니까 돈이었어. 꼬깃꼬깃 접은 돈이었어. 시민들이 주머니에 돈을 넣어준 거야."

"돈? 정말?"

"응. 광주 분들 그런 분들이야."

그날 한열이를 묻고 망월동 무덤가에 앉아 있다가 그만 잔디에 누워버렸다.

며칠간 편히 누워 자본 적이 없었다. 지난 며칠이 영화처럼 지나갔다.

경찰이 한열이 시신을 탈취한다 해서 학교에서 며칠 자고, 낮에는 가투(거리 시위)를 나갔다. 밤에는 스티로폼 위에서 쪼그려 자고 아침에 문익환 목사님께서 30여 명의 이름을 부르며 "~열사여"를 외쳤던 장례식에 참여했다. 서울시청까지 장례식 행렬에 참여하면서 목이 따끔따끔할 정도로 구호를 외치고, 광주로 가는 행군에 장례식이 다 끝나자 긴장이 풀렸는지 눈꺼풀이 천근 같았다. 꾸벅꾸벅 조는 사이에 일행은 서울로 돌아갔는지 보이지 않았다. 한꺼번에 피곤이 몰려와 깊은 잠에 들었나 보다.

깨어났을 때 몇 시인지 알 수 없었다. 이게 몇 번째인지, 손 흔들며 구호 외치다가 시계를 어딘가 떨구었나 보다. 광주항쟁 때 죽은 시신들 묘지 사이에 앉아 있다고 생각하니 갑자기 오싹했다. 손가락도 보이지 않는 어둠 속에서 가로등은커녕 구름 사이로 가끔 달빛만 내려 어스름한 망월동 묘소를 쓰다듬었다. 아무도 없는 무덤들 사이에서 가끔 희미하게 흐느끼는 울음소리가 들려왔다. 꿈결에 들려서 귀신일까 하는 생각도 했다. 나 말고도 몇 사람이 무덤가에서 밤을 새우는 것 같았다. 혼자 운동가요도 부르고 찬송가도 부르며 어둠을 견뎠는데, 안개를 밀어내고 아주 조금씩 동이 트기 시작했다. 그때 희뿌옇게 한 줌 햇살이 다가오는 걸 느꼈다.

재회

> 그대라 살아오는 돌아오는 님이시라
> 쎈바람 몰고와 쌓인 어둠 갈무리하고
> 보사얀 핏빛 숲길로 번져오시는
> 손아귀 안에 오신 한 줌 햇살은
> _김응교(『씨앗/통조림』, 지만지, 2014, 119쪽)

조금씩 어둠을 몰아내는 햇살이 마치 억울하게 죽어간 영혼이 살아오는 듯했다. 얼마의 시간이 지났을까. 찬송가 소리가 들렸다. 그쪽으로 가보니, 무덤 앞에서 대여섯 명이 조용히 서서 기도하고 있었다.

"옆에 있다 물어보니, 광주 시내에 있는 교회 사람들인데 새벽기도회를 여기로 왔다는 거야. 그런 교회 다니는 사람들이 부럽더라. 그분들이 타고 온 봉고를 타고 광주 시내로 들어갔어. 근데 거기서 또 이상한 일을 체험했어."

금남로에서 내려 광주고속버스터미널을 찾아가야 하는데, 어딘지 몰라 그냥 걸었다. 어느 길목에선가 방금 셔터를 올린 듯한 세탁소 주인이 갑자기 나를 불렀다. 전혀 모르는 러닝셔츠 아저씨가 대뜸 말을 걸어서 내가 뭘 잘못했나 싶었다.

찌그 서울서 오신 분 아니시요. 맞는데요. 어떻게 아셨어요. 나가 턱 보니 검은 바지에 흰 와이셔츠, 쩌그 서울서 한열이 장례식 땜시 오신 거잖소. 네, 어제 왔어요. 위메, 옷이 엉망이잖소. 워쩌쓰까. 땀에 젖어 소금끼에 허옇구먼이라, 아따, 엉덩이에 흙투성이 봐라. 뽀짝 앉아보소.

"그러더니 다른 옷을 주고 아빠한테 옷을 벗으라는 거야. 아빠 옷을 세탁기에 넣고 돌리더니, 십여 분쯤 건조기에 말려서, 증기다리미로 말끔히 다려서 주시더라. 아빠가 돈 드리려 하니까, 받기는커녕 세탁소 아저씨가 아빠한테 여비에 쓰라며 오히려 돈을 주는 거야. 저 돈 있는데요, 하니까 그냥 주면서 아빠한테, 고맙소잉, 그러는 거야."

"헐!"

"그때 알았지. 광주 전라도 분들이 이렇구나. 광주항쟁 때 정말 주먹밥도 돌리고, 자동차 기름도 서로 공유하고, 영화 〈택시운전사〉에 나오듯, 택시운전사들이 금남로에도 나섰겠구나, 아빠는 당연하다고 믿지. 저분들이 군사독재에 피로 항거하며 민주주의를 보여준 거야. 우리가 이나마 자유롭게 사는 것도 저런 택시운전사들이 목숨 걸고 독재를 막았기 때문이야."

광주항쟁 때 사진을 보면 버스와 택시운전사들이 데모대 앞에서 차를 몰고 가는 모습을 확인할 수 있다. 이후 와세다대학에서 일하면서 매년 일본 학생들을 데리고 한국 기행을 할 때 전라도에 가면 광주민주화 묘역을 반드시 데려갔다. 그중 몇 명은 전남대, 조선대에 유학 가기도 했다.

"광주 지인들에게 폐 끼칠까 봐, 광주에 갈 때는 절대 광주 친구들에게 연락하지 않아. 연락 안 해도 어떤 일이 일어나는지 아니?"

"어떤 일?"

"학생들과 몰래 광주 호텔에서 떠나려는 아침에, 광주 친구들이 나타나. 물어보면 전날 광주 시내에 있는 호텔들에 모두 전화를 걸어서 기어코 알아내는 거야. 아침에 호텔에 와서 버스 앞에서 초코파이며 캔커피를 일본 학생들에게 나눠주신 분도 전라도 친구들이야."

"진짜?"

물론 광주에서 태어났다고 모두 천사는 아니다. 독재정권에 명확한 충성심을 과시하기 위해 나에게 어거지 자생간첩을 강요했던 판사의 빤빤한 얼굴이 가끔 떠오른다. 한 수감자가 말했다. 광주 출신이 어쩌면 저럴 수 있지. 의인 백 명 중에 신기하게도 한두 명은 의인이 아니다.

"우리 집에 설날 추석 때마다 나주배 보내주시는 임옥택 교수님 계시지. 그분도 전라도 분이야. 아빠 제자라고 찾아오신 장철준 교수님 계시지. 그분도 광주 분이야. 그분들에게 받은 호의는 정말 많아. 저렇게 아픈 역사를 이겨내고 주먹밥 나누는 마음으로 슬픔을 이겨내신 분들 후손들이야."

곁에서 막내는 묵묵히 걸으며 들었다.

"가끔 아빠가 아들 한 명은 전라도 여자랑 결혼하면 좋겠다고 한 말 이제 이해하겠니."

이젠 나보다 어깨가 넓은 막내가 위로하듯 내 어깨를 토닥였다. 끝나자마자 다 잊어버리는 영화가 있는데, 이만치 대화하게 하는 영화라면 그럭저럭 괜찮지 않은가.

"아빠 울더라."

"아빠가 언제 울어."

"입 막고 소리 내지 않고 울었어. 내가 봤어."

"아빠가 왜 울어."

"깡 통곡을 하대. 끄억끄억, 아빠 울보야."

막내는 손으로 입을 막고 어깨를 들썩이고 머리를 주억거리며 놀려댔다. 이놈이, 어깨를 치려니 막내는 몸을 빼며 놀려댄다.

문득 "아빠가… 손님을 두고 왔어"라며 흐느끼던 택시운전사의 대사가 떠오른다. 나는 무엇을 두고, 무엇을 모른 척하고, 무엇을 외면하고 앞으로만 가고 있는가. "아빠가 손님을 두고 왔어, 아빠가 손님을 두고 왔어." 막내와 걷는데 자꾸 발이 떨어지지 않는다. 눈물로 끝내면 안 된다. 이 사건을 일으킨 살육자들을 찾아내야 한다. 다시는 이런 비극이 일어나지 않도록 이름도 쓰기 싫은 전두환과 그 추동 세력의 행동에 대한 책임과 벌을 물어야 한다. 절대로 눈물로 얼버무려서는 안 될 일이다.

아들 앞에서 눈물 보이면 안 되는데, 아유 덥다, 눈시울에 괴인 땀인지 눈물인지를 훔쳐냈다. 아빠는 손님을 두고 오고 싶지 않았어, 아빠 손님들 태우고 싶었어. 세상을 구원하는 것은 오래 참은 눈물과 지엄(至嚴)한 기억이고, 오래 묵은 슬픔은 가끔 사랑으로 다가온다.

* 이 글은 2020년 5·18민주화운동 40주년 기념으로 「한겨레」에 발표한 졸고 "비극을 넘어선 '연대의 인류학'"을 수정한 것이다.

1976

<택시 드라이버>

마틴 스코세이지와 괄시받는 이의 분노

2020년 아카데미 시상식에서 <기생충>으로 4개 부문을 수상하면서 봉준호 감독이 호명한 인물이 있다.

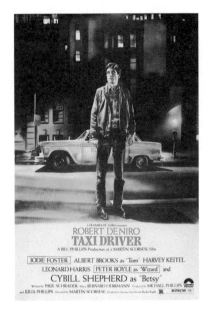

"어렸을 때 항상 가슴에 새겼던 말이 있었는데 영화 공부할 때 '가장 개인적인 것이 가장 창의적인 것이다' 그 말을 하셨던 분이 누구냐면 제가 책에서 읽은 거였지만, 그 말은 위대한 감독 마틴 스코세이지가 한 이야기입니다."

봉 감독이 경의를 표한 인물은 마틴 스코세이지(Martin Scorsese, 1942-) 감독이다. 그는 미국 사회의 단면을 차분하게 그려낸 일급 감독이다. 당신이 그를 잘 모르더라도 그의 작품 몇 개를 들면 금방 아, 하면서 무릎을

탁 칠는지 모른다. 〈택시 드라이버〉(1976), 〈뉴
욕, 뉴욕〉(1977), 〈성난 황소〉(1980), 〈컬러 오브
머니〉(1987), 〈좋은 친구들〉(1990), 〈케이프 피
어〉(1991), 〈예수의 마지막 유혹〉(2002), 〈사일
런스〉(2017).

이탈리아에서 이민 온 부모 아래 1942년
뉴욕에서 태어난 그는 단지 이탈리아계라는 이
유만으로 미국 사회에서 괄시의 눈총을 받는다. 영어 악센트에도 그대로 남
아 있는 이탈리아계의 흔적, 게다가 '이탈리아' 하면 마피아 같은 범죄조직
을 연상하게 되어 어디서나 '괄시받는' 이탈리아계. 이런 까닭인지 그는 어
릴 적부터 '괄시받는 사람들'에 관한 눈길을 멈추지 않는다. 때문에 그는 60
년대 소영화를 통해 계속 미국 사회에 질문을 던져댔고, 초기작 또한 어둡고
칙칙한 누아르 성격을 보인다.

이런 문제는 초기작 〈택시 드라이버〉(Taxi Driver, 1976)에서 강하게 재현
된다. 이 작품은 월남전을 치른 택시운전사 트래비스(로버트 드니로)의 뉴욕
일대기다. 실로 끔찍한 소외를 겪고 있는 그가 보는 뉴욕 거리는 시궁창이
다. 이런 사회를 주인공은 거칠고 난폭하고 냉소적으로 대한다. 미국 사회의
친절은 껍데기일 뿐 실상 그 본질은 엄청난 폭력과 소외에 있으니까.

이때 카메라는 택시 위에 얹혀 뉴욕 거리를 탐닉하듯이 스치고 지나간
다. 트래비스의 눈을 따라 관객들은 뉴욕 시내를 트래비스와 함께 일별하게
된다. 트래비스도 관객도 어느새 관찰자가 된다. 그것도 비판적인 관찰자의
눈이 되어버린다. 관객은 트래비스와 한편이 되며, 미국 사회의 부패와 개인
의 소외에 대한 분노를 체험케 하는 스코세이지 감독의 말 없는 호소에 동의

하고 마는 것이다. 괄시받는 등장인물의 마음에 관객을 몰입하게 하고 동의하게 하는 묘한 설득력이 스코세이지에게 돋보이는 장점이다. 아주 평범한 사건을 관객의 머릿속에 충격적으로 꽉 채워넣는 것이다. 목소리를 높이지 않으면서도.

사실 이 영화는 도스토옙스키의 두 소설을 패러디했다. 영화 앞부분에 나오는 이루 말할 수 없이 쪼잔한 주인공 트래비스는 소설 『지하로부터의 수기』(1864)에 나오는 주인공의 모습이다. 영화 후반부에 창녀 아이리스(조디 포스터)를 구하기 위해 포주와 삐끼들에게 권총을 들이대는 정의로운 영웅은 소설 『죄와 벌』(1866)에서 나름 정의로운 마음으로 고리대금업자 노파를 도끼로 찍어 살해하는 가난한 학생 라스콜리니코프의 모습과 겹친다.

이 영화로 마틴 스코세이지는 유럽의 콧대 높은 칸영화제에서 그랑프리를 수상한다.

이어서 그는 〈좋은 친구들〉(Goodfellas, 1991)에서 미국 뒷골목 세계를 총결산해서 보여준다. 여기서 그는 자신의 뿌리인 이탈리아계 미국인들이 어떻게 살고, 그들의 희망을 좌절시키는 것이 무엇인가를 차분히 보여준다. 그는 이 영화에서 죄가 죄를 낳는 현실을 보여주며 스스로 답답해한다.

〈케이프 피어〉(Cape Fear, 1992)도 빼놓을 수 없다. 공포의 서스펜스와 속도감 있는 정통적인 스릴러물의 흐름을 답습하고 있는 작품이다. 여기서 스코세이지는 관객들에게 "너희들은 떳떳하냐?"고 묻는다. 남에게 죄를 벌하는 너희 자신은 떳떳하냐? 배타적인 종교의 테두리 안에서 홀로 안주하는 너희들은 떳떳하냐는 질문을 14년간 감옥살이를 한 맥스(로버트 드니로)를 등장시켜 지적해낸다. 마침내 사회의 공동범죄는 결코 소멸되지 않는다는 비관적인 전망을 제시한다.

마틴 스코세이지 감독은 분노한 역사의 심판자도 아니고 가난한 자의 편에 서서 지배자를 향해 돌팔매질하는 감독도 아니다. 이탈리아계 미국인인 그는 자신의 삶을 작품의 질료로 쓰는 평범한 감독 중 한 사람에 불과하다. 그는 괄시받는 그 자신의 삶을 통해 미국 사회에 분노하고 희망을 거는 것이다. 그가 만든 영화의 본질은 투덜대기가 아니라, 미국 사회에 대한 요구다. 우리는 그가 만든 화면을 통해 비참한 인간사회와 이웃을 바라보는 시선을 배우면서 애잔한 충격에 사로잡힌다.

(2020)

1970

<기독청년 전태일>

그 밀알 한 알

경기 마석 모란공원 전태일 열사 묘소. 묘비에 '삼백만 근로자의 대표 기독청년 전태일'이란 글귀가 보인다. ⓒ CBS 제공

전태일이라는 이름 석 자를 마주하면 전혀 편하지 않다. 그가 50년 전에 근로기준법을 들고 외쳤던 인간의 권리가 아직도 온전하지 않기 때문이다. 화

력발전소 김용균 사건이나 구의동 전철역 사건, 아직도 15시간 이상 일하는 택배 노동자들, 파쇄기에 끼어 죽는 비정규직 노동자들, 이 시기에 피하고 싶은 기표다. 피하고 싶으면서도 꼭 보겠다고 벼르던 다큐를 이제야 봤다.

사실 나는 인물을 형용하는 어떤 표현을 그리 좋아하지는 않는다. 자칫 그 인물의 넓은 영역을 그 표현이 좁혀 놓을 수 있기 때문이다. 가령 민족시인, 농민시인, 불교시인, 기독교시인, 이런 식의 표현이 그의 넓은 삶을 꽉 안에 가둘 수 있다.

"기독청년 전태일"

CBS TV에서 제작한 전태일 50주기 특집 다큐멘터리 제목이다. 이 제목에도 비슷한 반감이 생긴다. '기독'이란 단어가 최근에 더 부정적인 이미지로 더럽혀졌기 때문이다. 왜 제목에 '기독청년'이라는 이름을 붙였을까.

CBS TV의 주요 시청자들은 비신자보다는 신자들이 훨씬 많다. '기독교'라는 호칭을 좋아하는 신자-시청자를 향한 이름일까. 기독교를 '개독교'로 만든 무리에게 무엇이 진짜 예수의 삶을 따르고 밀알로 살아가는 것이냐는 문제 제기일까.

아니 개독교가 아니더라도, 그냥 기독교가 이 세상에 저지른 범죄들이 셀 수 없이 많은데, 왜 전태일 이름 앞에 하필 '기독청년'이라는 단어를 붙이냐 말이다. 지금까지 내가 쓴 투정이 맞는 물음일까.

짜증스러운 투정을 몰아내는 묘비 사진을 보자. '기독청년'이라는 표현은 CBS TV에서 만든 조어가 아니다. 전태일 묘비에 정확히 써 있는 단어다. 그의 가족과 어머니가 원해서 묘비석에 올린 단어다. 전태일 묘비 맨 위에는 "기독청년"이라고 가로로 새겨 있고, "삼백만 근로자 대표"라고 세로로 새겨 있다. 이 다큐는 "기독청년"을 만든 사회를 드러내는 한 편의 고현학(考現學)이다.

1.

도봉동에서 7시 버스 타고 평화시장으로 가서 아침 8시부터 밤 11시까지, 매일 14-16시간 일하는 벌레 같은 미싱사와 시다들, 종일 쪽가위로 실밥을 뜯느라 손에 지문이 다 없어졌다. 천을 자르고 미싱을 박는 이들 콧구멍에는 실먼지가 들어앉고, 도시락을 열면 밥 위에 먼지들이 내려앉는다. 깜빡 졸면 미싱 바늘이 손가락을 관통해서 잠을 몰아내려고 '타이밍'이라는 각성제를 먹으면서 일하는 아이들, 닭장에 닭 떼들이었다. 이 다큐에는 전태일(1948-1970)의 친구 김영문부터 시작해서 많은 이들의 증언이 나온다.

> 정말 하루하루가 못 견디게 괴로움의 연속이다. 아침 8시부터 저녁 11시까지 하루 15시간을 칼질과 아이롱질을 하며 지내야 하는 괴로움, 허리가 결리고 손바닥이 부르터 피가 나고, 손목과 다리가 조금도 쉬지 않고 아프니, 정말 죽고 싶다(전태일 일기에서).

교회에서 양말이 없는 아이들을 보면 자기 양말을 벗어준다. 자기 월급을 털어 어린 여공들에게 풀빵을 사서 나눠 주고, 자신은 집까지 갈 버스비가 없어서 먼 길을 걸어갔다는 이야기는 잘 알려져 있다. 전태일을 떠올릴 때 그 마지막의 끔찍한 일만 떠올리면 안 된다. 그 과정에 이를 수밖에 없었던, 그가 어떻게 살았는지 그 과정을 봐야 한다.

기계가 고장 나면 곧바로 수리라도 받을 텐데, 그들은 병들면 그것으로 버림받았다. 기계보다도 못한 노예들이었다. 전태일은 어린 여공이 피를 토하는 것을 보고 부조리한 세상에 눈을 뜬다.

하나님이 만드신 만물의 영장 즉 인간입니다. 다 같은 인간인데 어찌하여 빈한 자는 부한 자의 노예가 되어야 합니까, 왜? 빈한 자는 하나님께서 택하신 안식일을 지킬 권리가 없습니까?(전태일 일기에서)

그들은 최소한의 인간적 대우를 받지 못했다. 영광스러운 박정희의 제3공화국은 벌레가 된 인간에 의해 유지되었다. 쌍문동에 위치한 창현교회에서 주일학교 교사를 하던 전태일은 1968년 말경 근로조건 개선을 위한 재단사들의 모임을 만들고, 모임 이름을 '바보회'로 정한다.

여태껏 기계 취급을 받으며 업주들에게 부당한 학대를 받으면서도 찍소리 한 번 못하고 살아왔기에 "우리는 바보들이며, 이것을 우리가 철저히 깨달아야만 언젠가는 우리도 바보 신세를 면할 수 있다"고 설명했다. 젊은 재단사 10여 명이 서울 변두리에 있는 전태일의 판잣집에서 '바보회'로 모였다.

전태일은 "바보회 회장 전태일 서울특별시 성북구 쌍문동 208번지"라고 쓰여 있는 명함을 만든다(13:52). 이어 설문지 작업을 시작한다. 1969년 여름 어느 날 그는 직장에서 해고당한다.

전태일은 평화시장에서 설문지를 돌려 근로기준법을 지키는지 노동자 스스로 쓰도록 했다. 부끄럽게도 나는 이 다큐에서 전태일이 만든 질문지를 처음 봤다. 유튜브에 있는 다큐 14분 11초를 정지시켜 보시면 한다. 가령 질문 8번을 보자.

8. 건강 상태는?

A 신경통. B 식사를 못한다. C 신경성 위장병. D 폐결핵. E 눈에 이상이 있다(날씨

가 좋은 날은 눈을 똑바로 뜨지 못하고 눈을 바로 뜨려면 얼굴상이 정상적이 아니다).
F 심장병.

제시된 병명은 당시 시다들이 가장 많이 겪는 질병이었다. 전태일은 사회운동을 할 때 먼저 대중을 만나고 대중과 함께해야 한다는 것을 잘 알고 있었다. 어떤 교육을 받은 것도 아니오, 시대 생활을 하면서 밑바닥에서 체험한 방식이었다. 신자였기에 기독교 표현도 나온다. 3번을 보자.

3. 왜 주일마다 쉬지를 못하십니까?
A 수당을 더 벌기 위하여. B 기업주가 강요하기 때문에. C 공장 규칙이니까.

일요일이 아니라 "주일"이라 쓴 것은 주일학교 교사였던 그에게는 자연스러웠으리라. 수당이나 기업주나 공장 규칙이라는 단어는 시다 생활을 했던 그스스로 체험한 밑바닥 경험에서 나온 것이다.

당연히 고용주들은 전태일을 경계했고 여러 번 마찰이 있었다. 그는 이 일을 하면서 부조리한 시스템과 업주 뒤에는 근로감독관, 언론, 정치인이라는 거대한 무리가 있다는 것을 깨닫는다. 노사문제를 이제는 시스템의 관점에서 보기 시작한 것이다.

언론사와 노동청에 근로기준법을 지켜달라는 호소문을 돌리고, 청와대에도 근로기준법을 지켜달라고 투서한다. 애를 썼지만 상황은 바뀌지 않았다.

마침내 삼각산 임마누엘 기도원에서 공사를 하다가 마지막 기도를 일기에 남기고, 어린 동생들과 인간의 미래를 위해서 짧은 생을 던진다.

이 결단을 두고 얼마나 오랜 시간을 망설이고 괴로워했던가? 지금 이 시각 완전에 가까운 결단을 내렸다. 나는 돌아가야 한다. 꼭 돌아가야 한다. 불쌍한 내 형제의 곁으로, 내 마음의 고향으로, 내 이상의 전부인 평화시장의 어린 동심 곁으로. 생을 두고 맹세한 내가, 그 많은 시간과 공상 속에서, 내가 돌보지 않으면 아니 될 나약한 생명체들. 나를 버리고, 나를 죽이고 가마. 조금만 참고 견디어라. 너희들의 곁을 떠나지 않기 위하여 나약한 나를 다 바치마. 너희들은 내 마음의 고향이로다.

오늘은 토요일. 8월 둘째 토요일. 내 마음에 결단을 내린 이날. 무고한 생명체들이 시들고 있는 이때에 한 방울의 이슬이 되기 위하여 발버둥치오니, 하느님, 긍휼과 자비를 베풀어주시옵소서(『전태일 평전』, 229쪽).

1970년 8월, 짧은 기도문이지만 충격적이다. 이후 4개월 동안 전태일은 고민한다. 이때 그에게 다가온 성경 구절은 모든 이를 살리는 "밀알 하나"(요 12:24), "벗을 위하여 제 목숨을 바치는 것"(요 15:13)이다. 이 구절을 보며 그는 다짐했을 것이다. 예수가 겟세마네에서 결단했다면, 전태일은 삼각산 기도원에서 결단한다.

그는 산에서 내려와 다시 평화시장으로 간다. 다시 설문지 작업을 하여 150여 장을 받는다. 여러 언론사에 어린 노동자들의 실체를 알린다. 드디어 1970년 10월 7일 「경향신문」에 "골방서 하루 16시간 노동—소녀 등 2만여 명 혹사…거의 직업병…노동청 뒤늦게 고발키로"라는 기사가 실렸다 (18:52).

신문에 나왔으니 전태일과 '바보회' 친구들은 이제는 해결될 줄 알고 얼싸안고 좋아했다. 그러나 말도 안 되게도 근로감독관들은 "나라가 힘드니

서로 조금씩 희생하자"는 말로 얼버무렸다. 전태일은 이제는 다른 방도가 없다고 판단했다.

　1970년 11월 13일 오후 1시 20분이었다.

　시위하려는 친구들과 경찰과 기자와 시민 사이에서, 스물세 살 한 젊은 이가 불덩어리로 튀어나오며 외쳤다.

　"근로기준법을 지켜라. 친구들아 내 죽음을 헛되이 말아라."

2.

이 다큐는 1970년 11월 22일 방송 당시 고 강원룡 목사(1917-2006)의 실제 육성이 첫 내레이션으로 흐르고, 31분 31초에 다시 나온다.

　스물세 살에 젊은 몸에다가 휘발유를 끼얹고 불타 죽어가면서 내 죽음을 헛되지 않게 해달라고 부탁을 하고 죽은 전태일 군의 죽음. 오늘의 기독교 교회가 단순하게 자살이니까 죄다, 그런 카테고리 속에다가 집어넣을 수 있냐 말입니다. 스물세 살의 젊은 몸을 자기 주위에서 시달림을 당하고 천대를 받는 이웃을 위하여 자기가 할 수 있는 일을 다 하다가 최후에 아무것도 할 길이 없는 때 자기의 몸을 불살라가면서 호소를 하고 죽어간 그가 죄인입니까? 그렇지 않으면 이러한 사람들은 죄인이라고 딱지를 붙여놓고 교회 문을 잠그고 들어가 있는 그들이 죄인입니까? 어느 쪽이 죄인입니까?

만일에 오늘 이 한국 땅에 정말 여기에서 우리들이 신앙의 눈을 가지고 예수 그리스도가 여기 이 모습을 본다면, 예수 그리스도는 오늘의 이와 같은 이 교회의 목사, 교회의 장로들에게 "아, 너희들이 참 잘했다. 내 몸된 교회를 그렇게 신성하게 지켜야지"라고 할 것입니까. 아니면 죽어가는 이 청년과 함께 그 처참한 희생을 당하는 현실에 들어가 자기 몸을 희생시킬 분이 예수 그리스도라 생각하십니까. 여러분 도대체 어떻게 생각하십니까. 이 전태일 군이 죽어가면서 "아, 배고프다" 하고 죽어간 그 목소리, 그리고 그가 "내 죽음을 헛되이 하지 말아달라"고 한 그 슬픈 호소에 도대체 우리들은 뭐라고 대답을 할 생각을 가지고 여기서 예배를 드리는 것입니까.

이 비참한 상황은 어떤 사람이 픽션으로 쓴 소설을 이야기하는 것이 아닙니다. 바로 우리가 살고 있는 한국, 1970년 11월 바로 우리가 보고 있는 현실입니다. 이것이 우리의 가슴속에 메아리치고, 우리가 여기에 대해서 어떤 분노를 느끼고, 우리가 여기에 대해서 어떤 죄책감을 느끼고, 우리가 여기에 대해서 사명감을 느끼지 못한다면, 우리는 밀알 하나가 아니라, 이미 돌멩이가 되어버리고 만 것입니다. 우리는 이제 우리에게 있는 힘을 한데 모아서 진정으로 다시는 이러한 비극이 없도록 죽어가면서도 우리에게 한 그 호소를 그리스도가 우리에게 하신 산 호소로 듣고, 그 죽음이 진정 헛되지 않게 하는 것 이것이 곧 그리스도의 복음을 현실적으로 이 땅에서 살려 나가는 밀알 하나로서 살아가는 길이라고 생각하는 것입니다.

부패한 한국 교회는 부끄러워해야 한다. 가난한 이를 외면한 지금 한국 대형 교회가 죄인인가, 온 삶을 통해 풀빵을 나누고, 설문지를 돌리고, 어린 시다들을 위해 애쓴 그가 죄인인가.

하종강 교수는 "전태일 사망 후 청계피복노동조합이 만들어지고, '노동교실'이 개설된다. 노동교실이라는 단어가 이때 처음 쓰였다"고 증언한다 (35:00).

아들과 한 약속을 지키기 위해 평생 기도로 실천으로 살면서 구치소와 중앙정보부에 끌려가며 살아온 이소선 여사는 교회에서 이렇게 간증한다 (40:00).

"이 모든 것을 겪으면서 보니까 예수보다 더 귀한 것은 없다는 찬송이 떠올라요. 사람이 불쌍한 사람 보고 불쌍한 줄 모르면 하나님이 내 맘에 없는 거예요."

3.

전태일의 마지막 기도문을 만났을 때 나는 20대 중반이었다. 이 기도문을 읽고 그가 마지막 노가다를 하고, 마지막 결단을 했으리라고 생각한 삼각산 기도원을 찾아갔었다. 그 기도원이 아닐 수도 있는데 나는 며칠 괜히 울적하게 지냈다. 거기서 눈이 쏟아지는 날 지은 노래가 "곁으로"(유튜브 〈김응교 곁으로〉)고, 그 생각을 확장해서 쓴 책이 졸저 『곁으로』(새물결플러스)다.

2012년 CBS TV에서 〈크리스천NOW〉의 MC를 나에게 맡겼을 때, 기회가 되면 반드시 전태일 특집을 만들자고 제안했다. 이듬해 3-4개월의 촬영과 편집 후, 2013년 12월 22일, 김동민 피디의 연출로 〈전태일의 크리스마스 선물〉을 방송했다. 같은 제목으로 유튜브를 검색하면 볼 수 있다. 이 작품의 장점은 전태일의 어머니 이소선 여사의 삶과 신앙을 집중해서 만들었다는 점이다. 다만 두 가지 아쉬움이 있었다. 첫째, 전태일의 친구들을 영상에 더 많이 담았으면 좋았겠다는 생각을 했다. 전태일과 함께했던 1차 증언자들의 증언을 담는 것이 무엇보다도 필요했다. 둘째, 전태일의 동생 전태삼 선생 집에서 "전태일 일기"를 읽어본 적이 있다. 작고 삐뚤삐뚤하고 잉크가 부분부분 날아가 판독하기 어려웠지만, 일기에 수많은 성서 묵상이 있었다.

"저의 메마른 심령 위에 향기로운 기름을 부어주십시오."
"주 예수의 강림이 불원하니 일찍부터 우리 사랑함으로써 저녁까지 씨를 뿌려봅시다."
"신의 은총만이 현사회를 구할 수 있다."

아쉽게도 조영래 변호사가 『전태일 평전』을 쓸 때 기독교적 요소는 생략했다는 사실도 알았다.

두 가지 아쉬움이 〈기독청년 전태일〉(연출 이형준 PD)에서 명확히 해결되었다. 이번 다큐는 주로 1차 증언자들의 증언으로 제작했다. 전태일의 친구들(최종인, 김영문, 임현재, 이승철 등)과 가족(전태삼, 전순옥), 당시 여공들(이숙

희, 최현미, 신순애, 곽미순)을 통해 평화시장의 열악한 실제 환경과 전태일의 행동에 대한 구체적인 묘사를 담아냈다. 아울러 "전태일 일기"를 꼼꼼히 화면에 클로즈업해서 재현한다. 실제 "전태일 일기"를 대하면 낡은 종이에 쓰인 옛 문장을 읽는 어려움이 적지 않은데, 영상에서 이렇게 확실하게 보여주니 얼마나 좋은지.

이번에도 빠진 부분이 있는데, 내가 "전태일 일기" 원본을 봤을 때, 전태일이 소설을 쓰려고 구상했던 메모가 있었다. 그 부분을 언젠가 "전태일 일기" 전편을 출판하면 누군가 연구하면 좋겠다. 전태일 기념관에 근무하는 유현아 시인이 잘 해주시리라 기대해본다.

CBS TV는 매년 한 번씩 오랫동안 인생과 역사를 성찰하게 하는 다큐를 발표해왔다. 몇 해 전에 독일 종교개혁가를 담은 다큐도 대단했다. 작년에 〈북간도의 십자가〉(연출 반태경 PD)에 이어 CBS TV에서 매년 명작을 제작하고 있다. CBS TV는 '다큐 컬렉션'을 따로 만들어야 한다.

러닝 타임이 52분 55초인데 다 보는 데 거의 4시간이 걸렸다. 어떤 책은 표지만 보고 안 읽지만, 좋은 시집이나 산문집은 한 권 읽는 데 석 달 넉 달이 걸린다. 페이지마다 아니 문장마다 깊은 주름이 있어, 빨리 읽을 수가 없다. 이 다큐들도 도대체 빨리 감기를 할 수가 없다. 보다가 고개 숙이고, 보다가 기록해야 하니, 도저히 빨리 볼 수 없는 다큐다. 증언 하나하나가 화면을 정지하게 한다. 좋은 책을 빨리 읽지 못하듯이, 나는 이 다큐를 한번에 볼 수 없었다. 천천히 아주 천천히 멈춰가며 봐야 할 다큐다.

* 유튜브 〈2020 올해의 좋은 프로그램 | 기독청년 전태일〉 참조 바랍니다.

(2020)

2부

국가 주도 국뽕 vs. 다중 주도 국뽕

태생적으로 내 나이 또래는 국뽕 영화를 좋아한다. 박정희 대통령이나 김기수 권투 선수가 귀국할 때, 반별로 정해진 구역이었던 남영동 육교 아래에서 우리는 태극기를 흔들며 환영했던 독재국가 국민학생이었다. 김일성을 열광하며 환호하던 북한 인민과 다를 바 없었다. 그게 우리 시대의 수업이었다. 중학교 때 단체로 〈성웅 이순신〉 같은 국뽕 영화를 보러 갔다. 국경을 초월하는 초국가 초민족 시대에 나는 아직도 국뽕 키드다.

유학 가고 얼마 안 있다 IMF가 터졌다. 내 나라는 졸지에 하류 국가가 됐고, 일본인은 못 느낄지 모르나 도쿄에서 지내면서 일본인이 한국인을 우습게 보는 것을 몇 번 경험했다. 나라가 망하자마자 일본에 와서 일 찾아 불법으로 체류하는 분들이 많았다. 자주 갔던 야키니쿠야(불고기집)에서 숯불판 갈던 분도 한국 중소기업 사장이었다. 회사가 망해서 도쿄에 와서 이 일을 한다고 했다. 마치 난민들 모습 같았다.

2003년이던가, 일본의 왜곡 교과서인 『새로운 역사교과서』와 독도 문제가 생겼다. 고이즈미 준이치로는 금방이라도 한국과 전쟁을 벌일 태도였다. 그때 분위기는 대단했다. 일본 어느 방송에서 한일 전쟁 시뮬레이션을 했는데, 24시간이 조금 넘어서인가 한국이 초토화되는 것을 방영했다. 고이즈미의 협박에도 아랑곳없이 겁 없는 노무현 대통령은 "존경하는 국민 여러분, 독도는 우리 땅입니다"라는 첫 문장으로 시작하는 유명한 연설을 했다.

> 지금 일본이 독도에 대한 지배권을 주장하는 것은, 제국주의 침략 전쟁에 의한 점령지의 권리, 나아가서는 과거 식민지 영토권을 주장하는 것입니다. 우리는 결코 이것을 용납할 수 없습니다.

이현세 감독의 만화 『남벌』에 보면, 한일 전쟁이 벌어져 도쿄에 사는 한국인을 모두 도쿄돔에 게토로 가두는 장면이 나온다. 이상하게 꿈에 내가 도쿄돔에 갇혔었다. 1923년 관동대진재 조선인 학살 때 나라시노 게토에 조선인으로 갇히는 가위 눌림에 시달렸다. 학교 앞 어느 가라오케에서 "홀로 아리랑"을 부르며 서럽게 서글프게 비루하게 울던 밤이 있었다.

어느 나라나 애국주의를 강조하는 영화들이 있다. 지구를 지키는 〈람보〉(Rambo, 1982), 〈12솔져스〉(12 Strong, 2018), 〈어벤져스〉(Avengers, 2019) 시리즈를 내세우는 미국의 미뽕 영화, 〈들어라, 파도여〉, 〈영원의 제로〉(The Eternal Zero, 2013)를 내세우는 일본의 일뽕 영화, 〈영웅〉(Hero, 2002), 〈특수부대 전랑〉(Wolf War, 2015) 시리즈를 내세우는 중국의 중뽕 영화, 〈골든에이지〉(Elizabeth: The Golden Age, 2007), 〈덩케르크〉(Dunkirk, 2017)를 내세우는 영국의 영뽕 영화에 비교하여 우리의 국뽕 영화 연대기도 대단하다.

나이가 들면서 나는 점점 국뽕 영화를 좋아하는 유치한 인간이 되었다. 부끄러운 얘기지만 나는 국뽕 영화를 다는 아니지만 성실하게 보아왔다. 어떤 때는 부끄러워, 몰래 가서 본 적도 있다.

대체 국뽕 영화란 무엇일까. '국'(國)은 대한민국의 줄임말로, 마약 중독처럼 '뽕' 맞은 듯 판단력을 잃게 하는 감성팔이 영화가 국뽕이 아닐까. 이제는 여기서 벗어나야 하지 않을까, 고민하면서도 계속 본다. 내가 얼마나 유치한 인간인지 나는 잘 안다.

곰삭여 생각해보니, 내가 생각하는 국뽕은 크게 두 가지로 구별해야 할 듯싶다. 두 가지 중 한 가지가 옳다는 말은 아니다. 그저 국가가 강조되는가, 아니면 국민이란 단독자가 강조되는가에 따라 나누려 한다.

국가를 강조하는 국뽕 영화는 〈빨간 마후라〉(1964), 〈귀신 잡는 해병〉(1966)부터 시작한다. 이 계열은 〈태극기 휘날리며〉(2004), 〈인천상륙작전〉(2016), 〈국제시장〉(2014), 〈연평해전〉(2015), 몇 번이고 만들려고 시도하는 '이승만' 찬양 영화가 아닐까. 이러한 부류를 나는 '국가 주도 국뽕'으로 본다.

내가 좋아하는 진짜 국뽕 영화는 많이 다르다. 역사적 에피파니가 일어났던 순서대로 써본다. 〈명량〉(2014), 〈봉오동 전투〉(2019), 〈대장 김창수〉(2017), 〈암살〉(2015), 〈북간도의 십자가〉(2019), 〈말모이〉(2019), 〈박열〉(2017), 〈택시운전사〉(2017), 〈파업전야〉(1990), 〈1987〉(2017), 〈변호인〉(2013) 등 참 많다. "내가 말하려 하는 것은 국가가 아니라 진실이야"라는 클로징이 나오는 〈뉴스타파〉야말로 진정한 국뽕이 아닐까. 참 나는 봉준호 감독의 〈옥자〉(2017)도 미제와 육식 권력에 맞서는 '국민 주도 국뽕'으로 본다. 〈옥자〉의 주인공 이름이 '미자'인 것도 재밌다. 시종 '미국 자본주의 시장'과 싸우는 미자는 하늘을 거의 날아다닌다. 내가 생각하는 '국민 주도 국뽕'은 국가이기주의에 갇혀 있지 않다.

이 작은 나라는 국뽕 영화가 펼쳐지는 시네마 네이션이다. 조그만 나라인데 엄청 힘이 세다. 대체 어디서 힘이 나는 걸까. 작년 8월 1일 가마쿠라 일본 현지에서 나는 일본의 경제보복을 그대로 텔레비전에서 보았다. 이후 일본에 그냥 먹힐 줄 알았는데, 지금까지 무서울 정도로 극복했다. 얼마 전 일본 쪽 자료를 봤는데, 한일 전쟁이 일어나면 이제 군사력은 거의 대등한 정도이고, 가장 무서운 것은 자위대와 비교할 수 없는 대한민국 육군이라고 나왔다. 한국 육군이 일본 본토에 진입하면 그냥 무너질 거라는 만화 같은 시나리오도 봤다.

나라가 어려울 때마다 국뽕 같은 일이 터졌다. IMF 때 지금도 이해 안 될 조선 시대 의병 같은 일이 생겼다. 국민들이 금을 모아 냈던 만화 같은 사건 말이다. 연일 많은 국민이 금을 모으는 불가사의한 일이 한국에서 벌어지고 있다고 일본 텔레비전에서 방송했다.

오늘내일 이상한 신문들은 정부 비판에 바쁘다. 정부는 비판받아야 한다. 비판받으며 일을 제대로 하면 된다. 비판과 비난과 냉소를 받으면서도, 국민들은 이 나라에 '국민 주도 국뽕'을 펼치고 있다.

국뽕 영화 주인공들은 비판만 하지 않는다. 내가 가장 좋아하는 국뽕 영화 주인공은 〈암살〉에 나오는 속사포(조진웅)다. 신흥무관사관학교 출신으로 전투에 나가면서, 알바비 안 준다고 구시렁거리면서도, 마지막 장면에는 총 들고 나타나 안옥연(전지현)에게 "드레스 입으니까 이쁘네" 하고 그냥 죽는 인간, 이런 인간이 국뽕 영화 주인공답다.

국뽕 영화는 엑스트라들도 뭔가 한다. 냉소만 늘어놓지 않는다. 빤한 말장난만 하지 않는다. 뭔가 한다. 이 시국에 나도 뭔가 해야 하지 않을까. 카뮈의 『페스트』에 나오는 의인들처럼 뭔가 흉내라도 내야 하지 않을까. 나는 무엇을 해야 할까. 연탄이라도 다시 나를까. 일단 자가격리라도 한다. 뭘 해야 할까. 이런 글이라도 쓴다.

이제 나에게 '국민 주도 국뽕'은 국가에 뽕 간 사람들이 아니라, 스피노자가 『신학정치론』에서 강조했던 '자연을 포함한 우주평화와 자유로운 국민국가를 위해 개인 개인의 다중(多衆, multitudo)이 자율적으로 뽕 간 상태'다. 대중(mass)과 다른 다중이란, 자유를 만끽하고 깨달은 단독자 한 명 한 명을 뜻한다. 그 다중이 이끄는 사회가 민주주의 공동체일 것이다. 이제 내가 기대하는 국뽕은 '국민 주도 국뽕'을 넘어 '다중 주도의 국뽕'이다.

며칠간 믿기지 않는 일이 이 나라에서 벌어지고 있다. 이 작은 나라 국뽕 주인공들, 국뽕 엑스트라들은 비판 냉소만 하지 않고 행동한다. 기관총 대신 살균기를 들고, 바이러스와 전투한다. 이상한 나라 앨리스보다 재미있는 다이내믹 코리아, 국뽕의 주인공 엑스트라들, 역전의 시네마 앞에 박수를 보내며 동참한다.

(2021)

〈싸이코〉

히치콕 판타지

"영화란 지루한 부분을 잘라낸 인생
이다."

알프레드 히치콕(Alfred Hitchcock,
1899-1980)의 말이다.

인생은 지루한 부분이 훨씬 많
다. 거꾸로 지루한 부분을 담은 영화
야말로 가장 일상적인 리얼리티를
담고 있다. 이 말 한마디로 히치콕이
어떤 영화를 만들지 알 수 있다. 그
는 지루하게 펼쳐지는 일상을 그대
로 담지 않는다. 일상의 지루한 부분

을 커팅하고, 히치콕은 가장 첨예한 순간만을 편집하여 보여준다. 히치콕의
판타지를 통해 관객은 신경 쓰지 않았던 실제 세계를 깨닫는다. 일상과 다른
영화, 곧 판타지 영화가 될 수밖에 없다. 흔히 히치콕이라 하면 '서스펜스 스

릴러 장르'의 거장으로 본다. 이 글에서 나는 그 과정에서 일어나는 판타지의 기능에 주목하려 한다.

머뭇거리며 두려워하며

판타지를 만들 때 중요한 것은 첫째 머뭇거림(Hesitation)이다. 머뭇거리려면 뭔가 방해물이 있어야 한다. 거대한 방해물 앞에서 어찌할 수 없는데, 둘째 상상하지도 못한 통로가 있어야 한다. 셋째 통로를 통과하면 초현실 세계가 펼쳐져야 한다. 넷째 통과한 초현실 세계에는 인간의 다른 변신이 있어야 한다.

〈나니아 연대기〉(The Chronicles Of Narnia, 2005)에서는 장롱 안으로 들어가면 눈의 나라로 갈 수 있다. 〈센과 치히로의 행방불명〉(2001)에서는 터널을 들어가면 아빠 엄마가 돼지가 되는 판타지의 세계로 들어간다. 〈해리포터와 죽음의 성물〉(Harry Potter And The Deathly Hallows, 2010)에서는 화장실 변기로 들어갔다가 판타지의 세계에서 지내고 숲으로 돌아온다. 〈해리포터와 마법사의 돌〉(Harry Potter And The Sorcerer's Stone, 2001)에서는 킹스크로스 역 9와 3/4 승강장 벽으로 카트를 밀고 들어가면 마법학교에 간다. 〈쥬라기 월드〉(Jurassic World) 시리즈에서는 일단 쥬라기 공원에 들어가야 한다. 들어가면 아직도 살아 있는 원시의 공룡들을 만날 수 있다.

카프카 문학에 나오는 그 많은 판타지를 떠올려 본다. 카프카 소설은 판타지 파티다. 갑충 벌레로 변한 아들(「변신」), 말하는 원숭이(「학술원에 드리는 보고」), 굴 파는 두더지(「굴」), 오스드렉이었던가 이상한 물건들, 또 뭐가 있을까. 판타지로 들어가는 길목, 정말 많다.

판타지에는 4단계의 과정이 있다. 디즈니랜드에 가면, 판타지의 4단계가 확연히 보인다. 첫 번째 단계는 아직 놀이동산에 들어가기 전 매표소 부근이다. 여기는 세속의 단계다. 두 번째 단계는 온갖 선물을 파는 쇼핑가다. 여기서 관람객은 동물 인형을 만나면서 점차 동화의 세계로 들어간다. 세 번째 단계는 성스러운 공간인 백설공주의 성이다. 난쟁이들이 나올 법한 성에서 관람객들은 충분히 판타지에 빠져 모두 아이가 되어 즐긴다. 마지막 네 번째 단계는 귀가해서 느끼는 새로운 일상이다. 현실에서 일탈(逸脫)했다가 집에 돌아오면 지겨웠던 일상이 전혀 새롭게 느껴지는 것이다.

모든 종교에도 판타지의 방식이 적용된다. 절이든 성당이든 교회든, 판타지의 단계가 적용된다. 첫 번째 단계는 성소의 입구로 역시 세속의 단계다. 헌금함에 헌금을 넣거나 안내지를 나눈다. 두 번째 단계는 성전에 들어가 앉아 있는 곳이다. 서로 인사를 나누고 혼자 기도하기도 한다. 세 번째 단계는 성전 전면에 성스러운 공간이다. 불교에는 석불이 있고, 성당과 예배당에는 십자가가 있다. 성스러운 공간에서 흘러나오는 말씀을 듣고 네 번째 단계로 돌아오면, 지겨웠던 일상이 전혀 새롭게 느껴진다. 네 단계를 생각하면, 판타지를 경험한다는 것은 바로 순례길(a Pilgrimage Road)을 체험하는 것과 비슷하다고 할 수 있겠다. 판타지 영화도 비슷한 효과를 노린다.

판타지 영화의 대가는 역시 히치콕이다. 히치콕의 영화를 '서스펜스 스릴러 판타지'라고 가정해보자. 불안정한 공포를 서스펜스(Suspense)라 하여 판타지가 공존할 수 없다고 하지만, 판타지로 향할 때 중요한 요소로서 공포를 빼놓을 수 없다.

맥거핀과 판타지의 길

판타지로 가는 과정에 히치콕은 공포와 더불어 또 다른 장치를 고안했다. 관객이 줄거리를 따라가다가 헛다리를 짚게 만드는 속임수를 히치콕은 '맥거핀'(Macguffin)이라고 명명했다. 그러니까 맥거핀은 후반부에 일어날 일을 예상하게 하는 복선(伏線)의 반대말인 경우가 많다. 맥거핀이 '어? 어떻게 된 거야? 속았네!'라는 반응을 일으킨다면, 복선은 '내 그럴 줄 알았지'라는 반응이다. 맥거핀을 우리말로 하면, '헛다리'나 '속임수' 혹은 '미끼'다. 히치콕 영화에서 맥거핀과 판타지가 어떻게 작용하는지 몇 편을 살펴보자.

〈싸이코〉(Psycho, 1960)에는 세 가지 인상 깊은 신이 있다. 첫째는 회삿돈 4만 달러를 훔친 여주인공 마리온이 도망가는 장면에 맥거핀이 작동한다. 카메라는 돈다발을 보여주면서 관객의 마음을 돈 문제에 집중하게 한다. 도망가는 마리온이 차를 멈추면, 오토바이를 타고 따라오던 경찰도 멈춘다. 관객은 마리온이 경찰에게 붙잡히지 않을까 불안하다. 영화 초반부에서 관객은 이 추격전에 온통 신경 쓸 수밖에 없다. 놀랍게도 경찰에게 잡힐 줄 알았던 마리온은 모텔에 들어간다. 관객은 이제 안심한다. 이 초반부가 아무것도 아니라는 사실은 다음 단계에서 깨닫는다.

둘째는 마리온의 샤워신이다. 여인이 샤워하는 장면은 관음증을 자극한다. 바로 그때 히치콕은 살인 사건을 일으킨다. 여관 주인 노만이 마리온을 살인하는 신이다. 히치콕은 여성의 큰 눈동자를 스크린에 가득 채워 놓는 방식으로 비극을 전한다. 그 신이 있기까지 어느 누구도 인간의 눈을 그렇게 크게 클로즈업시킨 영상을 본 적이 없을 것이다. 마치 죽은 생선이 아직 몸뚱이에 신경이 살아 끔뻑이는 듯하다. 히치콕은 관객이 그 눈동자에서 빠져

나가지 않도록 컷 수를 줄여서 편집했다. 이 끔찍한 영상이 끝나고서야 관객은 깨닫는다. 영화 초반부에 나오는 돈다발이나 경찰의 추격신은 관객을 안심시키기 위한 속임수이며, 영화 주제와 아무 관계도 없는 미끼, 곧 맥거핀이었다.

셋째는 살인 사건이 일어났던 모텔에서 주인이 사는 언덕집으로 가는 길목을 오르는 과정이다. 관객은 그 좁은 길을 따라 언덕집에 이르면 과연 무엇이 있을지 머뭇거리며 공포를 느낀다. 다시 건물 안으로 들어갔을 때 2층에서 들려오는 소리에 공포를 느낀다. 2층 방 안에서 남자가 죽은 엄마와 대화하는 공포의 세계를 마침내 관객은 목도한다.

영화 〈새〉(The Birds)(1963)에는 복선과 맥거핀과 판타지에 이르는 통로가 모두 기능한다. 샌프란시스코의 아름다운 여성 멜라니가 애완용 새를 파

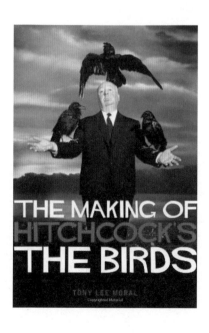

는 가게를 찾아가는 신은 첫 번째 복선이다. 거기서 멜라니는 미혼의 변호사 미치에게 첫눈에 반한다. 변호사의 집으로 가는 길이 있건만 이상하게 멜라니는 모터보트를 타고 호수를 건너간다. 모터보트 위에 앉아 있던 멜라니는 갈매기에게 갑자기 공격을 받아 이마에 상처를 입는다. 이 작은 사건이 이후에 벌어질 큰 사건의 복선이다. 두 번째 복선인 격이다. 멜라니는 변호사 미치의 집에서 아들에게 의존적이고 소유욕이 강

한 홀어머니 리디아를 만난다. 관객은 어머니 리디아와 여인 멜라니의 갈등에 집중한다. 멜라니가 어머니로서 리디아를 받아들이고, 리디아는 멜라니를 딸로 받아들이면서 갈등은 해소된다. 관객이 안심하는 바로 그 순간, 새떼 사건이 벌어진다. 관객은 태어나서 본 적이 없는 새떼와 마주한다. 새떼가 학교에서 나오는 아이들을 공격하고, 공중전화 부스를 깨뜨리고, 트럭 운전사를 공격하여 주유소를 폭발시킨다.

관객은 어머니가 왜 등장하는지, 새떼가 무슨 이유로 그 마을에 몰려와 사람을 공격하는지 모른다. 이거야말로 맥거핀이다. 이거 왜 이러지? 속았네! 깨닫는 순간, 인류에 대한 징벌은 이렇게 느닷없이 공격해온다는 히치콕의 경고를 맥거핀을 거쳐 공감하는 것이다.

봉준호가 히치콕에게 배운 언덕길

봉준호 감독은 히치콕 영화 〈싸이코〉를 8세 때 텔레비전에서 보고 트라우마 비슷한 충격을 받았다고 여러 인터뷰에서 밝혔다. 봉준호 감독의 영화 〈기생충〉에 언덕집을 올라가는 장면이 있다. 그냥 언덕이 아니라, 사방이 거대한 저택의 담으로 막혀 있는 언덕집이다.

히치콕 영화 〈싸이코〉에서 언덕길을 올라 판타지의 세계에 들어가듯, 봉준호는 휘어진 큰길을 오르며 전혀 다른 판타지에 들어가도록 관객을 안내한다.

유명 건축가 남궁민수가 지었다는 박 사장의 언덕집은 고급스럽고 예술적인 주택이다. 지상의 부잣집을 어떻게 구성했는지, 봉 감독은 그 계기를 인터뷰에서 설명했다.

"대학생 때 부잣집 아들 과외 공부시킨 적이 있었어요. 그 아이가 2층 집 여기저기를 보여주는데, 사우나 시설 등 이곳저곳을 보면서 이러면 안 되는데 하는 은밀한 쾌감이랄까, 이러면 안 되는데 하면서 궁금해지는. 그때 기억이 생생한데, 그때 일이 이 〈기생충〉 도입부와 비슷한 면이 있지요. 그 과외 일자리를 제 여자친구가 소개해줬거든요. 여자친구는 이미 국어 과목을 가르치고 있었어요. 그런데 수학 선생이 필요하다 하니까 저를 일자리에 넣어준 거죠. 그 여자친구가 지금의 제 와이프예요. 이 영화의 초반과 비슷하지 않나, 이런 생각이 드네요. 이런 기억들이 시나리오 쓸 때 많은 도움이 됐지요"(영국 아카데미 시상식[BAFTA] 이후 BAFTA에서 개최한 봉준호 감독 인터뷰에서).

지상의 공간은 첫째, 높은 곳에 있다. 수직적인 위계질서를 상징하듯, 도시가 내려다보이는 높은 언덕에 있다. 둘째, 반지하에는 보기 힘든 햇빛이 쏟아진다. 기우가 저택에 들어설 때 카메라는 아래에서 위로 찍어 기우 머리에 쏟아지는 햇살을 담아낸다. 박 사장 저택에서 거실에 앉아만 있어도 빛이 쏟아진다. 비극이 벌어지는 마지막 야외파티 장면에는 거의 땡볕이 쏟아진다.

이제 기우는 굽이진 언덕길을 올라가며 경험해보지 못한 지상집 부르조아지의 판타지 생활에 들어간다.

박 사장(이선균)은 글로벌 IT CEO다. 아주 선한 아빠이자 남편이며, 성실하게 기업을 돌본다. "선 넘는 사람들 내가 제일 싫어하는데"라고 말하는 주도면밀하고 유능한 회사 대표다. '선'(線)이라는 단어가 대단히 중요하다. 이 선은 갑/을, 부/빈 사이에 있는 잘 보이지 않는 비스듬한 사선(斜線)이다.

정원에서 야외파티를 할 때 기택에게 박 사장은 인디언 역할을 함께하자고 한다. 기택이 머뭇거리자 박 사장은 또렷하게 보며, "그냥 일의 연장이라 생각하시고" 하라고 말한다. 다시 한번 선을 넘지 말라고 강조하는 것이다. 박 사장이 강조하는 선은 잘 보이지 않지만, 감히 넘어서는 절대 안 되는 확실한 사선(死線)이다.

　선과 선을, 위와 아래를 오가며 현실과 판타지를 오가는 원칙, 그 사이에 히치콕은 머뭇거림과 공포를 사용한다. 공포를 느끼면서 관객은 그의 판타지 세계로 들어간다. 그 판타지에 들어갔다가 다시 나오는 순간, 관객이 일상으로 돌아왔을 때, 지겨웠던 일상이 전혀 새로운 공간으로 다가오는 것이다. 히치콕이 노리는 것은 바로 영화를 본 다음 순간이다. 그다음 순간은 히치콕 영화를 보는 사람마다 모두 다른 실제 세계를 깨닫는 시간일 것이다.

(2020)

1954

<디엔 비엔 푸>

끈질긴 항전과 지루한 패배

사실 몇 번이고 얕게 졸 정도로 지루한 전쟁 장면을 그대로 전하는 독특한 영화를 봤다. 영화라 하면 대개 승리의 기록인데, 분명 프랑스군 입장에서 이야기를 풀어간 이 영화는 철저한 패배의 기록이다. 우리 영화 중에 처절한 패배를 담아낸 영화는 무엇이 있을까.

프랑스는 1858년부터 1945년까지 거의 100년 동안 베트남을 식민지로 통치했다. 45년부터는 일본이 베트남을 점령했는데, 일본이 물러가자 프랑스는 다시 베트남에 침입했다. 1946년 12월 이후 무력 충돌이 일어나 1차 인도차이나 전쟁(1946-1954)이 시작된다. 베트남독립동맹회인 '베트민'(Vietminh)은 끈질긴 게릴라전을 시작한다.

프랑스와 베트남이 합작해서 만든 영화 〈디엔 비엔 푸〉(Điện Biên Phủ, 1992)는 1954년 제1차 인도차이나 전쟁 당시 베트민과 프랑스 간의 전투를 담고 있다. 1954년 3월 13일부터 5월 7일까지, 50여 일간 식민지 베트남이 점령국 프랑스를 몰아내고 독립을 쟁취하는 승리를 담은 영화다. 베트남에게는 끈질긴 승리였고, 프랑스에게는 지루한 패배였다.

1.

하노이에서 서쪽으로 300km 정도 떨어진 '디엔 비엔 푸'라는 곳은 소수민족이 사는 작은 부락이었다. 프랑스군은 라오스로 통하는 전략적인 계곡에 주둔하면 중국 공산세력도 막을 수 있고 라오스도 점령할 수 있다고 계산했다. 프랑스군은 모든물자를 수송기로 운송하고 탱크까지도 낙하산으로 내렸다. 금방 비행장도건설했다. 프랑스 공수부대원들은 여기서 베트민을 몰살시키려 했다. 수송기로 물자를 나르는 프랑스군은 산과 땅굴로 이동하는 베트민과는 게임이 안 된다고 판단했다. 처음부터 베트민을 얕잡아본 실수였다.

문제는 병력 수나 군사력 이전에 참여자의 전투력과 성실도였다. 프랑스군 1만 6천 명은 놀러 오듯이 왔으나, 베트남군 6만 4천 명은 몇 배 많은 숫자도 숫자이거니와 그 투쟁력이 몇십 배 위였다. 농민과 청년 2만여 명이 밤낮없이 무기 나를 길목을 만들고, 고구마 나르듯 폭탄을 자전거 바구니에 실어 전투 현장까지 운반했다. 나뭇잎으로 위장해서 밤에만 운송하여 프랑스군은 눈치채지 못했다고 한다. 게다가 중국과 소련에서 강력한 곡사포 등을 지원받았다.

베트민군은 모기떼처럼 끊임없이 달려들어, 서서히 프랑스군 목을 졸랐다. 프랑스 공수부대가 베트민 정상 참호를 점령해도 지원 병력이 없어 다시 버리고 퇴각해야 했다. 4월 말 베트남 북부에 우기(雨期)가 들어 장맛비처럼 주룩주룩 종일 비가 내렸다.

온몸이 젖은 채 프랑스군은 참호에서 배고픔을 견뎌야 했다. 베트민군의 포격은 프랑스군 참호 속으로 떨어졌고, 참호 아래로 베트민은 땅굴을 파고 공격했다. 하노이에서 떨어진, 소수민족이 사는 지역에 주둔지를 두고 베트남을 점령하려 했던 프랑스군은 지옥을 맛보았다.

50여 일간의 전투에서 프랑스군은 처절한 패배를 당한다. 이로 인해 프랑스군은 인도차이나에서 완전히 철수한다. 국뽕 영화라 하면 영웅이 등장한다. 이 전투를 지휘한 장군은 1944년 12월 25일 일본군과 싸워 승리하고, 1953년 디엔 비엔 푸에서 프랑스군을 전멸시켰으며, 1973년 사이공에서 미국을 몰아내고, 이후 국경에서 중국에도 밀리지 않은 영웅 보응우옌잡(Vo

Nguyen Giap, 1911-2013)이다.

놀랍게도 피에르 쇤도르페르(Pierre Schoendoerffer) 감독은 한 사람의 영웅에 집중하지 않고, 여러 인물 그것도 패자의 모습에 카메라를 조명한다. 베트남 사람인데 프랑스군에 입대하여 싸우다 죽어가는 케이 소위도 독특한 인물이다. 진종일 내리는 비에 진흙처럼 문드러진 시체, 걸어가다가 관절에 총알이 박히면서 그냥 쓰러지는 장교 등 죽어가는 군인들이 주인공들이다.

프랑스군의 썩은 시체가 들판에 얼마나 많은지, 그 위로 프랑스 낙하산 공수부대원들이 낙하하여 기겁을 하는 장면이 나온다. 포위망이 좁혀지면서 낙하병들은 땅에 닿기도 전에 베트민의 총에 맞아 죽어 벌판에 떨어졌다. 5월 7일 오전 전투를 준비하는데 사령부에서 최후의 무전이 온다.

"오늘 저녁 5시 30분에 개인 화기를 전부 해체하라."

항복하라는 명령이었다.

프랑스군은 백기를 올리지 않고 항복한다. 이어 산 정상과 땅굴에서 프랑스군 참호를 향해 빠르게 이동하는 셀 수 없이 많은 베트민이 4분 동안 롱테이크로 스크린 전면을 가득 채운다.

힘없이 빈손을 늘어뜨리고, 풀 죽어 걸어가는 포로들의 끝없는 행렬은 쉽게 잊히지 않을 풍경이다. 1만 6천 명이 참전했던 프랑스군 중 포로는 11,721명이었고, 포로 중 부상자는 4,436명이었다. 이들은 포로수용소로 수백 킬로를 행군하면서 죽어갔고, 프랑스군 폭격을 막는 인간방패로 죽어갔다. 프랑스로 살아 돌아간 자는 고작 3천여 명이었다.

2.

클로즈업 등의 기법도 없이 화면 전체에 전투 장면을 그냥 넓게 보여준다. 격렬한 백병전이나 특별한 카메라워크가 없기에 사실 지루했다. 긴장된 대화 없이 벌판에 폭탄이 떨어지는 롱테이크, 혹은 저녁에 프랑스 공수부대원들이 비행기에서 낙하산으로 낙하하는 장면을 길게 담았다. 보다가 몇 번이고 얕게 졸았는데, 끝없이 죽어가는 그 지루함을 감독은 관객과 후세에 전하고 싶어 하는 듯했다.

이 영화에서 또 하나 중요한 것은 배경 음악이다. 프랑스군 한 명이 하노이에 바이올린 공연하러 온 바이올리니스트와 연정을 나눈다. 바이올리니스트가 하노이에서 연주하는 음악이 전쟁 장면에 배경으로 깔린다. 영화는 바이올린 연주 음악을 배경으로 마지막 멘트를 전하며 끝난다.

> 이 영화는 다시는 이러한 일이 없도록 프랑스와 베트남, 양국의 영화인들이 사실 그대로 만든 영화입니다.

안소니 퀸과 알랭 드롱이 나오는 영화 〈로스트 코맨드〉(Lost Command, 1966)도 이 전투를 배경으로 하는 작품이다. 디엔 비엔 푸에 참가한 두 사람은 베트민군의 포로가 된다. 석방된 뒤 모두 알제리 전투에 참여한다는 전개가 조금은 황당하지만, 당시 프랑스 외인부대의 삶을 잘 보여주는 영화다.

100년이 넘는 프랑스 식민지를 견디고, 1945년부터 일본에 점령됐다가, 다시 프랑스의 침공을 받은 베트남은 1954년 프랑스군을 몰아내고 완전히 독립을 얻는 듯했다. 쉴 틈도 없이 1955년 11월 1일부터 1975년 4월 30

일까지 베트남은 내전을 거쳐 미국, 한국, 오스트레일리아 지상군이 개입하는 국제전이라는 지옥으로 빠져들어야 했다. 베트남 전쟁의 실상에 대해서는 바오닌(Bảo Ninh, 1952-)의 자전적 소설 『전쟁의 슬픔』과 단편 「물결의 비밀」을 권하고 싶다.

디엔 비엔 푸에서 승리를 체험한 베트남 군인은 이후 미군과 싸울 때도 늘 이 디엔 비엔 푸 전투를 생각하며 승리할 수 있다고 확신했을 것이다. 우리가 힘들 때 13척의 배로 133척의 왜구를 무찌른 명량대첩을 떠올리듯, 베트남 사람들에게 '디엔 비엔 푸'는 긍지를 주는 이름이겠다.

* 유튜브 〈바오닌 '물결의 비밀', '전쟁의 슬픔'〉 참조 바랍니다.

(2019)

1944

〈바스터즈, 거친 녀석들〉

명랑한 폭력과 장르 파괴

"제 영화를 아직 미국의 관객들이 모
를 때 항상 제 영화를 리스트에 뽑
고 좋아해줬던 쿠엔틴 형님이 계신
데, 정말 사랑합니다. 쿠엔틴, I Love
You!"

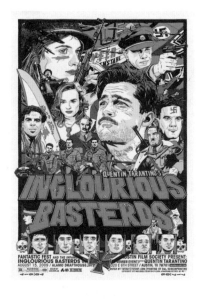

　　봉준호 감독은 아카데미 감독상
을 받으면서 객석에 앉은 쿠엔틴 타
란티노(Quentin Tarantino) 감독에게
예의를 차려 말했다. 한국어로 "형
님"이라 했으니 외국인들은 무슨 말
인지 잘 못 알아 들었을 것이다. "형
님"은 얼마나 따스하고 정감 있는 말인가. 통역가 샤론 최가 형님을 'Bro'라
고도 표현하지 않고 그냥 "쿠엔틴"으로 통역했기에 아쉬웠다. 얼마나 가까
웠으면 "형님"이라고 했을까.

쿠엔틴 타란티노 감독은 봉 감독의 〈살인의 추억〉, 〈괴물〉 등을 최고의 영화로 극찬하며 꼭 봐야 할 영화 리스트로 소개해왔다. 봉 감독은 자신의 롤모델을 쿠엔틴 타란티노 감독과 기예르모 델 토로 감독이라 하기도 했다.

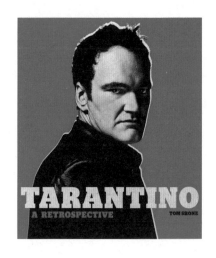

여기서 쿠엔틴 감독의 여러 영화 중 〈바스터즈, 거친 녀석들〉 (Inglourious Basterds, 2009)을 들어 쿠엔틴과 봉 감독의 공통성이나 차이를 비교해보려 한다. 영화는 5장으로 나누어 진행된다. 한 장 한 장이 모두 탁월한 단편영화이고, 전부 연결되어 있다. 5장 모두에 타란티노의 장기인 길지만 재밌게 빨려드는 수다가 펼쳐진다.

1장 옛날, 나치 점령 프랑스

푸른 언덕이 펼쳐져 있는 스크린에 1941년이라는 자막이 뜬다. 아버지는 통나무에 도끼질을 하고, 딸은 빨래를 넌다. 화면 오른쪽에는 '빨래를 너는 딸' 왼쪽에는 '길 저편에 등장한 나치의 지프차'가 균열을 일으킨다. 스크린은 '일상의 세계/폭력의 세계'로 나누어진다. 긴 역사적 설명을 풀어내지 않고, 도입부의 풍경 한 컷으로 영화 전체의 갈등을 보여준다.

평화로운 풍경에 친위대 한스 란다(크리스토프 발츠) 대령이 이끄는 나치가 나타나면서 사건은 시작된다. 너무도 예의 바른 란다 대령은 딸의 손목을 잡고 와인이 아니라, 우유를 달라고 한다. 너무도 도발적이고 예상할 수 없는 행동에 관객은 멈칫한다. 이후에 보겠으나 그의 돌발적인 행동은 끝까지 반복된다. 유대인이 먹을 수 없는 빵을 주문하고, 갑자기 폭발적으로 웃고, 끝에서는 전혀 상상할 수 없었던 망명을 제안한다. 관객들은 어디로 튈지 모르는 란다의 역할에 그만 등장하면 불안해진다. 갑자기 우유를 당부하는 대목부터 서스펜스가 작동된다.

란다 대령은 우유 한 잔을 얻어 마시면서, 집주인 라파디테와 친절하게 대화한다. 말이 대화지, 거의 빈틈없는 심문이다. 다정한 얼굴에 간혹 잔혹한 냉혈이 입가에 스치는 란다는 '유대인 사냥꾼'이라는 자기 별명을 반복해서 상기시킨다. 대화가 지루해질 무렵에, 카메라가 마루 아래 입을 틀어막고 숨어 있는 유대인 가족을 관객에게만 보여준다(14:14).

이 장면은 봉준호 감독 〈기생충〉에서 부잣집 부부가 소파에서 애정행각을 할 때, 거대한 테이블 아래 바퀴벌레처럼 숨어 있는 가족들 모습을 떠올리게 한다. 이어서 타란티노 감독은 마루 틈으로 유대인 가족의 눈동자만 화면 가득 보여준다. 마치 히치콕의 영화 〈싸이코〉에서 샤워하다가 죽는 여인의 눈동자가 화면 가득 클로즈업되는 장면과 비슷하다. 이제 심리전의 서스펜스는 급격히 상승한다.

란다는 유대인을 쥐에 비유하고, 유대인을 숨겨주면 처벌할 거라며 압박한다. 란다가 주인을 압박하는 장면은 거의 스릴러에 가깝다. 란다가 드디어 "독일의 적을 숨겨두고 있느냐"(18:17)고 질문하고, 호통을 듣거나 고문을 받지도 않은 라파디테는 눈물을 한 방울 흘리며 숨어 있는 위치까지 가리킨다. 나치 친위대 병사들은 유대인이 숨어 있는 마루 위에 기관총을 갈긴다.

여기까지만 봐도, 봉준호 감독의 〈괴물〉처럼 기괴하면서도 낯선 공포 (uncanny)가 다가온다. 첫째, 기괴한 공포로 관객을 끌어들이는 도입부의 흡입력은 타란티노나 봉준호 감독 영화에서 늘 볼 수 있는 공통점이다.

총에 맞지 않은 드레퓌스 집안의 장녀 쇼샤나(멜라니 로랑)는 초원을 달려 도망간다. 란다는 권총을 겨눴다 쏘지 않는다. "또 만나자, 쇼샤나!"라는 란다의 목소리가 도망가는 쇼샤나 뒤로 들린다. 이 말이야말로 영화 전체를 수미일관하는 복선(伏線)이다. 두 번째 공통점으로 타란티노와 봉준호 감독 영화에는 그 결과를 짐작할 수 있는 복선이 앞부분에 나온다. "또 만나자"는 대사에 따라, 두 번째 만날 때는 복수하는 결말에 이른다.

1장만으로도 완벽한 21분 단편영화다. 특히 한스 란다 역할을 맡은 크리스토프 발츠는 이후에도 독일어, 프랑스어, 영어, 이탈리아어를 완벽하게 구사하면서 놀라운 연기력을 보여준다. 아역배우부터 출발하여 독일과 오스트리아에서 주로 활동했던 크리스토프 발츠는 이 영화 한 편으로 세계적인 영화배우로 도약했다.

그가 맡은 한스 란다는 조용하게 등장하는 첫 장면부터 관객을 압도하는 캐릭터는 아니다. 다정다감하지만 정확하게 내용을 전달하는 특유의 말투에 관객들은 서서히 매료된다. 란다 대령이 그때그때 자유롭게 사용하는 언어는 모든 정보를 독점하고 있는 힘으로 작용한다. 먹이사슬 맨 위에 있는 란다 대령은 사냥꾼의 능력을 발휘하는 멀티 링구얼이다. 언어는 먹이사슬의 구조를 보여준다. 마룻바닥 아래 숨어 있는 가장 밑에 있는 유대인들은 영어를 못 알아듣는다. 프랑스인 집 주인 라파디테는 영어를 알아듣고, 유럽 전체를 지배하는 독일 장교 란다 대령은 중요 언어를 자유롭게 구사할 수 있는 정보의 독점력을 보여준다.

그가 등장할 때마다 영화는 그 표정과 말투에 따라 스릴러와 코믹을 오간다. 그의 절제된 행동과 말투는 서서히 관객을 압도해버린다. 영화 내내 매력을 발휘하며 가장 큰 존재감을 과시하는 그는 최고의 악역이었다.

2장 미친 개떼들

미육군 알도 레인 중위(브래드 피트)는 '개떼들'(Basterds)이라는 게릴라를 조직한다. 여기서 비로소 영화 제목의 뜻이 나온다. '바스터즈'에 소속된 게릴라는 모두 유대계 미국인들로, 오로지 독일군을 공포스럽게 죽이는 것을 목적으로 한다. "당한 만큼 돌려준다!"는 강한 결심으로 레인 중위는 '개떼들'을 모았다.

밧줄에 달려 사형당하기 직전에 탈출했다는 레인 중위의 목에는 밧줄에 짓눌린 상처가 양쪽에 길게 남아 있다. 알도 레인 중위의 과장된 말투가 재미있지만, 히틀러까지도 잔인한 '개떼들' 소식을 알고 살아남은 생존자 부츠 일병에게 개떼들 이야기를 듣는다.

개떼들은 독일군을 죽이고 머리 가죽을 벗긴다. 대장인 알도 레인 중위의 별명이 '아파치'인 것과 독일군 머리 가죽 벗기기는 관계가 있다. 옛날 인디언들이 침략자들과 싸우면 다시는 공격하지 못하도록 공포감을 전하려고 칼로 머리 가죽을 벗겼기 때문이다.

잔인한 이야기지만 이들의 연기는 과장된 개그를 보듯 말투고 행동이고 모두 우습다. 모두 만화에 나올 만한 뭔가 나사 빠진 듯한 캐릭터들이다. 〈기생충〉에 등장하는 송강호 같은 인물이 이 영화에서는 브래드 피트가 아닌가 싶다. 타란티노나 봉준호는 부조리한 세계를 독특한 인물을 등장시켜 시종 즐겁게 풍자한다. 재밌는 사실은 세 번째, 두 감독은 폭력에는 폭력으로 되돌려주는데 그 기법에 명랑성이 있어서 분명 잔인한 장면인데도 잔인하게 느껴지지 않는다는 특징이 있다.

개떼 게릴라 '휴고 슈티글리츠'는 독일 게쉬타포 장교 13명을 잔인하게 죽인 자다. 별명이 '곰 유대인'인 '도니 도노비츠 하사'는 야구 방망이로 나치 머리를 내리쳐서 죽인다. 개떼들은 그들을 사정없이 죽여 머리 가죽을 벗기는 한편, 살려 보내는 독일 병사들 이마에는 나치의 상징인 하켄크로이츠를 칼로 새겨넣는다. 평생 죄지은 흔적을 남겨두는 것이다.

마지막 장면에 중위는 손수 나치 이마에 낙인을 찍는다.

"중위님, (낙인 새겨놓는) 실력이 점점 느시는데요?"

"카네기 홀에서 연주할 수 있는 비결이 뭔지 아나? 바로 연습일세."

2장에서는 시종 사람을 죽이고, 낙인찍고, 위협하는 행위가 공포와 코믹이 결합되어 나온다. 여기에서 쿠엔틴과 봉 감독의 공통점이 보인다. 네 번째, 두 감독은 장르를 파괴한다. '장르 파괴'가 두 감독 영화의 특징이다. 두 사람은 만화 같은 캐릭터들을 등장시켜, 스릴러에 코믹 그리고 액션을 자유자재로 오가며 표현한다.

1장에서 란다 대령, 2장에서 레인 중위가 심문하는 장면이 비교되면서, 이제 영화는 본격적으로 갈등 관계로 들어간다. 3장부터 기승전결의 전이라 할 수 있다.

3장 파리에서 열린 독일의 밤

1944년 6월 어느 저녁, 한 여성이 사다리에 올라 극장 전광판을 교체한다. 쇼샤나 드레퓌스, 4년 전 가족 학살 현장(1장)에서 도망쳐 살아남은 쇼샤나는 '에마뉘엘'이라는 가짜 이름으로 파리의 한 극장에서 주인 일을 하고 있다. 독일군 프레데릭 촐러 일병이 그녀에게 다가온다. 며칠 후 카페에서 책을 읽는 쇼샤나에게 다시 촐러가 찾아온다. 알고 보니 촐러는 이탈리아 전선에서 혼자 몇백 명을 죽인 영웅 저격병이었다. 촐러가 주인공으로 등장하는 〈국민의 자랑〉을 만들어낸 괴벨스 장관에게 촐러는 쇼샤나를 끌고 오다시피 한다. 그러고는 괴벨스에게 영화 시사회를 '에마뉘엘'의 극장에서 하자고 설득한다. 대강 그 극장에서 하기로 하자, 극장을 확인해야 한다며 한 인물이 나타난다. 쇼샤나의 가족을 학살했던 란다 대령이다.

란다는 쇼샤나와 대화하며 몇 가지를 물으며 슈트루델을 주문한다. 슈트루델은 고기 기름으로 만든 파이 디저트다. 란다는 슈트루델에 크림을 추가 주문한다. 유대인들은 유대교 율법에 따른 코셔 푸드(Kosher food)만을 섭취하는데, 코셔 푸드는 먹을 음식과 도살, 처리 과정까지 엄격히 제한하고 구별한다. 돼지고기, 비늘이 없는 생선, 오징어를 먹을 수 없고, 소고기 중에서도 목심·등심 등 먹을 수 있는 부위가 정해져 있다. 빵 안에 든 고기와 유제품인 크림을 동시에 절대 먹지 않는다. 란다는 유제품 크림을 주문하고 게다가 또 다른 유제품 우유까지 주문해서 쇼샤나에게 권한다. 4년 전 쇼샤나가 란다에게 주었던 우유(1장)를 주문하는 것은 란다가 이미 모든 것을 알고 있지 않나 하는 공포를 관객에게 준다. 쇼샤나가 이것들을 안 먹으면 유대인이요, 먹으면 유대인이 아닌 상황이다.

쇼샤나는 란다의 의도를 알아채고 빵에 크림을 듬뿍 발라 먹는다. 이 대목을 강조하려고 타란티노 감독은 스크린 전체에 빵에 크림 바르는 장면을 펼쳐 놓는다. 이 영화에서 한 사물이 가장 크게 클로즈업된 영상이다. 란다 대령은 뭔가 기분 나쁘지만 끝내 알아채지 못한다. 란다는 기분 나쁜 듯 담배를 크림빵에 꽂고 자리에서 일어난다. 애초부터 크림빵을 먹고 싶지 않았다는 뜻일 것이다. 이런 디테일이야말로 두 감독의 다섯 번째 공통점이다. 타란티노나 봉준호 감독 영화에 자주 나오는 디테일한 클로즈업(Close-Up) 장면이다.

그가 자리를 뜨자마자 극도의 긴장이 풀린 쇼샤나는 온몸을 떨며 눈물을 흘린다(1:00:42). 이 짧은 순간에 배우 멜라니 로랑의 연기가 돋보인다. 3장에는 피비린내 나는 학살이나 총소리가 없는데도, 한스와 쇼샤나가 케익을 앞에 둔 식탁 장면 하나만으로도 팽팽한 긴장이 흐른다. 가족이 모두 학살당한 쇼샤나는 영화 시사회를 극장에 유치해서, 영화를 보러 온 나치 고위급들을 휘발성이 강한 30mm 질산 필름을 태워 죽이리라 계획한다.

4장 영화관 작전

영화 시사회가 열린다는 정보를 알고 영국군 페니치 장군은 독일어와 독일 영화사에 정통한 히콕스 소위를 부른다. 처칠 수상이 뒤에서 듣고 있는 방에서, 페니치 장군은 히콕스 소위에게 독일어가 가능한 '바스터즈' 멤버와 함께하는 영화관 작전을 명령한다.

파리 근교의 약속한 바에 갔는데, 독일군들이 모여 한 병사의 아들 출생을 축하하느라 흥청대고 있다. 독일 여배우이자 영국 스파이인 브리짓과 만나지만, 자기 아들이 탄생했다는 독일 병사가 브리짓에게 사인해달라는 둥 자꾸 다가온다. 그때 히콕스가 독일어 본토 발음이 아닌 말씨로 말해서 의심을 받는다. 어두운 구석에 앉아 있던 게슈타포 소령은 히콕스가 독일인이 아니라는 낌새를 알아챈다. 20초의 총격신이 펼쳐지고, 브리짓은 다리에 총탄을 맞고 살아남는다. 20초의 총격신은 충격적이어서 영화를 보고 난 뒤에도 오래 기억에 남는다. 충격적이지만 극도로 아름다운 폭력신을 관객에게 체험하게 하는 끔찍한 20초다.

브리짓을 의심한 레인 중위는 동물 병원에서 브리짓을 고문하지만, 끝내는 이해하고 히틀러도 참여한다는 시사회에 가기로 한다. 다만 독일어를 할 수 있는 대원을 잃었기에, 레인 중위와 나머지 게릴라 도니, 오마는 이탈리아인인 척하고 브리짓과 가기로 한다. 안타깝게도 지하 바를 수색한 란다 대령은 한쪽만 남은 하이힐과 브리짓이 사인한 냅킨을 찾아낸다.

여기에서도 쿠엔틴과 봉 감독의 공통점이 보인다. 여섯 번째, 두 감독은 지하라는 공간을 자주 영화에 등장시킨다. 지하는 〈바스터즈〉나 〈기생충〉이나 갈등과 결투가 일어나는 공간이다.

5장 자이언트 페이스의 역습

붉은 드레스를 입고 짙은 화장을 한 쇼샤나는 〈국민의 자랑〉 시사회를 준비한다. 극장에 나치 고위 관리들이 가득하다. 경비를 맡은 란다 대령은 여배우 브리짓과 함께 온 '이탈리아인'들에게 유창한 이탈리아어로 말을 건넨다. 레인 중위는 가까스로 위기를 넘긴 듯했지만, 란다는 산도 없는 파리에서

"등산하다가 발을 다쳤다"는 브리짓을 의심하고 별실로 데려간다. 의자에 앉히고 바에서 발견한 하이힐을 신게 한다. 하이힐이 딱 맞는 것을 보고 란다는 브리짓을 목 졸라 죽인다.

여기서 두 감독의 일곱 번째 공통점, '발'을 강조하는 장면이 나온다. 란다가 브리짓의 발을 자신의 무릎에 올려두라 하고, 수상한 눈초리로 바라보는 음흉한 장면에서 거의 모든 영화에서 '발 패티시즘'을 보여주는 쿠엔틴 감독의 특기가 나온다. 〈기생충〉에서는 홍수 뒤에 부잣집 부인 연교가 차 뒷자리에서 맨발을 올려놓고 전화 거는 장면이 나온다. 차 안에서 냄새가 난다면서, 자기 발바닥은 아무런 냄새가 안 난다는 듯이 운전하는 기택 뒤통수 바로 옆으로 맨발을 올려놓고 있는 장면이다.

로비에서 기다리고 있던 레인은 체포 당한다. 그런데 죽을 위기에 처한 레인에게 생각지도 못했던 반전이 일어난다. 시사회에서의 나치 고위급 암살 작전을 용인하겠다며 란다 대령이 미국 망명을 요청한 것이다. 그는 연금과 주택 등을 요구했다.

한편 저격병으로 영화에 등장하는 촐러는 쇼샤나가 있는 영사실에 가서 다시 사랑을 호소한다. 촐러를 몰아낼 수 없다고 판단한 쇼샤나는 영사실 문을 잠그자고 한다. 은밀한 사랑을 하자는 제안으로 알고 촐러가 문을 잠그려 돌아서는 순간, 쇼샤나는 권총으로 그를 쏜다. 촐러도 권총으로 쇼샤나를 쏜다. 총에 맞아 쓰러진 쇼샤나의 붉은 드레스 둘레로 넓게 퍼지는 붉은 피가 강렬하다. 영사기는 자동으로 돌아가며, 미리 잘라 붙여 놓은 쇼샤나 얼굴이 클로즈업된다.

"똑똑히 봐둬, 너희를 죽일 유대인의 얼굴을. 이 얼굴이 유대인의 원혼이다."

쇼샤나의 웃음소리가 울려 퍼지는 동시에 그녀의 연인인 영사기사 마르셀이 극장 문을 모두 잠그고, 스크린 뒤에 쌓인 필름에 불을 붙인다. 2층 발코니석에 올라간 개떼 게릴라 도니와 오마는 불난리가 난 1층 관객석을 향해 기관총을 난사한다. 설치한 폭탄이 터지고 모든 사람이 죽는다.

레인 중위는 란다 대령이 안내하는 트럭을 타고 미군 지역에 온다. 합의한 대로 란다는 투항한다. 총과 칼을 받은 레인 중위는 독일군 통신병을 사살한다. 합의에 어긋난다고 소리치는 란다에게 레인은 "미국에서는 나치 군복을 벗고 나치라는 것을 들키지 않게 살아가겠지?"라고 말하고, 란다 이마에 "이 생애 최고의 걸작이야"라며 칼로 나치의 상징인 하켄크로이츠를 새긴다. 여기서도 폭력을 폭력으로 처벌하는데, 잔인하기보다는 웃음이 나온다.

두 감독의 여덟 번째 공통점은 끝까지 명랑성을 잊지 않는 태도다. 쿠엔틴이나 봉 감독 영화는 정말 재미있다. 풍자와 비판과 절망과 죽음으로 가는 과정에서도 웃음을 잃지 않는다.

마지막 두 감독의 아홉 번째 공통점은 많이 만들기보다는 최선을 다해 한 작품에 집중하는 방법이다. 타란티노 감독은 10편만 만들고 은퇴하겠다고 했고, 봉준호 감독은 〈기생충〉까지 7편의 영화만 만들었다.

〈바스터즈〉를 만든 다음 해 2010년 아카데미 수상식에서 〈아바타〉가 대부분 중요한 상을 거두고, 이 영화에서 란다 대령 역할을 맡은 크리스토프 발츠만 남우조연상을 받았다. 이 영화는 봉준호의 영화들과 비교해서 보면 많은 공통점을 발견할 수 있는 흥미 깊은 걸작이다. 앞서 말했듯이 하나의 장르로 말할 수 없는 영화다. 제2차 세계대전만을 말하는 전쟁영화라고 하기도 어렵다. 제2차 세계대전을 들어 부조리한 세계에서 살아가는 인간의 모습을 코믹하고도 풍자적으로 담아낸 명작이라 하겠다. 사회풍조, 기괴한 명랑성, 자유로운 장르 파괴를 경험하고 싶다면 믿고 볼 수 있는 타란티노 감독의 걸작이다.

(2020)

1942

〈말모이〉

조선말 큰사전과 조코잼 영화

윤동주는 최현배의 두툼한 『우리말
본』(1937) 초판을 읽고 그에게 배우
고 싶어 연희전문을 선택한다. 입학
하자마자 최현배 선생의 수업을 들
었던 윤동주는 조선어학회 사건으로
존경하는 선생이 구속되는 과정을
지켜본다. 수업에서 '윤동주와 최현
배'를 두 시간 정도 강의하기에 이 영
화에서 그 시대와 최현배를 어떻게
재현할까 너무도 궁금했다.

　　어젯밤 11시 넘어 갑자기 동네
극장으로 10분 내로 오라고 큰아들이 전화해서 심야 영화를 함께 봤다. 극장
에는 큰아들과 나 외에는 아무도 없었다. 심야 2시에 귀가하여 지금 써두지
않으면 잊을 거 같아 몇 자 메모해둔다. 먼저 배경 얘기를 쓰려 하니 무엇부

터 써야 할지 까마득하다.

주시경 선생의 정신을 이어받은 장지연, 이윤재, 최현배 등이 1921년 조선어 연구회(朝鮮語研究會)를 만들어, 전국 십여 군데 도시를 돌며 월례 발표회와 강좌를 열었다. 1926년에는 오늘날 한글날인 '가갸날'을 정하고, 「한글」이라는 잡지도 간행했다. 1929년 10월 드디어 108명이 모여 조선어 사전 편찬위원회를 만든다. 교과서에 나오는 이야기를 쓰려니 벌써 따분하다.

1931년에 조선어 연구회는 조선어학회(朝鮮語學會)로 개편되고, 1933년 10월 「한글 맞춤법 통일안」, 1936년 10월 「표준어사정」을 발표한다. 「외래어 표기법 통일안」도 만들기 시작한다. 급기야 『조선말 큰사전』을 만들기로 한다. 여기까지 쓰기만 해도 얼마나 재미없는가.

역사적 사실을 영화로 만들기란 대단히 힘든 일이다. 부분절취, 과장,

축소 등 모두 사실 왜곡에 해당하기 때문이다. 영화 〈동주〉(2015)도 실제 윤동주와 차이가 있기에 헤아려 봐야 한다. 〈말모이〉(2018)도 헤아려 봐야 한다. 지루하기 짝이 없을 사전 만드는 이야기, 어디까지 정확하게 전할 수 있을까.

1.

영화는 1933년 북만주에서 단어를 모아 오던 류정환(윤계상)이 도망가는 장면부터 시작한다. 이어 1941년 경성극장에서 일하는 김판수(유해진)를 중심으로 코믹 스토리로 출발하여, 1942년 조선어학회 사건이 일어나는 1년 사이를 담고 있다.

조선어학회 사람들은 김판수를 만나면서 어떤 독자를 대상으로 사전을 만들어야 할지 배워 나간다.

"후려치다는 위에서 아래로 내려치는 것이고, 휘갈기다는 이렇게 옆으로 때리는 거라니깐."

사전이라 하면 엘리트들이 만든 책으로 생각하는 관념을 이 영화는 교정해준다.

영화는 창씨개명을 강요하는 시기와 겹친다. 사전을 만드는 동지 중에 시인 임동익(우현)이라는 가상 인물이 나온다. 임 시인은 친일 문인들이 창씨개명에 호응하는 행사장에 퍼부을 요량으로 똥물을 지고 간다.

"이광수, 주요한, 이놈들!"

기세등등하게 극장에 갔으나 실컷 두들겨 맞고 나온다.

문학사에서 이런 장면이 정말 있었는지 궁금했다. 비슷한 사건들은 소설이나 이야기로 전해진다. 가령 작품 이름이 생각 안 나는데 친일 작가를 도끼로 패려던 사건도 소설에 나온다. 이태준의 단편소설 「패강랭」(1938)에서 주인공이 친일파 친구와 다투는 모습이 나온다. 시인 이상화·정지용을 비롯하여, 기관총까지 들었던 이육사, 실제 전투에 나섰던 소설가 김사량·김학철 등 친일과 거리를 둔 작가는 적지 않다. 내 스승 박두진 시인은 "난 서정주만치 유명하지 않아 친일시 쓰라고 강요받지 않았다"고 겸손히 말씀하시곤 했지만, 발표하지 않았던 항일시를 한글 편지로 많이 남겼다(졸저 『박두진의 상상력 연구』 4장). 이 영화는 최현배를 연상하게 하는 조 선생(김홍파)의 넉넉한 모습 등 조선어학회 사람들의 면모를 상상하게 한다.

창씨개명이 영화에서 중요한 장애물로 나오는데 일본 사람들에게 창씨란 인생의 한 과정일 뿐이다. 시집가거나 데릴사위가 된다든지, 양자로 들어가 유산을 받을 때 창씨를 한다. 가령 다나카 씨 집안으로 시집가거나, 양자가 되면 성을 다나카로 바꾸는 방법이다. 일본인에게 창씨란 은혜로운 것이다. 반면 조선인은 화가 나면 "내가 성(姓)을 간다"라고 할 정도로 가계를 나타내는 씨(氏)란 목숨을 걸 만한 것이다. 총독부는 조선인이 이만치 반발할 줄은 처음엔 인식하지 못했던 듯싶다.

1940년 2월부터 8월까지 6개월이면 조선인 전체가 창씨할 줄 알았는데, 5월까지 7%대에 불과했다. 총독부는 친일파 이광수부터 창씨시킨다. 〈말모이〉에 창씨한 작가 기사가 잠깐 나오는 신문 속 인물은 소설가 이광수다. 이광수는 1940년 2월 20일 「매일신보」 사설란에 '천황의 신민'으로 살아가겠다며 가야마 미츠로(香山光浪)로 창씨개명한다고 밝혔다. 이후 80%까지 창씨개명을 했다고 모두 친일한 것은 아니다. 〈말모이〉에도 나오지만 중학생 아이도 창씨를 해야 할 판이었다. 창씨를 안 하면 우편물을 받을 수 없고, 상급학교에 진학이 안 되는 등 점점 제약이 많아졌다. 백석도 윤동주도 견디다 못해 창씨를 할 수밖에 없었다. 그만치 일제강점기는 강제적이었고 끔찍했다.

경성제일중 이사장 아들인 류정환도 창씨개명을 강요받는다. 류정환은 함부로 대하여 조선어학회를 떠난 김판수 집에 찾아가 자신이 어떻게 하여 사전을 만들기로 했는지 혼잣말을 한다.

"선생님 민들레가 왜 민들레인지 아십니까? 문 둘레에 펴서 민들레라고 한다고 들었습니다. 민들레 홀씨처럼 흩어지지요. 아버지가 가르쳐 주셨어요. 아버지가 언제부터 친일을 하더군요. 민들레처럼 사람이 모이는 곳에 말이 모이고, 말이 모이면 뜻이 모이고, 뜻이 모이면 독립이 생긴다고 생각해요."

이 멘트는 이 영화의 주제라 할 수 있다.

류정환의 마음을 이해한 김판수는 거리에 떠도는 부랑인들을 모아 온다. 마치 웨스턴 카우보이 〈7인의 무뢰한〉(Seven Men From Now, 1956)에 등장하는 건맨들처럼 판수의 친구들은 일렬로 등장한다. 이들이 전국 사투리를 말하는데, 실제 그런 장면은 확인할 수 없으나 『조선말 큰사전』은 전국의 모든 민중을 대상으로 했던 것이 사실이다.

일본 순사들 모르게 김판수는 영화가 끝난 다음 표준어를 정하는 공청회를 하도록 꼼수를 쓴다. 전국에서 온 선생들이 극장에 모여 표준어를 정한다. 실제로 전국 중고등학교를 통해 사투리를 모았다. 사투리를 모아 전국에서 가장 많이 쓰는 단어를 공청회를 통해 결정했다는 사실을 영화는 재현한다.

〈말모이〉에서는 극장에 두 번 모였다가 소식을 들은 순사들에 의해 검거되는 것으로 나오지만, 실은 3년간 125회의 모임을 거쳐 6,111개의 표준어를 만들었다. 얼마나 힘들었을까. 영화에서 10년 동안 모았다고 나오는데 거의 13년간 말을 모았다.

1942년 10월 1일 결국 조선어학회 사건이 터진다. 일제는 이들을 '치안 유지법' 중 무시무시한 내란죄(內亂罪)를 적용하여 함흥 검사국에 송치했다. 모임이 발각되는 과정을 〈말모이〉에서는 서대문에 갇힌 아내를 구하려는 선생의 밀고로 재현하지만 사실은 다르다. 1942년 함흥영생 여학교 4학년 박영희 학생이 "교실에서 국어(일본어)를 썼다가 꾸지람을 들었다"라고 쓴 일기장이 일본 순사에게 걸린다. 그 선생이 누구냐고 추궁하여 조선어학회로 직장을 옮긴 정태진 선생이라고 말한다.

정태진 선생은 고문을 받고 조선어학회를 반국가단체로 자백한다. 혹독한 고문을 받은 이윤재·한징은 옥사하고, 최현배·이희승 등 11명은 실형을 언도받는다. 영화에서 조 선생은 손톱이 다 빠져 죽는다. 〈말모이〉에는 우리가 잘 모르던 명백한 사실들이 영상으로 나온다.

이 영화는 다면적인 인간상을 보여준다. 선악의 대립이라는 단순한 내러티브를 소설가 도스토옙스키는 다성적 인물로 바꾸었다. 아쉽게도 '흥부=선인/놀부=악인' 식의 단순도식이 이 영화에도 보인다. 머리에 뿔 난 공산당 이미지처럼, 이 영화에서도 악인으로서 일본인만 등장한다.

관동대진재나 여러 사건이 벌어질 때마다 조선인 편을 들었던 후세 다쓰지(1880-1953) 같은 일본인 변호사도 있었다. 조선어학회 선생들을 변호했던 나가시마 유우조오(永島雄藏) 변호사도 살짝 등장했다면 풍성한 시민연대와 다양한 인물 묘사가 가능하지 않았을까. 그런 부분까지는 안 나오지만 친일하는 아버지, 일본어를 써야 한다는 김판서 아들도 등장한다. 잘 알려진 조선어학회 내의 친일논쟁, 조선어학회에서 자기네끼리 싸우는 갈등, 조선어학회 안에 친일적 요소, 친일 단계에 들어갔던 과정 등이 나온다. 대표를 친일이라며 주먹으로 패는 시나리오도 나오고, 사람들이 친일로 변한 조선어학회 모임을 떠나는 장면도 나온다. 이 영화는 조선인을 무조건 선인으로만 단순하게 재현하지는 않는다.

류정환을 총으로 쏘거나 김판서를 총으로 사살하는 장면은 지나친 과장이다. 독립운동가나 아나키스트를 사살한 적이 있다고 그 모습을 투영시키기에는 지나친 장면이다. 일제는 조선어학회 소속 문인이나 학자를 체포하거나 고문한 적은 있으나 총으로 학살한 적은 없다. 미셸 푸코가 『감시와 처벌』에 썼듯이 지나친 폭력은 반발을 일으킬 것을 권력자들은 너무도 잘 알고 있었다. 상처를 과장하는 것은 역사적 사실을 바로 보는 데 장애가 될 수 있다.

가령 김판수가 체포되어 고문을 받고 죽었는지 살았는지 모르다가, 해방 후 휠체어를 타고 혹은 절룩이며 운동장에서 아이들과 공을 차고 있는 류정환을 만나는 장면으로 영화가 끝난다면 그것이 더욱 현실적이지 않을까. 교실에서 선생님과 사전을 읽던 순이에게 죽은 줄만 알았던 아빠가 절룩이며 살아 돌아온다면 더욱 감동적이지 않을까.

해방 후 기적적으로 사전이 만들어지는 과정을 생각하게 한다. 영화에서 김판수가 남긴, 원고가 담겨 있던 가방이 서울역 창고에서 발견되어 사전을 만든 것은 사실과 다르다. 1945년 9월 8일 경성역 창고에서 우연히 총독부 법원에서 내란죄 증거물로 보관하고 있던 말모이 뭉텅이들이 발견된 것이다.

영화 마지막에 두툼한『조선말 큰사전』이 나오는데, 사실은 1947년 10월 9일 1권이 간행되고, 1957년까지 6권으로 이어서 나온다.

윤동주와 최현배의 관계 때문에 보고 싶었던 〈말모이〉에 최현배가 직접 등장하지는 않지만, 그가 어떤 일을 했을지 그 시대를 짐작하게 한다. 김판서가『한글』원고를 전하려 하는데, 이 잡지는 초기엔 한글사에서 내다가 이후에 정음사에서 낸다. 최현배 선생의 맏아들 최영해 선생이 경영했던 정음사였다. 이후에 이곳에서 윤동주 시집『하늘과 바람과 별과 시』를 출판한다.

조선어 사전을 최초로 만들고자 했던 주시경 선생이 1914년에 세상을 떠나지만, 이후 46년 만에 사전이 완성된 것이다.『조선말 큰사전』의 맥은 주시경→김두봉→조선어연구회→조선어학회(최현배 등)→최초의 한글 교과서『철수와 바둑이』(윤동주와 함께 최현배 수업을 들었던 박창해 교수 지음)를 거쳐→이제는 남북 언어를 담은『겨레말 큰 사전』(이사장 염무웅 교수)으로 이어진다.

소설가도 말모이 작업에 종요로운 역할을 했다. 홍명희 대하소설『임꺽정』, 박경리 대하소설『토지』, 이문구 소설『관촌수필』로 이어진다. 끊어질 뻔했던 말모이의 문학사는 얼마 전 출판된 김성동 대하소설『국수』(國手)로 환생했다. 이 소설은 "사라진 우리 겨레말을 모으고 순우리말 문장으로 살린 '말모이'의 금자탑!"(평론가 임우기)이다.

2.

영화를 보고 밤길을 돌아오면서 영화 만드는 큰아들에게 장르를 물었다.

"처음엔 코믹으로 시작하고 액션이 나오는 여러 장르 혼합인데, 흔히 드라마라고 말하기도 해요."

몇 가지 아쉬움도 있다. 유해진이 조선어학회를 떠났다가 꼭 필요할 때 두 번 나타난다.

"한 사람의 열 발자국보다 열 사람의 한 발자국이 낫다."

정의로운 멘트로 등장하는 모습은 영화 〈택시운전사〉에서 주인공을 구하려 무리 지어 나타날 때 표정과 겹쳤다. 가족밖에 모르던 소시민이 역사에 뛰어드는 과정도 두 영화가 비슷하다. 알아보니 〈말모이〉를 만든 엄유나 감독은 〈택시운전사〉 각본도 썼다. 다음 영화에서는 다음 장면이 예상되는 기대를 벗어나는 낯선 장면들이 나오면 좋겠다.

유해진을 센터로 너무 기대고 있다는 점은 단점인 동시에 어쩔 수 없는 장점이다. 유해진의 연기가 지닌 인간미, 아무도 재연할 수 없는 특유의 애드리브가 빛난다. 문당책방 구석에서 『운수 좋은 날』을 읽으며 쭐쭐 우는 장면은 영원히 남을 명장면이다. 이 장면을 보다가 울지도 웃지도 못하는 전율이 내 온몸을 쓸었다. 무대뽀이면서도 자식을 한없이 사랑하는 김판수로 인해 재미없었을 조선어학회 사건 이야기는 코믹과 액션을 거쳐 소박한 감동을 자아낸다.

〈범죄도시〉(2019)에서 장첸 역을 너무 잘해서 얼굴만 봐도 그 잔상이 남아 있는 윤계상은 〈말모이〉에서 장첸과 전혀 다른 캐릭터로 연기하는 데 성공했다. 딱 두 문장만 말하는 예수정의 연기는 배우란 무엇인가를 생각하게 했다. 두 문장으로도 코믹 영화를 의미 있게 만드는 배우가 예수정이다.

명작과 수작 혹은 국뽕 영화나 애국주의 영화 등 다양한 호칭이 있을 텐데, 가끔 나 홀로 '조코잼' 영화라고 부르는 영화가 있다. 재미있는 영화는 대부분 좋지 않다. 좋은 영화는 대부분 재미없다. 명작은 아니지만 좋고 재밌는 '조코잼 영화'가 있다.

아들에게 다시 물었다.

"괜찮았어?"

"명작은 아니지만 좋은 영화죠."

애국주의에 바탕을 둔 상업영화 〈말모이〉, 반드시 봐야 할 좋고 재밌는 '조코잼 영화'다. 한국판 애국주의 영화지만, 이런 영화의 상처를 공감할 일본인도 적지 않다. 여러 나라, 특히 일본에서도 상영되기를 기대한다. BTS 등 K팝의 세계적 유행으로 많은 나라에 한글 학교가 유행처럼 퍼지고 있다. 한글을 지킨 선조들에게 감사하는 훈훈한 마음으로 메모를 마친다. 몇 가지 아쉽기는 하지만 영화 만드신 분들께 감사드린다. 이제 눈 좀 붙여야겠다.

(2018)

194X

〈이방인〉, 〈페스트〉

부조리에 맞서는 카뮈의 저항

식민지를 무시한 『이방인』

갓 스무 살이 넘은 나는 『이방인』이
싫었다. 이 소설은 뫼르소라는 프랑
스 국적의 젊은이가 프랑스 식민지
인 알제리에서 아랍인을 권총으로
쏴죽인 이야기다.

　가령 한국에 온 미군이나 일본
인이 한국인을 죽이고도 곧 풀어줄
것 같은 재판을 받다가, 삶이 어쩌구
하며 사형당한 사건이 있다고 치자.
반대로 요즘 잘 산다는 한국의 한 젊은이가 필리핀이나 미얀마에 가서 거기
사람을 죽이고 감옥에 들어가 철학을 논하는 이야기가 있다면 무슨 의미가
있단 말인가.

『이방인』은 일본 식민지 이후 군부독재 시대를 살고 있는 80년대 학번에게는 어처구니없는 줄거리였다. 알제리 독립을 위해 싸운 프란츠 파농이나 체 게바라를 좋아했지, 알베르 카뮈(Albert Camus, 1913-1960)의 철학적 성찰은 내게서 너무 멀었다.

지금도 그때 내 태도가 잘못됐다고 생각하지는 않는다. 신식민지인 포스트 콜로니얼리즘(Postcolonializm) 혹은 아시아 아프리카 남미의 신식민주의 문제를 뜻하는 트리컨티넨탈리즘(Tricontinentalism)의 시각에서 『이방인』은 식민지 본국 혈통의 한 젊은이가 한갓진 방황을 하는 이야기로 읽을 수도 있다.

놀랍게도 나와 비슷한 생각을 담은 소설을 만났다. 알제리 출신 저널리스트이자 작가인 카멜 다우드의 소설 『뫼르소, 살인사건』(문예출판사, 2017)은 전혀 다른 시각에서 카뮈의 『이방인』을 해체한다.

뫼르소의 총에 숨진 아랍인의 동생이 형의 죽음을 추적하고 『이방인』을 재구성하는 이야기다. 소설은 『이방인』의 첫 문장을 비틀며 시작한다.

오늘, 엄마는 아직 살아 있네.

70대 후반 노인이 된 하룬은 카뮈를 주제로 글을 쓰려는 프랑스인 대학생과 술집에서 만나 가족사를 털어놓는다. 평범한 짐꾼이던 형 무싸는 소설 속에서 단 2시간 살다가 숨졌다. '아랍인'이라는 단어는 25번 등장하지만 형의 이름은 한 번도 나오지 않았다. 마지막 말, 마지막 숨결, 얼굴 표정 따위 묘사도 없었다. 뫼르소는 살인을 저질러놓고 뻔뻔하게도 한껏 멋 부린 말들로 소설을 써 발표했다. 『이방인』의 독자들은 뫼르소의 고독한 실존에 공감하기 바빴다. 일곱 살에 형을 잃은 하룬은 어머니와 함께 시신을 찾아다니며 평생

고통받았는데도 말이다.

알제리 사람 입장에서 카뮈의 『이방인』은 식민지인의 트라우마를 되살리는 기분 나쁜 책일 수 있다. 알제리에 카뮈를 기념하는 공간이 적을 뿐 아니라, 카뮈를 싫어한다는 배경에는 이런 이야기가 있다. 텍스트는 이렇게 상황에 따라 전혀 다르게 평가할 수 있다.

원작 『이방인』의 주인공 뫼르소는 『뫼르소, 살인사건』에서 지적했듯이, 알제리 식민지 상황을 전혀 모르는 인간이다. 아니, 식민지 역사는커녕 자기 엄마가 오늘 죽었는지, 어제 죽었는지도 모르는 인간이다.

> 오늘 엄마가 죽었다. 아니 어쩌면 어제. 모르겠다. 양로원으로부터 전보를 한 통 받았다. '모친 사망, 명일 장례식. 근조(謹弔).' 그것만으로써는 아무런 뜻이 없다. 아마 어제였는지도 모르겠다(카뮈, 『이방인』, 민음사, 1942).

"오늘 엄마가 죽었다." 너무도 유명한 첫 문장이다. 일곱 문장이 어떠한 형용사도 없이 감정적 표현을 배제한다. 구차한 형용사나 부사 없이 주어, 목적어, 서술어만 있다.

이 소설을 원작으로 한 영화 〈이방인〉(Lo Straniero, 1967)은 거부하고 싶은 원작을 이해하는 데 큰 도움을 준다.

104분 영화인데, 벌써 끝나냐 싶게 긴장이 넘치는 이탈리아 드라마다. 청년기에는 공산주의자, 말년에는 탐미주의자였던 루키노 비스콘티(1906-1976)가 감독과 공동각본을 맡았다. 당시 최고의 미남 마르첼로 마스트로야니, 최고의 여우 안나 카리나가 주연으로 등장하는데, 호화 캐스팅이지만 소설의 깊이를 살려내지 못했다는 혹평을 받았다. 책 내용을 그대로 옮기려는 시도로 창의성까지 부족하다는 비판도 받았다.

평론가들에게 혹평을 받았지만 나는 원 텍스트를 이해하는 관점에서 볼 때, 소설의 스토리라인을 최대한 살려 놓아서 좋았다. 텍스트의 문장 그대로를 배우와 내레이션을 통해 듣는 기분이 든다. 문학 텍스트를 잘 살려놓은 성공적인 융합의 예로서, 혹은 교육용으로 나는 이 영화를 추천한다. 감독이 사망하고 배급처도 없는지, 저작권을 상의할 연락처가 없어 현재 유튜브에 여러 언어 버전으로 올라와 있다. 유튜브 "김응교TV"에 한글 자막본으로 올려놓았다.

"오늘 엄마가 죽었다"

소설의 이 유명한 첫 문장은 영화가 시작되고 주인공이 엄마의 장례식으로 가는 버스 장면(1:42)에서 내레이션된다. 첫째, "오늘"이라는 단어에 주목하자. 카뮈는 과거나 미래를 보기 이전에 '오늘 이 땅'을 직시하는 작가다. '지금 여기'에 우리가 마주치는 현실은 부조리한 세계다. 그 부조리에 패배하여 자살하거나 추상적 신앙으로 도피하는 삶을 카뮈는 싫어한다(카뮈, 『시지프 신화』). 『이방인』의 1부에 나오는 주인공 뫼르소는 카뮈 사상과 반대에 있는 인간이다. 엄마가 언제 죽었는지도 모를 정도로 현실에 관심 없던 뫼르소는 사형당하기 전에는 적극적인 인간으로 변한다.

소설에서 지루한 삶을 살아가는 상징으로 나오는 이웃집 살라마노 할아버지와 그의 늙은 개를 영화는 잘 재현한다.

저녁, 퇴근하던 뫼르소는 느닷없이 "개새끼"라는 욕을 듣는다. 자신한테 하는 소리인 줄 알았는데 알고 보니 살라마노 할아버지가 반려견에게 하는 욕이었다(19:35). 8년 동안 함께 산보해온 개가 늙어서 제대로 걷지 못하자 노인은 "개새끼"라고 욕한다. 옆방에서 노인의 욕설과 개의 끙끙대는 소리가 들리자 뫼르소는 여자 친구 마리에게 말한다.

저 개는 피부병에 걸려서 털이 거의 빠졌고 반점과 흑갈색 딱지로 덮여 있어. 노인 모습이 개랑 거의 닮았어. 더 재밌는 것은 개가 걷는 모습이 노인과 똑같아. 개와 노인은 쌍둥이처럼 닮았는데 이상하게도 서로 미워한다니까(27:10).

이 대사는 인간과 인간 사이의 관계를 상징한다. 할아버지와 개의 관계야말로 이 세상에서 인간들이 이방인으로서 부조리하게 살아가는 상징적 에피소드다. 영화에서 그 상징을 인상 깊게 잘 살려놓았다.

둘째, '엄마'는 카뮈에게 중요한 상징이다. 알제리, 피에 누아르, 청각장애를 가지고 있었던 어머니라는 세 가지를 빼고 카뮈를 생각할 수 없다. 카뮈는 알제리에서 '피에 누아르'(Pieds-Noirs)로 태어났다. 프랑스 식민지였던 알제리로 이주한 프랑스인과 그 2세들을 '피에 누아르'라고 했다. 일본이 조선을 식민지로 삼았을 때, 조선에서 태어난 일본인을 '반조센징'이라 했던 것과 비슷하다. '검은 발'(black feet)이란 뜻의 '피에 누아르'는 1830년대 침공한 프랑스군의 검은 장화, 또는 포도밭에서 일할 때 신는 검은 신발과 관계 있으리라 추측한다. 피에 누아르의 입장은 다양하다. 알제리 통치를 유지하려는 피에 누아르가 대다수였지만, 알제리 독립에 협조한 피에 누아르도 있었다. '피에 누아르'였던 카뮈의 대표작 『이방인』, 『페스트』의 배경은 모두 알제리다.

셋째 "죽었다"라는 동사는 카뮈 문학과 철학의 핵심이다. 『이방인』은 죽음에서 시작하여 죽음으로 끝난다. 세 가지 죽음이 나온다. 첫 번째 죽음은 양로원에서 생활하던 엄마의 자연사다. 뫼르소는 엄마의 죽음 앞에서 철저한 방관자의 모습을 보여준다. "오늘 엄마가 죽었다. 아니 어쩌면 어제였을지도 모른다"라는 충격적인 첫 문장만큼 뫼르소의 방관자와 같은 태도를 잘 보여주는 장면은 없을 것이다.

뫼르소는 버스에서 졸면서 빈소로 향한다. 영화는 소설에 나오는 장례식 장면을 그대로 재현한다(6:57). 장례식장에서 엄마의 마지막 얼굴을 "안 보시렵니까?"라는 질문에 "네"라고 툭 답한다. 엄마의 빈소에서 담배를 피우고 밀크커피를 마신다. 엄마의 관을 두고 둘러앉아 밤을 새우는 노인들의 무표정한 모습(9:20), 특히 땡볕이 쏟아지는 묘지로 가는 행렬(10:10), 절뚝이며 지름길을 가로질러 행렬을 따라가는 늙은 약혼자 할아버지와 사이프러스 나무가 펼쳐진 숲의 긴 촬영은 인생의 긴 여정을 상징한다. 뫼르소는 더위를 참지 못하여 장례식 행렬에서 빨리 벗어날 궁리만 한다.

검은 넥타이를 맨 자신을 보고 놀란 여자 친구에게 뫼르소는 평범하게 "엄마가 죽었어"라고 말한다. 아무 일 없다는 듯 그는 마리와 영화를 보고 정사를 나눈다. 뫼르소는 엄마의 죽음을 아무 상관없는 듯 무감각하게 받아들인다. 이 방관자의 태도는 뫼르소가 사형선고를 받는 데 중요한 증거로 작용한다.

두 번째 죽음은 바닷가에서 일어난 살인 행위다. 2부로 이루어진 소설에서 1부가 끝나는 지점에 살인사건이 발생하는데, 비슷하게 104분짜리 영화의 중간 지점(51:10)에서 살인 사건이 나온다. 뫼르소는 바닷가에서 아랍인이 칼로 자신을 위협하자 총 다섯 발을 쏘아 죽여버린다(51:18).

소설 『이방인』의 1부는 1인칭 화자의 기행문 같고, 2부는 법정 기록 보고서 같다. 2부 1장은 변호사 접견, 예심판사 접견, 기소 검토라는 전형적인 소송 과정을 보여준다. 체포된 뫼르소는 법정에서 햇빛 때문에 쏘았다며 변명하는 방관자의 태도를 보여준다.

2부 2장에서는 다섯 달 동안의 감옥생활을 보여준다. 특히 체코슬로바키아 이야기를 액자처럼 끼워 놓고, 뫼르소는 이를 천 번도 넘게 읽는다. 뫼르소는 자기 삶에는 이방인처럼 행동하면서 타인의 삶에는 너무나 깊은 흔적을 남기는 무책임한 사람으로 보인다. 뫼르소가 사형받기 전에 신부가 회개하라고 할 때, 투쟁하듯 싫어했던 까닭은 신부가 '지금 여기'를 말하지 않고, '내일의 하늘나라'를 말하기 때문이었다.

나는 하느님을 믿지 않는다고 대답했다. 그 점에 대해 확신할 수 있느냐고 묻기에 나는, 그러한 것을 자문해볼 필요는 없다고 말했다. 내게 그런 것은 중요하지 않은 문제라고 여겨졌기 때문이다(민음사, 128쪽).

뫼르소가 "나는 하느님을 믿지 않는다고 대답했다"는데 작가 카뮈는 무신론자는 아니라고 부인했다. 그는 니체처럼 대지에 뿌리를 두지 않은 종교는 헛것이라고 생각했다. 계속 하늘과 내세의 하늘나라를 권하는 사제에게 짜증이 난 뫼르소는 터져 버렸다.

그때, 왜 그랬는지 몰라도, 내 속에서 그 무엇인가가 툭 터져 버리고 말았다. 나는 목이 터지도록 고함치기 시작했고 그에게 욕설을 퍼부으면서 기도를 하지 말라고 말했다. 나는 그의 사제복 깃을 움켜잡았다. 기쁨과 분노가 뒤섞인 채 솟구쳐 오르는 것을 느끼며 그에게 마음속을 송두리째 쏟아 버렸다. 그는 어지간히도 자신만만한 태도다. 그렇지 않고 뭐냐? 그러나 그의 신념이란 건 모두 여자의 머리카락 한 올만 한 가치도 없어, 그는 죽은 사람처럼 살고 있으니, 살아 있다는 것에 대한 확신조차 그에게는 없지 않으냐? 보기에는 내가 맨주먹 같을지 모르나, 나에게는 확신이 있어. 나 자신에 대한 모든 것에 대한 확신. 그보다 더한 확신이 있어. 나의 인생과, 닥쳐올 이 죽음에 대한 확신이 있어. 그렇다, 나한테는 이것밖에 없다. 그러나 적어도 나는 이 진리를, 그것이 나를 붙들고 놓지 않는 것과 마찬가지로 굳게 붙들고 있다. 내 생각은 옳았고, 지금도 옳고, 또 언제나 옳다(『이방인』, 민음사, 133-34쪽).

소설 전체에서 뫼르소는 말이 없고 무거운 사람이다. 아쉽게도 이제 죽음 앞에 서고, 또 자신이 싫어하는 하늘나라를 권하자 그는 절규한다. 사제와 대화하다가 폭발한 뫼르소, 이 작품 전체에서 이만치 흥분한 상황은 없다. 대지(大地), 곧 인간의 삶과 관계없는 종교는 "머리카락 한 올만 한 가치도 없"다고 뫼르소는 절규한다. 뫼르소의 절규이며, 카뮈의 종교관이기도 하다.

영화 〈이방인〉은 소설 텍스트를 그대로 재현하려 했지만, 『이방인』에 나오는 체코슬로바키아 이야기, 후에 카뮈가 희곡 『오해』로 확장시켜 쓴 에피소드는 생략되는 등 빠진 부분이 적지 않다.

내가 『이방인』에 공감하기 시작한 것은 섬나라 일본에 살면서 이방인을 체험하면서부터다. 이방인에 관심 없어 하고, 모른다 하는 상황이 나에게 반복되었다. 서울에서 친구가 혹은 친척이 언제 죽었는지도 모르는, 뫼르소 같은 상황을 경험했다. 점점 일본 속의 이방인 '일본의 이단아'가 되어갔다. 그 무렵 조금씩 뫼르소를 이해할 수 있었다.

하이데거 말대로 우리는 이 부조리한 세상에 던져진 피투(被投)의 존재들 아닌가. 자기가 처한 세상에 만족할 수 없는 인간은 무기력하고 무관심에 빠진다. 타인은 물론 나 자신조차 이해할 수 없다. 부조리한 세계에 포기하지 않고 살기란 쉽지 않다. 견디며 반항하기란 더욱 어렵다. "내 생각은 옳았고, 지금도 옳고, 또 언제나 옳다"는 뫼르소의 절규는 이 부조리한 세상을 극복하려는 실존주의적 기투(企投)를 표시하는 말이다. 아쉽게도 그 깨달음은 너무 늦었다. 마지막 실존주의적 성찰을 깊게 아로새긴 부분이 영화에서 잘 표현되지 못한 채 급하게 마무리되어 아쉽다.

단절과 추상을 극복하는 성실성, 『페스트』

이 연대기가 주제로 다루는 기이한 사건들은 194X년 오랑에서 발생했다(카뮈, 『페스트』 첫 문장).

"이 연대기"(chronique)라는 표현은 이 소설이 철저하게 보고문학으로 작성될 거라는 암시를 준다. 연대기(年代記)란 중요한 사건을 연대순으로 적은 기록을 뜻한다. 사스가 화난에서, 메르스가 중동에서, 코로나가 우한에서 발생했다는 말처럼, "기이한 사건들은 194X년 오랑에서 발생했다"는 표현은 이 소설이 실화(實話)에 바탕을 둔 듯 강한 이미지를 준다. "일어난 장소가 어울리지 않"을 만치 평범한 도청 소재지 오랑에서 페스트는 발생한다. 죽음의 돌림병은 평범한 장소에서 평범한 아침에 다가온다.

1940년대의 어느 날, "알제리 해안에 면한 프랑스의 한 도청 소재지" 오랑에서 페스트가 발생한다. 소설에서 특정 지역 오랑으로 나오지만, 사실 오랑이 아니라 뉴욕이나 도쿄, 서울, 파리로 바꾸어도 이상하지 않을 정도로, 이 소설은 전염병이 갑자기 퍼지면 사람들이 어떻게 반응하는지 교과서처럼 서술해놓았다. 5부로 구성된 소설 제1부에서 거의 모든 인물이 등장한다. 제2부는 아홉 개의 장으로 이 소설에서 가장 길다.

봄이 온다는 것도 오직 바람결이나 어린 장사꾼들이 변두리 지역에서 가지고 오는 꽃 광주리를 보고서야 겨우 알 수 있다. 말하자면 시장에서 파는 봄인 것이다. 여름에는, 아주 바싹 마른 집에 불을 지를 듯이 해가 내리쬐서 벽이란 벽은 모두 흐릿한 재로 뒤덮인다. 그래서 덧문을 닫고 그 그늘 속에서 지내는 수밖에 없다. 가을에는 그와 반대로 진흙의 홍수다. 맑은 날씨는 겨울이 되어야 비로소 찾아온다.

작가는 봄, 여름, 가을, 겨울의 순환을 썼다. 봄날 페스트가 발생하여 1년 사계절 동안 전개되는 것을 복선으로 제시하는 문장이다. 이 소설은 기승전결을 이루는 거의 소설의 모범을 보이는 작품이라 할 수 있다.

사람들은 근본과 단절되는 순간 불안을 느낀다. 사람들 무리에 연결되지 않으면 불안에 휩싸인다. 관계와 고독이라는 두 가지 양극에서, 고독을 즐기는 삶을 연습하지 못한 사람들은 정신없이 관계를 찾는다. 소설 『페스트』에서도 고독에 익숙지 못한 사람들은 관계를 찾아 술집을 찾고, 교회를

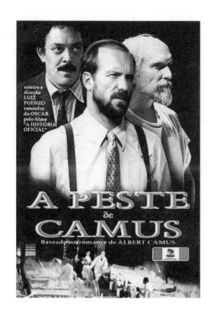

찾고, 마지막에는 광장의 혼돈을 찾는다. 지금 코로나 시대에 소설과 비슷한 일이 벌어지고 있다. 단절을 못 견디는 사람들이 광장으로 나가고, 술집에 모이고, 교회에 모여 소리 높여 서로 존재를 확인하며 안심하는 상황을 목도한다. 단절되면 불안해한다.

『페스트』 2부의 시작은 폐쇄된 도시에서 갑작스러운 이별을 맞이하는 어머니와 자식, 부부들, 애인들 이야기가 나돈다. 2부의 핵심은, 시민들이 페스트에 대한 공포보다 갑작스러운 이별로 고통받고 있는 상황이다. 2부는 이별에 대한 끈질긴 성찰이다. 이별이 주는 고통의 시작이다.

> 시의 문을 폐쇄함으로써 생긴 아주 중요한 결과들 중 하나는, 아무런 마음의 준비도 없이 당한 사람들이 맞이할 돌발적인 이별이었다(민음사, 93-94쪽).

페스트가 병이든 전쟁이든 일상성이든, 페스트는 인간관계를 무너뜨린다. 이 소설의 원래 제목은 『수인들』이었다가, 다음에 『헤어지는 사람들』이었다는 사실은 카뮈가 "아무런 마음의 준비도 없이 당한 사람들이 맞이할 돌발적인 이별"을 거의 소설의 주제로 보았다는 흔적이다.

영화 〈페스트〉(La Peste, 1992)는 〈불의 전차〉(Chariots of Fire, 1981), 〈미드

나잇 익스프레스〉(Midnight Express, 1978) 제작자인 데이비드 퍼트남이 제작했다. 알제리가 아닌 부에노스아이레스에서 촬영했다. 1985년 미국 아카데미 남우주연상과 영국 아카데미, 칸 영화제 남우주연상을 수상한 윌리엄 매코드 허트(William McChord Hurt)가 주인공 리유 역할을 성공적으로 재현했다. 원작 『페스트』의 내용을 연상할 만한 장면들은 있지만, 영화 〈이방인〉과 다른 부분이 적지 않다.

연대하여 반항하는 4인 사마리아인

이 소설에는 카뮈가 제시하는 모범적인 네 가지 인간 유형이 나온다.

첫째, '투쟁적 인물'인 의사 리유(Rieux)다. 그는 부조리한 세계에 대항하는 '다중의 반항'을 이끈다. 병든 아내를 멀리 요양원으로 보낸 35세쯤 되는 의사 리유는 노모(老母)를 모시고 산다. 장 타루가 묘사한 리유의 모습을 보자.

서른다섯 살쯤 되어 보인다. 중키, 딱 벌어진 어깨, 거의 직사각형에 가까운 얼굴, 색이 짙고 곧은 두 눈이지만 턱뼈는 불쑥하게 튀어나왔다. 굳센 콧날은 고르다. 아주 짧게 깎은 검은 머리, 입은 활처럼 둥글고, 두꺼운 입술은 거의 언제나 굳게 다물고 있다. 햇볕에 그은 피부, 검은 털, 한결같이 짙은 색이지만 그에게는 잘 어울리는 양복 색 같은 것이 어딘가 시칠리아 농부 같은 인상을 준다.

그는 걸음걸이가 빠르다. 그는 걸음걸이를 바꾸는 법도 없이 보도를 걸어 내려가지만 세 번이면 두 번은 가볍게 껑충 반대편 보도로 올라간다. 자동차를 운전할 때는 방심하기 일쑤여서, 길모퉁이를 회전하고 난 뒤에도 깜빡이를 끄지 않은 채 가고 있다. 늘 모자를 쓰지 않는 맨머리다. 세상사를 훤히 다 꿰뚫고 있는 듯한 표정(민음사, 44쪽).

이라고 써 있는데 영화 〈페스트〉에 나오는 리유 역을 맡은 윌리엄 매코드 허트는 외모나 품격이 소설 속 리유를 연상하게 했다.

4월 16일과 17일 연이어 병원에서 죽은 쥐를 본 리유의 행동은 그의 성실성이 어느 쪽을 향해 있는지 명확히 보여준다. 리유는 "환자들 중에서 제일 가난한 사람들이 사는 변두리 지역부터" 회진을 시작한다. 가장 고통스러운 곳에 먼저 가는 것이다. 리유는 한 명이라도 더 살리려고 노력한다. 1년 뒤 오랑이 페스트에서 해방됐을 때 의사 리유는 아내의 사망 소식을 듣는다.

둘째, '반항하는 인물' 장 타루(Jean Tarrou)다. 판사 아버지 덕에 유복하게 자랐지만 아버지의 사형 판결에 실망하여, 집을 나와 떠돌이가 된 인물이다. 장 타루는 아쉽게도 마지막에 페스트에 걸려 사망한다. 그래도 타루가 남긴 메모를 가지고 리유는 연대기를 완성시킨다. 외지인이고 여행객일 뿐인 그는 먼저 앞장서 자원 보건대를 조직한다. 장엄하지도 결연하지도 않다.

그래서 나는 자원 보건대를 조직하는 구상을 해보았습니다. 제게 그 일을 맡겨주시고, 당국은 빼버리기로 합시다. 게다가 당국은 할 일이 태산 같습니다. 여기저기 친구들이 있으니, 우선 그들이 중심이 되어주겠죠. 그리고 나도 물론 거기에 참가하겠습니다(2부, 167쪽).

장 타루는 자원 보건대 결성을 시작하여 제1진을 모으고, 여러 팀의 편성 계획까지 세우지만 의사 리유는 이 보건대를 실제 이상으로 중요시할 생각도,

찬사를 보낼 생각도 없었다. 왜냐하면 그 반대편을 혐오가 넘치게 하고 싶지 않았기 때문이다. 그는 단지 무지함에 대한 경계만을 염두에 두고 있다.

셋째, 시청 직원으로 물질에 '성실한 인물' 그랑(Grand)이다. 그랑은 자살을 시도하는 코타르를 살리면서 등장한다. 비정규직 임시 직원이기에 돈벌이가 변변치 않아, 아내에게 무시당하고 급기야 이혼까지 당한다. 별로 돈아 보이지 않는 이 인물에게 '위대한'(Grand)이라고 이름 붙인 것은 카뮈의 의도가 아닐까. 가장 평범한 공무원 그랑은 이익을 따지지 않고 방역 최일선에 나선다. 유일한 낙인 소설 쓰는 시간도 접고 페스트 방역을 위해 온 힘을 다한다. 보건대의 서기 역할로 합류하는 그랑은 예방 보조 작업에 헌신한다. 성실한 공무원 그랑 역을 배우 로버트 듀발(Robert Duvall)은 성공적으로 해냈다.

넷째, 취재차 오랑에 왔던 '깨닫는 인물'인 기자 랑베르(Rambert)다. 랑베르는 파리에서 취재차 왔다가 어처구니없게 오랑에 발이 묶인다. 탈출할 방법을 찾는데 도저히 방법이 없다. 그러다가 끝내, "혼자만 행복하다는 것은 부끄러울 수 있는 일입니다"라며 페스트에 맞서기로 한다. 랑베르는 이기적 사랑에서 공동체적 사랑을 택하는 긍정적인 인물로 변화한다. 그는 도망가려고만 애쓰다가 나중에는 "내가 이 도시를 떠날 방도를 찾을 때까지 함께 일하도록 허락해주시겠어요?"(217쪽)라며 자원 보건대에 합류한다.

영화 〈페스트〉에서 랑베르 기자는 남성이 아닌 여성으로 나온다. 소설에서 주요 인물이 모두 남자이기에 여성을 캐스팅한 것으로 이해하려 했다. 아쉽게도 엘리베이터에서 페스트에 전염된 쥐가 치마 속으로 뛰어들거나 의사 리유 앞에서 옷을 벗는 선정적인 장면(10:27) 등에 여배우를 소모하는 듯하여 불편했다.

의사 리유, 여행객 장 타루, 공무원 그랑, 기자 랑베르. 네 사람이야말로

들라크루아의 '선한 사마리아인'(왼쪽)과 이를 모사한 고흐의 '선한 사마리아인'

고통을 보고 모른 척하지 않았던 '좋은 사마리아인'(Good Samaritan)이다. 누가복음 10:25-37을 잠깐 살펴보자.

25 어떤 율법교사가 일어나 예수를 시험하여 이르되 "선생님, 내가 무엇을 하여야 영생을 얻으리이까?"

26 예수께서 이르시되 "율법에 무엇이라 기록되었으며 네가 어떻게 읽느냐?"

27 대답하여 이르되 "네 마음을 다하며 목숨을 다하며 힘을 다하며 뜻을 다하여 주 너의 하나님을 사랑하고 또한 네 이웃을 네 자신 같이 사랑하라 하였나이다."

28 예수께서 이르시되 "네 대답이 옳도다. 이를 행하라. 그러면 살리라" 하시니

29 그 사람이 자기를 옳게 보이려고 예수께 여짜오되 "그러면 내 이웃이 누구

니이까?"

30 예수께서 대답하여 이르시되 "어떤 사람이 예루살렘에서 여리고로 내려가
다가 강도를 만나매 강도들이 그 옷을 벗기고 때려 거의 죽은 것을 버리고
갔더라.

31 마침 한 제사장이 그 길로 내려가다가 그를 보고 피하여 지나가고

32 또 이와 같이 한 레위인도 그곳에 이르러 그를 보고 피하여 지나가되

33 어떤 사마리아 사람은 여행하는 중 거기 이르러 그를 보고 불쌍히 여겨

34 가까이 가서 기름과 포도주를 그 상처에 붓고 싸매고 자기 짐승에 태워 주막
으로 데리고 가서 돌보아주니라.

35 그 이튿날 그가 주막 주인에게 데나리온 둘을 내어주며 이르되 '이 사람을
돌보아주라. 비용이 더 들면 내가 돌아올 때에 갚으리라' 하였으니

36 네 생각에는 이 세 사람 중에 누가 강도 만난 자의 이웃이 되겠느냐?"

37 이르되 "자비를 베푼 자니이다" 예수께서 이르시되 "가서 너도 이와 같이
하라" 하시니라.

강도를 만나 반쯤 죽어 있는 사람을 보고도 한 사제가 그냥 지나가고, 레위
사람도 지나친다. 그런데 길 가던 사마리아인이 "그 옆을 지나다가 가엾은
마음이 들어"(33절) 걸음을 멈춘다. 여기서 '가엾은 마음이 들어' 혹은 '불쌍
히 여기다'라는 그리스어 원어는 스플랑크니조마이(splanchnizomai)다. 창자
가 뒤틀리고 끊어져 아플 정도로 타자의 아픔을 공유한다는 말이다. 내장학
(內臟學)이라는 의학용어 스플랑크놀로지(splanchnology)도 이 단어에서 나왔
다. 내장이 찢어질 것 같은 아픔, 곧 스플랑크니조마이는 예수가 많이 쓴 단
어였다. 그래서 "불쌍히 여기사"를 우리말로 풀면 "애간장이 타는 듯했다"

는 "단장(斷腸, 창자를 끊는 듯)의 아픔"을 말하는 것이다(김응교, 『그늘: 문학과 숨은 신』, 새물결플러스, 2012, 83쪽).

예수는 이 예화에서 강도 만난 사람을 구한 사마리아인의 종교를 묻지 않는다. 세례 받았는지를 묻지 않는다. 헌금을 얼마나 하는지, 십일조를 내는지 묻지 않는다. 어느 나라 사람인지 묻지 않는다. 다만 예수는 정언(正言)한다. "가서 너도 이와 같이 하라"(눅 10:37).

후기 작품 특히 『페스트』와 『전락』을 통하여 카뮈는 휴머니즘과 죄의식을 주제로 기독교 사상의 영향을 보이기도 한다.

카뮈의 실존주의 철학으로 알려진 "나는 반항한다. 그러므로 우리는 존재한다"(Je me révolte, donc nous sommes)라는 정신이 가장 잘 드러난 작품이 『페스트』(La Peste)다. '부조리'(absurdité)에 '반항'(révolte)하는 실존주의적 인간이 카뮈가 제시하는 인간 유형이다. '고독한(solitaire) 나(je)'가 '연대하는(solidaire) 우리(nous)'로 변해야 한다는 사상이다. 여기서 우리라는 단어는 깨달은 다중(多衆, The multitude)을 뜻한다.

네 명의 인물은 모두 페스트(운명)에 맞서는 방향으로 향한다. 카뮈가 말하는 '우리'에 포함되는 인물들이다. 네 사람은 우리 사회의 대표적인 상징이다. 의료계의 리유, 자유주의자 장 타루, 비정규직 공무원 예술가 그랑, 언론인 랑베르, 종교인 파늘루 신부, 이렇게 대표적인 인물이 당대의 문제를 반영(反影)하고 있다.

투쟁이든 초월이든 도피든, 마침내 부조리한 운명에 반항하는 실존으로 표상된다. 이들은 '자원 보건대'(formations sanitaires volontaires)를 조직하여, 공동선을 실천한다. 여기서 페스트는 단지 질병만을 상징하는 것이 아니다. 파시즘 전쟁, 나치즘, 자본주의적 부조리, 종교적 폭력 등 카뮈가 페스트로 여기는 부조리한 권력은 너무도 많다. 이런 부조리에 대항하여, 카뮈는『반항인』에 나오는 '반항인'처럼 '아니오'(non)라며 실천해야 한다고 정의한다.

초월적 유형, 파늘루 신부의 변화

형식적인 신앙의 한계를 깨닫는 '초월적 유형' 신부 파늘루(Paneloux)도 중요하다. 중심인물은 아니지만, 페스트의 의미가 무엇인지와 관련하여 파늘루 신부의 존재감은 결코 가볍지 않다. 이 소설에서 우리는 파늘루 신부의 네 가지 변화를 볼 수 있다. 첫 번째 단계에서, 파늘루 신부는 페스트가 타락한 오랑을 향한 신의 심판이라고 함부로 주장한다.

> 여러 형제들, 여러분은 그 불행을 겪어 마땅합니다.…이 재앙이 처음으로 역사 상에 나타났을 때, 그것은 신에게 대적한 자들을 쳐부수기 위해서였습니다. 애 굽 왕은 하느님의 영원한 뜻을 거역하였는지라 페스트가 그를 굴복시켰습니 다. 태초부터 신의 재앙은 오만한 자들과 눈먼 자들을 그 발아래 꿇어 앉혔습니 다. 이 점을 생각하시고 무릎을 꿇으시오.…오늘 페스트가 여러분에게 관여하 게 된 것은 반성할 때가 왔기 때문입니다. 올바른 사람들은 조금도 그것을 두려 워할 필요가 없습니다.

파늘루 신부는 죄를 지은 당신들은 "불행을 겪어 마땅"하다며 공포를 조장한다. 영화에서는 웅장한 가톨릭 성당에서 파늘루 신부의 설교 장면을 재현한다(39:20). 마치 2020년대 코로나 바이러스 시대 때 끊임없이 '죄 있는 사람만 코로나 바이러스에 걸린다' 혹은 '중국에 죄가 많아 하나님이 코로나 바이러스로 중국을 치셨다'는 둥 엉뚱한 설교를 하는 사람들과 닮아 있다. 그들 말이 맞는다면, 시진핑만 코로나 바이러스에 걸려야지, 유럽과 미국 등 죄없는 온 지구 사람들이 왜 이리 많이 죽어야 할까. 죄 없다는 빤X목사 전광훈은 왜 코로나 바이러스에 걸릴까. 자기 멋대로 성경을 이용하는 삯꾼 목사들이 있다.

다만 파늘루 신부는 존경받는 종교인이었다. 그는 "박식하고 열렬한 예수회 신부로, 종교 문제에 무관심한 사람들 사이에서도 대단한 존경을 받고 있는 인물"이다. 신부는 시민들 사이에서 평판이 좋았을 뿐만 아니라 "성 아우구스티누스와 아프리카 교회에 대한 연구"와 권위 있는 "금석문 고증"으로 "교단에서 각별한 위치를 차지하고 있는" 사람이다. 인기가 있으면서도 "청중에게 혹독한 진실들을 가차 없이 털어놓는" 사람이다.

두 번째 단계에서 파늘루 신부는 오통 판사의 죄 없는 아들이 죽어가는 장면을 목도한다.

소설 전체에서 '초월적 대응 양식'과 '반항적 대응 양식' 사이에서, 전자가 얼마나 무익한가를 보여준다. 리유, 타루, 그랑, 랑베르, 파늘루, 카스텔 등 거의 모든 등장인물이 죽어가는 아이를 본다(01:10:00). 아이의 외마디는 고통스럽고 날카롭다. 아이는 단말마의 소리를 남기고 죽는다.

파늘루 신부는 "벽에 기댄 채 어딘지 약간 맥이 풀린" 상태에서 어린애가 죽어가는 모습을 지켜본다. 이후 그의 얼굴에는 "고통스러운 표정"이 나타났고 "몸을 바쳐 일해온 지난 며칠 동안의 피로가 그 충혈된 이마에 주름살을 그어놓고 있었다."

세 번째 단계에서, 리유는 파늘루 신부와 대립한다. 리유는 파늘루 신부에게 이 아이는 죄가 없는데도 페스트에 걸려 죽었다며 신부의 잘못을 지적한다. 신부는 여전히 허공 짚는 말을 한다.

"정말 우리 힘에는 도가 넘치는 일이니 반항심도 생길 만합니다. 그렇지만 아마도 우리는 우리가 이해할 수 없는 것을 사랑해야 할지도 모릅니다."
"나는 사랑이라는 것에 대해서 달리 생각하고 있어요. 어린애들마저도 주리를 틀도록 창조해놓은 세상이라면 나는 죽어도 거부하겠습니다.……우리는 신성모독이나 기도를 초월해서, 우리를 한데 묶어주고 있는 그 무엇을 위해서 함께 일하고 있어요."
"그럼요. 당신도 역시 인간의 구원을 위해서 일하고 계시거든요."
"인간의 구원이란 나에게는 너무나 거창한 말입니다. 나는 그렇게까지 원대한 포부는 갖지 않았습니다. 내게 관심이 있는 것은 인간의 건강입니다. 다른 무엇보다도 건강이지요."

네 번째 단계에서, 파늘루 신부는 자신의 잘못을 깨닫고 고통 곁으로 다가가는 순교적 자세를 보인다. 급기야 파늘루 신부는 신을 위해 페스트와 싸워야 한다고 다짐하기 시작한다.

파늘루는 보건대에 들어온 이후로, 병원과 페스트가 들끓는 장소를 떠나본 일이 없었다. 그는 보건대원들 틈에서 마땅히 자신이 있어야 한다고 생각되는 자리, 즉 최전선에 나섰던 것이다.

파늘루 신부는 이제는 제대로 설교하고 사람들을 구하다가 페스트에 걸려 순교한다. 부드럽고 신중한 말투로 이야기했고, 또 몇 번씩이나 청중들은 그의 말투에서 모종의 주저하는 빛을 발견했다. 그는 이제는 '여러분'이라고 하지 않고 '우리들'이라는 단어를 쓰며 설교한다. 끝까지 신을 믿으며 페스트에 걸렸으나 리유의 치료를 받지 않고 사망한다. 사실 어린애가 죽어가는 장면 이전부터 파늘루 신부도 이미 보건대에 동참하고 있었다. 페스트에 대해 어떤 태도를 취해야 할지 보여주는 장면이다.

비교컨대 영화 〈페스트〉는 좀 더 급진적인 장면을 보여준다. 소설과 달리 영화에서 파늘루 신부는 자신의 죄를 견딜 수 없어 페스트에 걸린 시신을 집단으로 매장하는 웅덩이에 시체들과 함께 누워 자진(自盡)한다(1:16:57). 이런 개작을 카뮈가 알았다면 허락했을까. 소설에서 파늘루 신부는 마지막까지 최선을 다하는 종교인으로 나오지만, 영화에서 파늘루 신부는 자살로 책임지려는 무기력한 패배자로 재현된다.

영화보다 소설 『페스트』를 일반인은 물론 특히 예수를 좋아하는 사람들이 꼭 읽어야 할 책이라고 강조하는 이유는 바로 이런 까닭이다. 네 명의 사마리아인들뿐만 아니라, 잘못된 판단을 했던 파늘루 신부까지, 카뮈는 부조리한 시대에 인간이 어떤 행동을 해야 할지 제시한다.

> 너희 가운데서 위대하게 되고자 하는 사람은 누구든지 너희를 섬기는 사람이 되어야 하고, 너희 가운데서 으뜸이 되고자 하는 사람은 너희의 종이 되어야 한다. 인자는 섬김을 받으러 온 것이 아니라 섬기러 왔으며, 많은 사람을 위하여 자기 목숨을 몸값으로 치러주려고 왔다(마 20:26-28, 새번역).

카뮈의 의도와는 달리 역설적으로 『페스트』는 성서적인 인간 유형을 제시했다. 졸저 『곁으로: 문학의 공간』에서 나는 "고통의 구심점 곁으로" 향해야 인간은 건강한 사회를 이룰 수 있다고 썼다. 그 생각이 바로 『페스트』에 그대로 담겨 있다. 페스트에 나오는 세 인물 유형은 "고통의 구심점 곁으로" 가서 함께 싸웠던 인물들이다.

은유로서의 질병과 성실성

소설에 나오는 자원 보건대를 파리에서 나치에 투쟁했던 레지스탕스에 비유하는 해설도 있다. 페스트는 나치를 비유하는 것을 넘어, 파시즘 전쟁, 자본주의적 부조리, 종교적 폭력 등을 뜻한다. 카뮈가 페스트로 여기는 부조리한 권력은 너무도 많다. 이런 부조리에 대항하여, 카뮈는 『반항인』에 나오는 '반항인'처럼 '아니오'(non)라며 실천해야 한다고 정의한다. 페스트는 부조리한 상황을 뜻한다. 우리의 일상성을 뜻한다.

> 내가 확실히 알고 있는 것은 사람은 제각기 자신 속에 페스트를 지니고 있다는 것입니다. 왜냐하면 세상에서 그 누구도 그 피해를 입지 않는 사람은 없기 때문입니다. 그리고 늘 스스로를 살펴야지 자칫 방심하다가는 남의 얼굴에 입김을 뿜어서 병독을 옮겨 주고 맙니다. 자연스러운 것, 그것은 병균입니다. 그 외의 것들, 즉 건강, 청렴, 순결성 등은 결코 멈추어서는 안 될 의지의 소산입니다. 정직한 사람, 즉 거의 누구에게도 병독을 감염시키지 않는 사람이란 될 수 있는 대로 마음이 해이해지지 않는 사람을 말하는 것입니다(민음사, 329쪽).

이 문장에서는 사람 자체가 페스트가 될 수 있다고 설명한다. 평범한 나, 평범한 우리야말로 "제각기 자신 속에 페스트를 지니고 있다"는 것이다. 쉽게 말해, 말 한 마디, 문장 하나, 문자나 메일, 혹은 신문사의 기사 하나로 죄 없는 사람을 하루아침에 병들게 할 수도 있는 것이 인간이다. '우리 안에 페스트', '내 안에 페스트'가 있다.

여기서 카뮈가 강조하는 것은 부조리한 일상에 저항하며 성실하게 살아가는 인간형이다. 소설의 핵심 키워드 중 하나는 '성실성'이다. 소설 곳곳에 '성실성'에 관한 문장이 슬며시 놓여 있다.

> 리유는 흠칫하며 정신을 가다듬었다. 저 매일매일의 노동, 바로 거기에 확신이 담겨 있는 것이었다. 그 나머지는 무의미한 실오라기와 동작에 얽매여 있을 뿐이었다. 거기서 멎을 수는 없는 일이었다. 중요한 것은 저마다 자기가 맡은 직책을 충실히 수행해나가는 일이었다(60쪽).

이 소설에는 영웅이 없다. 그저 "저마다 자기가 맡은 직책을 충실히 수행해나가는" 성실한 사람들이 있을 뿐이다. 1년 뒤 오랑이 페스트에서 해방됐을 때 의사 리유는 아내의 사망 소식을 듣는다. 영웅심 때문에 이런 일에 나서는 것이 아니냐고 랑베르 기자가 리유에게 물었을 때, 그는 차분하게 답한다.

> "이 모든 일은 영웅심과는 관계가 없습니다. 그것은 성실성의 문제입니다. 페스트에 대처할 유일한 방법은 성실성뿐입니다. 아마 비웃음을 자아낼 만한 생각일지도 모르나, 페스트와 싸우는 유일한 방법은 성실성입니다."

"성실성이란 대체 뭐지요?" 하고 랑베르는 돌연 심각한 표정으로 물었다.

"일반적인 면에서는 모르겠지만, 내 경우로 말하면, 그것은 자기가 맡은 직분을 완수하는 것이라고 알고 있습니다"(카뮈, 『페스트』, 민음사, 2부 마지막 216쪽).

의사 리유와 이 소설에 등장하는 인물들은 영웅의식으로 페스트와 싸우지 않는다. 그들은 긍정적인 인간으로서 고통의 진원지에서 성실하게 싸운다. 그 성실성을 예수는 간단히 말한다. "가서 너도 이와 같이 하라"(눅 10:37).

* 유튜브 〈카뮈 이방인 1회−첫 문장〉, 〈페스트 1부, 카뮈 페스트 첫 문장과 피에 누아르〉, 〈페스트 2부, 코로나 시대에 읽는 '페스트'의 사마리아인들〉, 〈페스트 3부, 카뮈 '페스트−단절/추상/일상/성실〉 참조 바랍니다.

(2020)

1940

⟨글루미 선데이⟩

우울한 부다페스트

1.

부다페스트는
서울에 비하
면 4분의 1 정
도나 될지 모
르는 아주 작
은 도시다. 바
로크, 아르누
보, 네오클래

식 등 거대한 석조전이 늘어서 있는 아름다운 도시이지만 영화 한 편을 생각
하면 감탄사는 한숨으로 바뀐다. 헝가리 부다페스트에 가려면 미리 ⟨글루미
선데이⟩(Gloomy Sunday, 1999)를 봐야 한다. 영화 제목인 "우울한 일요일"은
잘 알려진 곡 이름이다. 노래를 들으면 자살하게 된다는 위험한 사연이 있는

곡이다. 영화는 왜 우울한 일요일인지 그 배경을 풀어낸다.

1999년 헝가리의 한 레스토랑에 찾아와 80세 생일을 자축하며 "글루미 선데이"를 청해 듣던 한 노인이 급사하는 장면에서 영화는 시작한다. 60년 전 과거로 돌아가 1940년대 초반, 부다페스트에 있는 레스토랑 사장 자보(조아킴 크롤)와 아름다운 여직원 일로나(에리카 마로잔)는 사랑하는 사이다. 여기에 피아니스트 안드라스(스테파노 디오니시)와 독일인 한스(벤 베커)가 가세하면서 복잡한 연인관계로 얽힌다. 1935년 헝가리의 작곡가 레조 세레스가 지은 이 '죽음의 금지곡'을 듣고 전쟁의 비극을 겪었던 많은 사람이 절망 속에서 자살했다고 하는데, 이 영화에서 독일인 한스가 제일 먼저 도나우강에 몸을 던진다. 자보가 한스를 물에서 살려내고, 영화는 삼각관계 아니 사각관계 멜로물에 해괴한 음악 이야기가 섞이면서, 누가 먼저 죽을지, 믿거나 말거나 서프라이즈 영화로 진행될 듯하다.

"당신을 잃느니 당신의 반쪽이라도 갖겠소."

"자보, 당신 욕조에서 평생 목욕하고 싶어요."

영화에 나오는 독특한 사랑 고백이다.

연인들의 이 고백은 영화 후반부에 가면 더욱 안타깝게 울린다. 조금만 인내하면 영화 중반부터 사태는 전혀 달라진다. 사진가였던 독일인 한스가 나치의 대령이 되어 레스토랑에 다시 찾아온 것이다. 헝가리를 접수한 독일의 나치 친위대들이 헝가리에 사는 유대인들을 집단 학살하는 정치물로 영화의 흐름이 바뀐다. 사람들이 "우울한 일요일"을 듣고 자살하는 이유는 각자 사연이 있겠으나, 영화 후반에 이르면 헝가리인의 우울한 일요일은 극히 정치적인 아픔이라는 역사적 사실이 펼쳐진다.

우울한 일요일, 당신의 저녁은 더 이상 멀지 않고

검은 그림자와 함께 난 나의 외로움을 나눠요.

눈을 감으면 난 그들을 백번도 넘게 보죠.

나는 더 이상 잠을 잘 수 없고 그들은 더 이상 깨어나지 않을 거예요.

어떤 형상들이 담배연기 속으로 어떤 것을 끌어당기잖아요.

나를 더 이상 여기 두지 마요, 천사에게 내가 곧 간다고 전해요.

우울한 일요일("글루미 선데이" 1절).

이제 "글루미 선데이" 노래 가사는 단순히 연애곡이 아니라, 학살로 인해 더 이상 만나지 못하는 연인들의 이별곡으로 전치된다. 정치로 인해 사랑할 수 없고, 사랑으로 인해 정치는 비극이 된다. 음악가를 마치 하인처럼 대하는 독일인 한스에게 예술가의 자존심을 무시당한 피아니스트 안드라스는 자살한다.

"더는 못 견딜 상황이 오면 차라리 세상을 떠나는 것이 나아. 떠나는 거야. 존엄성을 가지고."

"누가 당신을 보고 떠나야 한대요. 떠나지 말고 행복을 위해 싸워요."

"나는 싸우는 법을 배운 적이 없어. 당신은 견뎌야 해. 내일 일은 내일 해."

자보와 일로나의 대화는 독일 나치의 폭력 아래 있던 인간들이 얼마나 비루한 처지였는지 날것으로 보여준다. 발터 벤야민이나 브레히트도 이런 모욕을 참으며 살았을 것이다. 어떡하든 견디려 했던 유대인 자보도 종말을 맞는다. 아우슈비츠에 가지 않도록 한스가 살릴 수 있었던 자보는 처절한 눈빛을 남기고 죽음의 길로 떠난다. 한스가 독일로 돌아갈 때 자보가 배웅했던 그 역에서 나치 대령이 되어 돌아온 한스는 자보를 차갑게 외면한다.

영화 첫 장면에 나오는 독일인 부호는 바로 그 한스였다. 유대인으로부터 빼앗은 금품으로 사업에 성공한 한스가 죽자, 그가 유대인을 살린 의인이라는 어처구니없는 방송이 나온다. 안드라스가 남긴 독약을 60년간 보관하고 있다가 한스를 죽인 여주인공 일로나의 마지막 복수극은 통쾌하다기보다 형용하기 어려울 만치 쓰리다. 독일인 감독이 스스로 자해하며 반성하는 결론일까. 그리스 비극의 구조일까. 일로나의 아들 얼굴이 한스와 비슷하다. 이 영화는 가해자를 향한 명확한 영화적 징벌이요, 독일인 감독 자신의 반성문이다.

> 외로운 일요일을 난 너무 많이 보내왔어요.
> 오늘 나는 기나긴 밤으로의 여정을 떠나요.
> 곧 촛불은 다 타버리고 그 연기는 눈을 촉촉하게 만들겠죠.
> 친구들이여 울지 마요, 난 이제서야 드디어 가벼워졌으니까요.
> 마지막 숨은 나를 영원히 고향으로 데려다주고,
> 그늘의 풍요, 그곳에서 나는 안전할 거예요.
> 우울한 일요일("글루미 선데이" 2절).

이쯤에 이르면 "글루미 선데이"를 듣고 자살한 사람은 단순히 실연 때문이 아니라, 집단 학살을 피하기 위해 자살을 선택한 것이 아닐까. 이 영화를 단순히 멜로로 보면 영화의 반쪽만 보는 격이다. 아무 관계 없는 듯한 사랑과 예술과 정치가 하나로 엮여 있다는 진리가 이 영화에 잘 나타난다. 알랭 바디우가 『사랑 예찬』(길, 2010)에서 말한 정치, 예술, 진리 모두 사랑이 현시되는 현장이라는 사랑론이 이 영화에 잘 드러난다. 한국에서 2000년에 개봉,

2003년에 재개봉, 2016년에 세 번째 상영한 특이한 이력을 가진 영화다. 겉으로는 밝기만 한 한국인의 잠재적인 상처와도 겹쳤기 때문이겠다. 상처가 있는 자에게는 글루미 부다페스트가 곧 글루미 코리아다.

2.

2018년 1월 파리에서 문학 강연을 한 나는 2월 7일 헝가리 부다페스트에 도착했다. 파리에서 부다페스트까지는 비행기로 두 시간 조금 넘게 걸렸다. 비행기 안에서 〈글루미 선데이〉를 계속 생각했는데, 공항에 내리니 영화처럼 보슬비가 내리고 으슬으슬 쌀쌀했다.

2월 9일에 페퇴피 문학 박물관(Petőfi Irodalmi Múzeum)에서 주헝가리 한국문화원 주최로 열리는 〈한국과 헝가리, 시를 노래하다: "윤동주 & 요제프 아틸라"〉라는 행사에서 윤동주 문학을 강의하기로 했다.

부다페스트에 도착한 첫날 저녁 행사를 위해 미팅을 하고, 식사 후 뒤풀이를 하는데 주헝가리 한국문화원 김재환 원장이 헝가리 역사를 설명하겠다고 했다. 흔히 외국에 있는 한국 대사관이나 문화원에 가면, 지금까지 해온 행사나 업적부터 브리핑 받곤 하는데, 김 원장은 왜 헝가리 역사를 거의 한 시간 이상 설명했을까. 그만큼 절실한 아픔을 다음날 이후 뼈저리게 공감할 수 있었다.

첫날 밤에 도나우강 야경을 봤던 어부의 요새 언덕, 〈아이리스〉를 찍었다던 거리의 계단 자리 모두 〈글루미 선데이〉를 찍었던 곳이었다. 영화에 등장하는 군델 레스토랑도 있는데 이번에 가보지 못했다. 도나우 강변에 전시

된 철제 신발들, 부다페스트 시내에 있는 헝가리 유대인 홀로코스트 추모관도 안내했는데 모두 이 영화와 관계없지 않은 곳이다.

김 원장이 하신 말이 모두 헝가리 사람들의 아픔이며 〈글루미 선데이〉의 배경이었다. 모두 받아 적을 수 없지만, 그의 말을 빠르게 적어 메모했다.

"헝가리에 오셨으니 여기 역사를 한번 들으시면 어떨까 해요."

김 원장은 물 한 모금을 마셨다.

"13세기에 건축된 왕궁은 몽골군의 습격으로 파괴됩니다. 몽골군이 들어올 때 속수무책이었다고 합니다. 15세기에 르네상스 양식으로 왕궁을 다시 지었는데 오스만투르크에 의해 다시 부서져 버리지요. 그 후 헝가리는 비엔나의 영향을 받으면서 좋은 시기를 맞이해요. '헝가리 제국'이라고 할 수 있는 시대죠. 1860년부터 1910년까지 가장 화려했던 시기였을 거예요. 그런데 전쟁에 패하면서 영토의 60%쯤 빼앗겨요.

제2차 세계대전 무렵 히틀러와 힘을 합치면 영토를 회복할 수 있다는 꿈에 러시아 쪽 사회주의에 반대하며 히틀러 나치에 붙지요. 당시 의사, 언론인, 변호사 등 사회를 주도하는 계층 반 이상이 유대인이었는데, 그 유대인 학살을 시작한 겁니다. 헝가리 나치정당, 화살십자당이 학살을 시작했지요. 아우슈비츠에서 학살된 110만 명 중에 44만 명이 헝가리 유대인이라고도 하지요. 1944년 3월부터 불과 몇 달 사이에 집중해서 학살한 겁니다."

어떤 메모도 보지 않고 김 원장은 헝가리의 식민역사를 술술 풀어냈다. 이렇게까지 자신이 일하는 나라 역사를 환히 꿰뚫는 주재원이 있을까 놀랍기까지 했다. 김 원장은 쉬지 않고 이어 말했다.

"소련군이 들어와 나치와 전투해서 사회주의 정부가 생겨요. 게오르그 루카치가 활동하던 시기죠. 사회주의의 부패가 심해지자 1956년 헝가리 반소 봉기가 일어나지요. 이후 극우세력이 정권을 잡아요. 루카치 같은 어용 사회주의 학자는 사라져야 한다며 루카치 동상도 철거됩니다. 동상 제작자도 소리 소문 없이 사라진 상태입니다. 극우정부의 폭력이 지나치자 지식인이나 예술가들이 헝가리를 탈출하기 시작합니다. 심각한 상황이지요."

헝가리라는 나라의 아픔을 공감하지 않는다면 세세하게 아픈 역사를 이만치 외워서 말할 수 없을 것이다. "글루미 선데이"라는 죽음을 부르는 금지곡에 얽힌 이야기가 있을 만치 이 나라에는 자살하는 사람들이 많았다. 음울하고 축축한 일기 때문일 수도 있고, 44만 명의 유대인 이웃들이 학살당한 비극 때문일 수도 있고, 경제적인 문제 때문일 수도 있겠지만, 이 나라에 눈에 보이지 않은 비극이 많았던 것이 확실하다. 비극이 없는 나라가 어디 있겠느냐만은 말이다.

2018년 10월 나는 부다페스트에 다시 갔다. 루카치 묘소도 다시 가서 세세히 주변을 둘러보고 싶었다. 무엇보다도 〈글루미 선데이〉의 배경이 되는 곳을 방문하고 싶었다. 영화에 나오는 레스토랑은 영웅광장을 지나 뒤편으로 현재 '군델'(GUNDEL)이라는 이름으로 영업하고 있었다. 멀리서 온 방문객을 반갑게 맞아주는 정원의 화사한 꽃이 예쁘게만 보이지는 않았다. 영화 찍던 공간을 확장했다고 하지만, 스크린에서 전해오던 그 느낌 그대로였다.

헝가리는 현재 정치·경제적으로 심각한 상황이고 한국보다 GDP는 아래 있지만, 우리만치 끔찍한 비극을 경험했던 이 나라가 받은 노벨상은 14개가 넘는다 한다. 영화를 보고 부다페스트에서 만난 따스한 분들을 생각하니 더 그립고, 마음이 더욱 아리다.

덧글, 아편중독자 탁성록의 글루미 선데이

이 글을 마무리하려 할 때, 시인 이동순 교수에게 전혀 모르던 정보를 받았다. 시인 백석의 시를 연구할 때 반드시 참조해야 할 연구를 해온 이 교수는 대중가요 연구서 『노래 따라 동해 기행』, 『번지 없는 주막: 한국가요사의 잃어버린 번지를 찾아서』 등을 냈다. 이 교수가 쓴 "그 작곡가는 어떻게 살인마가 됐나: 탁성록 이야기"(『오피니언 타임즈』, 2020.4.3.)에서 작곡가 탁성록(卓星祿, 1916-?)에 대한 끔찍한 이야기를 읽었다.

1940년대에 콜롬비아 레코드사 전속으로 있었던 작곡가 탁성록은 히트곡을 내지 못하자, 점점 아편에 중독된다. 그즈음 "글루미 선데이"를 재즈송 "어두운 세상"으로 번안하여 직접 녹음하여 음반까지 낸다. '탁성록 어두운 세상'을 검색하면 유튜브에서도 들을 수 있다. 듣자마자 호흡은 물론 발음도 수준 미달이라는 사실을 누구나 알 수 있다. 거의 모르핀 중독 상태로 녹음했을 것이라고 추측된다.

해방 후 운 좋게 그는 조선해안경비대 군악대 창설에 참여하면서, 국방경비대 장교로 특채된다. 제주도 4·3사건 때 제주도에 6개월 정도 머물렀던 그는 막강한 권력을 휘두르며 수많은 제주도민을 학살했다고 한다. 아무 병원이나 가서 의사에게 아편을 주사하게 했다고 한다. 주사를 안 놓아주는 의사는 빨갱이라 하며 체포하고, 아편 중독 상태에서 여성들을 강간하고, 제주도민을 마구 총살했다는 증언이 남아 있다. 그의 말 한 마디에 사람들이 무더기로 죽었다고 한다. 제주도 이후 1950년 7월에는 진주 양민학살사건을 기획했단다. 마침내 부정과 부조리 사건의 주모자로 헌병대에 조사를 받고 강제 전역된 그의 마지막을 본 사람은 없다고 한다.

유럽에 180여 명이 넘는 자살자를 만든 "글루미 선데이"라는 노래, 부다페스트 유대인 학살과 관련된 비극의 노래가 분단된 한국 역사와도 관련이 있다는 정보에 소름이 끼쳤다.

(2018)

영화 〈글루미 선데이〉를 촬영했던 레스토랑 군델(GUNDEL). 피아노가 놓였던 자리 같아서, 저 자리에 앉아 보았다. 영화 때문이겠지, 공기는 가벼운데 뭔가 음울하다.

〈암살〉

속사포와 (애국)계몽 오락영화

영화 〈암살〉(2015) 시
사회에 가자는 권유
에 사실 별 기대가 없
었다. 〈엽기적인 그
녀〉(2001) 이후에 그
이미지에서 크게 다르
지 않을 것 같은 전지
현에 대한 기대도 별로

없었다. 최동훈 감독의 〈타짜〉(2006), 〈전우치〉(2009), 〈도둑들〉(2012)처럼 치
밀한 계획에 따라 실행하는 범죄영화 케이퍼 무비(Caper movie)로 늘 비슷한
배우들이 또 출연하는 영화이기에 별로 기대하지 않았다. 오락성 70%를 생
각했다. 단순한 오락과 상업성을 애국이라는 이름으로 덮은 국뽕영화로 얕
보았던 것이다.

전날 밀린 글 쓰느라 두어 시간밖에 못 잤지만 영화평론가 황영미 교수

께서 권하시는 영화이기에, 홍콩행 비행기 탔다고 생각하고 반쯤 자다 나오려고 했다. 시사회가 시작되자 나는 우등버스 의자에 앉듯 고개를 최대한 뒤로 젖히고 반쯤 눈을 감았는데,

"밀양 신랑, 약산 김원봉이요."

이게 뭔 말인가. 눈이 번득 뜨였다. 남한 영화에 김원봉이 나왔다. 나는 몸을 반쯤 세웠다. 그 후 1분도 화면에서 눈을 뗄 수 없었다. 우연과 우연이 교차하고, 오달수 이미지도 오달수 그대로 반복되건만, 게임 같은 내러티브도 뻔한데, 수십 발 맞아도 죽지 않는 하정우의 최후도 식상했건만, 내 고정관념에 균열이 생기기 시작했다.

마지막으로 내 정신을 바짝 세운 순간은 후반부 반민특위 장면이었다. 너무 피곤했고 중요한 원고 마감이 있었는데도, 결국 시사회가 끝나고 짧지 않은 기자회견까지 다 볼 수밖에 없었다.

두 주가 지나 또 한 번 봤다. 같은 영화를 며칠 사이에 두 번 보기는 태어나서 처음이다. 며칠간 이 영화가 생각났으나 우연성이 남발되고 있는 애국적 계몽주의에 거리감을 두고 싶어 한 줄도 메모하지 않았다. 다만 그 많은 인물 중에 내게는 속사포 추상옥(조진웅)이 가장 눈에 들었다. 가장 현실적인 인물로 보여서일까.

속사포 눈으로 본 〈암살〉

영화 〈암살〉은 1933년 친일파 암살 사건을 배경으로 한다.

대한민국 임시정부의 백범 김구와 함께 의열단의 김원봉이 상하이에서

3인조 암살단을 조직해 경성으로 보내는 일을 상의한다. 독립투사 안옥윤(전지현), 속사포 추상옥, 황덕삼(최덕문)을 암살자로 선정하여, 조선 주둔군 사령관 카와구치 마모루(심철종)와 친일파 강인국(이경영)을 죽이라고 명령한다.

암살 작전에 선택된 속사포의 첫 대사는 감옥 방에서 탈출하여 간수를 때려눕힌 뒤, "아유, 요거 하고도 땀나"이다. 이 한 마디가 그의 삶을 요약한다. 힘든 고통을 알고 그것을 넉넉하게 받아들이는 너스레다. 암살단에 들어오라는 권유를 받자 그는 이렇게 말한다.

"나는… 왜 하필이면 난지 모르겠네? 처자식이 없다 이건가? 그것도 배가 불러야 하는 거지. 돈 한 푼 없이 이러는 거는 좀… 흐흐."

속사포는 정승 판서를 지낸 우당 이회영(李會榮, 1867-1932)이 1910년 경술국치 때 전 재산을 처분하여 6형제가 세운 신흥무관학교 졸업생이었다. 염석진(이정재)은 속사포가 신흥무관학교 때 쓴 글을 들먹이며 속물주의 속에 숨은 애국심을 건드린다.

"낙엽이 지기 전에 무기를 준비해서 압록강을 한번 건너고 싶다."

이 말은 실제 김경천 장군 수기에서 나온 표현인데 영화에 인용되었다. 신흥무관학교 얘기가 나오자 속사포는 할 수 없이 "에이 돈은 가서 김원봉이한테 받아야겠다"라고 말한다. 애국 이전에 먹고사는 일부터 먼저 챙기겠다는 '생계형 독립군'이지만 신흥무관학교의 마지막 멤버라는 남다른 자부심을 지닌 캐릭터다. 노골적으로 애국코드를 강요하지 않아 오히려 신선했다. '생계형 독립군' 속사포는 상해에 도착해서도 빠져나갈 궁리만 한다.

"이쪽이 미라보니까, 이쪽이 오래 사는 길이네."

그런데 역설적으로 이런 태도가 묘한 흡입력을 발휘한다. 기존의 뻔한 독립군 이미지, 이미 모든 걸 결정한 듯한 당찬 독립군의 전형(典型)에 균열을 낸 속사포의 이미지, 그 솔직함이 관객의 마음을 끈다.

당시 30여 개의 독립군이 있었는데, 이 영화는 한국독립군(1931) 소속인 안옥윤을 중심으로 신흥무관학교(1911) 출신인 속사포와 폭탄 전문가 황덕삼이 힘을 합쳐 암살 작전에 참여하는 이야기다. 이외에도 대한광복단(1913), 대한광복군정부(1914), 서로군정서, 북로군정서, 의열단(1919), 대한독립군단(1920), 조선혁명군(1929), 한국광복운동단체연합회(1937), 조선민족전선연맹(1937), 조선의용대(1938), 전국연합진선협회(1939) 등이 있었다.

그중 3,500명의 독립군을 길러낸 신흥무관학교는 점차 힘을 잃고 1920년 일본군도 아니고 마적떼에 공격받아 폐교된 것으로 알려져 있다. 그러니 신흥무관학교의 마지막 졸업생이라는 속사포는 얼마나 상처를 받았을까. 일류 게릴라 학교인 줄 알고 입학했더니 마적떼에 분해된 것이다(당시 독립군의 역사적 배경과 군가에 대해서는 졸저 『사회적 상상력과 한국시』 5부의 논문 「독립군가 노랫말 분석」에 쓰여 있다).

여기서 의열단 김원봉의 일본인이라도 민간인은 절대 사살하면 안 된다는 지시는 중요하다. 황덕삼이 일본인 민간인을 죽여도 되냐고 묻자, 김원봉은 안 된다며 "모든 민간인은 죄가 없지. 우리 총에도 눈이 달려 있다고 생각하자"고 답한다. 특정 다수의 민간인을 테러했던 9·11테러와 군사작전으로 암살을 생각했던 김원봉의 암살은 여기서 차이가 있다. 암살은 테러와 다르다. 이제 세 명의 암살단은 경성에 잠입한다. 결전을 앞두고 속사포는 작전 계획을 들어도 투덜댄다.

"헌병대 아가리 속에서 전쟁을 하란 얘기구먼. 허허, 참."

작전 전날 춤을 추자고 제안하는 것도 속사포다. 속사포와 안옥윤, 황덕

삼은 경성의 소비문화를 잠깐 탐닉한다. 당시 독립군 암살단은 대부분 20대 초반 나이였다. 독립운동을 외면하고 시대와 상관없이 즐기며 살 수 있는 이 젊은이들이 거사를 앞두고 홍대 앞 클럽에서 춤을 추는 격이다. 누가 저 춤을 욕할 수 있을까. 웃으며 몸을 흔들어대는 속사포의 명랑성은 다가오는 비극을 의미 깊은 혁명적 낭만주의로 증폭시킨다. 그러다 난데없이 나타난 하와이 피스톨에게 공격을 받아 부상당한다. 치밀했던 작전은 실패한다. 암살 대상자들이 차를 바꿔 탔던 것이다.

여기서 반전이 일어난다. 주인공 안옥윤과 똑같이 생긴 쌍둥이 미츠코와 역할이 바뀌는 사건이 벌어진 것이다. 안옥윤은 미츠코의 결혼식에 대신 참여하여 결혼식 중에 암살할 계획을 세운다. 그리고 바로 이때 죽은 줄만 알았던 속사포가 돌아온다. 부상당했기에 작전에서 빠질 수도 있었다. 그런

데 기관총을 들고 결혼식장으로 가겠다고 한다. 그때 한 말,

"나 끝까지 갑니다."

신흥무관학교 출신의 긍지는 이렇게 살아난다.

드디어 미츠코(안옥윤의 쌍둥이)의 결혼식 날이다. '가짜 미츠코'와 카와구치 마모루의 아들이 결혼하는 것이다. 결혼식장에 몰래 들어간 속사포는 기관총을 난사하고, 수많은 일본 헌병과 군인들이 죽어간다. 잘 짜인 홍콩 누아르를 보는 듯한 격투신이 펼쳐진다. 염석진은 속사포가 아직 자신의 정체를 모른다는 것을 이용해 접근, 총알을 두 방 박아버린다. 치명상을 입었지만 속사포는 헌병들의 진입을 끈질기게 막아 안옥윤과 하와이 피스톨이 임무를 완수할 시간을 벌어준다. 안옥윤과 하와이 피스톨이 식장을 나가려고 할 때쯤 이미 버틸 대로 버틴 속사포는 안옥윤에게 마지막 대사를 남긴다.

"대장, 우리 성공한 거지? 드레스 입으니까 이쁘네…. 먼저 내려가. 이따가 일 층에서 보자…. 가, 가…."

속사포는 기관총을 들려고 몇 번 허적대다가, 그대로 고꾸라진다.

피투성이가 된 속사포의 죽음은 아무리 총을 맞아도 계속 일어나는 좀비 주인공 하와이 피스톨(하정우)의 죽음보다 인상적이다. 하와이 피스톨이 안옥윤과 마지막으로 헤어지는 장면에서 입술에 키스하면 영화는 싸구려로 그대로 추락한다. 다행히 입술이 아니고 이마에 한 키스는 절제된 동지애의 증표가 되었다. 그런데 죽는 장면은 왜 그렇게 홍콩 싸구려 영화처럼 했는지. 이에 비해 몇 번 나오지 않는 속사포의 사망 장면은 영화를 보고도 뇌리에서 지워지지 않는다. 절제된 장면의 완성은 관객의 뇌에서 이루어진다.

밀양 신랑, 약산 김원봉

〈암살〉에 놀라운 인물이 등장한다. 약산(若山) 김원봉(金元鳳, 1898-1958)이다.

영화가 시작하자마자 나오는 첫 대사 "밀양 신랑"이라는 두 단어만으로도 장편 소설 하나다. 밀양에서 태어난 그가 1931년 박차정과 결혼하고 함께 전사가 되는 로맨스는 전설이고 소설 감이다. 김원봉이 사랑했던 여인 박차정은 시와 수필을 쓴 작가이며 투사였다. 지금도 밀양에는 그가 태어난 자리에 폐허이지만 기념비가 있고, 아내 박차정 여사의 묘소가 있다.

영화에서 김구가 김원봉 결혼식에 못 가 미안하다고 말한다. 이후 조선의용대 소속 군인으로 전투에 참여했던 박차정은 총상으로 후유증을 앓다가 1944년 5월 병사했다. 박차정 여사의 유해를 김원봉은 밀양에 모신다. 이후 김구는 1947년에 김원봉이 재혼할 때 주례를 섰다고 알려져 있다.

무엇보다도 김원봉을 멋진 조승우로 캐스팅했다는 점, 내가 볼 때는 이 점이 가장 신선하고 탁월했다. 김원봉은 가장 핵심이 되는 대목에서 세 번만 등장하는데도 눈에 띈다.

3·1운동의 실패를 보고 김원봉은 1919년 무장독립운동단체인 의열단을 만들어 6년간에 걸쳐 경찰서, 동양척식주식회사 폭탄 투척사건 등을 배후에서 조종한다. 국제적으로 천황 암살도 기획했다. 이 사실은 『오스기 사카에 자서전』(김응교·윤영수 공역, 실천문학사, 2005)에도 쓰여 있다. 김원봉은 아나키스트 오스기 사카에를 1923년 1월 상해와 북경에서 만났다.

그는 "조선총독을 대여섯 명 죽이면 후계자가 되려는 자가 없을 것이고, 도쿄에 폭탄을 터뜨려 매년 두 번 이상 놀라게 하면 그들 스스로 한국 통치를 포기하게 될 것이요"라고 말했다 한다. 이어 김원봉과 오스기 사카에는 도쿄에 의열단 지부를 설치하기로 합의한다. 당시 일제는 김원봉에게 100만 원의 현상금을 내걸기도 했다. 가장 조직적으로 완고하게 소수 인원으로 일제에 대항했던 김원봉은 1948년 월북한다. 곧 1948년 9월 내각 국가검열상, 1952년 내각 노동상에 취임하고, 1958년 회갑을 맞아 훈장을 받았지만 10월에 장개석의 스파이로 몰려, 옥중에서 자살(소설가 김학철 증언)한 것으로 알려져 있다. 그는 임화 시인처럼 남에도 북에도 사라진 인물이 된 것이다.

독립기념관에 가면 좌익의 독립운동사는 배제되어 있거나 비교적 적게 전시되어 있다. 이에 비해 〈암살〉은 김구와 김원봉을 끝까지 같이 등장시켜 지워진 독립운동사를 복원시켰다. 모든 작전이 끝나고 김구와 김원봉이 술잔에 술을 따르며 장례식을 대신하는 장면은 얼마나 눈물겨운가. 좌우익으로 분리된 분단현대사에 언젠가 저렇게 함께 술잔을 기울일 날이 있을까. 저 하늘에 먼 세상에서는 두 사람이 술잔을 나누고 있겠지.

불발 수류탄, 반민특위와 기억투쟁

속사포가 던진 수류탄이 불발로 그친 것은 암살 계획이 실패로 끝났다는 것을 암시한다. 피식피식, 불발된 수류탄은 암살 계획의 실패만을 암시하지는 않는다. 반민특위도 실패했었다. 이 영화의 핵심은 후반부 반민특위가 나오는 대목이다. 도스토옙스키가 『죄와 벌』을 쓸 때, '에필로그'를 쓰기 위해서 그 긴 이야기를 썼다고 했듯이, 〈암살〉의 에필로그인 1949년 반민특위 장면이야말로 이 영화의 핵심이다.

1948년 친일파와 반민족 행위를 조사하고 처벌하기 위해 만들어진 반민특위(반민족행위특별조사위원회)는 영화에서 보듯 성공하지 못했다. 1949년 1월 1일부터 본격 가동한 반민특위는 약 6개월 동안 690명을 반민족행위자로 규정하고, 그중 221명을 기소했고, 체형이 12명, 공민권 정지가 18명, 무죄 내지 형면제가 8명이었다. 사형 1명, 무기징역 1명 등이었는데 그나마 한국전쟁이 일어나자 모두 석방되고 말았다. 결국 반민특위가 처벌한 친일파는 한 명도 없었다. 처벌은커녕 1949년 6월 서울시경 국장의 지휘하에 경찰부대가 반민특위를 습격하는 백색테러까지 있었다. 완전히 불발한 수류탄이었던 것이다.

영화 후반부에 이르러 오락성보다 역사성이 급격히 올라가면서 나는 바로 앉았다. 법정에서 염석진은 자신이 독립운동을 위해 최선을 다했다고 웃통을 벗고 강변한다. 이때 배우 이정재의 배는 특수분장으로 뱃살이 늘어져 있다. 마구 흔들어야 하는 팔뚝에는 특수분장을 붙여도 주름이 자연스럽게 살아나지 않아, 팔뚝의 근육을 빼고 늙은이 나뭇가지 팔로 만든 배우 이정재의 노력이 돋보인다.

법정 공방에서 친일 세력과 이승만이 방해했던 사실 혹은 당시 미군정의 묵인 등을 다루지 못했다. 그리고 뉴라이트들이 그렇게도 강조해서 말하는 대사, 저렇게 원하는데 하나쯤은 넣어주면 좋지 않았을까. 이런 대사다.

"내가 빨갱이들을 얼마나 잡아넣었는데, 내가 없으면 누가 빨갱이들을 구별해내!"

지금도 뉴라이트들은 공산 분자를 구별해낼 정보를 친일 경찰들이 갖고 있었기 때문에 이승만 정권이 친일파 경찰을 다시 기용할 수밖에 없었다고 강변한다. 친일 경찰들이 고문으로 조작해낸 공산주의자들은 대부분 독립운동가였다. 그렇지만 모든 문제를 넣으려 한다면 다큐멘터리나 교육방송이 되었을 것이다. 반민특위의 법정 분위기와 염석진이라는 가해자의 심리를 다룬 것만 해도 의미가 적지 않다.

증거 부족으로 무죄 판결을 받은 염석진은 재판정 밖으로 나온다. 반민특위 반대와 북진통일이라고 적힌 플래카드를 들고 시위하는 이들을 배경으로 경찰은 염석진을 환송한다. 배후조정자인 이승만의 문제가 드러나지는 않았지만 반민특위 문제를 이렇게 상세하고 쉽게 다룬 영화가 있을까.

마지막 암살 장면에서 얼굴이 일그러진 영수가 김구 선생님의 임무를 완수하겠다고 전하는 수화(手話)가 복수의 정점이다.

"16년 전 임무, '염석진이 밀정이면 죽여라', 지금 수행합니다."

염석진이 죽는 공간은 수십 장의 기다란 광목이 펄럭이는 벌판이다. 저 허망한 광목들은 해방이 되어도 꿈을 이루지 못한 슬픈 넋들이며 환멸의 깃발일 것이다. 영화 속에서 펄럭이는 광목만 보고도 눈물 흘렸을 사람들이 있을 것이다. 셀 수 없는 독립군 장례식이며, 열사들이며 장례식 때마다 봤던 광목들이다. 그래서 저 말이 나는 "해방 후 70년이 아니라 100년이 지났어도 '아직도 밀정이면 죽여라' 지금 수행합니다"로 환청처럼 들려 머리를 털어 떨구어냈다. 얼마나 무서운 말인가.

최동훈 감독은 절대악을 영화 〈레미제라블〉처럼 자살로 마무리하지 않고, 죽인다. 현실은 그렇지 않은데 죽인다. 죽여 버린다. 그래서 이 영화는 조금 무섭다. 어떤 이들에겐 분명 난데없는 공포영화로 엄습할 것이다. 그러나 주의해서 이 글을 읽어주시기를 바란다. 나는 지금 연좌제를 말하는 것이 아니다. 독립군의 자식 중에도 아비의 뜻과 달리 비루하게 사는 사람들이 있다. 친일파의 후손인데도 전혀 다른 위인들이 있다. 다만 기억하자고 말할 뿐이다. 조금의 양심이 살아 있다면 말이다. 허구적인 역사 영화는 허구로만 본다면 아무 의미가 없다. 이 영화는 여러 번 "잊지 말라"고 권한다. 이 장치가 허구를 현실로 끌어당긴다.

첫째, 영감이 잊지 말라고 말한다.

"어이, 삼천 불, 우리 잊으면 안 돼, 잊으면 안 된다~ 알았지?"

둘째, 김원봉의 말은 관객에게 잊지 말라는 당부이기도 하다.

"많이들 죽었습니다. 사람들에게 잊히겠죠?"

셋째, 주인공 안옥윤이 말한다.

"알려줘야지. 우린 계속 싸우고 있다고."

이 대사야말로 감독이 하고 싶었던 말일 것이다.

속사포의 명랑성

영화에 등장하는 수많은 인물은 오늘 이 땅에도 살고 있다. 친일파 무리도 지금 떳떳하게 살아가고 있다. 총독부에서 뽑은 최고의 친일파 강인국이 총에 맞아 죽으면서 하는 대사는 이렇다.

"우매한 민족들이 깨닫게 하려고 했던 거야."

지금도 비슷한 말을 듣지 않는가. 누가 이런 말을 하는가.

그들은 자기가 받는 대접을 합리화하며 그렇지 않은 이들을 우매한 민족이라고 한다. 지금도 이런 족속들이 존재한다. 자기가 그런 역할을 하고 있는지도 모르는 채 말이다. 염석진(이정재) 같은 인간들도 있다. 칸트가 말했던 절대악의 실존인물이다. 이 사회에 그런 인물들이 있다.

독립투쟁을 끊임없이 지우고 왜곡시키고 축소시키려는 자들은 염석진의 대사를 지금도 반복한다. 감독은 친일 경찰 염석진이 아직도 우리 곁에 살아 있다는 것을 고발하고 있다. 무죄판결을 받고 당당히 나오는 염석진은 영화 속에서는 암살당했으나 오늘날 현실에는 버젓이 여기저기에 살아 있다. 막판의 복수전은 관객에게 만족감을 선사할 뿐이지 현실은 그렇지 않다. 연좌제 시대도 아니건만 친일파 후손이 아니어도, 친일파를 자처하는 돌연변이들은 오늘날 정계와 학계 곳곳에 살아 있다. 살아 있는 염석진, 그들은 이렇게 외친다. "어떻게 저를 의심할 수 있습니까?"

지금 대한민국 정부는 독립군을 기억하고 있는가. 헌법엔 "3·1운동으로 건립된 대한민국임시정부의 법통을 계승한다"고 쓰여 있지만 독립군들과 한국광복군을 기억하는 국가기념일도 없고, 대한민국 국군 기념일에서도 이들은 제외되어 있다.

무엇보다도 속사포 유형들이 있다. 허구의 공간에서 주인공이 아니더라도 "끝까지 가는" 인물들이다.

"누군가 지금도 싸우고 있다고."

이 대사 한마디로 인해 이 허구의 영화는 실제의 현장을 묻는 물음이 되었다. 올바로 기억하려는 사람들과 망각과 왜곡을 강요하는 세력 사이의 싸움은, 지금 현재도 벌어지고 있다.

시사회에서도 배우와 감독들은 진지하게 답했다.

이날 나는 배우 전지현 씨를 처음 봤다. 상상 이상으로 작은 얼굴에 놀랐지만, 더 놀란 것은 이제 내게 그녀가 더 이상 〈엽기적인 그녀〉의 전지현으로 보이지 않았다는 사실이다. 세월호 참사 사건이 나자마자 그녀가 '왕지현'이라는 본명으로 조용히 1억을 내놓았던 일이 뜬금없이 기억났다. 시사회 중에 속사포를 맡은 조진웅 씨 말이 기억난다.

"잊힌 분들이 있었기 때문에 우리가 있을 수 있다라는 생각이 있어서 작업을 완주할 수 있었습니다."

폭탄 전문 독립군 황덕삼 역을 맡은 최덕문 씨의 말도 인상적이었다.

"코믹하게 재미있게 연기할까 하는 생각도 있었지만, 실제로 이름 없이 사라진 독립운동했던 분들을 생각하면 그렇게 가볍게 연기할 수가 없었어요."

마지막으로 최동훈 감독도 거들었다.

"재미있게 만들고 싶었는데 시나리오를 수정할 때마다 자꾸 코믹한 부분은 지우게 되더라고요."

영화 〈암살〉은 표면적으로는 개연성이 낮고 우연성이 남발되고 있는 (애국)계몽 스펙터클 오락영화다. 그런데 이면적으로는 분명 묵직한 두 가지 주제를 건네고 있다.

첫째, 애국을 강조하지만 애국주의처럼 느껴지지 않는 이유는 국가를 위해 모르모트처럼 개인이 희생되는 영화가 아니라, 단독자(singularity) 개인들이 최대한 자신의 판단으로 희생을 결정하기 때문이다. 이 영화는 뻔한 애국주의로 보이지 않는다. 애국에 앞서 인간으로서 자신의 공동체를 짓밟은 적에게 저항하는 영화다. 그들은 특정 이념에 따르는 모르모트가 아니라 자신의 의지로 판단하는 단독자로 등장한다. 민감한 분들은 이쯤에서 내가 왜 '(애국)계몽 오락영화'라고 쓸 때마다 '애국'에 괄호를 쳤는지 눈치채셨을 것이다.

둘째, 나아가 과거의 '순간'을 우리가 살아갈 구원의 순간으로 살려내고 있다. 제2차 세계대전 때 숨 막히는 파시즘 아래 절망했던 발터 벤야민 (Walter Benjamin)이 그랬지. 구원은 과거에 있다고. 한국 현대사가 박정희 정

신 대 전태일 정신의 구도라면 그 이전에 '살아 있는 염석진들' 대 '살아 있
는 속사포들'의 싸움이 아직도 진행되고 있다는 것을 영화는 넌지시 건네고
있다. 부패가 반복되지만 저항과 극복의 풍성도 반복되고 있다는 '순간'을
이 영화는 강조한다.

    기적적으로 살아난 속사포가 활동하는 〈암살2〉는 아직도 진행 중이다.
지겹도록 희망이 안 보여, 이젠 희망이 뭔지도 모르는 절대고독 속에서, 살
아 있는 속사포들은 짧은 대사로 말한다. 어차피 한 번 사는 삶이다. 재벌도
친일파도 독재자도 어차피 죽는다. 돼지도 죽고 강아지도 죽고 닭도 죽겠지
만, 빌어먹을 나는 인간이다. 어쩔래, 나는 속사포라고. 모기 소리일지라도
아무도 안 듣는다 해도 속사포는 혼잣말로라도 중얼거린다.

    "나 끝까지 갑니다."

속사포, 내가 나를 배반하지 않기를

2015년 8월 7일, 나는 소설가 미우라 아야코 선생의 고향, 홋카이도 아사히 카와에 와서 머물며 이 글을 쓴다. 우리처럼 아이누족이 일본인에게 점령당해 일본 땅이 된 섬이다. 첫날 오래된 작은 여관에서 잤는데, 새벽에 누군가 나에게 이렇게 말했다. "속사포, 이제 갑시다. 끝까지 갑시다." 장엄하고 낮은 목소리에 눈을 번쩍 떴다. 낡은 여관의 다다미 방, 커튼 사이로 여린 빛이 새어 드는 시간이었다. 새벽 다섯 시, 너무도 생생한 말에 다시 잠들 수 없었다. 여명이 밝아오는 북극과 가까운 홋카이도의 새벽 온천장에는 아직 아무도 없었다. 물속에 들어가 왜 그런 꿈을 느닷없이 꿨을까 생각했다.

본래 아이누족이 살고 있던 홋카이도라는 이 땅이 우리나라처럼 식민지 취급당한 곳이라서 그럴까. 그 전에 속사포가 죽듯 나라면 최후에 기관총을 들고 싸울 수 있을까. 말도 안 되는 소리다. 일본군과 싸우는 치열한 전투 상황이 벌어졌다면 나는 분명히 제일 먼저 도망갔을 것이다. 분명하다. 나는 도망갔다.

광주민주화운동이 일어났을 때 내가 현장에 있었다면 나는 절대 도청에 남지 않는다, 식민지 시절이라면 나는 유학을 갔다 와서 살길 찾지, 소설가 김사량이나, 김학철이나, 시인 이육사처럼 기관총을 잡지는 않았을 것이다. 그럴 리가 없다.

꿈속에서 나에게 말했던 목소리의 주인공은 누구일까. 가만히 생각해 보니, 영화 〈암살〉을 보고 나서 오랜만에 가족들과 식사하러 갔던 일이 떠올랐다. 딴 데 앉아 문자 온 거 있나 확인하는데, 언뜻 아내가 두 아들과 대화하는 소리를 들었다.

"너희들 저런 시대라면 저렇게 싸울 수 있을 거 같아?"

역사를 전공한 아내가 오락영화를 현실로 끌어들였다. 이 질문은 아무것도 아닌 것 같지만 삶에 대한 태도를 묻는 무서운 질문이다.

"우린 못해."

"안 하지."

두 아들은 가볍게 답했다.

고 노무현 대통령 장례식날, 장남은 고등학생, 막내는 중학생이었다. 내가 장남과 막내에게 만 원씩 주고 시청 앞 장례식장에 오라 했는데, 둘 다 어디서 놀았는지 시청 앞 약속한 장소에서 아무리 기다려도 오지 않았다. 아내에게 전화 걸어서 이놈들 집에 있으면 가만두지 않겠다고 하고, 현관문을 박차고 들어갔더니 두 아들은 무릎을 꿇은 채 손을 들고 벌서고 있었다. 아내는 두 아들에게 "노무현 대통령 특집 끝날 때까지 손 내리지 말고 저거 봐! 손 내리지 마!"라고 팔짱을 끼고 야단치고 있었다. 그날 밤 노무현 대통령 특집은 꽤 길었다.

영화 〈암살〉 얘기를 꺼내며 아내는 이제는 성장한 두 아들에게 은근히 역사적 태도를 물었던 것이다. 그러더니 셋이서 입 맞추듯 말했다.

"아빠라면 싸울 거 같아. 그치."

"응, 아빠는 싸울 거야."

"아빠는 기관총 들었을 거야."

떨어진 좌석에 앉아 있다가 깜짝 놀랐다.

쓰러질 뻔했다. 말도 안 되는 소리, 나는 도망갈 텐데, 내가 속사포 추상옥처럼 기관총 수십 발 맞고 "드레스 입으니까 이쁘네" 하고 우습게 죽기를 바라는 걸까. 못 들은 척했지만, 충격이 컸다. 가끔 쭉정이로 살아온 나를 반성했다. 나는 도망가지 절대로 기관총 들지 않을 거다. 그럴 리가 없다. 그럴 리가 없다며, 배고파서 독립운동 안 하겠다면서도 기관총을 들었던 속사포 '생계형 독립군'이 큰 벽으로 다가왔다.

1910년대 설립되어 독립군 군병을 양성했던 신흥무관학교 마지막 멤버라는 자부심을 갖고 있는 속사포처럼, 내게도 이력서에 쓰지 않는 이력 중에 자부심을 갖는 이력이 있다. 마지막이라 생각하고 몸을 던진 적이 있었다. 그런데 지금은 초라한 소시민에 불과하다. 나는 돈 밝히는 속물이다. 그리고 절대로 맹세컨데 속사포처럼 죽지 않을 거다.

오늘 종일 일본어로 말하고 통역하고 나서 숙소에 돌아와 가만히 내 내면의 목소리를 듣는다. 내 꿈속에 속사포의 목소리가 반복해 들려왔다.

"독립운동도 배가 불러야 하는 거지."

"낙엽이 지기 전에 무기를 준비하여 압록강을 한번 건너고 싶다."

"헌병대 아가리 속에서 전쟁을 하란 얘기구먼. 허허, 참."

"나 끝까지 갑니다."

"대장 우리 이긴 거지? 드레스 입으니까 이쁘네…. 먼저 내려가. 이따가 일 층에서 보자"라는 마지막 멘트를 하고 죽은 속사포에게 부끄럽다.

언제 죽을지 모르니 매 순간 주의해야겠다. 기관총까지는 쏠 자신이 없어도, "나, 끝까지 갑니다"라고 말하지 못하더라도, 바라옵기는 제발 실수만 안 하고 이 생을 마무리하고 싶다. 제발 이 생의 마지막을 비루하게 죽지 않았으면 좋겠다. 제발 나 자신의 삶을 내가 배반하지 않기를.

(2015)

<연인>

지워지지 않는 원초적 사랑

베트남을 배경으로 한 두 편의 프랑스 영화 <연인>(L'Amant, 1992)과 <인도차이나>(Indochina, 1992)를 보았다. 특히 열다섯 살 반의 프랑스 소녀와 서른두 살 중국인 부자의 격정적인 사랑을 그린 <연인>은 육체적 성(性)과 정서적 사랑의 문제를 깊이 있게 제기한다.

이 영화는 소설가 마르그리트 뒤라스의 『연인』(1984, 공쿠르상 수상작)을 장 자크 아노 감독이 영상화한

작품이다. 원작부터가 프랑스 소녀와 중국 청년의 격정적 정사를 나이 차이, 인종 차이, 신분 차이를 망각하려는 몸부림으로 표현하고 있기에 그것 자체가 상품으로 좋은 기획거리였다. 게다가 원작의 복잡한 자기고백은 명장에

의해 세련되게 '창조적으로 조합'되어, '현재: 파리→과거: 베트남→현재: 파리'라는 단순한 삼단논법의 내러티브에 담겨 있다.

소설가 마르그리트 뒤라스의 분신이기도 한 주인공 소녀는 열다섯 살 때를 자서전 쓰듯 회상한다. 이 영화 속의 모든 것을 지배하고 이끌어가는 그녀는 관찰자인 동시에 주인공이다. 현재라는 시점에서 화자가 떠올리는 영화의 무대는 1920년대 말 프랑스 식민지로 있던 월남이다.

진흙의 메콩강, 인조 보석이 잔뜩 박힌 야외용 구두와 챙이 달린 남성용 모자를 쓴, 뭔가 말할 듯 반쯤 벌어진 촉촉한 입술, 열다섯 살 반의 소녀, 베이지색 수트를 입은 중국인 남자, 그리고 축축한 습기…. 그녀는 앳되고 순수하지만, 나이에 걸맞지 않게 냉정한 소녀. 차이나타운의 떠들썩한 시장 복판에 있는 밀실에서 중국 청년과 벌이는 끈적끈적한 사랑. 그 사랑을 서른 두 살 남자는 내 인생의 전부라 했고, 열다섯 살 소녀는 습관처럼 만날 뿐이라고 한다. 그리고 그들은 헤어진다.

어떻게 보면 이 줄거리는 매우 단순하고 내레이션도 구태의연하다. 그런데 이 영화에는 인간의 깊은 원죄적 고민이 담겨 있다.

섹스라는 문제. 그것이 복잡한 심리묘사와 함께 얽혀 있다.

심리묘사의 탐구는 영화 초반부에 두 사람이 리무진 뒷좌석에서 손을 잡기까지의 과정을 긴장감이 들 정도로 섬세하게 묘사한 대목에서부터 시작된다. 이후로 벌어지는 다섯 차례의 정사 장면. 여기서 아노 감독은 의학용 촬영 기구인 매크로 카메라를 들이대 성행위를 하는 피부세포의 변화를 거친 숨소리와 함께 화면에 담는다. 이 기발한 방법으로 수치스러운 행위로 여기는 성행위를 생명의 신비나 삶의 환희로 치환하려고 한다.

간단히 말하면, 감독의 의도는 육체적 성애(性愛)가 어떻게 '사랑이라는 정서적 감정'에 이르는가를 밀도 있게 그려내는 데 있다.

또한 삶의 질서에 도움이 되지 않는 섹스는 뒤에 고통으로 남는다는 걸 보여준다. 그때는 좋을지 모르지만 진정한 반려자와의 섹스가 아닌 행위, 곧 육체의 교접(交接)만을 만끽하는 단순한 쾌락은 뒤에 이르러 즐거운 통증이 아닌, 참을 수 없는 고통으로 남는다는 걸 극명하게 보여준다. 프랑스로 가는 배 안에서 쇼팽의 이별곡을 듣고 있던 주인공이 터트리는 고통스러운 눈물, 바로 이 마지막 장면은 파괴되어가는 육체로 나눈 사랑의 유한성을 순간적으로 깨닫고 터져 버리는 눈물인 것이다.

성적인 문제 외에 또 하나의 문제가 더 있다. 그것은 프랑스인들에게는 '황금의 시대'였던 제국주의 시대로 향한 교묘한 노스탤지어다. 1920년대 말 프랑스 식민지 월남 풍경은 너무도 단순화해 있다. 거기엔 어떤 비극성도 스쳐 지나간다. 단지 '좋았던 시절'의 낭만적 사랑이 펼쳐질 뿐이다. 메콩 강가 주변의 식민(植民)들은 단순히 아름다운 풍경 혹은 막연한 신비, 곧 꿈의

향수(鄕愁)로 펼쳐진다.

　더 깊은 문제는 인물들의 역할에서 풍기는 태도에 있다. 중국인 사내를 대하는 소녀의 당돌함은 전편에 걸쳐 펼쳐 있다. 그 당돌함은 단순히 개인적인 성격이랄 수는 없을 문제다. 그것은 유럽인이 동양인(혹은 식민)을 대하는 보편적 태도가 아닐까. 저녁 식사에 초대된 소녀의 오빠가 중국인 사내를 대하는 태도에서 이런 보편성은 극명하게 드러난다. '동양은 서양보다 열등하다'고 생각하는 서양인의 사이비 '오리엔탈리즘'(동양에 대한 편견)을 지적한 사이드(Edward W. Said)의 말은 이 지점에서 들어맞는다. 이것은 할리우드 영화의 상업주의에만치 유럽 영화의 달콤한 감상에도 교묘히 숨겨 있다.

(1993)

1917

우연과 현실의 연속

이 영화는 나무에서 시작하여 나무로 끝난다. 첫 장면에서 주인공은 나무에 기대앉아 있다가 차출받아 끔찍한 참호전과 시가전을 경험하고, 마지막으로 다시 들판의 나무로 향한다. 나무는 평화와 생명의 상징이다. 나무에서 시작하여 나무로 끝나는, 나무와 나무 사이, 생명과 생명 사이에, 감독은 시체가 무더기로 흩어져 있고, 떠내려오는 지옥 풍경을 영상에 담아 관객에게 전한다.

전쟁 리얼리티와 원 컨티뉴어스 쇼트

영화 〈1917〉(2020)에서는 카메라가 처음부터 끝까지 인물을 따라다닌다. 시종 사람 눈높이에서 찍은 카메라 워크가 마치 컴퓨터 게임을 중계하는 듯하다. 롱테이크라고 하기보다는 원테이크 느낌이 난다. 단순히 컴퓨터 게임을 영화에 도입했다기보다는 최대한 전쟁 리얼리티를 살리기 위한 선택이었을 것이다. 요는 전쟁의 비극을 체험하고 싶어 하는 수용자나 컴퓨터 게임에 익숙한 젊은 수용자 모두에게 신선하게 다가가는 시도로 보인다.

샘 멘데스 감독은 제1차 세계대전 때 메신저였던 친할아버지가 쓴 자서전을 스토리로 〈1917〉을 만들었다고 한다. 죽은 말에게 달라붙는 파리떼, 철조망에 널브러진 시체, 구더기가 들끓는 참호, 물에 불어 둥둥 떠 있는 시신들 그대로 관객에게 전투가 일어난 현장에 있는 듯한 체감(體感)을 준다.

4개월 동안 리허설한 후 찍었다는 영상, 플래시백(flashback) 없이 끊임없이 우연과 우연으로 사건이 연속된다. 아카데미 촬영상, 시각효과상은 당연히 받을 만하다. 레마르크의 『서부 전선 이상 없다』(열린책들, 2009)를 영상으로 체험하는 기분이다. 돌비 사운드로 들으니 아카데미 음향효과상도 이해가 됐다. 편집을 〈덩케르크〉 작업했던 리 스미스가 했다는데, 신(scene)과 신 사이를 블랙 화면이든 인물 뒤통수든 한 땀 한 땀 몰라보게 붙였다. 원테이크 비디오 클립을 하나하나 매끈하게 붙이는 원 컨티뉴어스 쇼트(One Countinuous Shot)의 교과서가 될 영화다.

카메라가 등장인물 뒤에서 따라가면서 찍는 신은 헤비 게이머들에게 익숙한 카메라 워크다. 영화는 전쟁의 정의, 당위성을 설명하지는 않는다. 이제 관객은 오직 엄중한 임무를 수행하는 사명감과 죽은 친구와의 의리를 지키려는 스코필드(조지 맥케이)와 동행해야 한다. 긴장되는 순간을 오로지 고독하게 돌파해내는 롱테이크의 1인칭 시점을 관객은 동일한 기분으로 체험하는 것이다.

이해가 안 되는 신이 연속된다. 전쟁 중에 우연이 실화로 남은 경우가 많다. 총알이나 대포알을 피하는 것은 이해할 수 있다. 어디서 날아오는지 총탄들은 명중률이 낮다. 삽입된 에피소드들은 우연한 현실이지, 개연(蓋然)적인 현실이 아니다. 에피소드들은 깨진 병 조각처럼 조각조각 빛났다. 반복되는 클리셰(cliché)가 없다. 삶이라는 것, 전쟁이라는 것은 클리셰 없는 깨진 시간의 반복이다.

우연의 연속, 무명 주인공과 유명 카메오

사람이 사람을 죽이는 전쟁 자체가 일상에서 벗어난 판타지 영화다. 이 영화를 보면 장면 장면마다 온통 물음표가 붙는다.

1,600명을 살리기 위해 독일군 진지를 뚫고 가라면서 특공대도 아닌, 일병 두 명을 보낸다? 영화 〈라이언 일병 구하기〉(Saving Private Ryan, 1998)에서는 병사 한 명 구하려고 십여 명을 보내는데, 스나이퍼도 아니고, 단지 지도를 잘 본다고, 혹은 형이 저쪽에 있다고 보낸다? 두 명은 전문 전령 병사도 마라톤 선수도 아니다.

두 명이 독일군 토굴 벙커에 들어가는 용기는 괜찮다만, 당연히 폭탄이나 지뢰를 장치해놓고 갔을 텐데, 왜 거기서 어정대는지? 방금 전에 빨리 가야 한다고 서두르던 톰이 갑자기 토굴 벙커를 관광한다. 벙커가 넓다느니,

먹을 게 있다느니, 독일 쥐는 크다느니 쓸데없는 잡담이 뜨악하다.

형에게 빨리 전해야 한다며 숨 돌릴 틈 없이 가던 톰이 토굴 벙커에서 나와 버려진 농가로 가면서 웬 말이 그리 많은지. 무슨 피크닉도 아니고, 이런저런 얘기 노닥거릴 여유가 있는지? 농가 두 채가 나오는데, 너는 저 집을 봐, 나는 이 집을 볼게, 경계 태세는 거의 없이 몸을 세운 무방비 상태로 접근한다?

추락한 비행기에서 독일군 조종사를 구해주는 착한 마음은 이해하겠는데, 불타는 비행기에서 꺼내주고 물 주자며 휴머니티를 발휘하다가 톰이 독일군 칼에 찔려 죽는다. 이게 무슨 복장 터지는 짓인지, 여기부터 정말 답답하다. 그때 죽은 톰의 시신을 어떻게 할까 하는데, 갑자기 영국군 두 명이 나타난다. 지미집 카메라가 집 둘레를 돌면서, 집 뒤편에 있는 영국군 대충 소대 혹은 중대 병력쯤을 보여주는데 전혀 몰랐다? 트럭, 지프차 등이 몇 대 있는데 차 소리도 안 났다? 줄지어 오줌 싸고, 담배 피우고 떠들썩한데, 전혀 몰랐다? 중대 병력쯤 될까. 그 대장인 에린 무어 장군으로 영국의 한석규라고 할 수 있는 콜린 퍼스(Colin Firth)가 살짝 등장한다. 이때부터 널리 알려진 배우들이 곳곳에서 카메오로 등장한다. 우리 영화 〈택시운전사〉에서도 여기저기 카메오 출연이 있었다. 그래 이번에는 또 누가 나올까 하는 괴이쩍은 기대를 하며 자꾸 스크린에 마음을 쏟게 된다.

주인공 스코필드가 스나이퍼에게 공격받고, 스나이퍼와 총싸움한다. 스나이퍼는 절대 유리한 2층에 있고, 주인공은 강가에 있다. 아래에서 위로 다섯 발인가 쐈는데 스나이퍼가 총에 맞는다? 총에 맞혔으면 빨리 1,600명을 구하러 가야지, 왜 스나이퍼가 있는 건물에 들어가는지? 왜 방문을 열다가 맞총 쏘고 쓰러지는지?

야간에 조명탄 터지는 장면은 이 영화에서 가장 아름다운 풍경을 스크린에 펼친다. 조명탄이 터질 때마다 주인공은 땅에 바짝 엎드린다. 화면 한순간 한순간이 유화처럼 색보정이 아름답다. 독일군이 초토작전하고 지나간 도시 지하에 아기와 프랑스 아가씨가 있다. 주인공이 먹을 걸 주고 아기에게 자장가라고 하기엔 어려운 시를 읽어준다. 곧 술 취한 독일군을 만나는데 처음 만난 독일군 입을 막고 말하지 말라고 한다. 입을 막고 말하지 말라고? 난데없는 사건들이 뚝뚝 끊기며 불연속으로 이어져 다음 장면을 예상할 수가 없다.

폭포를 지나 스코필드는 죽지 않고 물에 떠내려 간다. 통나무에 막혀 정신을 차렸을 때 이 영화에서 가장 끔찍한 장면이 펼쳐진다. 통나무에 막혀 걸려 있는 물에 불은 시체들, 눈알이 없거나 얼굴이 문드러져 있다. 시신을 밀어제치고 물가로 나온 스코필드는 이 영화에서 처음 통곡을 한다. 그가 눈물 흘릴 때 적지 않은 관객이 함께 울었을 것이다. 영화는 지옥에서 갑자기 천국으로 변한다. 구사일생으로 살아남은 그는 어디선가 들려오는 노랫소리를 듣고 걸어간다. 숲속에서 영국군들이 찬송가를 부르며 예배 드리고 있다.

먹구름이 내 주위로 몰려드네
내가 가는 길은 험하고 가파르네
금빛 들판이 내 앞에 펼쳐지네
속죄한 자들은 곤히 잠드네
내 어머니를 만나러 그곳으로 가네
세상을 떠난 사랑하는 이들을 만나러 가네

나는 이제 요단강을 건너네
나는 이제 집으로 가네

나는 가련한 나그네
고통스러운 세상을 한없이 떠돈
이곳엔 병도 없고 위로도 없다네
밝은 땅으로 나는 나아가네
내 아버지를 만나러 가네
방황을 끝내러 그곳으로 가네
나는 이제 요단강을 건너네
나는 이제 집으로 가네

중대 병력 이상이 앉아 부르는 "나는 이제 요단강을 건너네/ 나는 이제 집으로 가네"라는 가사는 전투에 참여한 모든 군인의 슬픔을 대변한다. 넋 놓고 찬송가를 듣는 병사들, 그 부대가 바로 스코필드가 찾는 데본셔 부대였다.

스코필드는 매켄지 중령이 최전방 참호에 있다는 말을 듣는다. 매켄지 중령에게 공격 중지를 알리려고, 스코필드는 참호를 따라 걷는다. 걷고 또 걷다가 매켄지 중령에게 빨리 가려고 주인공은 폭탄이 떨어지는 참호 밖으로 뛴다. 포탄이 떨어지는 벌판에서 횡으로 돌격하는 병사들과 종으로 질주하는 스코필드를 담아낸 화면은 명장면이다. 리허설과 달리 두 번 부닥쳐 넘어졌다 하는데, 두 번 넘어진 실수야말로 오히려 현실적으로 보였다.

드디어 매켄지 중령을 만난다. 셜록에 나오는 그 유명한 베네딕트 컴버배치(Benedict Cumberbatch)가 매켄지로 등장한다. 저음의 베네딕트 컴버배치를 보며 관객은 안도한다. 주인공의 모험은 이것으로 끝난다. 이어서 죽은 친구의 형 조셉 블레이크를 만난다. 연극 〈로미오와 줄리엣〉(2016)에서 로미오로 나왔던 리처드 매든(Richard Madden)이 그 형이다. 스코필드는 친구 블레이크의 유품을 전한다.

전쟁 뒤에 평화로운 들판을 바라보는 너무도 상투적인 엔딩. 병동 텐트 뒤로 들판이 보이고 나무 한 그루가 서 있다. 저 곁에 가서 앉거나 서겠구나 했는데, 정말 주인공이 나무 곁으로 가서 앉는다. 마지막 장면은 다시 첫 장면으로 이어진다.

독특한 전쟁 내러티브와 영상미

전쟁 상황이니 일상생활에서 벌어지는 세계와 전혀 다른 시간이 펼쳐진다. 어처구니없는 일, 또 어처구니없는 일, 더 어처구니없는 일이 연신 벌어진다.

"〈1917〉의 핵심에는 진실이 있습니다. 그러나 영화는 대부분 픽션입니다"(〈1917〉 has truth at its core, but the movie is mostly fiction)라는 샘 멘데스 감독의 말을 받아들이기로 했다. 리얼리티라면 〈블랙 호크 다운〉(Black Hawk Down, 2001), 철학성이라면 〈지옥의 묵시록〉(Apocalypse Now, 1979), 〈씬 레드 라인〉(The Thin Red Line, 1998), 예술성이라면 〈피아니스트〉(The Pianist, 2002), 재미라면 〈라이언 일병 구하기〉, 〈인생은 아름다워〉(Life is Beautiful, 1999), 끝내주는 총격신이라면 〈퓨리〉(Fury, 2014), 감동이라면 〈쉰들러 리스트〉(Schindler's List, 1993), 같은 영국뽕 영화라면 〈덩케르크〉가 훨씬 뛰어나다.

탁월한 전쟁영화(Military Movie)가 워낙 많아 전쟁영화로 주목받기란 쉽지 않다. 영화 〈1917〉은 촬영과 음향에서는 전쟁영화사에 남을 만하다. 영국인과 프랑스인에게는 최고의 영화, 훈장 주기 딱 알맞은 영화였겠다. 〈태극기 휘날리며〉(2004)가 떠오르는 건 실례겠지만, 유럽인을 위한 유럽 정서의 전쟁 체감 영화다.

(2019)

3부

흰꽃황후나비

- 1895년 8월 20일

경복궁 연못 비단잉어를 지나면

인적 드문 뒤안

작은 팻말이 내게 말 걸곤 한다

화살표 따라 그녀가 불태워졌던 시간 속으로

터벅터벅 걸어 들어간다

눈코 없는 비빈(妃嬪)들 다소곳 앉아 있다

베어진 상처에

흰나비곰팡이 덮여 있다

궁궐 구석에 앉아 있는 그녀에게 말 건넨다

적멸(寂滅)

백여 년 전 사라진 그녀의 치맛자락일까

남길 수 없었던 이야기

서러운 편지를 허공에 투명하게 써내는

한 마리 흰꽃황후나비

　　_김응교(『부러진 나무에 귀를 대면』, 천년의시작, 2018, 61쪽)

1895

<명성황후>

문화콘텐츠, 영화와 뮤지컬

경복궁은 중국 자금성처럼 거대하지는 않지만 자연과 과학과 학문이 아기자기하게 어우러진 우주적 공간이다. 경회루가 개방되는 날 2층에 올라가 바닥에 누워 천정을 보면, 그 아름다운 여러 꽃문양이 쉽게 지워지지 않는다. 건물마다 알록달록한 단청을 꼭 보시기 바란다. 집현전이 있었다는 수정전에서는 팔방이 자연의 아름다움으로 둘러싸여 있다. 북쪽에는 북악산, 서쪽에는 인왕산, 가까이에는 경회루의 누각과 연못이 보여, 한글과 과학을 연구하던 조선 시대의 학자들은 멀리 산을 벗하며 한글이나 자격루를 만들어낼 수 있었을 것이다. 건물과 건물 사이에 붉은 벽돌로 축조된 아미산 굴뚝도 종요롭다.

그 뒤로 향원정이라는 연못이 있다. 연못 가운데 아담한 2층 팔각정자가 있다. 구름다리 쪽에서 5분 정도만 그 정자를 가만히 보시기 바란다. 좁은 구름다리를 천천히 건너갔을 조선의 궁녀들을 떠올려 보기 바란다. 경복궁에 올 때마다 나는 향원정 왼쪽에 심긴 산수유나무를 보며 뒤쪽으로 향했다. 거기에 한 여인의 이야기가 있기 때문이다.

높은 빌딩 사이에 자연과 숲과 산속에 무례하지 않게 들어앉아 있는 경복궁은 우아한 한복처럼 화사하면서도 화사하지 않은 자태를 풍기고 있다. 한복처럼 펼쳐져 있는 이 궁전에서 예전에 비극이 있었다. 참사가 있은 뒤, 일제는 그곳에 조선 최초의 골프장을 만들었고, 또 만국박람회를 하기도 했다.

　　이후 사람들이 가지 않는 외진 곳으로 들어가지 못하는 곳이었는데 나는 갈 때마다 뒤쪽으로 가서 한 여인의 영혼 곁으로 갔다. 그 여인의 아픔을 알리고 싶어 매년 9월이면 인솔하고 오던 와세다대학 학생들에게 경복궁 뒤쪽으로 데려가 한 여인에 대해 이야기해주곤 했다. 오랫동안 묵어 있던 한 여인에 대한 이야기를 시로 썼다. 이제 한 여인에 관한 이야기를 여기에 풀어놓는다.

　　'을미사변'으로도 불리던 '명성황후 시해사건'은 을미년 1895년 8월 20일 새벽 5시 30분부터 6시 30분 사이에 경복궁 안의 건청궁 곤녕각에서 벌어졌다. 이 사건으로 명성황후(明成皇后, 1851-1895)는 민족의 비극적 이미지를 함축하는 하나의 아이콘이 되었다. 나아가 명성황후는 민족적 영웅으로 신비화되어가고 있다. 이 '명성황후' 이미지는 이문열의 희곡『여우사냥』같은 서사물, 영화와 드라마, 뉴욕 브로드웨이 등 세계에서 공연되는 뮤지컬 〈명성황후〉, 명성황후와 궁녀를 지켜야 점수가 올라가는 컴퓨터 게임, 명성황후에 대한 테마 관광지 등으로 확대되고 있다. 한때 미국 할리우드에서 영화로 만들려는 기획까지 논의되었고, 최근 중국 텔레비전에서 상영되기도 했다.

　　'명성황후'와 같은 민족적 인물이 단순히 한국 내의 자기만족적 이미지가 되면 안 될 것이다. 과거 역사의 기억 작업(memory work)은 미래를 향한 평화 인식을 열어갈 것이다. 따라서 '명성황후'에 대한 바른 기억과 문화적 재창조는 아시아의 평화 르네상스를 위해 기여할 수 있다고 생각한다.

명성황후에 관한 문헌자료

첫째, 명성황후 시해 사건에 참여했던 일본인들의 회고록 및 수기와 기사를 검토해야 한다. 명성황후의 살해에 가담했던 고바야가와 히데오(小早川秀雄)의 『민후조락사건』(閔后殂落事件)은 원래 한문체로 쓰여 있다. 이 원본은 저자가 자신만 보려고 집필했다. 현대 일본어로 고쳐진 이 수기는 1963년 우리말로 소개된 적(이선근, 『한국사』, 을유문화사, 1963)이 있다.

이 수기는 당시 일본인에 의하여 기록되었기에 모욕적 표현이 적지 않으나, 그것 자체도 일본 측 참가자의 태도를 볼 수 있는 자료다. 이 수기들은 일치하여 그 누구도 왕비의 얼굴을 몰랐다고 말한다.

또한 영화나 드라마를 보면 이 사건에 가담했던 일본인들이 단순한 사무라이나 불량배처럼 표현되는 경우가 많은데 사실은 그렇지 않다. 참가자들은 사건 이후 히로시마 법정에 의해 잠깐 구속되었다가 석방된 뒤, 브라질 영사나 대학 교수, 일본의 대표적인 작가의 아버지, 중앙의 신문기자가 되는 등 당시 일본 근대화의 최선봉에 섰던 인물들이었다. 이들은 자신들이 한 일에 대해 자부심을 갖고 기록을 남겼다.

당시 명성황후 사건에 깊은 관계가 있는 미우라 공사의 기록도 검토해야 할 문건들이다. 『観樹将軍豪快録』(1918), 『観樹将軍英雄論』(1920), 『観樹将軍縦横談』(1924), 『観樹将軍回顧録』(1925) 등에는 당시 상황이 비교적 상세히 기록되어 있다.

둘째, 한국 측의 기록이다. 대표적으로는 황현(黃玹)의 『매천야록』(梅泉野錄)이 있다. 『매천야록』은 우국지사 황현이 한일합방(韓日合邦)에 반대하여 음독 자결하던 전날까지 조선의 망국(亡國) 과정을 기록한 책인데, 명성황후에 대한 정보를 많이 담고 있다. 이 책은 명성황후를 민족적 영웅으로 부각시키지 않는다. 곳곳에 명성황후를 중심으로 한 민씨 일가의 횡포가 기록되어 있다.

> 그때 민영위·민영규·민영상 등이 모두 화려한 요직에 있었으며, 밖으로는 방백과 수령에 이르기까지 좋은 자리는 모두 민씨 아니면 민씨의 사돈들이 차지했다. 게다가 <u>명성(황후—인용자)도 자기 집안에 빠져서 성이 민씨이면 촌수가 멀고 가깝고를 따지지 않고 하나로 여겼는데</u>, 몇 년 사이에 시골까지 이어졌다. 민씨 성을 가진 자들은 모두 의기양양하여 사람을 물어뜯을 기세였다(황현 지음, 허경진 옮김, 『매천야록』, 1864-1910, 서해문집, 2006, 69-70쪽. 밑줄은 인용자).

대원군이 물러나고 명성황후가 집권한 1875년 이래 근 20년 동안 국가의 중요한 관직은 모두 민씨 일가가 장악했고, 이러한 권력 집중은 나라와 백성을 파탄케 했다는 사실을 『매천야록』은 증언하고 있다. 을미년(1895) 8월 20일(양력 10월 8일) 기록에서 일본인 공사(公使) 미우라 고로(三浦梧樓)가 낭인들을 이끌고 대궐에 침입하여 명성왕후를 시해한 과정을 상세하게 밝히고, 그 배경과 동기, 그리고 앞으로의 영향까지 분석하여 썼는데, 황현은 이 사건의 원인을 명성황후에게 돌리기도 한다.

왕후가 연신 살려 달라고 빌었지만 왜놈들이 칼로 마구 내리쳐 그 시신을 검은 천에 싸서 녹산 아래 숲속에서 석유를 붓고 불을 질렀다. 타다 남은 유해 몇 조각은 주워 불을 지른 곳에 파묻었다. 왕후(명성황후—인용자)가 기지가 있고 영리하며 권모술수가 많았는데, 정사에 간여한 지 십 년 만에 나라를 망쳤고 끝내 천고에 없던 변을 당하고 말았다(황현 지음, 위의 책, 235쪽, 밑줄은 인용자).

또한 대원군의 행동과 왕후를 지키기 위해 목숨까지 바친 신하들의 이야기도 소개했으며, 이 사건을 처리하는 조정의 절차, 왕후가 시해된 지 닷새 만에 후궁을 입궁시킨 고종의 행위, 왜국이 시해 주동자들을 모두 놓아준 행위 등을 두어 달에 걸쳐 상세히 기록했다. 다음 장에 '단발령'을 기록했고, 안중근이 여순 감옥에서 처형당하기 전에 이토 히로부미에 대한 열다섯 개 죄목을 논하면서 그 첫째가 "명성황후를 시해했다"는 것이었다는 내용도 있다. 황현은 『매천야록』에서 시종 명성황후에 대한 흠점을 지적하면서, 부정적으로 평가한다.

셋째, 당시 외국 신문 및 외국인 보고서를 분석해야 할 것이다. 명성황후 시해 사건은 외국인 기자나 선교사들에 의해 기록되어 외국에 알려졌다.

특히 직접 사건을 목격했던 러시아 건축기사 사바틴(A. J. Sabatin)의 목격담은 중요하다. 또한 당시 경성 특파원이었던 커넬 코커릴(Colonel Cockerill)은 사건이 일어나고 일주일 후인 10월 15일 「뉴욕 헤럴드」(The New York Herald)에 "조선의 대신과 대담하다"라는 제목으로 조선 왕비 살해 사건을 크게 보도하여 서구사회에 알렸다. 다음 날 10월 16일 요코하마에서 기자가 송고한 기사가 「뉴욕 위클리 트리뷴」(New York Weekly Tribune)에 실렸다. 이 기사는 대원군이 친일정부를 구성할 것이며, 왕비를 살해한 일본인들은 체포되었다고 보도했다. 위 신문은 다시 10월 30일 "조선 왕비의 시체가 발견되었다"는 제목의 기사를 보도했다. 당시 「요미우리 신문」(読売新聞), 「마이니치 신문」(毎日新聞) 등은 1895년 10월 8일부터 11월 10일에 걸쳐서 사건을 크게 보도한다. 이 신문들은 일본 정부의 관여가 없었다고 보도하고 있다.

만들어진 역사: 문학작품

1) 노블 *EWA*(1906), 줄리에트 모리오 「운현궁」(1995)

명성황후 시해 사건 이후 외국인이 가장 먼저 발표한 소설은, 미국인 선교사 노블(W. A. Nobble)이 쓴 *EWA*(1906)가 아닌가 싶다. 이 소설은 윤홍로 교수가 발굴하여 부분 소개했다. W. A. Nobble, *EWA-A TALE OF KOREA* (New York: Eaton&Mains, 1906)란 책이며 한글 번역본은 『사랑은 죽음을 넘어서』(윤홍로 옮김, 포도원, 2000)라는 제목으로 소개되었다. 이 소설은 청일전쟁과 명성황후 시해 사건의 전말과 이후 조선인의 의식이 어떻게 변해가는지를 비교적 상세히 그리고 있다. 주인공 승요는 우연히 일본인 자객 틈에 끼어들어 명성황후 살해 장면을 목격한다.

> 나는 무슨 정보라도 얻어 보려고 그자들 사이로 끼어들어 갔다.…침입자의 우두머리가 궁중 정원으로 들어가는 것이 눈에 띄었다. 나는 그곳으로 살금살금 걸어갔다. 병사의 손에 들린 불빛이 가마에 탄 사람의 얼굴을 잠깐 스쳤다. 그순간 나는 깜짝 놀랐다. 지고하신 국왕의 아버지였기 때문이다. 지휘하고 있는

사람은 내가 전에 본 일이 있었던 고급 일본 장교였다.…

　　와르르 발자국 소리가 들려서 건너편 방을 쳐다보았다. 여러 명의 자객들
이 어떤 부인을 떠메고 들어왔다. 그자들이 방 가운데로 들어왔을 때 날이 조금
씩 밝기 시작하고 있었다. 여인의 아름다운 비단옷이 뚜렷하게 드러났다. 그들
은 내가 여인의 얼굴을 볼 수 있도록 방바닥에 내려놓았다. 목 깊숙이 칼로 베
어진 상처가 보였다. 그런 후 놈들은 밖으로 우르르 몰려나갔다.

　　갑자기 죽은 사람의 얼굴에 덮였던 돗자리를 젖히고 난 궁녀가 그것을 옆
으로 밀어젖히고 안을 들여다보았다.

　　"중전마마! 중전마마! 아이고! 아이고!" 궁녀는 비명을 질렀다(윤홍로, 윗
글, 169쪽 재인용. 밑줄은 인용자).

당시 궁중에서 알렌과 같은 선교사들이 사건을 목격했기에 노블은 그 목격
담을 소설로 썼을 수도 있다. 윤홍로는 "이 끔찍한 만행을 사실 그대로 기술
하였다면 여러 가지 정치문제가 일어날 것을 우려하여 소설 형식을 취하였
을 것이다"(170쪽)라고 추측했다. 무엇보다도 이 소설은 '지고하신 국왕의
아버지'인 대원군을 명성황후 살해의 협조자로 비추고 있다. 그것은 당시 일
본 쪽에서 주장하던 논리였다. 그러나 동시에 노블은 지휘하고 있는 자를 명
확히 고급 일본 장교였다고 명시했다.

2) 쓰노다 후사코 『민비암살』(1988)

이후 명성황후에 대한 인식에 큰 영향을 미친 것은 쓰노다 후사코(角田房子)
의 장편소설 『민비암살―조선왕조 말기의 국모』(閔妃暗殺―朝鮮王朝末期の国
母, 新潮社, 1988)다. 이 책은 『최후의 새벽』(김은숙 옮김, 조선일보사, 1999)이란

제목으로 번역되었다. '민비'라는 호칭에 거부감이 있는 독자를 의식하여 제목을 바꾼 것으로 판단된다. 명성황후는 살아생전 '민왕후'(閔王侯) 혹은 '왕후'로 불리었다. 명성황후의 호칭은 1897년 대한제국이 선포된 후 '민왕후'에서 명성황후로 격상되었다. 이 책은 당시 한일 양국에서 호평을 받았다. 재일(在日) 소설가 양석일도 명성황후가 살아온 시대의 모순은 지금도 한반도에서 반복되고 있다면서, "이러한 시기에 『민비암살』이 일본인에 의해 쓰였다는 점은 큰 의의가 있다"고 상찬했다(梁石日, 「『閔妃暗殺』角田房子著」, 『アジア的身体』, 平凡社, 1999, 130쪽).

일본의 역사소설가인 쓰노다 후사코는 이 책의 결론에서 무쓰 외상이 동향 후배로 시해 사건에 가담했던 오카모토 류노스케(岡本柳之助)가 보낸 편지를 읽고 비로소 명성황후 시해 사건을 알았다며 소설 끝부분에 이렇게 쓴다.

> 그러나 아무리 상상의 날개를 펼쳐보아도, 무쓰 무네미쓰가, 또 이토 히로부미가 민비 암살을 계획했다고는 생각하지 않는다. 또 일본 정부도 민비 암살사건과 직접적인 관계가 없다는 나의 결론은 변하지 않는다(しかし、どれほど自由に想像の翼を広げても、陸奥宗光が、また伊藤博文が、閔妃暗殺を企てたとは考えられない。閔妃暗殺事件と日本政府とは直接の関係はない―という私の結論は変らない。)
>
> (角田房子, 『閔妃暗殺―朝鮮王朝末期の国母』, 353쪽).

그런데 바로 이러한 시각이 역사에 대한 큰 오독(誤讀)이라고 역사학자 최문형 교수는 지적한다. 이 소설은 르포식으로 쓰여 있다. 현재 시점을 오가며 작가가 실제 등장인물로 등장하기 때문에, 독자들은 이 소설을 지어낸 픽션

(fiction)이 아니라 사실(fact)로 받아들일 우려가 있는 것이다. 따라서 이 소설에서 역사적 사실을 강조하는 위와 같은 대목은 대단히 중요하다 아니 할 수 없다. 그것이 틀린 사실이라면 곧바로 역사에 대한 왜곡(歪曲)이 되고 만다.

당시 일본에게 명성황후가 부담스러웠던 것은, 청일전쟁 이후 3국 간섭을 기회로 그녀가 '인아거일책'(引俄拒日策)을 선택했다는 점이었다. 그렇게도 기세등등했던 일본이 러시아의 일갈(一喝)에 굴복하여 피 흘리며 빼앗은 요동반도를 속절없이 청에 되돌려주는 꼴을 본 왕비는 이노우에 가오루(井上馨)의 한국보호정책에 정면으로 도전했다(최문형, 『한국을 둘러싼 제국주의 열강의 각축』, 지식산업사, 2001, 160쪽).

명성황후 시해 시간에 대해, 일본과 러시아 그리고 중국 사이의 국제적인 정세 속에서 저질러진 사건으로 보는 최문형 교수의 연구는 가장 신뢰할 만한 자료에 기초를 두고 있다. 그의 일본어 저서 『러일전쟁의 세계사』(日露戰爭の世界史, 藤原書店, 2004)는 한동안 일본에서 인문학 베스트셀러였고, 이 책 출판을 기념한 살롱 대화에 주요 신문사 방송국 편집위원, 논설위원, 주요 대학 역사학 교수들이 참여했고, 나도 이 자리에 참여해서 의견을 교환한 바 있다.

그는 몇 가지 이유를 들어 '명성황후 시해'를 일본 정부가 직접 지시했다고 주장한다.

첫째, 실증적인 자료를 통해 증명하고 있다. 최 교수는 일본 정부가 이 사건에 개입했다는 것을 외무성 관료들의 편지와 이동 그리고 회의 내용을 철저히 분석하여 증명해내고 있다. 야마가타 아리토모(山縣有朋, 1838-1922) 육군 대장이 1895년 7월 8일 무쓰 무네미쓰(陸奧宗光, 1844-1897) 외상에게 보낸 편지는 사건의 정부 개입을 여실히 드러낸다(최문형, 『명성황후 시해의 진실을 밝힌다』, 지식산업사, 2001). 명성황후 살해와 러일전쟁 그리고 독도 점취의 과정을 기술한 그의 일본어 논문 「민비 암살이란 무엇인가」(閔妃暗殺とは何か, 『環』, 藤原書店, 2005년 가을호)는 일본 언론과 지성계에 파문을 던지기도 했다. 최 교수는 '민비' 문제에 대한 일본의 정책 결정이 7월 5일부터 19일 전후에 이루어졌을 것으로 추정한다.

둘째, 이노우에 공사가 1895년 6월에 귀국했을 때, 조선 정책을 당시 수상 이토 히로부미와 상세히 상담한 후에 선물할 보물과 거액의 공수표 약속을 가지고 돌아갔고, 7월 말에 다시 일본에 들어갈 때는 공사직을 사임했다. 다시 일본 국내 정치에 들어갈 의사를 이토 수상과 상담 합의를 보고, 자기 동향인 퇴역 군인 미우라를 자기 후임자로 추천했다. 그 후에 그는 다시 조선에 들어와, 거의 20일 동안 미우라와 함께 일본 공사관에서 지냈는데, 이렇게 볼 때 이노우에가 미우라의 활동에 관여했다고 보지 않을 수 없는 것이다. 그런데 '민비'는 미우라가 부임한 지 불과 37일 후에 시해되었다. 미우라가 이노우에와 함께 지낸 17일을 빼면 공사 직무를 독자적으로 수행한 지 불과 20일 만에 왕비를 살해한 것이 된다. 실로 미우라의 체한 기간은 한반도를 둘러싼 러일 대립이라는 국제 정세를 파악하기는커녕 한국의 내부 사정조차 제대로 파악하기 어려울 만큼 지극히 짧았다. 시해를 위한 세부 계획이 이노우에가 한국 땅을 떠난 직후부터 가시화되었다는 점으로 미루어 미우라는 이노우에의 정책을 수행한 종범 내지는 책임자 정도에 불과했고, 주모자는 이노우에였다고 볼 수밖에 없는 것이다. 그리고 이노우에 뒤에는 당시 일본의 실제 권력자인 수상 이토 히로부미가 있었던 것이다.

셋째, 더욱이 일본 정부는 왕비 시해 바로 전날인 10월 7일에야 요동 반환 보상금을 3,000만 냥으로 삭감한다는 독일인 히트르보의 9월 11일 자 제의를 수락했다. 이는 일본이 3국의 합의로 결정한 제의를 고의로 1개월 동안이나 미루다가 거사 직전에 수락함으로써 먼저 열강과의 갈등 요인을 제거한 것으로 판단된다. 일본 정부가 3국의 제안을 바로 이날을 택해 수락한 사실로 보아, 그들은 3국과의 관계를 처음부터 '민비' 시해 준비와 보조를 맞추려 했다고 볼 수밖에 없는 것이다. 10월 7일에 보상 금액에 동의하자마자, 다음날인 8일 새벽에 '민비'를 시해한 것은 결코 우연한 일일 수 없다.

따라서 안중근이 여순 감옥에서 처형당하기 전 이토 히로부미에 대한 15가지 죄목을 논하면서 그 첫째가 "명성황후를 시해했다"고 쓴 것은 이러한 인식과 연관된다. 그런데 소설에서 "아무리 자유로운 상상력의 날개를 펼쳐도 일본 정부와 이 사건 사이에는 직접적인 관계가 없다"고 주장했던 것은 당시 일본 군국주의와 현재의 일본 정부에 면죄부를 주는 것이다.

이 소설은 명성황후 살해 사건을 일본인이 최초로 장편소설로 썼다는 점에서 의미가 있다. 그러나 의도와는 다르게 정부 개입이 전혀 없었다고 주장하는 등 몇 가지 문제가 있다.

3) 이문열『여우사냥』과 북한의 명성황후 이해

식민지 시기에 발표된 소설을 보면 '민비'는 총명하나 부덕하고 간악한 왕비상으로, 고종은 무능하고 유약한 군주상으로 대중에게 다가왔다. 1930년 무렵 「동아일보」에 연재된 김동인의 역사소설『젊은 그들』과『운현궁의 봄』은 쇄국정책을 썼던 대원군을 영웅적 아버지로 그리고 있는 반면, 명성황후는 음탕하고 나라를 망친 독부(毒婦), 남편 고종을 바보로 만든 '여우'로 묘사한다.

사건 100주기를 기념하여 뮤지컬 〈명성황후〉(1995)가 발표되면서, 느닷없이 명성황후에 관심이 몰렸다. 이 뮤지컬은 이문열 희곡『여우사냥』(살림출판사, 1995)을 원작으로 한다. 이 소설에서 명성황후는 긍정적이고 적극적인 여인으로 등장한다. 이때까지 명성황후의 모습은 늘 뒤에서 얼굴을 가리고 있었으리라고 추측됐는데,『여우사냥』에서 서울 주재 공사로 임명된 미우라가 선임 공사인 이노우에(井上)를 데리고 궁궐에 신임인사를 왔을 때, 명성황후는 병풍 뒤에 숨지 않고 자리에 앉은 채 두 일본인을 맞는다.

이어 명성황후 살해사건은 이수광『나는 조선의 국모다』(세명문화사, 1994) 외에 정비석(2001), 강신재(2001), 유홍종(2003) 등에 의해 연이어 발표된다. 정비석 이하의 소설가들은 모두『명성황후』라는 제목으로 장편소설을 발표했다. 명성황후에 대한 도서는 어린이 동화 수백 종, 만화책 수백 종에 이른다. 이들은 대체로 역사 '인식'보다는 명성황후를 영웅화하여 역사적 '분노'를 만들고 있다.

2000년대 들어 남쪽에서는 명성황후 붐이라 할 만치 많은 책이 출판된데 비하여, 북한에서 명성황후에 대한 인식은 우리와 전혀 다르다. 가령,『조선사화집(5) - 인왕산의 불길』(평양출판사, 2000)을 보면, 명성황후를 '민비'로, 민씨 세력을 '민씨 일파'로 서술하면서, '사대굴종적인 대일외교'라고 지적한다. 『조선백과대사전』(백과사전출판사, 2000)에서는 명성황후가 "반동적인 수구파 집단을 꾸리고 봉건 양반들과 지주들의 이익을 대변하면서 모든 진보적 경향을 무조건 탄압하여 인민들에 대한 가혹한 착취를 일삼았으며, 대외적으로 사대투항주의적 외세의존정책을 실시했다"고 비판한다.

죽음의 서열화와 삼각관계 로맨스: 영상예술

1) 죽음의 서열화, 뮤지컬 <명성황후>(1995)

뮤지컬 <명성황후>(이문열 원작, 윤호집 연출)는 '명성황후 시해 100주기'를 맞아 제작되어, 1995년 12월 30일 예술의전당 오페라극장에서 초연되었다. 1996년에 제2회 한국뮤지컬대상에서 대상·연출상·미술상·의상상·연기상을 수상했고, 1997년 8월 15일, 뉴욕 링컨센터 안에 있는 뉴욕주립극장(New York State Theater)에서 웅장한 막이 올라 미국과 영국 등지에서 순회 공연을 했다. 뉴욕 브로드웨이 장기 공연을 비롯하여 중국 공연도 이어졌다. 2005년 10주년 기념 공연, 2007년 3월 관객 100만 돌파, 2009년 12월 26일 1000회 공연의 기록을 남겼다. 완성도 높은 작품성으로 2021년 현재도 공연이 계속되고 있다.

　　뮤지컬 <명성황후>는 다음과 같은 점에서 주목을 받았다. 첫째, 초연 당시 45명의 출연진과 600벌의 의상, 12억 원의 제작비가 투여된 웅장한 스케일이다. 서막부터 무대는 대궐의 미니어처, 경사가 다른 회전 무대의 활용, 정면과 양 측면에서 나타나는 서양 함대 등으로 스펙터클한 볼거리를 준다.

　　둘째, 한국의 전통적인 볼거리가 가득하다. 잊지 못할 장면은 '남성 군무(軍舞)'다. 무과시험 과정에서 보여주는 남성 군무는 단연 으뜸이다. 기합 소리와 절묘하게 어우러지는 배우들의 무술과 춤은 오랜 시간이 지나도 잊히지 않을 정도다. 이 외에도 '수태굿', '궁중 가례' 등 그 한 장면만으로도 문화 보존적인 가치가 충분하다.

셋째, 탁월한 연출력과 역량 있는 가수의 결합이다. 왕비 간택 장면에서 어린이 코러스가 동원되고 서양 함대들과의 대적에서 오케스트라 피트를 조선 병사들의 진지로 삼아 객석까지 한편을 만들고 수구파와 개화파 간의 알력을 희화화한 것은 안무와 함께 뛰어난 연출력으로 평가된다. 주인공의 목소리가 워낙 탁월하여, 명성황후 역은 이태원이 해야 한다는 고정관념까지 생겼다.

넷째, 자막 판이 큰 역할을 했다. 뮤지컬은 노래 가사까지도 모두 이해해야 한다. 그런데 가끔 배우들의 딕션(diction)이나 마이크 사정이 좋지 않아 무슨 말인지 못 알아들을 때가 있다. 무대 연기를 보다가 못 알아들어 팸플릿을 보는 중에 배우들의 연기를 놓치는 경우가 종종 있다. 뮤지컬 〈명성황후〉는 자막 판을 통해 보여주니 메시지가 확실히 전달되었다. 세세한 것까지 꼼꼼하게 준비한 노력 덕에 '명성황후 신드롬'은 지속되고 있다.

개인의 감정보다는 역사적 사실 전달에 더 비중을 두었는데도 불구하고 이 작품에는 몇 가지 아쉬움이 있다.

첫째, 명성황후는 총명하고 강인한 여성으로 재현되고 있다. 그래서 세자를 위해 명산사찰에서 기도하느라 큰돈을 들이고 무속인들을 불러들여 정치에 간섭하여 나라를 망치게 한 장본인이라는 부정적 의식은 오히려 긍정적인 요소로 표현된다.

"홀로 강한 외적과 싸우다 불꽃 속에 사라진 여인!"

"타오르는 불길 속에서 나는 조선의 잔 다르크를 본다."

"그녀의 지혜와 슬기를 바탕으로 한 뛰어난 외교술은 동서 열강들의 각축장이
    던 조선의 국권 수호에 마지막 횃불처럼 빛을 발했다."

뮤지컬 〈명성황후〉 팸플릿을 보면 알 수 있듯이, 명성황후는 애국적인 '조
선의 잔 다르크'로 성화(聖化)되어 있다. "타오르는 불길 속에서 나는 조선의
잔 다르크를 본다"는 구절은 이문열의 『여우사냥』(198쪽)에 나온다. 황현이
나 다른 인물들이 지적했던 명성황후에 대한 부정적인 면모를 이 뮤지컬에
서는 찾아보기 어렵다.

둘째, 이 뮤치컬은 명성황후를 지나치게 신비화하고 있다. 이 작품에서
가장 감동적인 장면은 마지막에 명성황후(이태원)가 죽은 궁녀들의 혼령과
함께 "백성이여, 일어나라"를 부르는 장면이다.

백성들: 수려한 강산 비옥한 들판 짓밟혔네.

　　　우리들의 왕비마마 비통하게 가셨네.

　　　간악한 일본 짓밟힌 들판 어허허허

　　　이 수모와 이 치욕을 우리 어찌 잊으리.

명성황후: 알 수 없어라, 하늘의 뜻이여.

　　　조선에 드리운 천명이여.

　　　한스러워라. 조정의 세월, 부질없는 다툼들.

　　　바위에 부서지더라도 폭포는 떨어져야 하고

　　　죽음이 기다려도 가야 할 길 있는 법.

이 나라 지킬 수 있다면 이 몸 재가 된들 어떠리.

백성들아, 일어나라. 일어나라.

이천만 신민 대대로 이어 살아가야 할 땅.

백성들: 한 발 나아가면 빛나는 자주와 독립,

한 발 물러서면 예속과 핍박.

용기와 지혜로 힘 모아, 망국의 수치 목숨 걸고 맞서야 하리.

명성황후, 백성들(합창) : 동녘 붉은 해, 동녘 붉은 해 스스로 지켜야 하리.

조선이여, 무궁하라, 흥왕하여라.

동녘 붉은 해, 동녘 붉은 해 스스로 지켜야 하리.

조선이여, 무궁하라, 흥왕하여라.

동녘 붉은 해, 동녘 붉은 해 스스로 지켜야 하리.

조선이여, 무궁하라, 흥왕하여라.

이 뮤지컬의 원작인 『여우사냥』에는 이러한 장면이 없다. 원작 제27장에는 시위대 수석교관인 미국인 다이 장군이 민비의 시신이 타오르는 광경을 보며 독창하는 비극적 결말로 끝난다. 원작과 달리 뮤지컬을 위해 새롭게 만들어진 이 장면에서 이미 준비된 감동에 빠져 있는 한국인은 대부분 참을 수 없는 민족적 울림을 느끼게 된다. 그런데 바로 이 대목에서 명성황후는 압도적 숭배의 대상으로 환생(幻生)한다. 이 작품에서 명성황후의 죽음 외에 어떤 죽음도 크게 부각되지 않는다. 죽음의 서열화가 이루어지는 것이다. 사진에서 보듯이 명성황후가 맨 앞에 서고, 나머지 궁녀는 죽어서도 뒤에 선다. 한 위대한 인물의 죽음 뒤에 얼마나 많은 죽음이 무시되는가. 애도해야 할 위대한 영혼으로 명성황후가 등장하는 마지막 장면은 죽음의 서열화를 가장 극명하게 보여준다.

©뉴스테이지

이 죽음의 서열화는 곧 차별의 서열화가 죽은 후에도 이어지는 것을 보여준다. 물론 이러한 태도는 당시의 봉건적 세계관을 나타내는 구도로는 당연할지 모른다. 그런데 은연중에 그 봉건적 세계관이 오늘날 다시 재현되면서 그 서열을 숭엄(崇嚴)하게 하는 것이다. 명성황후와 그녀를 둘러싸고 있는 궁녀의 혼령들이 서서히 걸어 나오며 애국주의를 노래한다. 이때 가장 크게 애도받는 명성황후가 중앙 전면부에 위치하고 나머지 죽음은 부차적으로 따라 나온다. '죽음의 서열화'가 극명하게 미화되는 순간이다. 우리는 어느덧 애도해야 할 사람과 애도하지 않아도 될 죽음을 구별하는 것이다.

가령, 2009년 노무현과 김대중 전 대통령이 서거했을 때 그들에 대한 애도는 더욱 거대해지고, 용산철거민 사건으로 냉동고에 누운 호모 사케르(homo sacer) 5인의 주검은 애도받지 않아도 될 존재로 잊혔다. 마치 차별받던 흑인은 죽어서도 차별받는다는 구도를 담론화하는 것 같은 인상을 준다.

백인과 흑인의 차별이 지상에서 그러한 것처럼 천상에서도 그러할 것이며, 천국에 입성한 흑인들은 신약에 언급된 바대로 우리 주님이 예비한 집에서 따로

기거하게 되리라.……우리는 선택받은 백성이다. 우리의 피부색을 보라. 저 꺼멓
고 누런 종자들과 다르지 않느냐. 그것은 저들의 죄 때문이다(프란츠 파농, 이
석호 옮김, 『검은 피부, 하얀 가면』, 인간사랑, 1998, 39쪽).

현 세상의 차별을 죽음 이후의 서열화로 바꾸는 이러한 장면은 숭엄하기도
하지만, 그 숭엄함에 감동하면서 자기도 모르게 저 질서를 용인하는 문제를
낳을지도 모른다.

2) 사소한 것의 숭엄화, 드라마 <명성황후>(2001)

한국 텔레비전 드라마사에서 최고의 여배우가 되는 역할이 몇 가지 있다. 하
나는 춘향이고, 또 하나는 명성황후다. 1970년대 영화에서 영화배우 도금봉
은 표독한 명성황후 이미지를 대중에게 강하게 각인시켰다. 그러나 1980년
대에 들어서면서 명성황후 이미지는 점차 변하기 시작한다. 명성황후는 춘
향이 같은 영웅 이미지로 성화(聖化)되기 시작한다.

　명성황후를 긍정적 이미지로 바꾸려 했던 것은 당시 2002년 한일월드
컵을 맞이하여 식민지 역사를 자긍심의 역사로 바꾸려는 시대적 배경과도
관계가 있다. 그러나 그것이 지나쳐 명성황후를 과하게 긍정적으로 재현한
면이 많았다.

　이 드라마가 아직도 우리에게 기억되는 이미지는 조수미가 부른 주제
가 "나 가거든"이 흐르는 뮤직비디오다. 6분 10초의 이 비디오는 명성황후
의 삶을 요약하고 있으며, 특히 호위대장 홍계훈(정준호)과 명성황후의 아잇
적부터의 관계를 그린 멜로물로 제작되어 있다. 멜로 드라마로 만들기 위해
호위대장 홍계훈의 삶은 지나치게 긍정적으로 부풀려져 있다. 명성황후를

시해하려고 경복궁에 들어서는 일본인 살해자들과 싸우는 장면은 만화식 상상력으로 과장되어, 일본인들은 하늘을 나는 닌자로 표현된다. 그날 참여했던 일본인들이 과연 닌자들이었을까. 이에 대해 앞서 1차 자료를 쓴 바 있지만, 그들은 구마모토 출신으로, 「한성순보」와 관계있는 일본의 지식인들이었다. 시해 사건은 당시 제국적 야욕으로 대동아를 엿보던 일본의 역사적 욕망을 추종했던 '일본식 지사'들에 의해 저질러졌던 일이다.

조선인의 입장에서 생각하면 그들은 '살인자' 외에 아무것도 아니었다. 군인은 물론이고 경관, 대륙낭인, 신문기자, 문학자, 상인, 일반인이라는 넓은 계층의 사람들이 솔선하여 민비 암살에 가담하였던 것이 중요한 의미를 가지고 있겠다. 그중에는 프랑스 문학자이며 시인인 호리구치 다이가쿠의 아버지, 호리구치 구마이치와 「넌 무슨 일이 있어도 죽지 말아라」라는 시로 유명한 반전가인

시해에 참여했던 일본인은 단순한 불량배가 아니었다. 스기무라는 마이니치 신문 기자로, 공사로 부임했다가 조선왕비 살해에 가담해서 감옥에 있다가, 후에 브라질 공사가 된다. 『日本人名辞典』講談社, 2001.

(反戰歌人)인 요사노 아키코[与謝野晶子]의 남편이자 메이지 문단에 큰 영향을 준 「명성」(明星)의 주재자 요사노 뎃칸[与謝野鉄幹]이 가담하고 있다. 무엇보다도 요사노 뎃칸은 거사 날짜가 예상보다 빨라져 참가할 수는 없었으며 그렇지 않으면 민비 암살에 반드시 참여했을 것이다. 그리고 민비 암살 후 일본에 돌아간 암살자들은 환성을 외치는 대중에게 개선장군과 같이 대접을 받았으며 히로시마 재판에서는 전원 무죄 석방되었다. 그 후에 그들은 민비 암살이라는 큰 공적으로 평가받게 된 것처럼 정치·경제계와 각 분야에서 성공하게 된다. 이러한 것을 보면 민비 암살은 일본인의 특수한 인간들에게 의한 범행이 아니라 당시 일본인 전체에 내포되어 있던 사상적 체질이었다고 말할 수 있다.…"야만국 조선 따위와 말할 가치도 없는 문제다"라고 일본의 지식인 후쿠자와 유키치[福

ほりぐちくまいち 堀口九万一 一八六五年ー
一九四〇 外交官。元治二年一月新潟県に生る。
堀口良次右衛門の長男。明治二十六年東京
帝大法科大学卒業。同年司法官試補となっ
たが外務属に転じ、同二十七年第一回領事
官補試験に合格、仁川在勤となった。つい
で京城在勤中、同二十八年十月閔妃殺害事
件が起り、三浦梧楼公使らとともにこれに
連座して帰国、非職を命ぜられた。翌二十
九年二月復職して中国沙市領事館の新設に
当り、以後オランダ、ブラジル、メキシコ、
スペインなどに駐勤、大正七年（一九一八）ブラ
ジル公使、同十二年ユーゴ兼ルーマニア公
使をへて、同十四年退職した。漢文および
フランス文学に通じ、国際文化振興会には
文化使節として、国際文化振興会から中南
米方面に派遣された。昭和二十四年十月三
十一日没。詩人堀口大学はその嗣子。〈参
考〉「閔妃事件の思い出」堀口九万一「軍事
史研究」三ノ一 昭13。
（日高信六郎）

시해에 참여했던 호리구치는 도쿄제국대학 법대를 졸업하고, 외무국으로 이전하여 민비살해에 가담했다가 투옥되고, 이후 석방되어 네덜란드, 브라질, 멕시코, 유고, 루마니아 등지에서 공사를 역임했다. 『日本人名辞典』 講談社, 2001.

沢諭吉]가 행한 연설의 연장선에 있다. 대동아공영권의 우두머리인 천황의 입장에서 보면 후진국 조선의 왕비 등은 하찮은 존재였던 것이다. 즉 민비 암살은 그들의 사상적 체질을 내면에서 지키고 있는 천황제와 깊은 관련이 있다(梁石日, 위의 글, 136-138쪽, 밑줄은 인용자).

'민비'를 시해한 사람들은 당시 일본 사회의 핵심적인 사상을 수행했던 인물이다. 호리구치 다이가쿠(堀口大學, 1892-1981)는 가나가와현(神奈川縣)에서 태어난 시인이며 불문학자다. 1911년 게이오대학(慶廣大學) 영문과를 중퇴하고 외교관인 아버지를 따라 멕시코·브라질·벨기에·스페인 등지에서 10여 년간 해외 생활을 한 후 1925년 귀국했다. 프랑스어에 정통해 번역한 시집 『월하의 일군』(月下の一群) 340편이 신선한 느낌으로 열광적인 인기를 끌었다. 이보다 앞서 서구적 발상에 근거한 상징주의적 시집인 『달빛과 피에로』(月光とピエロ, 1919), 『물 위에 쓰며』(水の面に書きて, 1921)를 간행했으며 『모래베개』(砂の枕, 1926)를 펴내면서 지적인 서정시인으로 등장했다.

요사노 뎃칸의 부인 요사노 아키코(与謝野晶子, 1878-1942)는 여학교 시절 『겐지모노가타리』 등을 읽으면서 고전에 흥미를 느꼈고, 1900년 「명성」에 단가를 발표한다. 다음 해 첫 시집 『헝클어진 머리칼』(박지영 옮김, 지만지, 2009)을 간행하여 낭만파 시인으로서의 지위를 확립한다. 이후 '민비 시해'와 관련 있는 요시노 뎃칸과 결혼한다. 『겐지모노가타리』의 현대어역과 여성 해방 운동가로도 유명하다.

이렇게 황후 암살에 참여했던 이들은 일본의 근대화를 이끌었던 지식인들이었다. 그런데 드라마는 그들을 요인을 암살하는, 그래서 경복궁 담을 하늘로 솟아 한 번에 가볍게 뛰어넘고, 땅에 폭죽을 터뜨려놓고 사라지기도 하는 닌자로 묘사한다. 재미는 있으나, 문제는 이러한 '사소한 것들'(trivial things)이 장렬하게 표현되고, 진정 진지하게 기억해야 할 역사 자체는 '사소한 문제'(trivial matters)로 잊힌다는 점이다.

거기다가 명성황후 역의 이미연이 "나는 조선의 국모다"라는 명대사를 탄생시키며 폭발적인 음반 판매 성적을 올렸지만, 과연 이 말을 누가 듣고 어느 문서에 써놓아 남겼을까. 명성황후에 대한 그릇된 재현과 만화 같은 액션신으로 인해 역사적 사실성은 흐려졌다.

3) 불륜녀 명성황후, 영화 <불꽃처럼 나비처럼>(2009)

1960년대 최은희는 신상옥 감독이 설립한 신필름에서 제작한 <청일전쟁과 여걸 민비>(1965)에서 명성황후 역을 맡아 대원군 역의 김승호와 호흡을 맞췄다. 고(故) 도금봉은 두 편의 영화에서 명성황후 역을 연기했다. 1969년 이규웅 감독의 <전하 어디로 가시나이까>와 1973년 신상옥 감독의 <삼일천하>에서 조연으로 출연했다. 도금봉은 역대 명성황후 중 가장 악랄한 캐릭터를 연기했는데, 80년대 이전까지 민비에 대한 시각은 대부분 이렇게 시아버지 대원군에 맞서 싸운 표독한 여인으로 드라마의 흥미를 더하는 장치에 불과했다.

2009년 9월 24일에 명성황후와 그를 사랑한 무사의 이야기를 그린 야설록 원작의 영화 <불꽃처럼 나비처럼>이 개봉되었다. 이 영화는 "조선왕조 마지막 멜로"라는 카피를 내세우고, 명성황후(수애)와 무명(조승우)이 시대를 벗어난 사랑을 나누는 이야기다. 김용균 감독이 "이번 작품의 매력은 명성황후를 최후까지 사랑한 무사가 가진 사랑의 힘이다"라고 말했듯이, 영화는 명성황후를 중심으로 한 '삼각관계 로맨스' 영화가 되었다. 명성황후의 결혼 전 호위무사 무명과의 사랑 이야기를 그린 영화로, 후에 명성황후가 되는 민자영이 결혼 전에 자신의 호위무사와 사랑을 나누다가 황후가 된다. 다른 장르와 비교해서 이 영화는 명성황후의 인간적인 모습을 많이 볼 수 있다. 수애가 연기한 명성황후는 이전의 명성황후와 달리 인간적인 면이 보다 강조됐다. 명성황후라는 이름보다는 '민자영'이라는 이름이 더 자주 불린다. 명성황후가 서양식 드레스를 입고 등장하는 것도 이채롭다. 이 영화는 서양문물을 적극적으로 받아들이면서 많은 대립을 샀던 차가운 황후 이면에 자리잡은 여인 민자영을 담고 있다. 훈련대장 홍계훈을 모티프로 한 호위무사 무명과의 애틋하고 절절한 사랑으로 한 여인의 가슴 시린 사랑 이야기를 잘 나타내주고 있다.

문제는 이 영화에서 겨냥하는 탄착점이 소비적 페티시즘 경향으로 흘렀다는 점이다.

첫째, 감독은 이 영화를 액션물로 탄생시켰다. 결투신의 CG 합성은 8만여 명의 관객 동원과 일정 정도 관계가 있을 것이다. 그런데 명성황후가 궁중으로 간택되고, 갑자기 액션 장면이 삽입되면서 이야기는 뜬금없어진다. 대원군이 보낸 자객과 무명의 칼싸움이 그렇다. 두 척의 배를 오가며 펼쳐지는 대결 신은 너무 과장되어 더욱 느닷없다. 또한 무명이 궁으로 진입하려는 대원군의 대군사를 홀로 물리치고, 대원군에게 국가의 미래에 대해 일갈하는 장면은 부자연스럽다. 무명이 사랑의 징표인 붉은 댕기로 무장한 후 최후를 맞는 장면이 CG보다 섬세하지 않은가. 기술력에 앞서 기본적인 내러티브의 탄탄함이 이 작품 곳곳에 결여되어 안타깝다.

둘째, 감독은 이 영화에 성적 페티시즘을 이용했다. 명성황후가 되기 전 민자영의 눈에 있는 티끌을 떼어내려고 무명이 눈에서 티끌을 핥아내는 장면이 나온다. 그리고 명성황후가 무명의 호위를 받으며 궁궐을 빠져나와 피신하는 장면이 나온다. 아마도 1882년 임오군란 때 명성황후가 50일간 충북 충주 장호원으로 피신했던 일을 표현한 것일 듯싶다. 여기서 추위에 떨고 있는 명성황후를 무명이 껴안는 장면(01:08:00)이 나오고, 3초 정도 나뭇잎에서 이슬방울이 떨어지는 장면이 나오고, 아침에 무명의 등에 업힌 명성황후는 무명의 머리를 쓸어 올린다.

그 3초간을 관객은 나름대로 해석해야 한다. 그저 무명이 명성황후를 안전하게 보호했구나 하고 생각할 수도 있으나, 명성황후와 무명이 '그 짓'을 했다고 상상할 수도 있다. 무명이 명성황후의 이마에 키스하는 순간, 3초간 보이는 나뭇잎, 이슬을 머금은 나뭇잎으로 하룻밤이 지났다고 생각할 수도 있다. 반면에 그 나뭇잎에서 떨어지는 물방울은 성적인 액체로 상상할 수도 있는 것이다. 만약 후자처럼 생각한다면 명성황후는 졸지에 불륜녀가 된다. 이렇게 '3초'를 관객의 상상력에 맡기는 형식은 할리우드 영화에서 너무도 유명한 '3초 반의 공식'과 닮아 있다.

'할리우드 3초 반의 공식'이란 영화 〈카사블랑카〉(Casablanca, 1942)에서 생략된 '3초 반'을 일컬어 말한다.

이는 슬라보예 지젝(Slavoj Zizek) 등에 의해 할리우드 영화 제작방식의 원리를 설명하는 고전적인 예로 자주 인용된다. 일사(잉그리드 버그만)는 몇 년 전 파리에서 사랑했던 릭 블레인(험프리 보가트)을 찾아온다. 일사는 독일군이 점령해오는 파리에서 릭이 떠나려 할 때 같이 가지 않아 릭에게 치명적인 상처를 남긴 여자다. 그녀는 사실 프랑스 레지스탕스 지도자 빅터 라즐로와 비밀 결혼한 상태였고, 남편이 수용소에서 탈출하다가 죽은 줄 알고 이후 릭을 만나 사랑했는데, 릭을 따라 파리를 떠나려 할 때 남편이 살아 있다는 소식을 들었던 것이다. 카사블랑카에 미리 와서 전쟁통에 성공한 릭의 카페에 일사가 찾아온다. 그리고 며칠 후 밤에 빅터를 미국으로 탈출시키기 위해, 일사는 경찰의 눈을 피해 릭에게 와서 미국으로 가는 통행증을 달라고 조른다. 릭이 주지 않겠다고 하자 일사는 릭에게 권총을 겨눈다. 그런데 릭이 총구멍 앞에 다가가며 일사에게 말한다. "쏴, 그게 나에 대한 호의야." 그러자 일사는 총을 쏘지 못하고 무너지듯 말한다. "당신이 파리를 떠나던 날, 당신과 함께 가려고 했어요. 내가 당신을 얼마나 사랑했는지, 아직도 내가 당신을 얼마나 사랑하는지." 그리고 두 사람은 키스한다. 키스하고 나서 '3초 반' 동안 다른 장면이 나온다. 공항의 관제탑이 3초 반 동안 나왔다가, 두 사람 장면으로 돌아온다. 두 사람이 열정적으로 키스하고, 이후 3초 반의 공백은 관객에게 다양한 상상력을 일으킨다. 3초 반이 지난 뒤, 릭은 담배를 피우고 있다. 성행위 이후 긴장을 풀려는 장면으로 상상할 수 있다. 게다가 3초 반 동안, 남근을 암시하는 공항의 관제탑이 나왔다는 것도 상징적이다. 물론 이후에도 남자의 양복이 흐트러지지 않았다는 것을 보고, 그들이 짧게 키스만 하고 더 이상 선을 넘지 않았다고 상상할 수도 있겠다. 키스를 진하게 했든 성행위를 했든 '3초 반' 만에 그들이 서로 믿음을 회복했던 '어떤 과정'이 있었을 것이라고 관객은 짐작할 수밖에 없다. 이후 극은 극적으로 완전히 반전되어 여자가 카사블랑카에 릭과 남겠다고 하기 때문이다. 슬라보에 지젝은 이 '3초 반'을 두 가지 방식으로 해석한다.

라캉의 용어로 말하면, 3초 반 동안 일사와 릭은 대타자, 즉 공중적인 외관의 질서를 위해 그 짓을 안 했고, 우리의 더러운 환상적 상상을 위해서는 그 짓을 했다(슬라보에 지젝, 박정수 옮김, 『잃어버린 대의를 옹호하며』, 그린비, 2009, 365쪽).

영화 〈불꽃처럼 나비처럼〉 역시 3초의 순간이 등장한다. 두 사람이 껴안고 잎사귀에서 물방울이 떨어지는 3초가 지나고, 이야기는 급격히 성화(性化) 된다. 궁궐로 돌아온 명성황후와 남편인 고종 간의 베드신에서, 명성황후의 신음이 커지면 커질수록 정신적인 연인인 무명의 실루엣은 어지럽게 오버 래핑된다(01:17:00). 여기서 명성황후는 남편을 두고 호위무사와 성적 상상 으로 갈등하는 여인으로 표현된다. 그리고 마침내 명성황후가 시해(弑害)되 는 장면에서, 옆에 쓰러져 있는 무명을 보며 그녀는 무명의 영세명인 "요한" 을 호명하며 죽어간다.

물론 영화 〈불꽃처럼 나비처럼〉은 제국주의 일본에 대항하는 명성황후 의 비극적 감동을 그린다. 그런데 방식은 할리우드 영화의 전형적인 태도다. 앞서 말한 영화 〈카사블랑카〉에서 카페에서 독일군들이 군가를 부르자, 주 인공이 프랑스 국가(國歌) 라마르세예즈(La Marseillaise)를 독일군 앞에서 부 르는 장면, 잠시 독일군과 놀아났던 프랑스 여인 이본느가 함께 눈물을 흘리 며 이 곡을 따라 부르는 모습은 감동적이다. 할리우드 영화의 전형적인 방식 은 삼각관계 멜로 드라마에 애국주의를 엮는 것이다.

이렇게 영화 〈불꽃처럼 나비처럼〉은 멜로와 액션을 수시로 넘나들면서 '액션 멜로'라는 부담스러운 장르로 변질되었다. 여기에 시아버지인 대원군 과 권력 투쟁을 벌이는 명성황후의 정치적 행동이 추가된다. '정치적 액션 삼각 멜로 드라마'라는 그야말로 버라이어티 쇼가 되고 말았고, 영화의 배경 이 되는 역사성은 감상적인 차원에서만 이용되었다.

문화콘텐츠와 역사 읽기

명성황후에 대한 문학작품과 영상예술을 검토하면서, 첫째로 왜곡된 역사자료에 기댈 때 어떠한 문제가 일어나는지 확인할 수 있었다. 둘째로 뮤지컬 공연의 경우 명성황후의 죽음을 너무 성화(聖化) 혹은 신비화시켜 '죽음을 서열화'하는 문제를 드러내거나, 영화의 경우에는 너무 상업화에 치우쳐, '삼각 멜로 액션물'로 만든 문제도 지적해보았다.

현재 명성황후 시해 사건 이후 장례식이 있기까지 3년간을 다큐멘터리로 제작하고 있다는 소식도 있고, 할리우드에서 영화로 제작하겠다는 소식이 있듯이, 명성황후는 아직 우리에게 '쓸모 있는 과거'로 존재한다. 이러한 때, 이제까지 영상문화콘텐츠의 공과 실을 잘 검토하지 않으면, 명성황후라는 아이콘을 지나친 소비주의적 공상에 의해 또 한 번 죽이는 꼴이 될 수도 있을 것이다.

문자로 기록된 인문학 정보에 대한 철저한 읽기와 이해가 없는 독자나 관객은 매체가 퍼뜨리는 감상적인 공상에 흔들리기 쉽다. 가령 영상 매체에서는 명성황후의 사욕이나 무속을 좋아하는 점이 거의 드러나지 않는데, 이것은 역사적 상황을 객관적으로 보지 못하게 한다. 역사에 대한 왜곡이나 신비화는 사실에 기초해 있지 않다는 점에서 거짓이며 위험하다. 따라서 역사물에 대한 깊이 있는 독서교육이 필요하다. 그렇지 않을 때는 객관적인 역사 '인식'이 아니라, 역사적 '감정'만 생성될 뿐이다.

이 연구는 자칫 모든 문화상품은 역사를 '있는 그대로' 반영해야 한다는 단순논리로 오해받기 쉽다. 그렇게 이 글이 읽힌다면, 이 글은 역사적 상상력을 무시한 공허한 논설이며, 구체적 대안이 없는 당위적 주장으로 오해

될 소지가 크다. 나는 '역사적 상상력'을 강조하고 싶었다. 역사적 상상력에 기초를 두지 않은 '민족적 감정'이나 '소비적 공상(空想)'에 치우칠 때의 위험성을 지적했다. 이 글이 '명성황후 문화콘텐츠'에 대한 담론 창출의 한 계기가 된다면 좋겠다. '명성황후 콘텐츠'를 통해 타자가 한국을 모두 이해하고 아시아가 소통할 수 있다고 나는 단순하게 기대하지 않는다. '일국적' 역사의 기억을 비판적으로 해체하여 아시아 소통의 계기로 전환하는 문제 역시 지극히 복잡하여 단순논리로 접근하기 어려운 문제다. 바로 이러한 한계를 인정하는 첫발이 한국문화 이해의 첫발이 아닌가 생각한다.

(『한국문화연구』, 이화여자대학교 한국문화원, 2010)

〈라스트 사무라이〉

사라지는 사무라이

사무라이 정신을 미화했
다고 한국에서 외면받았
던 영화. 상영 당시 독도
문제와 일본 망언 수위가
높았던, 개봉 시기를 잘
못 잡은 영화. 물론 "영화
는 그냥 영화로 보자"고
작심하고 봐도 역사적으
로 틀린 내용이 너무 많
은 영화. 이래저래 얘기
할 것이 많은 영화. 〈라
스트 사무라이〉(The Last
Samurai, 2003).

알그렌 대위와 미국 젊은이

남북전쟁에 참전했던 네이든 알그렌 대위(톰 크루즈)는 전쟁이 끝나자 허탈감에 빠진다. 그때 일본의 고위 관리가 주 25달러로 일했던 대위에게 주 500달러를 약속한다. 신식군인을 훈련시켜 일본의 개화를 반대해 철도를 파괴하며 반역하는 사무라이의 우두머리 카츠모토(와타나베 켄)와 그를 따르는 사무라이들과 싸워달라는 것이다. 1876년 여름, 대위는 1877년 반란을 진압할 목적으로 일본 최초의 육군부대를 근대적으로 훈련시키기 위해 교관으로 부임한다. 한편 사무라이 카츠모토는 서구 문물의 홍수 속에 사라져가는 일본의 전통과 혼을 지키고자 개혁 반대의 선봉에 선다. 그리고 이 영화에서도 미국식 훈련을 받은 신식군대는 일본을 근대화시킨다면서 일본의 전통문화인 사무라이 정신을 기관총으로 초토화시킨다.

이러한 과정에서 술에 취하고 구토증을 느끼고 있는 미군 대위는 현재 미국 젊은이가 갖고 있는 정체성의 위기를 보여주는 것이 아닐까. 이 영화에서도 미국은 팍스 로마나처럼, 일본의 개화를 돕는 팍스 아메리카나의 모습을 보인다. 지금도 미국은 자신들이 무엇을 위해 싸우는지 혼동 속에 있다.

이라크 포로학대 사건 등 전쟁증후군에 시달리는 미국 젊은이들과 알그렌 대위를 겹쳐 볼 수 있다. 주인공 알그렌 대위가 적이 되어 돌아오듯, 이라크 전쟁이 끝나면 많은 군인이 살인 기계가 되어 돌아올 것이다. 제2차 세계대전 이후, 한국전쟁, 베트남전쟁, 이라크전쟁으로 이어지는 구토할 수밖에 없는 깨어진 존재, 그것이 알그렌 대위가 아닐까.

사무라이 정신의 미화?

제대로 훈련이 안 된 신식군대를 이끌고 나갔다가 대위는 참패하고 사무라이에게 생포된다. 카츠모토는 악착같이 싸우는 알그렌을 죽이지 않고 자신의 영지로 데려온다. 알그렌은 카츠모토에게 잡혀 사무라이들과 살면서 점차 검술도 익히다가 어느 날 사무라이의 삶, 그 깊이를 깨닫게 된다. 무사 계급을 없애려 했던 알그렌이 그들과 만나면서 상상도 못 했던 영향을 받는 것이다.

이 지점에서 할리우드적인 과장을 보여준다. 천황과 단독 대담을 할 정도의 실력자인 카츠모토가 왜 폭설 때문에 나오지도 못할 산속에 살고 있는지 모르겠다. 게다가 요코하마 근처에 눈 때문에 나오지도 못할 산골이 어디에 있는가? 영화에 나타난 토리이(鳥居, 신사에 들어가는 나무문)도 너무 어색하다! 메이지 정부는 어째서 닌자(忍者)를 쓰는가?

이보다 문제가 되는 것은 알그렌 대위가 사무라이의 무사도(武士道)에 감동해가는 동기가 너무 불명확하다는 대목이다. 주인공이 카츠모토에게 매혹되는 과정이 너무 허술하다. 메이지 시대 때 일본을 사랑하여 고이즈미 야쿠모(小泉八雲)라는 이름으로 귀화한 영국 아일랜드인 패트릭 라흐카디오(Patrick Lafcadio Hearn, 1850-1904)를 상징했을 수도 있다. 하지만 이 영화는 그가 왜 카츠모토를 만나 목숨까지 걸고 사무라이 정신을 지키려고 하는지 그 변화 과정이 너무도 급작스럽다. 끌려온 다음 날 아침, 거위를 몰며 노는 아이들, 바구니에 나물을 나르는 할머니, 칼을 다듬는 대장장이, 검술을 연마하는 사무라이, 남편을 죽였는데도 친절히 자기 아이들과 함께 식사를 대접하는 여인…. 이러한 과정만으로도 너무 비약이 심하다. 이유 불문, 일단 알

그렌 대위는 사무라이의 삶에 공감한다.

전쟁터에서 죽어가며 사무라이 카츠모토는 흩날리는 벚꽃을 바라본다.

"Perfect!"(완벽해)

그리고 꽃 한 송이 피우고 사라지는 벚꽃처럼 쓰러진다.

그에 반해 알그렌은 대체 무엇을 위해 목숨을 걸고 전쟁터에 나섰을까? 미국인이 천황을 섬겨야 할 필요도 없고 말이다. 공허하게 느껴지는 이유는 마음이 변하는 심리 과정의 서사가 허술하기 때문일 것이다. 어쩌면 이러한 급작스러운 몰입이 뭔가 매혹되기를 바라는 미국 젊은이의 표상일지 모르 겠다.

한겨울을 지내고 카츠모토는 알그렌을 풀어준다.

천황에게 전가(傳家)의 보검을 바치며 카츠모토는 무사 정신을 지켜줄 것을 간청한다. 하지만 오무라 무리의 방해로 자결을 명받는다. 이 소식을 들은 대위는 다시 황실의 편으로 돌아가려다가, 카츠모토의 부하들과 궁성을 습격해 카츠모토를 구출하고, 결국 숲으로 돌아와 최후의 결전을 준비한다.

결전에서 사무라이들은 연발총 앞에서 낙엽처럼 죽어간다. 사실 이 영화가 사무라이 문화를 절찬(絶讚)하고 있는 것만은 아니다. 부하들에게 신망을 받는 카츠모토는 정의를 위해 목숨을 바치는 이상적인 사무라이다. 카츠모토의 실제 모델은 사이고 다카모리(西鄕隆盛, 1827-1877)라고 한다. 우에노 공원에 가면 서 있는 동상이 사이고 다카모리다. 사이고 다카모리는 인격적 감화능력이 탁월해 당시뿐 아니라 지금도 그를 존경하는 일본인들이 많다. 그런데 '경천애인'(敬天愛人)이라는 문구를 좋아했고, 메이지 혁명의 선두에 섰던 그는 시대를 잘못 판단했다. 그가 메이지 유신에 나섰던 이유는 '일본인'을 위해서가 아니라, '사쓰마'가 일본 최고의 번이 되도록 하기 위해서였다.

총탄이 빗발치는 지옥에서 살아남은 자는 동양과 서양 양쪽 모두를 체득한 알그렌 대위뿐이다. 여기에 감독의 메시지가 있는 것은 아닐까? 서구만으로도 일본의 무사도만으로도 안 되며, 양쪽 모두를 갖고 있어야 살 수 있다는 메시지일까?

세이난 전쟁과 전투 장면

이 영화는 1868년에 메이지 유신이 일어나고, 10년 후 1877년에 벌어진 세이난 전쟁(西南戰爭)을 모티프로 삼아 만든 작품이다. 주요 인물로 등장하는 카츠모토와 그와 대립하는 정부 측의 오무라는 각각 실존 인물인 사이고 다카모리와 오쿠보 도시미치(大久保利通)를 모델로 하고 있다.

　신정부는 유신 이후 여러 가지 근대화 정책을 쏟아내게 되고, 그 결과 지금까지 사회 기득권 세력이었던 사족(士族), 즉 사무라이 계급이 몰락하게 된다. 사무라이 계급의 대표인 사이고 다카모리는 이런 불만을 해소하는 방법으로 조선을 치자는 정한론(征韓論)을 주장한다. 하지만 정한론은 오쿠보 도시미치 등의 반대에 부딪히게 된다. 영화의 오무라처럼 2년간에 걸친 해외 순방에서 돌아와 해외 사정을 어느 정도 알고 있던 오쿠보 도시미치는 당장 해외 정벌은 무리이고, 일단 국력을 충분히 키운 뒤 침략에 나서자는 논리를 폈다. 당시 메이지 일왕은 오쿠보의 손을 들어줬다. 분노한 사이고는 고향인 규슈 사쓰마로 돌아가 사무라이들과 함께 정적 오쿠보 도시미치가 이끄는 신정부에 대해 반기를 든다. 이로 인해서 일어난 내전이 바로 세이난(西南) 전쟁이다. 정부군에 패배한 사이고는 자결한다.

　영화의 백미는 153분 영화 중에 60분 정도를 할애한 전투신이다. 촌스러운 TV 사무라이 시대극의 결투신과는 본질적으로 다르다. 다만 전쟁신에서 틀린 것이 많다. 왜 가면을 벗고 싸우는가? 배우 얼굴을 보이게 하려면 어쩔 수 없다고 이해하고 넘어가자. 그런데 사무라이들이 창과 칼과 활로만 무장하고 있는 반면에 정부군은 대포와 총을 갖추고 있다. 실제 세이난 전쟁에서는 반란군 역시 총을 다수 보유했다. 일본은 전국시대(戰國時代)에 이미 철포(鐵砲)라는 총이 도입되었다. 사실 영화에 나오는 반란군의 무장은 세이난 전쟁 훨씬 이전인 14-16세기의 무로마치 막부(室町幕府) 시대나 이후 전국시대 초반기에나 볼 만한 무장이다. 소총은 사무라이들이 임진왜란 때도 썼고, 구로사와 아키라(黑澤明) 감독의 영화 〈7인의 사무라이〉(七人の侍, 1954), 〈카게무샤〉(影武者, 1980), 〈란〉(乱, 1985) 등에서도 대포와 조총이 나온다.

전투 장면에서 정부군의 사격, 대포, 연발총이 끊이지 않고 퍼붓는데, 톰 크루즈는 죽지 않는다. 갑옷을 처음 입은 이가 어쩌면 그렇게 경쾌하게 싸울 수 있는지. 조총은 물론 연발 기관포, 대포도 그는 피한다. 아니 총탄과 포탄이 그를 피해간다. 당연하다. 그는 할리우드 신이고, 할리우드 007이다. 이 대목이 가장 할리우드 영화답다.

전투의 마지막에 정부군이 이기고 나서 오히려 사무라이들에게 절하는 장면이 나온다. 자신들의 전통을 지킨 자들에 대한 마지막 예우일 것이다. 그런데 정부군이 경애를 표하는 장면 자체가 지나치게 감상적이기도 하지만, 헛웃음이 나오는 것은 바로 전투 장면에서 남발한 잘못된 고증과 과장된 신출귀몰 때문일 것이다.

오리엔탈리즘과 할리우드 상업주의

첫째, 이 영화는 아시아 외부자의 시선으로 동양을 신비화시키는 오리엔탈리즘이 드러난다. 서구인들은 자신들이 모르는 동양을 미개한 사회로 여기거나 역으로 그 정신세계를 신비화시켜왔다. 이 영화는 서구인이 갖고 있는 일본인 이미지를 너무도 가볍게 재탕하고 있다.

영화의 도입부는 영화 전체를 지배한다. 후지산, 할복, 게이샤라는 세 가지 키워드가 반복된다. 기관총을 향해 칼을 들고 달려드는 사무라이의 죽음에 정부군이 절을 하는 도식적인 장면이나, 메이지 천황이 죽은 카츠모토의 칼을 받아들고 감복하여 서구인들에게 주체적인 결단을 내리는 식상한 설정으로 귀결되고 만다.

〈라스트 사무라이〉는 사극 액션 영화로서 손색이 없는 '웰 메이드' 영화다. 하지만 마음을 가다듬고 냉정한 거리를 두고 생각해볼 때 이 영화는 서구인이 한 동양 문화에 가질 수 있는 무조건적인 동경과 최대한의 신비화 그 이상을 보여주지 못한다. 궁중에서 젊은 메이지 천황은 대위에게 묻는다.

"그들은 싸우기 전에 얼굴에 색을 칠하고, 독수리 날개를 붙이고 싸운다고 들었다. 무섭지 않았는가?"

대위는 "그들은 용감한 민족입니다"라며 선주민을 존경하는 마음을 표현한다. 때로 '존경'은 '신비화'와 동격이 된다. 이 영화는 선주민을 신비화한 〈라스트 모히칸〉(The Last Of The Mohicans, 1992), 인디언을 신비화한 〈늑대와 춤을〉(Dances With Wolves, 1990), 티벳인을 신비화한 〈티벳에서의 7년〉(Seven Years In Tibet, 1997)과 닮아 있다. 네 작품 모두 주인공은 역사의 주류가 아닌 인디언이나 아시아인이다. 알그렌 대위가 사무라이를 무시하다가 예찬으로 바뀌는 과정은 다른 세 영화에서도 마찬가지다. 그리고 이 영화들의 주인공은 비참하게 죽는다.

둘째, 이 영화에서는 할리우드 영화산업의 상업술을 볼 수 있다.

할리우드가 보는 동양문화는 매트릭스에서 쿵후를 하는 것 그 이상이 아니다. 할리우드 영화는 동양 철학을 단순한 흥밋거리로 묘사하는 경우가 많다. 제작부터 일본 시장을 노리고 만드는 경우도 적지 않다. 주연도 일본인들이 특히 좋아한다는 톰 크루즈를 캐스팅했다.

〈블레이드 러너〉(Blade Runner, 1993)를 보면 미래의 사람들은 기모노를 입고 다닌다. 영화에서 미래는 매우 암울하고 매일같이 비가 오고 칙칙하기만 하다. 일본인이 세계의 주인이 된 암울한 미래를 상징한다. 물론 기계와 인간의 대결이지만, 배경에는 일본에 대한 경계가 깔려 있다. 같은 해에 만들어진 〈데몰리션 맨〉(Demolition Man, 1993)에서도 일본에 대한 경계심이 담겨 있다. 미래로 간 주인공은 기모노를 입고 있는 미래인을 목도한다. 일본 문화가 세계의 주류가 된 것이다. 1970-80년대 초반 영화들을 보면 악마나, 괴적들이 일본 사무라이 복장으로 많이 등장했다. 전부 반(反)일본 혹은 일본을 은근히 경계하는 표현이다.

2000년대에 들어가면서 할리우드 영화산업은 상업적으로 일본 시장을 보기 시작한다. 그 대표작이 〈라스트 사무라이〉(2003), 〈게이샤의 추억〉(Memoirs Of A Geisha, 2006), 〈이오지마에서 온 편지〉(Letters From Iwo Jima, 2006)다.

미국 우월주의 영화에서 이제는 미국 태평양통제권의 절대적 동반자인 일본을 띄워주기 시작한다. 미국은 레이거노믹스 이후에 신자유주의의 절대 동반자인 일본 이미지를 높여주면서, 동시에 상업적으로 이득을 보고 있다. 일본은 나름대로 후쿠자와 유키치의 탈아시아론처럼, 일본이 아시아에 속한 나라가 아니라 보다 독특한 나라라는 것이 영화를 통해 나타나기를 바라고 있다.

그러다 보니 이 영화는 정작 철저해야 할 현실 고증이 미숙하다. 메이지 천황이 궁전에서 체면 없이 어설픈 발음으로 영어로 말한다. 한 나라의 대표가 자신의 궁전에서 타국의 말을 한다. 마지막에 반란군의 일원이었던 톰 크루즈가 메이지 천황을 알현하는 장면은 폭소를 자아낸다. 반란군 대장이 한 나라의 대사가 천황과 협정을 위하여 알현하는 중에 막 들어올 수 있는지.

현대판 라스트 사무라이

이 영화는 일본에서 인기가 높았다. 일본에서 흥행 수입은 137억 엔, 관객 동원 수는 1,410만 명으로, 2004년에 상영된 영화 흥행 성적 1위였다. 미국 박스 오피스에서는 흥행 랭킹으로 첫 주에는 1위였으나 점차 혹평을 받고 순위가 내려갔다.

사실 세이난 전쟁에서 죽은 일본인 수는 17만이다. 동족들끼리 싸워 그렇게 죽은 것이다. 이에 비해 청일전쟁에서 죽은 일본인은 7천에 불과하다. 그런 것을 주제로 그린 이 영화를 보는 마음이 편안하지 않은 일본인도 많다. 영화를 보면서 군데군데 눈물을 흘리는 사람들 모습이 텔레비전에 소개되곤 했다.

일본인의 반응은 두 가지다.

첫째는 무사도를 아름답게 그린 영화로 감동하는 반응이다. 일본에서 이 영화를 TV에 광고할 때 "사무라이의 유전자를 계승하는, 모든 일본인에게"라는 카피를 썼다. 이 영화야말로 니토베 이나조(新渡戸稲造, 1862-1933)가 썼던 『무사도』(동서문화사, 2007)를 영상으로 구현했다고 할 수 있다. 이 책에서 니토베 이나조는 "한때 일본이 가지고 있던 미덕, 무사도야말로 앞으로 세계를 구할 것이다"라는 강한 구상을 말하고 있다. 영화를 보면서 사무라이의 유전자를 귀한 전통으로 다시 생각하는 일본인이 당연히 많다.

둘째는 이 영화가 만들어진 2003년의 정치적인 분위기에서 영화를 해석하는 반응이다. 이 영화를 보고 고이즈미 준이치로(小泉純一郎) 전 총리는 "미국인이 일본의 사무라이 정신을 이해해서, 호의적으로 표현해주었다"(「마이니치 신문」, 2003.12.28.)고 절찬했다.

영화의 마지막 장면에서 천황은 칼을 쥐면서 "확실히 우리들은 대포와 철도와 서양식 군복을 받았다. 그러나 우리는 우리가 일본인이라는 것을 잊어버렸다"고 말한다. 그러면서 미국과 무기수입조약을 멈추려는 의향을 보인다. 일순 침묵이 일고, 미국 대사는 화내며 퇴장하고, 오무라는 "확실히 카츠모토의 죽음을 추모하는 것 같습니다. 그러나 제가 목숨을 걸고, 이 일본을 위해 일하여 왔습니다"라고 천황에게 빨리 일미조약을 체결하자고 재촉한다. 그러나 천황은 오무라에게 "그렇게 생각한다면, 그대도 재산을 몰수하여, 백성에게 나누어 주라"고 말한다. 오무라는 천황의 기에 눌려 나간다. 그리고 마지막으로 천황은 대위에게 카츠모토가 "어떻게 죽었는지 말하라"고 한다. 이에 대위는 "어떻게 죽었는지가 아니라, 그가 어떻게 살았는지 가르쳐 주지요"라고 답한다.

'어떻게 살아야 할지' 철저하게 실리를 추구했던 고이즈미 준이치로 당시 수상은 수상 관저에 톰 크루즈를 초청해 나란히 사진을 찍기도 했다. 톰 크루즈는 영화 〈라스트 사무라이〉 앨범과 책을 수상에게 선물했다. 이어서 일본 정부는 10월 6일을 '톰 크루즈의 날'로 정하기도 했다. 왜 고이즈미 수상은 톰 크루즈를 초청했는가. 그것은 그가 일본의 사무라이 문화를 세계에 널리 알려준 의미도 있지만, 당시 톰 크루즈가 사무라이와 연합군이 되고, 오쿠보의 군대 또한 미군과 연합하는 연합군의 모습을 잘 보여주기 때문이었다. 이라크 파병을 야당에서 반대할 때 이렇게 일본과 미국이 연합하는 영상을 국민에게 보여주는 것은 이라크 파병의 정당성을 강조하는 데 아주 좋은 선전물이었다. 톰 크루즈와 이 영화는 고이즈미 정권의 원조군이었던 것이다. 고이즈미는 톰 크루즈와 몇 번에 걸쳐 사진을 찍고 폼을 잡았는데 그것은 사무라이와 미국의 연합을 상징하는 또 다른 현대판 연출이었다.

생각해보면 고이즈미와 아베 전 총리야말로 현대판 라스트 사무라이들이다. 고이즈미 총리는 중원을 해산시키고, 우체국을 개혁하는 라스트 사무라이의 모습으로 '잃어버린 10년' 이후 기력이 빠져 있는 일본 국민에게 열망과 집착을 보여주며 지지도를 얻었다. 또한 야스쿠니 신사 참배로 극우 보수세력의 인기를 얻었다. 일본은 현대판 라스트 사무라이를 계속 추구할 것인지 주목되는 오늘은 2007년 2월 6일이다.

(「쿨투라」, 2007년 봄호)

1815-1832

<레미제라블>

숭고의 데자뷰

데자뷰와 숭고미

소설 『레미제라블』(*Les Misérables*)과
영화 〈레미제라블〉(2012)이 2012년
대통령 선거가 끝나고 얼마 뒤 한국
사회에서 선풍적인 인기를 얻었다.
한국에서 이 영화를 본 관객은 600
만 명 가까이 된다고 한다. 흔히 이
작품이 한국 사회에서 이토록 인기
를 얻은 이유 하나를 '한국 사회의
데자뷰'이기 때문이라고 한다.

　이 영화를 만든 톰 후퍼(Tom Hooper) 감독이 어떻게 한국인이 이 영화를
이토록 좋아하는가 놀랐다고 한다. 한국 관객들이 시대 상황에서 일종의 기시
감(旣視感)을 느꼈기 때문이 아닐까. 2012년 대선에서 패배한 대한민국 진보

273

주의자들이 절망과 패배
감에서 회복하기를 바라
는 마음으로 이 영화에
몰려든 것이 아닐까. 적
지 않은 기사에서 영화
〈레미제라블〉이 광주항
쟁 등 한국 민주화 과정
의 데자뷰라는 말을 쓰
곤 한다.

동아일보 1931년 3월 2일

　　데자뷰(Dejavu)란
처음 만났는데 이미 만
난 듯, 처음 간 곳이 언젠가 왔던 느낌이 드는 현상을 말한다. 어떤 현상을 접
했을 때 이미 체험했다고 하는 인식, 남의 말 들은 것을 내 체험으로 착각하
는 '기억의 착오현상'을 뜻한다.

　　영화 〈레미제라블〉과 소설 『레미제라블』이 한국 사회에 열풍으로 불어
닥친 이유는 단순히 그 때문일까. 소설 『레미제라블』의 번역사에 대해 고찰
한 고지혜의 「해방 이후 아동문학 장(場)에서의 『레미제라블』 수용양상연
구」(『아동청소년문학연구』, 한국아동청소년문학학회, 2012)를 보자.

　　최남선은 1910년 7월 「소년」에 「ABC계(契)」라는 제목으로 번안한 『레
미제라블』을 연재했는데, 동아일보 1931년 3월 2일 자(위 사진)에는 1910년
번안본을 첫 번역으로 기록하고 있다. 이를 시작으로 1918년 이후 『애사』(哀
史), 『쟌발쟌』, 『빈한』(貧寒), 『짠발짠의 설음』 등으로 번역되었으며, 초역은
『애사』라는 제목으로 1918년 「매일신보」에 연재되었다. 1920년대 들어 단

행본으로 출판되기 시작하여, 『애사』(홍난파 옮김, 박문서관, 1922), 『장 발장의 설움』(홍난파 옮김, 박문서관, 1923) 등이 있다. 뿐만 아니라 해방 이후부터 1960 년대에는 총 10종의 축약본이 출판되었고, 1970년대만 하더라도 총 12종이 출간되었다. 그중 금성출판사 판본이 1971년 최초로 원제 『레미제라블』을 책 제목으로 삼고 있다. 1910년대부터 이 소설은 한국 사회에서 끊이지 않고 사랑받아온 작품이다. 이렇게 볼 때 이 소설과 영화의 흥행 성공을 단순히 '최근 한국 사회의 데자뷰'로 말하는 것은 이 담론이 갖고 있는 의미를 좁게 축소하는 결과를 가져올 수 있다. 게다가 한국 사회에서 이 작품을 '비참한 사람들'에 대한 이야기가 아니라, 장 발장 한 개인의 모험담으로 가르치고 있어 문제가 아닐 수 없다.

> 1960-1970년대의 정전화 과정을 거치면서 이 작품은 자연스럽게 '빵 한 조각을 훔친' 장 발장이 은촛대 사건으로 인해 교화되는 교훈적인 이야기로 한정되게 되었고, 현재 초등학교 6학년 1학기 『읽기』 교과서에도 이 작품은 '장 발장의 일생'이라는 제목 아래 도덕적인 교훈담으로 소개되고 있다.…아동들에게 『레미제라블』을 '장 발장의 미담'으로만 접하게 하는 것은 그 자체로도 오독에 가까운 잘못된 독서지도일 뿐만 아니라 원전 『레미제라블』의 바람직한 수용을 방해한다는 점에서도 상당히 문제적이다(고지혜, 위의 글, 288쪽).

여기서 두 가지 문제를 생각하게 된다. 첫째, 이 소설이 장 발장 한 명만의 이야기인가 하는 점이다. 당연히 원작은 그렇지 않다. 장 발장이 주인공이기는 하지만 너무도 다양한 인물들이 역사의 흐름 속에 나타나고 있다. 둘째, 1910년대부터 한국 사회에서 이 이야기가 사랑받아온 까닭에 대한 질문이다. 나는 한국 사회나 세계인이 이 이야기를 좋아하는 보다 근원적인 원인이 있지 않을까 생각한다. 최근의 흥행에는 보다 근본적인 문제가 있다. 나는 그것을 '숭고미'(崇高美)라고 생각한다. 실제로 〈레미제라블〉에 관한 수많은 글에 '숭고'라는 단어가 등장하나, 다만 학술적인 논문에서 이 문제를 깊이 있게 다룬 작품은 아직 만나지 못했다. 따라서 〈레미제라블〉과 숭고미의 관계를 학술적인 깊이에서 분석하는 것이 내 숙제가 되었다.

숭고라는 판타지

'숭고'(崇高)란 한자 그대로, 서양어에서도 '높이 치솟음'(τὸ ὕψος/sublime/Erhabene)을 뜻한다. 아리스토텔레스의 『시학』 7장에서 아름다움과 크기에 대한 언급에서도 서술되고 있다. 이후 롱기누스(Longinus)의 『숭고에 관하여』(peri hyphos)에 보다 체계적으로 숭고에 대한 설명이 적혀 있다. 숭고는 단순히 미학적인 논리를 넘어 삶의 현실을 반영하는 개념으로 설명되곤 한다. 가령 우리말에서도 숭고는 고귀한 도덕적 행위를 수식하는 윤리적이거나 종교적인 용어로 사용되어왔다. 칸트는 『판단력 비판』에서 숭고(Erhaben, sublime)를 아름다움과 비교하며 설명한다.

> 신성한 숲속의 키 큰 너도밤나무와 쓸쓸한 그림자는 숭고하며/ 화단과 낮은 산 울타리 그리고 그림 속의 잘 가꾸어진 꽃들은 아름답다/ 밤은 숭고하며/ 낮은 아름답다(칸트, 『아름다움과 숭고함의 감정에 관한 고찰』, 1764).

아름다움과 비견하여 칸트에게 숭고란 절대적으로 큰 것, 측량할 수 없는 것으로 '절대적 위대함'(absolute magnum) 앞에서 느끼는 체험이다.

> 단적으로 큰 것을 우리는 숭고하다고 부른다. 그러나 크다와 크기이다는 전적으로 다른 개념(大, 量)이다. 또한 마찬가지로 어떤 것이 크다고 곧장(단순하게) 말하는 것은 그것이 단적으로 크다(절대적, 무비교적)고 말하는 것과 전적으로 다른 것이다. 후자는 일체의 비교를 넘어서 큰 것이다(임마누엘 칸트, 『판단력비판』, 백종현 옮김, 아카넷, 2009, 253쪽).

본질적으로 감성에 매개된 체험, 특히 긍정적 쾌감에 대비되는 불편한 쾌감이 숭고라고 칸트는 설명한다. 이 불편한 쾌감이 어떻게 미학적 쾌감으로 바뀔 수 있을까. 칸트는 인간이 어떠한 상황에서 숭고미를 체험하는가를 두 가지로 나누어 설명한다. 두 가지의 숭고는 '수학적 숭고'(mathematical sublime)와 '역학적 숭고'(dynamical sublime)다.

	수학적 숭고	역학적 숭고
대상	대상의 양적인 크기 물리적 크기에 따른 숭고	힘의 권력과 관계된 숭고
상상력	상상력이 대상을 포괄(감성적 포괄)하지 못하고 좌절하는 상황	자기 보존 능력(감성 능력)이 좌절하는 상황
예	분량, 성질	관계, 양상 깎아지른 낭떠러지 폭풍우가 몰아치는 바다
느끼는 감정	불쾌 → (이성적 판단) → 쾌	공포 → (이성적 판단) → 안도

가령, 우리가 거대한 절벽 앞에서 숭고를 느끼려면 '공포'를 느껴야 하고, 그 공포를 극복한 이성 능력이 있어야 하며, 이성 능력을 통해 안도를 느끼면, 불쾌가 쾌감으로 전환되면서 숭고를 느끼게 된다. 이렇게 숭고를 느끼게 되는 지점은 바로 상상력과 이성이 일치하는 순간이다.

슬라보예 지젝(Slavoj Zizek)은 자본주의 문화가 인간 욕망의 존재론적인 무한성을 추구하는 숭고와 유비 관계에 있다고 보면서, 그 근원적인 결여를 메우기 위해 환상과 이데올로기를 연결시키고 있다(『이데올로기라는 숭고한 대상』, 인간사랑, 2002, 390쪽)고 본다. 지젝은 유대교와 개신교의 신관을 비교하면서 숭고를 설명한다. 또한 그는 "아래로의 종합"이라는 표현을 쓴다.

누더기를 걸친 피조물 속에서의 신의 체현이 신과 인간 실존의 가장 저열한 형태 사이의 대조를 통해서 그 둘의 우스꽝스럽고 극단적인 불일치를 통해서 우리 사멸하는 인간에게 신의 참된 본성을 볼 수 있게 해준다는 것이 요점의 전부가 아니다. 오히려 요점은 이 극단적 불일치, 이 절대적 틈새가 '절대적 부정성'의 신성한 힘이다라는 것이다. 유대교와 기독교 모두는 신(성령)과 (감각적) 표상 영역의 절대적 불일치를 주장한다. 그 둘의 차이는 순전히 형식적인 성격의 것이다. 유대교의 신은 건널 수 없는 틈새에 의해 우리와 분리된 채, 표상을 통해 도달할 수 없는 너머에 거주한다. 반면 기독교의 신은 이 틈새 자체다. 그리고 바로 이러한 변동으로 인해 숭고의 논리에 변화가 생기며, 표상의 금지에서 가장 공허한 표상의 허용으로 나아간다. 이 '기독교적 숭고'는 '아래로의 종합'이라 불릴 수 있는 변증법적 운동의 한 특별한 양태를 내포한다(밑줄은 인용자, 슬라보예 지젝, 『부정적인 것과 함께 머물기』, 이성민 옮김, 도서출판b, 2007, 99-100쪽).

유대교는 "위로부터의 종합"이며 기독교는 "아래로부터의 종합"이라고 지젝은 언급한다. 이 말을 나는 '위로부터의 숭고' 그리고 '아래로부터의 숭고'라는 말로 바꾸어 적용하려 한다.

이외에 다양한 숭고미를 생각해볼 수 있겠다. 가령 나는 '숭고미'를 '그늘의 미학'으로 말한 적이 있다. 나는 '숨은 신'이란 이름을 빌려 절대적 초자아와 함께 있는 '그늘의 미학'에 대해 언급했었다.

> 비현실적인 밤은 모든 것을 덮어놓는다. 눈 아린 햇살의 환상은 사물을 착란시킨다. 사라질 것들 반대로 영원히 존재할 것들이 서서히 구분되는 그늘에서 '숨은 신'의 세상을 본다(김응교, 『그늘: 문학과 숨은 신』, 새물결플러스, 2012, 8쪽).

'숨은 신' 하면 루시앙 골드만이 쓴 같은 제목의 책과 그 책에서 다뤄진 얀세니즘의 비극적인 세계관을 생각하게 된다. 운명론적 은총관을 가진 얀세니스트(17세기 기독교의 한 분파)에게 하나님은 '숨은 신'일 수밖에 없고, 오늘날에도 세상을 보면 절대자는 숨어서 침묵하고 있는 것처럼 느껴질 때가 많다. 나는 '숨은 신'이 초자아를 모르는 사람들의 결핍과 눈물 속에도 숨어 계시다는 의미로 썼다. 같은 '숨은 신'이란 용어를 쓰면서 반전을 만들어 보았다. 그런데 이것이야말로 '레미제라블'이라는 거대한 서사를 푸는 하나의 숭고미가 아닌가 생각해본다. 이 작품의 모든 인물은 '숨은 신'(초자아)에 기대고 있다.

이제 이 작품의 인물을 분석하면서, 음악적인 요소도 함께 생각해보려 한다. 원작 소설이 뮤지컬로 처음 만들어졌던 1985년은 레이거노믹스 신자본주의 재편기였다. 이후 가속되는 신자본주의를 통해 세계는 중심국과 주변국으로 나뉘고, 주변국 국내의 빈/부 차이는 극도로 벌어졌다. 그래서 99% 빈자의 이야기를 담은 이 뮤지컬은 빈부격차에서 상처받은 자들을 위로하는 기능을 했을 것이다.

네 번의 눈물 노래는 숭고한 초자아와 대결하는 기도문 형식을 갖추고 있다. 거대한 빈 공간, 얼룩, 빈틈, 소문자a(라캉)를 겨냥하는 기도문이다. 자신의 존재 자체를 유지하기도 어려운 역사적 격변기에 모든 등장인물은 절대자를 숭앙한다. 절대적인 절대자와 피할 수 없는 역사의 흐름에서 이 작품에는 역학적인 숭고미가 작동하고 있다.

"위력이란 커다란 장애를 압도하는 능력이다. 위력이 그 자신 위력을 소유한 어떤 것의 저항 또한 압도한다. 그 위력이 그 자신 위력을 소유한 어떤 것의 저항 또한 압도하면, 바로 그 위력은 강제력이라고 일컬어진다. 미각적 판단에서 우리에 대해서 아무런 강제력도 가지지 않은 위력으로 고찰되는 자연은 역학적으로 숭고하다"(임마누엘 칸트, 앞의 책, 269쪽)는 거대한 숭고미가 이 작품 전체를 억누르고 있다. 그래서 이 뮤지컬 영화에서 주요 노래들이 모두 기도문 형식을 취하는 것은 자연스러운 일이다.

숭고한 인물들: 초자아의 대결

소설 『레미제라블』과 영화 〈레미제라블〉은 프랑스 역사에서 가장 절망적인 1815년부터 1832년까지를 배경으로 한다. 1789년 신흥시민계급과 민중들은 '자유 평등 박애'의 기치 아래 왕 - 귀족 - 승려 계급의 구체제(Ancient

Regime)에 혁명을 일으켰다. 혁명의 결과 1792년 처음 탄생한 공화정을 접수한 나폴레옹은 공화정을 황제정으로 바꾼다. 1815년 워털루 전투에서 패한 나폴레옹이 실각하자 구체제 세력들이 다시 왕정을 복원시키는데, 이 지점에서 영화가 시작된다. 삼색기는 금지되고, 권위주의가 부활하고 수구세력의 역사적 반동은 극에 달했다. 영화 속에 등장하는 '비참한 존재들', 판틴, 코제트, 노동자, 창녀 등 가난한 자들에 대한 묘사는 이 시절을 배경으로 하고 있다.

1830년 7월 혁명이 성공하지만, 부르주아 시민계급은 민중들의 핏값을 외면한다. 2년 뒤, 공화정 회복을 도모하는 청년들이 라마르크 장군 장례식을 계기로 다시 바리케이드를 쌓는데, 영화 〈레미제라블〉 후반에 나오는 1832년 6월 항쟁이 이 사건이다.

1845년(43세) 상원의원이 된 원작자 빅토르 위고는 1851년 나폴레옹 3세 쿠데타에 반대하다, 추방되어 19년간 섬에서 망명 생활을 하면서 체험이 녹아든 『레미제라블』을 썼다. 이후 역사소설 『93년』도 썼다.

이 작품의 주요 스토리는 네 가지다. 첫째, 장 발장에게 깨달음을 준 미리엘 신부 이야기다. 이 이야기가 영화에서는 간략하게 나오지만 소설에서는 중요한 서두로 서술된다. 둘째, 빵을 훔친 장 발장이 19년간 감옥생활을 하고 또 도둑질을 하다 들켰으나 주교의 사랑으로 회개한다. 셋째, 국가 법질서 유지에 온몸을 바친 자베르 형사가 장 발장을 뒤쫓다 장 발장의 관용을 감당하지 못하고 자살하는 부분이다. 넷째, 프랑스의 열악한 노동 조건과 극심한 빈부격차로 양산된 레미제라블(비참한 사람들)의 6월 항쟁(1832)이 전개된다. 인간이 어쩔 수 없는 거대한 역사적 흐름에 휩싸여 있는 이 시기에 모든 등장인물은 숭고하다. 귀에 걸면 귀걸이라는 말처럼, 숭고라는 개념은 위낙 다양하지만 이 작품에서 숭고하지 않은 존재는 없다.

첫 번째, 주목해야 할 것은 영화보다 원작 소설에서 강조되는 미리엘 신부의 숭고미다. 그는 이 작품 전체를 숭고미로 감싼다. 영화에서는 잠시 등장하지만 소설에서는 전체 분량의 1/10 정도가 될 만치 중요하다. 민음사 번역본 1권 150면까지 거의 미리엘 신부의 숭고한 삶이 표현되고 있다. 미리엘 신부는 평생 빈자와 환자와 고행하는 자를 위해 일생을 바친 존재다. 약자를 살피고 뜰을 가꾸는 일이 그의 삶의 전부였다. 그는 이것을 한 가지로 표현해서 "인간의 정신도 뜰이다"(빅토르 위고, 『레미제라블 1권』, 민음사, 2012, 38쪽)라고 말했다. 그의 삶은 세 가지 인용문으로 느낄 수 있다.

① 여기에 미묘한 차이가 있다. 의사의 집 문은 결코 닫혀 있으면 안 되고, 목자의 집 문은 늘 열려 있지 않으면 안 된다(빅토르 위고, 앞의 책, 49쪽).

② 도둑이나 살인자를 결코 두려워해서는 안 돼. 그건 외부의 위험이고 작은 위험이야. 우리들 자신을 두려워하자. 편견이야말로 도둑이고, 악덕이야말로 살인자야. 큰 위험은 우리 내부에 있어. 영혼을 위협하는 것만 생각하자(빅토르 위고, 앞의 책, 55쪽).

③ 당신은 당신이 누구인지를 내게 말하지 않아도 좋았소. 여기는 내 집이 아니라 예수 그리스도의 집이오. 이 집의 문은 들어오는 사람에게 이름을 묻지 않고, 다만 그에게 고통이 있는가 없는가를 물을 뿐이오. 당신은 고통 받고 굶주리고 목마른 사람이므로, 잘 오셨소. 그리고 내게 감사하지 말고, 내가 당신을 내 집에 맞아들였다고 말하지도 마시오. 여기는 피신처를 필요로 하는 사람 외

에는 아무에게도 자기 집이 아니오. 당신에게, 지나가는 당신에게 이 말을 하겠
는데, <u>여기는 나의 집이라기보다는 당신의 집이오. 여기 있는 것은 모두 당신
것이오</u>(빅토르 위고, 앞의 책, 144쪽, 밑줄은 인용자).

인용문 ①에 "닫혀 있으면 안 된다"와 "열려 있지 않으면 안 된다"는 말이 있
는데 결국 두 문장은 영혼을 치료하는 구도자의 문은 육체를 치료하는 의사
의 문처럼 늘 열려 있어야 한다는 뜻이다. ②에서 미리엘 신부는 외부의 도
둑보다 '내부의 편견'이 우리의 영혼을 위협한다고 말한다. ③에서 미리엘
신부는 완전히 나누는 나눔의 공동체를 표현한다. 영화에서는 미리엘 신부
가 부르는 노랫말이 그의 인격을 보여준다.

> 들어오게, 지친 자여. 밤바람이 차갑네.
> 우리네 삶은 험난하지만 가진 걸 함께 나누면 되지.
> 활기를 찾게 해줄 포도주와 기운을 내게 해줄 빵도 있네.
> 침대에 누워 아침까지 편히 쉬게.
> 고통과 부당함은 잊고서(07:39-08:20).

그렇지만 영화에서 미리엘 신부의 인격을 설명하는 구절은 소설에 비해 현
격히 적다. 영화는 미리엘 신부에 대한 정보를 따로 길게 주지 않고, 이미 알
고 있는 내용을 떠올리도록 최소한의 정보만 주고 있다. 이렇게 하늘의 뜻을
지상에서 철저히 실천하려는 미리엘 신부의 삶은 철저하게 숭고하다. 칸트
의 말을 빌려 설명하자면 "저것(즉 숭고의 감정)은 단지 직접적으로 생기는 쾌
이다. 곧, 이 쾌는 생명력들이 일순간 저지되어 있다가 곧장 뒤이어 한층 더

강화되어 범람하는 감정에 의해 산출되는 것으로, 그러니까 그것은 감동으로서, 상상력의 활동에서 유희가 아니라 엄숙한 것으로 보인다.…숭고한 것에서 흡족은 적극적인 쾌가 아니라, 오히려 경탄 내지는 존경을 함유하며, 다시 말해 소극적 쾌라고 불릴 만한 것"(임마누엘 칸트, 앞의 책, 249쪽)이다. 그리고 이 숭고미는 '위로부터의 숭고미'가 아니라, 낮은 자들과 함께하는 '아래로부터의 숭고미'다.

두 번째, 주인공 장 발장의 숭고미는 철저한 상승 지향의 '아래로부터의 숭고'다. 그의 숭고미는 더러운 시궁창에서 배를 끌어당기는 첫 장면에서부터 시작된다.

빅토르 위고는 장 발장의 삶을 완전히 바닥에서부터 출발시킨다. 영화에서는 장 발장이 얼마나 처참한 심정이었는지 화면으로만 표현하고 있다. "고개 숙여, 고개 숙여, 그들과 눈 맞추지 마라"(Look down, look down. Don't look 'em in the eye)라는 가사는 장 발장이라는 인물의 삶을 밑바닥으로부터 출발시킨다. 죄수들은 간수들의 눈을 맞추지 못할 정도로 비참한 생활을 하고 있다.

> 낭비해버린 지난날을 절대 잊지 말자.
> 저들이 내게 한 짓을 잊지 않을 거야.
> 죄인은 저들이야, 저들 모두(05:50).

영화로 보면 장 발장은 죄수지만 인격을 갖춘 인물이다. 그런데 소설에서는 장 발장이 악행만 꿈꾸는 분노의 화신으로 표현되어 있다.

> 장 발장은 십구 년 동안 형무소에서 형성해놓은 그대로 두 가지 악행을 행할 수 있게 되었다. 첫째는 자기가 받은 악에 대한 보복으로서 행하는 급속하고 반사적이고 무의식적이고 본능적인 악행이요. 둘째는 그러한 불행이 줄 수 있는 그릇된 생각을 가지고서 마음속에서 따져 생각한, 진지하고 중대한 나머지 악행이다. 행동하기 전에 그가 하는 사색은 연속적인 세 단계를 거쳤는데, 그것은 어떤 종류의 기질을 가진 자들만이 거칠 수 있는 순서로서, 추리, 의지, 집요함이었다. 그의 행위의 원동력은 상습적인 분노, 마음의 고통, 자기가 당한 불공평에 대한 뿌리 깊은 감정, 반발이었다. 그의 모든 사상의 출발점은 도착점과 마찬가지로 인간의 법률에 대한 증오였는데…(빅토르 위고, 앞의 책, 172쪽).

악만 남아 있던 장 발장이 변한다. 장 발장의 삶이 더럽고 끔찍하고 비참할수록 역설적으로 그의 삶이 갖는 숭고성은 강화된다. 마치 비참한 이웃과 함께했던 예수의 숭고함이 강화되는 방식의 역방향으로 장 발장의 삶은 숭고하게 표상된다.

기독교는 숭고의 경계 내에 머물기는 하지만 칸트의 것과 정반대 방식으로 숭고한 효과를 낳는다.…표상적 내용을 상상할 수 있는 가장 낮은 수준으로까지 환원함으로써 표상의 층위에서 예수는 '사람의 아들'이며, 두 명의 평범한 도적들 사이에서 십자가형을 당한 초라하고 불쌍한 피조물이다. 그리고 그의 속세적 외양의 바로 이와 같은 전적으로 비참한 성격을 배경으로 해서 그의 신성한 본질은 더더욱 강력하게 빛을 발하는 것이다(임마누엘 칸트, 『판단력 비판』, 98쪽).

장 발장의 삶을 영화 서두에서 비참하게 하면 할수록 그의 숭고미는 빛을 발한다. 굶주림에 빵을 훔쳤다가 징역형을 받아 무전유죄(無錢有罪)의 공감을 일으키는 장 발장의 삶에서 우리는 세 가지 변화를 목도한다. 장 발장 역을 맡은 휴 잭맨은 본래 1996년 뮤지컬 〈미녀와 야수〉로 시작하여, 2004년 토니상에서 뮤지컬 남우주연상을 받았다. 장 발장이 아버지가 된 기쁨을 노래하는 "Suddenly"는 따뜻한 곡이다. 첫째, 장 발장은 처음엔 신부에게 촛대를 받으며 사랑을 깨닫는다. 인간에 대해 철저하게 절망해있던 장 발장에게 미리엘 신부는 한 번도 생각해보지 못했던 사랑을 베푼다. 장 발장은 "사지를 와들와들 떨었다. 그는 얼빠진 사람처럼 그저 기계적으로 그 두 자루의 촛대를 받았다"(빅토르 위고, 앞의 책, 192쪽)고 할 정도로 충격을 받는다.

둘째, 창녀 판틴의 딸 코제트를 구제하는 것이 하나님이 자기에게 준 소명이라고 깨닫는다. 셋째, 혁명에 참여한 학생들을 만나며 구조변혁에 자기도 모르게 참여하며 깨닫는 한 인간의 성숙 과정을 볼 수 있다.

장 발장의 변화는 사도 바울과도 비교할 수 있다. 알랭 바디우에게 바울이 다마스커스에서 예수를 만난 사건은 '진리-사건'이다(김응교, "다마스커스와 안디옥의 진리 사건―알랭 바디우『사도 바울』", 「복음과상황」, 2010년 9월 호). 알랭 바디우의『사도 바울』2장에서 우리는 바울-예수의 연속성에 대해 묻게 된다. 바디우에게 중요한 것은 바울이 경험했던 '진리-사건', 바로 다마스커스 도상에서의 환상과의 만남 다시 말해 바울의 진리-사건이었다.

바울에게는 '부활하신 그리스도'가 바로 그 사건의 이름이다. 사실상 바울 서신에는 소위 '역사적 예수'에 대한 관심이 드러나지 않는다. 바울은 예수의 생애, 그의 가르침, 그의 기적들에 별로 관심이 없다. 바울은 오로지 예수의 죽음과 부활, 아니 '부활'만을 강조한다. 바울을 이전과는 전혀 다른 사람으로 만든 것은 부활한 그리스도와의 만남이었다.

그리스도의 부활이라는 사건은 그리스인이든 유대인이든 상관하지 않고 모두를 평등한 아들들로 만든다. 바디우는 바울에게서 이러한 사건 이후적인 주체, 즉 투사-주체를 발견한다.

사울이 바울로 변하는 사건은, 진리-사건을 통해 주체화되어가는 과정을 말한다. 삼각형과 동그라미가 만나는 방법이 있을까. 그것은 원뿔 삼각형이 되는 것이라고 바울의 삶이 말한다.

바디우에게 진정한 의미에서 주체란 사건의 보편적 효과를 선언하고 모든 이에게 그것을 전달하는 자다. 또한 그 존재는 "보편적 진리성"을 갖고 있는 존재다. 다마스커스 사건은, 삼각형(사울)과 원(예수)이라는 도저히 합치될 수 없는 개별자를 원뿔형(바울)으로 만나게 한다.

장 발장의 변화도 바울의 변화 과정과 비교해서 볼 수 있다. 악으로 살아왔던 장 발장은 미리엘 신부를 만나고, 이후 "나는 누구인가?"(Who am I)를 묻는 장면에서 변화가 생긴다. 광야와 고원을 헤매던 그는 과감히 가석방 문서를 찢어버린다. 이러한 변화에 배경을 이루는 광야 혹은 고원은 그의 숭엄미를 부각시킨다. 광야란 "우리의 감성을 넘어서는 어떤 것을 생각하게"(임마누엘 칸트, 『판단력 비판』, 208쪽) 하는 풍경이다. 광야라는 끝없는 무한의 세계는 그 벌판에서 걸어가는 존재를 이미 숭고한 대상으로 표상시킨다.

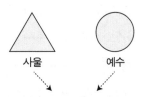

바울의 다마스커스 '진리-사건'

사울　　예수

다마스커스에서 예수와의 만남
증명 불가능한 '공백의 드러남'
잉여적 부가물
= '사건'이 가지는 은총
= 진리-사건

Saint
바울의 탄생

　　이렇게 볼 때 장 발장은 니체의 『차라투스트라는 이렇게 말했다』에 나오는 어린아이 같은 인물이다. 니체는 정신의 세 가지 변화를 낙타와 사자와 어린아이에 비유했다. 낙타는 의무와 복종의 정신을 상징하고, 사자는 부정과 자유의 정신을, 그리고 어린아이는 망각과 창조를 상징한다(프리드리히 니체, 『차라투스트라는 이렇게 말했다』, 열린책들, 2000, 38-41쪽). 장 발장에서 마들렌으로 변하는 과정은 운명에 복종하는 낙타 유형도 아니고, 무조건 저항하는 사자 유형도 아니며, 인생을 낙관하며 슬픔을 놀이처럼 주이상스(Jouissance)를 통해 이겨나간 아이 유형을 보여주는 것이다. 장 발장은 자기만의 길을 가는 단독자(Singularity)이며, 들뢰즈가 말하는 "애벌레 주체"의 모습이기도 하다. 어떠한 시대적 한계와 변화 속에서도 장 발장은 자기의 길을 간다는 의미에서 철저하게 단독자의 삶을 보여주고 있다. 그런 의미에서 장 발장은 근대적 인물 유형을 보여준다고 할 수 있다.

세 번째, 경감 자베르의 법질서 유지를 위한 '법질서의 숭고미'도 빼놓을 수 없다. 그것은 그의 자살로 극대화된다.

불우한 가정환경을 극복하고 공무원으로 출세했던 자베르는 법질서야말로 자신과 국가를 지탱하는 근본이라고 믿는 성실한 인물이다. 법질서를 위반하는 사람들을 싫어하는 그에게 혐오감의 대상은 장 발장이다. 법질서 유지를 위해 극단적으로 성실한 그에게 우리는 공감하기도 한다. 가령, 2010년 뮤지컬 〈레미제라블 25주년 기념 공연〉에서 자베르 역으로 흑인 가수가 등장하는데, 사실 그 시대에 경시청 경감이 흑인이 될 리 만무하다. 그런데 오를 수 없는 위치에 오른 흑인이야말로 백인이 만든 법질서에 절대적으로 복종할 것이라는 망상을 관객은 상상하게 된다. 연출가는 법질서에 대한 완벽한 복종을 표상하려고 자베르 역을 흑인 가수로 배치한 것이 아닐까.

법질서에 절대적으로 충성하는 자베르는 의식 있는 보수주의자다. 자베르의 삶은 법질서라는 상징적 질서(초자아)를 절대선으로 확신하는 숭고미다. 그렇다면 장 발장과 자베르의 대결은 서로 다른 숭고미의 대결이다. 신학적으로 장 발장과 자베르의 대결은 복음적 태도와 율법적 태도의 대립으로 볼 수도 있다.

그런데 법질서를 절대적으로 믿는 그에게 도저히 용납할 수 없는 상황이 펼쳐진다. 자베르가 혐오감의 대상이었던 장 발장에게 목숨을 구제받는 어처구니없는 상황을 경험하는 것이다. 결국 자베르는 자살을 선택한다.

자베르의 자살을 어떻게 해석해야 할까. 단서는 "오늘 그가 내 목숨을 살려줌으로써 내 영혼을 죽였다"고 한탄한 자베르의 노랫말이다. 이 대사는 법질서 위에 자비와 사랑과 희생이 있음을 역설하고 있다. 그렇다면 자베르는 자신의 삶이 단순히 진리의 헛것(시뮬라크르, simulacre)을 헛돌고 있다는 것을 깨달았다는 말일까. 자신의 성실함이 한나 아렌트가 지적한 대로 파시즘의 구조 안에서, 생각 없이 "악의 보편성" 안에서 성실하게 살아온 삶이었다는 것을 깨달았다는 말일까. 아니면, 그는 자신의 숭고가 장 발장의 숭고에 무시를 당한 '모욕감'으로 인해 자살을 선택했을까. 장 발장의 숭고에 자신의 숭고가 초라해지자 그 '모욕감'과 '부끄러움' 사이에서 자살을 선택했을 때 그는 "근본악"(칸트)으로서의 존재 기능을 확실히 마감한다.

네 번째, 부차적인 인물들이 보여주는 '혁명적 숭고함'이다. 그 숭고함은 바리케이드로 상징된다. 이 작품은 혁명이 실패하는, 좌절에 좌절을 반복하는 상황이 배경이다. 극한의 절망적 상황에서 '비참한 사람들'(Les Miserables)이 어떻게 살아가는가를 이 작품은 드러내고 있다. 공장 신(scene)에서 불리는 "하루가 끝날 때쯤"(At the end of the day)의 노래는 가난을 가장 구체적으로 표현한다.

직공들의 노래는 현악기의 빠른 리듬으로 쉴 틈 없는 노동자의 삶을 보여주고 있다.

이어 굶주린 조카딸을 위해 빵 한 덩이를 훔친 죄로 19년간 옥살이를 한 장 발장, 백마 탄 왕자와 영원한 사랑을 꿈꾸었으나 결국 공장에서 쫓겨나고 창녀로 전락하고 만 판틴의 노래 "나는 꿈을 꾸었네"(I Dreamed a Dream)는 이 영화의 앞부분에서 관객들을 전율케 한다.

이 노래는 판틴의 삶과 꿈을 안단테(Andante)로 절실하게 전하고 있다. 제 키보다 훨씬 큰 빗자루를 힘겹게 끌며 사기꾼 테나르디에 부부의 여관을 쓸고 닦는 다섯 살짜리 코제트는 바로 원작 소설 서문에 나오는 세 가지 문제의 모습들이다.

이 시대의 세 가지 문제, 프롤레타리아 탓으로 남자가 낙오되고, 굶주림으로 여자가 타락하고, 어둠 때문에 아이들이 비뚤어지는 세 가지 문제가 해결되지 않는 한 이러한 책들이 쓸모없지는 않을 것이다(빅토르 위고, 『레미제라블』서문, 1863.1.1.).

1789년 실패한 프랑스 대혁명 이후 40여 년이 지난 1832년 6월 초, 매일 죽음으로 내몰리는 노동자들, 부두에서 싸구려 사랑을 나누는 창녀들의 삶이 영화에 펼쳐진다. 비참한 삶을 묵과할 수 없던 공화파 청년들이 7월 혁명이 있은 지 2년 뒤, 공화정 회복을 도모하며 라마르크 장군의 장례식을 계기로 다시 바리케이드를 쌓았다. 이것이 1832년 6월 항쟁이다. 그러나 민중들마저 청년 학생들의 행동을 외면하여 그들의 거사는 실패로 끝났다.

바리케이드를 세웠지만 2만 명이 넘는 정규군의 적수가 되지 못했다. 산업혁명이 한창이던 당시 프랑스에서는 유럽에서 가장 앞서 규격 부품을 이용해 머스킷(장총)을 대량생산하는 기술이 발전했다. 2열 종대로 늘어선 군인들의 머스킷이 불을 뿜자 허술한 바리케이드 뒤에 몸을 숨기고 있던 청년들이 쓰러진다. 결정적인 순간에 시민들은 창문을 닫고 외면했다.

이날 항쟁으로 200여 명이 숨진 것으로 적고 있는데, 굴비처럼 줄 맞춰 누워 있는 영화 속 시신들의 모습은 1980년 5·18 광주민주화운동을 겪었던 우리에게 낯설지 않은 장면이다. 재일사상가 서경식은 그 장면에 대해 이렇게 기록했다.

한 가지 덧붙이자면, 가브로슈는…들라크루아의 명화에서 자유의 여신과 함께 앞장선 모습으로 묘사된 그 소년이다. 그 장면은 1832년 6월 폭동을 제재로 한

것이다. 프랑스 혁명과 나폴레옹 전쟁 뒤의 반동기, 복고된 7월 왕정에 저항한
혁명의 한 장면이다.…바리케이드 싸움에서 패배한 젊은이들의 유해가 바닥에
줄지어 놓인 장면이 있었다. 그것은 내게 광주 5·18을 연상케 했다. 1830년대
의 프랑스 7월 혁명(실제로는 그 훨씬 이전)부터 1980년의 한국으로, 전 세계
에서 도대체 얼마나 많은 주검들이 그렇게 널브러져야 할까(서경식, "레미제라
블", 「한겨레」, 2013.2.18.).

이 글에는 두 가지 이미지가 소개되고 있다. 하나는 프랑스 루브르 박물관에
있는 외젠 들라크루아가 그린 "민중을 이끄는 자유의 여신"이며, 다른 하나
는 1980년 광주민주화운동 이후 죽어간 시체의 이미지다.

"민중을 이끄는 자유의 여신"이라는 제목의 위 그림은 1830년 왕정복고에 반대해서 봉기한 7월 혁명 당시의 거리를 그렸다. 가슴을 드러낸 자유의 여신, 정장 차림의 신사, 죽어 있는 왕당파 군인들, 오른쪽 끝에는 권총을 든 모자 쓴 부랑아가 눈길을 끈다. 영화 〈레미제라블〉에서 테나르디에 부부의 외동딸 에포닉이 혁명가 마리우스를 사랑하여, 눈물로 "나 자신에게"(On My Own)를 부르고, 총에 맞아 죽는 장면은 아주 감동적이다. 그녀는 부모와 다른 진실한 민초의 모습이다. 무엇보다도 감동적인 숭고미는 자베르 경감이 빈민가의 소년이었던 가브로쉬가 비극적인 죽음을 맞이하자 그의 주검 위에 훈장을 놓는 장면이 아닐까. 이렇게 영화 곳곳에 고전적인 이미지가 내장되어 기억을 회억(回憶)하게 한다.

영화는 버려져 물 위에 떠다니는 삼색기로 시작한다. 혁명 과정에서 수많은 사람이 죽어간다. 혁명은 바리케이드의 이쪽과 저쪽의 민중이 서로 연대할 때에만 비로소 가능하다는 사실을 다시 확인하게 되는 것이다. 영화의 마지막 바리케이드 장면에서 그 위로 거대한 삼색기가 군중에 의해 높이 들어 올려지면서 영화는 끝이 난다. 바리케이드 장면이야말로 '혁명적 숭고미'를 극대화시켰다고 할 수 있다. 버려졌던 깃발이 군중들에 의해 높이 들어 올려진다. 고원(高原)으로 상징되는 높은 곳은 위압감을 주기도 하지만, 우리의 이성 판단을 거치면 오히려 안도감과 함께 쾌감과 감동을 유발시킨다. 그 쾌감은 숭고함이며, 판타지의 쾌를 융기(隆起)시키는 것이다. 이러한 높이는 공포가 아니라, 오히려 대적 세력에 맞서는 자기보존의 근거가 된다.

마지막 노래 "들리는가, 민중의 노래를"(Do you hear the People Sing)은 영화를 마무리하는 '희망의 노래'다. 행진곡풍으로 영화 전체의 메시지를 힘있게 압축하고 있다.

숭고의 데자뷰

프랑스 혁명 100년사는 한국 민주주의 역사, 4·19혁명, 5·18광주민주화운동, 87년 6월 항쟁 등과 유사하다. 그래서 뮤지컬 영화 〈레미제라블〉에 '한국 현대사의 데자뷰'라는 말이 많이 쓰였다. 한국 대통령 선거의 힐링용으로 쓰였을 가망성도 있다. 나는 이 글에서 영화 〈레미제라블〉의 흥행을 그보다 더 근원적으로 숭고미의 반복으로 보았다. 원작자나 감독의 의도는 보다 궁극적인 곳에 있다는 것을 말하고 싶었다. 그 반복을 '숭고의 데자뷰'라는 말로 표현하고 싶었다.

이 글에서 칸트의 두 가지 숭고미, 곧 수학적 숭고와 역학적 숭고를 설명하고, 지젝이 말했던 위로부터의 숭고와 아래로부터의 숭고를 설명했다. 미리엘 신부와 장 발장은 아래로부터의 숭고로 보았다. 자베르 경감은 법질서를 숭앙하는 위로부터의 숭고로 보았다. 부차적인 인물들인 시민들의 숭고는 혁명적 숭고로 보았다.

영화의 중요한 노래들은 기도문으로 이루어졌고, '사랑 – 신앙 – 혁명'의 일치를 노래하고 있다는 것도 밝혔다. 결국 주제는 죄와 용서와 구원이지만, 이는 인간에 대한 궁극적 질문이다. 이러한 모든 꿈이 종합된 노래는 "하루만 지나면"(One Day More)이다.

이 노래에서는 여러 군상이 각자 생각하는 내일과 희망을 노래한다. 장 발장은 하루만 지나면 코제트를 데리고 프랑스를 떠날 생각이고, 코제트와 마리우스는 "그대와 함께 새로운 삶을 시작하고 싶어라"를 노래하고, 에포닌은 영영 사랑이 떠날 것 같은 생각에 슬퍼하고, 앙졸라와 청년들은 새로운 시대가 열릴 것을 고대하고, 자베르는 혁명을 분쇄할 계획을 노래하고, 테나르디에는 죽어 나자빠질 혁명가들의 시체에서 한몫 챙길 것을 희망한다. 그 꿈은 모두 각자의 절대자에게 기도하는 형식을 취한다.

　인물의 서사와 노래 가사만이 이 영화를 숭고하게 하는 것은 아니다. 지미집 카메라로 허공에서 화면을 잡다가, CG로 파노라마 롱테이크를 잡다가, 갑자기 캐릭터의 얼굴 주름까지 스크린에 꽉 채워 포커싱하는 기술은 우리를 영상미학적 숭고미로 몰아넣는다. 거대화면과 미시화면을 번갈아 보여줄 때 영상미학적 낯설음(uncanny)은 증폭된다. 이러한 영화 기술적 문제를 이 글에서 다루지 못했던 한계를 남기며 글을 맺는다.

(『영상예술연구』, 2013)

〈마리 앙투아네트〉

미완성의 혁명과 불행한 여성

〈마리 앙투아네트〉(2006)는 120분 동안 프랑스 왕족의 시각에서 그들이 어떻게 살았을지 담은 영화다.

"빵이 없으면 케이크를 먹으면 되잖아요."

마리 앙투아네트(Marie Antoinette d'Autriche, 1755~1793)가 한 말은 아니라지만, 사치스러운 왕족들이 할 수 있는 말로 프랑스 혁명 당시 회자되었다.

눈곱만치도 궁핍을 경험해

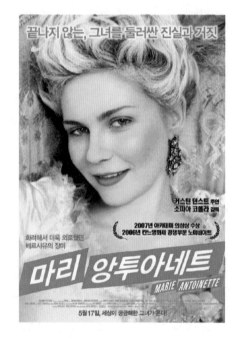

본 적이 없는 그녀는 악녀인가, 비운의 여인인가. 오스트리아인으로 태어난 14세의 마리 앙투아네트는 프랑스로 시집간다. 열네 살이면 중학교 1학년

정도랄까. 이 영화는 너무도 어린 나이에 프랑스와 오스트리아의 수교라는 무거운 숙제를 떠맡은 여인의 이야기다. 그녀는 프랑스 귀족들에게서 "오스트리아 촌년"이라는 뒷말에 시달리면서도 웃음을 잃지 않는다.

영화에서 남편 루이 16세가 그녀와 잠자리를 갖지 않는다. 그녀는 남편을 품에 안으려 서툰 노력을 하지만 아이를 가질 수 없었다. 일설에 따르면 루이 16세는 포경수술 받을 때 고통스러운 경험을 해서 그 트라우마에서 벗어나는 데 시간이 오래 걸렸다고 한다. 잠자리를 같이 해도 7년간 자식을 못 가진 그녀는 차별과 외로움에 급기야 통곡한다. 우울증을 극복하려는 듯 그녀는 머리 손질에 신경을 쏟다.

"오늘 네 머리가 멋지구나. 거기에 애완동물을 기르거나 다른 걸 둬도 되겠는걸"이라며 오빠가 놀라는 장면까지 나온다.

포마드 기름, 쇠기름, 밀가루 따위를 써서 머리를 높이 올렸는데, 그 모습은 소문이 나서 흉년과 치솟는 물가에 시달리고 있던 서민들의 분노에 불을 붙이는 요인이 된다.

한편 왕비와 애첩들이 지내는 쁘띠 트리아농궁에 그녀가 작은 농장을 꾸리는 장면은 낯설다. 사료에 따르면 짐승이나 포로에게나 먹였던 감자는 당시 '악마의 열매'였는데 그녀가 감자를 경작했다고 한다. 가슴에 감자꽃까지 꽂고 다닌 그녀로 인해 프랑스인들이 감자를 다시 생각하기 시작했다는 설도 있다. 감자를 키우는 그녀가 스웨덴 귀족과 불륜에 빠졌다는 소문이 퍼진다.

영화에 그 유명한 명화 "자녀들과 함께 있는 마리 앙투아네트"(1787) 장면이 잠깐 나온다. 영화에 설명은 안 나오지만, 민중들의 반감을 누그러뜨리려 안정된 삼각형 기법으로 자애로운 어머니, 초월적인 어머니를 그렸다고 한다. 사실 궁전의 집사
와 하녀가 사망했을 때
그 아이들을 입양하기도
했던 따스한 그녀는 가
정적인 초상화를 그려
알렸지만, 국민밉상이라
는 이미지는 바뀌지 않
았다.

결국 1789년 7월 14
일, 혁명군에 의해 프랑
스 혁명이 발발하고, 분
노한 군중은 베르사유
궁전으로 몰려온다. 사
치와 권력을 누리던 루이 16세와 마리 앙투아네트가 베르사유 궁전을 떠나
는 장면으로 영화는 끝난다.

　"이 길이 맘에 드오?"

　"작별을 고하려고요."

　영화에 나오는 마지막 대화(01:55:00)다. 작별이라는 단어는 단지 베르
사유 궁전과의 작별만이 아니라, 지상의 삶을 작별하는 역사적 사건을 암시
한다. 오스트리아로 가던 중에 인민들에게 붙잡혀 콩코르트 광장에서 처형
당하는 장면은 영화에 나오지 않는다. 38세 생일을 2주 앞두고 그녀는 단두
대에서 처형된다. 1년 동안 17,000명을 단두대로 보냈던 로베스피에르의 공
포정치는 안 나오고, 영화는 그야말로 한 여인의 삶만 집중 조명한다. 다만

성난 군중의 손에 문짝이 부서지고 가구가 쓰러진 왕의 침실 장면을 20초의 롱테이크로 보여주며 부부의 파멸을 암시한다.

당시 왕족의 일상을 재현한 60여 벌의 복식과 수십 켤레의 화려한 구두와 보석이 박혀 있는 부채 등으로 딴 세상을 보여준다. 이 영화로 아카데미 의상상을 받았던 밀레나 카로네로는 영화 〈그랜드 부다페스트 호텔〉(The Grand Budapest Hotel, 2014)에서도 화려한 색상을 보여준다. 유네스코 세계문화 유산인 베르사유 궁전, 정원, 왕실, 침실, 식당 등 있는 그대로 미장센이 대단하다. 식탁에 즐비한 갖가지 프랑스 궁중 요리도 대단하다. 첫날밤 침실에 누울 때와 출산 과정을 다른 귀족들이 구경하는 장면도 이채롭다.

프랑스인이 이 영화를 보면 기분이 어떨까. 영어로 말하고 미국인이 배우로 출연하는 영화, 뜬금없이 록(Rock)과 팝송이 나오는 영화, 몇 번이고 프랑스가 미국 독립전쟁을 돕는 대화가 나오지만, 기분이 묘하지 않을까. 할리우드 자본이 프랑스의 아픈 과거를 소재로 영화를 만들었다.

1793년 루이 16세와 마리 앙투아네트를 단두대에서 참수한 프랑스는 유럽 사회에서 거의 유일하게 왕정을 몰아냈다. 놀라운 사건이었다. 유럽의 다른 왕정 국가는 당황할 수밖에 없었다. 왕과 왕비를 처단했고, 주변 왕국에도 충격을 주었으니 프랑스 혁명은 성공했던 것일까. 마리 앙투아네트를 베르사유 궁전에서 끌어낸 프랑스 여성들은 혁명의 주체이지만, 곧 여성이 정치에 참여하는 모든 행위는 금지되었다. 1795년 국민공회에서 여성들은 방청석에도 배제되었고, 다섯 명 이상 모이는 것조차 금지되었다. 혁명의 공은 남성 공화주의자들에게 돌아갔고, 여성을 위한 변혁은 또 다른 오랜 혁명의 순간들이 필요했다.

뭘 해도 욕을 먹고 악의적인 가짜뉴스에 시달렸던 마리 앙투아네트만

이 불행한 것은 아니었다. 마리 앙투아네트를 몰아낸 프랑스 여성들의 불행한 운명도 변하지 않았다.

(2020)

|77|

<괴테>

질풍노도와 젊은 베르터의 고뇌

1774년 25세의 괴테는 2년 전 겪었
던 자전적 체험을 『젊은 베르터의 고
뇌』라는 소설에 담았다.

본래 발음이 '베르터'인데 일본
어 제목을 그대로 번역하여 '베르테
르'가 되었다. 거기에 박목월 시인의
시에 곡을 붙인 가곡 "4월의 노래"에
"목련꽃 그늘 아래서 베르테르의 편
지를 읽노라"라는 가사 때문에 '베르
테르'라는 이름으로 굳어졌다. 최근
임홍배 교수가 번역한 창비 번역본

이 『젊은 베르터의 고뇌』로 쓰면서, 본래 이름으로 자리 잡고 있다.

여기서 독자는 의문이 생긴다. 베르터가 과연 어떻게 살았는데, 그의 슬
픔이든 고뇌에서 무슨 위안을 얻으라는 말일까. 이 소설을 읽고 이 문장을

다시 읽는다면, 다시 읽고 마음에 울림이 생긴다면, 가상의 인물을 빌린 작가 괴테의 의도는 성공일 것이다. 세계의 수많은 독자가 이 뜨거운 메모를 읽고 한 청년을 회감(回感)하고 있다. 역사는 괴테에게 성공을 헌사했다.

原本出版年 : 1943

若きヴェルテルの悩み 1954

1권의 베르터는 괴테 자신

이 소설은 괴테가 겪은 실제 사건이 배경이다. 소설의 실제 배경을 영화 〈괴테〉(Goethe!, Young Goethe in Love, 2010)는 잘 소개한다. 물론 허구적인 면이 강하지만 괴테의 젊은 시절을 이해하는 데 큰 도움을 준다.

실제로 괴테는 1765년 라이프치히 대학에 입학하여 법률을 전공했다. 영화에서 괴테(알렉산더 페링)는 박사 학위 시험에 지각하고 아우구스티누스 원칙도 제대로 암송하지 못해 낙제한다. 시 쓰기만을 좋아하는 괴테를 아버지는 탐탁지 않게 생각한다. 자유분방한 괴테가 법관시험에 떨어지자 그의 아버지는 시를 좋아하는 아들을 깡촌 베츨라(Wetzlar)의 법원 서기로 일하도록 쫓아버린다. 괴테는 베츨라로 가서 법원 견습생으로 근무한다. 원작 소설은 2권으로 나뉘어 있는데, 영화에 나오는 여기까지 이야기는 소설 1권 내용과 거의 같다. 따라서 이제부터 '소설에 나오는 베르터'를 쓰면 '실제 괴테' 혹은 '영화에 나오는 괴테'로 읽어도 무방하다.

1771년 5월 4일

홀쩍 떠나온 것이 나는 얼마나 기쁜지 모른다! 친구여! 인간의 마음이란 대체 어떤 것일까! 내가 그렇게도 사랑하고, 헤어지길 섭섭해했던 자네 곁을 떠나와서 이렇게 기쁨을 느끼고 있다니! 그래도 자네는 이런 나를 용서해주리라 믿어 (민음사, 11쪽).

서문에 이어 제1권 본문의 화자는 베르터다. 영화에서는 베르터가 곧 괴테다. 반면 소설은 이미 죽은 화자가 말하는, 곧 사후주체(死後主體)가 화자로 등장한다. 곧 소개하겠지만 뒷부분에 베르터가 자살하는 이야기는 괴테 자신의 이야기가 아니라, 괴테 친구의 자살 사건을 붙여 쓴 것이다. 아무튼 소설에서는 사후주체의 편지글로 이야기가 펼쳐진다. 이미 죽은 사람의 이야기나 영상을 볼 때 가슴에 퍼지는 울림은 늘 독특하다. 그것도 짧지 않은 길이의 편지를 긴 시간에 걸쳐 이미 죽은 사람의 마음을 대한다는 것은 더 그렇다.

먼저 날짜는 1771년 5월 4일이다. 1권이 시작하는 5월 4일이면 유럽은 늦봄이다. 봄에 시작한 사랑이 여름에 강렬하게 무르익는다. 여기까지 베르터는 신에게 감사드리는 행복한 청년이다.

본격적으로 시작하는 첫 문장은 "홀쩍 떠나온 것이 나는 얼마나 기쁜지 모른다!"이다. 어디서 어디로 왔기에, 어디서 홀쩍 떠나 여기로 온 것이 기쁘다고 썼을까. 소설 앞부분부터 베르터는 자연 속에서 행복, 충만, 평안을 누린다. 소설 전반부는 샘물이 품은 신비한 힘 등을 찬양한다. 귀족이면서도 완두콩을 직접 따서 껍질을 벗겨 냄비에 넣어 요리하는 자급자족을 즐기는 베르터는 호메로스의 『오디세이아』를 읽는 행복을 편지에 쓰며 신화적인 행복을 복원시킨다.

괴테가 평생 쓴 소설에는 도시문화에 대한 염려가 가득하다. 괴테는 『파우스트』 2권에서도 식민지 경영과 개발(開發) 독재를 반대하고, 시종 원시 상태의 자연을 찬양했다.

성적이 좋지 않았지만 아버지 덕분에 지방 법원에서 일자리를 얻은 괴테는 그곳에서 빌헬름 예루잘렘(Carl Wilhelm Jerusalem)이라는 친구를 만난다. 괴테는 예루잘렘과 무도회장에 갔다가 한 여성을 만난다. 청순하기 이를 데 없는 로테다.

괴테는 로테를 본 순간 "내 정신은 그러나 완전히 그녀의 모습과 목소리에 쏠리고 있었다. 그녀가 장갑과 부채를 가지러 다시 방안으로 뛰어갔을 때에야 비로소 나는 놀라움으로부터 깨어날 여유를 얻었다"(36쪽)고 토로한다.

실제로 독일 중부 헤센주에 있는 베츨라라는 소도시에서 1772년 젊은 괴테는 법관 시보로 몇 달을 지냈다. 베츨라에서 25세의 괴테는 아름다운 '샤로테 부프'를 본다. 영화에서는 교회에서 노래하는 샤로테에게 괴테가 반하는 것으로 나오는데, 전해지기로는 지금 관광지가 된 로테하우스(Lottehaus)에서 그녀를 처음 봤다고 한다. 이미 약혼자가 있었던 샤로테가 『젊은 베르터의 고뇌』 여주인공의 실제 모델이다. 그녀는 소설 주인공처럼 약혼자가 있었고, 어머니를 대신해 동생들을 돌보았다.

베르터와 로테는 파티에서 함께 춤도 추고 많은 이야기를 나누며 가까

로테하우스와 박물관

워진다. 소설에서는 베르터이고, 영화와 실제에서는 괴테로 나온다. 영화에서 괴테와 예루잘렘은 로테의 누추한 시골집에 방문한다. 동생들이 득시글거리는 가난한 로테의 집에 가서 괴테는 그들과 함께 놀아준다.

　베르터(괴테)와 로테는 점점 사랑을 키워간다. 영화에서 로테는 돈을 위해, 아니 무능한 아버지에게서 동생들을 먹여 살리기 위해 어쩔 수 없이 변호사 케스트너와 약혼하기로 한다.

　원작을 읽으면 베르터가 약혼자가 있는 로테를 향해 대시하는 모습이 솔직히 어리석어 보이고 부담스럽기까지 하다. 원작과 달리 영화에서는 베르터와 로테가 먼저 사랑하는 것으로 설정하여 어쩔 수 없는 사랑이 오히려 안타깝다. 괴테는 자신의 상관이 로테와 약혼했다는 사실에 충격받고 로테에게서 벗어나려 애쓴다.

7월 26일

로테를 너무 자주 만나지는 않겠다고 나는 벌써 몇 번이고 결심을 했다. 그러나, 과연 그것이 지켜질 수 있는지! 나는 매일 유혹에 못 이겨 나가면서, 내일은 가지 말고 집에 머무르겠다고 스스로 굳게 다짐해보곤 한다. 그러나 막상 날이 새고 내일이 오면, 나는 어쩔 수 없는 이유를 찾아 어느 결에 그녀 옆에 와 있는 것이다. "내일도 또 오시겠지요?" 하고 로테가 헤어질 때 말한다면 어찌 그녀에게 가지 않고 견딜 수 있겠는가!(민음사, 68-60쪽)

애를 쓰면 애를 쓸수록 베르터는 자신의 사랑을 포기하지 못한다. 1771년 9월부터 1772년 1월 말에 로테에게 편지 쓸 때까지 7개월 가까이 로테에 대한 언급이 없다. 그러니까 베르터는 나름대로 일에 열중하면서 로테를 잊으려고 무던히 애썼을 것이다. 영화에서 로테는 매우 현명한 여인으로 나온다.

제발 남자답게 행동해주세요. 그리고 당신을 불행하게 하는 것 외에는 아무것도 할 수 없는 저 같은 여자는 더 이상 생각하지 마세요.

이 대사를 보면 로테가 얼마나 현명한지 알 수 있다.

영화에서 로테는 "제발 남자답게 행동해주세요"라며 괴테가 아직 결혼을 위해 경제적으로 준비되지 않은 상태라는 것을 지적한다. 동시에 무능한 아버지와 동생들, 거의 열 명에 이르는 가족을 보살펴야 하는 가난한 로테는 말한다. "당신을 불행하게 하는 것 외에는 아무것도 할 수 없는 저 같은 여자는 더 이상 생각하지 마세요." 자신은 괴테에게 짐이 될 것이 분명하니 새로운 길을 나서라는 말이다. 소설을 보면 로테가 돈만 보고 결혼한 것처럼 오해할 요소가 있는데, 영화를 보면 로테의 어쩔 수 없는 선택이 충분히 이해된다.

훗날 괴테는 자서전 『시와 진실』에서 이 '탐스러운 여인'과 금방 '떨어질 수 없는 동반자'가 되었다고 회고했다. 샤로테를 너무 사랑해서 견딜 수 없었던 괴테는 그녀를 잊으려고 도망치듯 귀향한다.

2권의 베르터는 괴테의 친구인 예루잘렘

쓸쓸한 가을이 시작되는 9월에 베르터는 이별을 결심한다.

2권은 1771년 10월 20일부터 시작했다가 1772년 1월 8일로 건너뛴다. 그 겨울 2개월 동안 베르터는 눈물을 흘리는 청년이다. 유서라 할 수 있는 마지막 길디긴 편지를 그는 1772년 12월 20일에 남긴다. 이야기는 상실의 계절인 겨울에 주인공이 세상을 놓는 것으로 마친다.

소설은 1771년 5월에 시작하여 다음 해 12월에 끝나는 불같은 1년 8개월의 사랑을 담고 있다. 계절 변화와 사랑 변화가 그대로 어울린다. 노드롭 프라이(Northrop Frye, 1912-1991)가 『비평의 해부』(한길사, 2000)에 썼던 계절이 순환하는 신화적인 구조주의를 잘 보여주는 작품이다.

'충족되지 못한 욕망'은 이 소설에서 중요한 문제다. 욕망이 인정받지 못할 때, 인정욕구가 충족되지 않을 때, 그것은 부조리한 광기로 변한다. 문제는 그 욕망이 너무도 순수했는데 비극으로 끝날 때 독자는 상처받은 이와 함께 고통받는다는 것이다.

아쉽게도 베르터는 로테에게 제대로 프로포즈도 못했다. 알베르트

(Albert)와 약혼한 사이라 하지만, 여덟 명의 동생을 살리라는 어머니의 유언을 들은 로테, 그것을 행하겠다는 알베르트의 책임감에 비해, 베르터는 준비가 안 되어 있었다. 로테에게서 떠나지 못하는 안타까운 베르터의 정열에 독자는 몰입된다. 베르터는 로테의 입술에 열정적인 키스를 퍼붓지만, 어쩔 수 없는 한계에 자살을 결심한다.

영화에서는 친구 예루잘렘이 괴테 앞에서 권총 자살하는 것으로 나온다. 사실은 예루잘렘이 자살할 때 괴테는 프랑크푸르트에 있었다. 헤르터라는 유부녀를 사랑했던 친구 칼 빌헬름 예루잘렘이 1772년 10월 3일 권총 자살했다. 소식을 듣고 낙망해 있던 괴테는 자신의 체험을 1권에 쓰고, 2권에는 친구 예루잘렘의 자살을 자신이 하는 것으로 잇대어 썼다.

로테! 될 수만 있다면 당신을 위해서 목숨을 바치고 싶습니다. 당신을 위해 이 몸을 바치는 행복을 누려봤으면 했던 것입니다! 당신의 생활에 평화와 기쁨을 다시 찾게 해드릴 수만 있다면 나는 아무런 미련도 없이 기꺼이 용감하게 죽으려고 했습니다.…로테! 당신이 손을 대고 만져서, 거룩하고 정결해진 이 옷을 입은 채로 나는 묻히고 싶습니다. 그것은 당신의 아버지께도 부탁드렸습니다.…탄환은 재어놓았습니다. 지금 열두 시를 치고 있습니다. 자, 그럼… 로테!(민음사, 201쪽)

사랑의 죄는 오직 내게 있다며 방아쇠를 당긴다. 죽음으로 영원한 사랑, 변하지 않는 사랑을 증언한다. 주인공 베르터의 고뇌에 몰입한 독자는 마지막 문장에서 함께 무너진다.

정오 열두 시 정각에 그는 숨을 거뒀습니다. 법무관이 그곳 현장에서 지휘하고 선처했기 때문에 별다른 소동은 없었습니다. 밤 열한 시경 법무관의 알선으로 베르테르는 자신이 원했던 장소에 매장되었습니다. 그 늙은 법무관과 그의 아들들이 유해를 뒤따랐습니다. 알베르트는 따라갈 수가 없었습니다. 로테의 생명이 염려되었기 때문입니다. 일꾼들이 유해를 운반해갔습니다. 성직자는 한 사람도 따라가지 않았습니다(민음사, 214-15쪽).

괴테는 자신의 체험을 앞부분에 두고, 자살한 친구 예루잘렘의 이야기를 뒷부분에 두어『젊은 베르터의 슬픔』을 홀린 듯 썼다. 불과 14주 만에 완성했기 때문일까. 작가가 홀리면 독자도 홀릴까. 전 유럽 독자를 홀린 이 소설처럼, 파란 연미복에 노란 조끼를 입은 '베르터 스타일'이 유행했다.

이 소설을 읽고 두 가지 수용미학적인 반응이 일어났다. 심각하게는 실연당한 남자들이 베르터처럼 자살하는 모방자살이 퍼지며 '베르터 신드롬'이라는 좋지 않은 영향도 있었다. 지금까지 금서가 되지 않은 이유는 이 작품을 모방자살의 교과서보다는 '실연(失戀)의 예방약'으로 받아들이는 독자들이 많았기 때문이지 않을까(고3 때 풋사랑에 빠져 이 소설을 읽었던 내게는 분명 '예방주사'였다). 아리스토텔레스가 썼던 카타르시스 효과가 일어난 것이 아닐까. 베르터의 마지막 유서를 읽으며 독자는 함께 운다. 울면서 자신이 겪었던 영혼의 실연을 배설(排泄, Katarsis)해버린 까닭일까. 실연한 사람들은 이 소설을 읽으며 베르터를 장례하며 자신의 허망(虛妄)도 위로하며 날렸을 것이다. 아직 뼈저린 사랑을 해본 적이 없는 청소년들은 이 소설을 읽으며 예방주사 맞듯 면역성을 키울지도 모르겠다.

베르터와 질풍노도 시대

이 소설에는 다섯 번째 편지부터 중세
적 계급 질서에 균열을 일으키는 내용
이 나온다.

『젊은 베르터의 슬픔』 초판본 표지(1774)

> 1771년 5월 15일
>
> 이 고장의 서민층 사람들은, 벌써 나
> 와 친해져서 나를 좋아하게 되었다.
> 특히 어린애들이 나를 따른다. 처음에
> 내가 이 사람들에게 가까이 가서 허물
> 없이 이것저것 물어보았을 때는 간혹

내가 농을 한다고 생각하고 퉁명스럽게 대하는 사람도 있었다.…나는 사람들이
평등하지 못하고, 또 평등해질 수도 없다는 사실을 잘 알고 있다. 존경받기 위
해서 이른바 천한 사람을 일부러 멀리해야 된다고 생각하는 자들은, 마치 패배
하는 것이 두려워서 원수를 보고 도망치는 비겁한 친구나 마찬가지로 비난받
아 마땅하다고 생각한다(민음사, 17쪽).

소설 앞부분에서 베르터는 자연과 어린이의 규칙 없는 자발성을 예찬한다.
권위나 전통에 무조건 순응하기보다, 권위를 해체하는 실제적인 행동을 하
기도 한다. 하녀 곁에 가지 말아야 할 귀족 베르터는 우물에서 물을 긷는 하
녀를 돕는다.

나는 계단을 내려가서 그 하녀의 얼굴을 쳐다보면서, "내가 도와드릴까요. 아가씨?" 하고 물었다. 그랬더니 그녀는 얼굴을 새빨갛게 붉히면서, "아니에요. 괜찮아요." 하고 대답하더군. "사양하지 말아요." 하고 내가 말하니까 그녀는 똬리를 머리 위에 고쳐 놓았다. 그래서 나는 그녀를 도와주었고, 그녀는 고맙다는 인사를 하고 계단 위로 올라갔지(민음사, 17쪽).

괴테는 이 작품에서 중세적 질서에 균열을 일으키는 인물로 베르터를 등장시켰다.

독일에서 1765-1785년경까지 약 20년 동안은 질풍노도(Sturm und Drang) 시대였다. 당시 독일은 중세주의의 잔재와 계몽주의 일색이었다. 젊은이들은 보편성을 강조하는 중세적 질서에 반대하며, 문학과 사상에서는 개인적 특별성을 강조하는 작품을 썼다. 이제 합리주의에서 비합리주의로, 섭리의 질서에서 파괴적 카오스로, 프랑스적 고전 비극에서 셰익스피어적 성격 비극의 방향으로 전환하기 시작했다. 21세 괴테와 26세 헤르더의 우연한 만남은 질풍노도 시대를 개화시켰다. 괴테와 헤르더가 쓴 논문 「독일 예술과 미술에 관하여」(Von deutscher Art und Kunst, 1773)는 이 운동의 선언문이었다.

괴테는 질풍노도 운동 최초의 중요한 희곡 「괴츠 폰 베를리힝겐」(Götz von Berlichingen, 1773)과 질풍노도의 인물이 등장하는 최초의 소설 『젊은 베르터의 고뇌』(Die Leiden des jungen Werthers, 1774)를 썼다. 이 소설은 1771년 5월부터 1772년 12월까지, 18개월 동안의 이야기다. 곧 질풍노도 시대의 절정에 이른 시기였다. 괴테는 질풍노도 시대를 작품으로 주도했다. 계몽주의 시대(1740-1785) 후반의 일부로 '질풍노도 시대'(1767-1785)를 규정하는 까닭은 질풍노도 시대를 이끈 사상가와 예술인들이 계몽주의의 영향을 받으면서 동시에 극복했기 때문이다. 개인의 자유를 강조했던 이 운동은 전 유럽에 퍼졌고, 그 혁명의 마그마는 지층이 비교적 얇았던 파리에서 프랑스 혁명으로 폭발했다. 이후 소설가 토마스 만은 『젊은 베르터의 고뇌』가 프랑스 혁명을 예고하는 '혁명적 근본 경향'을 갖고 있다고 평가했다.

질풍노도 사상이 들어간 작품의 정점에 『젊은 베르터의 고뇌』가 있다. 『젊은 베르터의 고뇌』는 계몽에서 반(反)계몽을 예시한 작품이다. 또한 두 권으로 썼던 소설 『파우스트』의 1권이다. 이 시각에서 보면 베르터의 자살은 단순한 현실도피가 아니라, 중세적 규범의 강요에 죽음으로 저항하는 적극적인 행동이다. 임홍배 교수의 평가는 포괄적이다.

> 베르터의 열정은 루카치(G. Lukacs)가 올바르게 통찰한 대로 독일의 전근대적 낙후성을 시민계급의 관점에서 비판하는 차원을 넘어서 전면적인 인간 해방의 파토스를 내장하고 있는 것이다.…『젊은 베르터의 고뇌』가 일체의 구속과 억압에서 벗어나 인간 해방을 추구한 '슈투름 운트 드랑'의 정신을 구현한 대표작이라는 사실은 이런 역사적 맥락에서 이해되어야 할 것이다(임홍배, 『괴테가 탐사한 근대』, 창비, 2014, 49쪽).

다 쓰기 어려울 정도로 이 소설에는 베르터의 혁명적 의지가 곳곳에 나온다. 제2권에서 베르터는 자신의 사랑이 잘못이 아니라고까지 설득하려 한다. 중세적 문화로 보았을 때는 약혼자에게 다가가는 것이 도덕적 죄였을지 모르나, 근대적 자유연애에서는 그것을 죄라고 할 수 없다. 베르터는 바보 같은 짝사랑 로맨티스트가 아니라, 시대의 고정관념에 균열을 일으키는 공격적

캐릭터다. 이러한 태도는 괴테가 세상을 대하는 파격적인 방식이었다.

괴테는 중동문학을 소개한 『서동시집』을 내면서, 게르만 중심주의를 강조했던 당시 독일 정권에 반대한다. 『괴테와의 대화』에서 그는 세계문학의 범주를 유럽 중심이 아닌, 전 세계 문학의 범주로 확대시켰다. 그것은 전통적인 문학양식을 살리면서도 지나친 화폐주의, 부패한 정권의 카니발을 비판하고, 식민주의를 반대하고, 개발독재정책으로 빈자를 죽음에 처하게 하는 정책에 반대하는 이야기가 가득 차 있는 『파우스트』 2권에 잘 나타난다.

뿐만 아니라 베르터가 보여주는 자연친화적이고 자급자족하는 모습은 산업혁명 이후 도시문화로 향하는 유럽 문명에 괴테가 경고하는, 반항하는 인간의 모습이었다.

> 이처럼 자연친화적인 새로운 삶의 방식을 대안으로 보여주었다는 점에서 『젊은 베르터의 고뇌』는 독일의 초기 생태문학에 속한다고 할 수 있다. 베르터 자신은 그 대안을 끝까지 실현하는 데 실패했지만 그가 꿈꾼 새로운 세계는 여전히 많은 사람들의 이상향으로 남아 있다(김용민, 『생태주의자 괴테』, 문학동네, 2019, 59쪽).

바로 이 지점에서 『젊은 베르터의 고뇌』에 나오는 표면적 주제인 사랑, 이면적 주제인 당시 고정관념을 부수려는 혁명적 개인의 모습을 볼 수 있다. 작품에서 첫째 지고지순의 사랑, 둘째 혁명적 의지, 셋째 생태 공동체의 사유, 넷째 사랑과 혁명 의지와 생태 공동체를 확인했다.

영화 〈괴테〉는 재미를 돋우려 가끔 과장된 연기가 나오고, 괴테와 로테의 러브라인을 강조하려고 확인 안 된 정사신까지 넣는 등 아쉬움이 있다. 그래도 귀족으로만 알려져 있던 로테를 원래대로 시골 처녀로 재현하고, 『젊은 베르터의 고뇌』가 당시 베스트셀러가 되는 과정, 괴테의 삶을 영화 서사에 넣어 괴테 문학과 그 시대를 이해하는 데 도움을 준다. 무엇보다도 괴테가 친구들과 술을 마실 때, "슈투름 운트 드랑!"(질풍노도 시대여)이라고 외치는 장면은 그 시대를 명확히 이해하게 한다.

(2020)

<미션>

두 사람의 표정, 그리고 엔니오 모리꼬네

성경이란 책은 정말 이상하다. 그 안에는 시집(시편)도 있고, 연시집(아가)도 있으며, 잠언록(잠언)과 역사서(출애굽기)도 있다. 단편소설(예언서)과 희곡집(욥기)도 있다. 뿐만 아니라 각기 다른 직업을 가진 여러 필자들의 서술 때문에 성경이란 책의 담론에는 무한한 상징성과 계급성이 담겨 있다. 성경을 읽는 사람들은 자신의 영적인 체험이나 삶의 체험에서 길러진 나름의 눈으로 성경을 해석해낸다.

해체하면서 읽으면 성경은 무한한 결로 분해되고, 해석자에 따라서는 신의 은총으로 무척 사랑스럽게 혹은 그 반대로 무시무시한 복수의 총체

로 읽힐 수도 있다. 가령 〈케이프 피어〉(Cape Fear)에서는 주인공이면서 처절한 복수의 화신이기도 한 멕스케디(로버트 드니로)의 온몸에 신의 복수를 그린 무서운 성경 구절들이 문신으로 새겨져 있는 오싹한 장면이 나온다. 그는 "일하러 가세"라는 부분이 후렴부에 반복되는 "삼천리 반도 금수강산"(한국 찬송가명) 찬송가를 들으면서 한 가족을 몰살시킬 끔찍한 복수를 계획한다. 이토록 성경은 악심을 갖고 읽으면 끔찍하게 읽힐 수도 있는 다의적(多義的)이고도 피에 젖은 책이다.

교회사를 훑어보면 성경을 해석하여 삶을 변화시키는 방법의 두 가지 편향을 본다. 하나는 영적인 눈으로만 보아 사랑과 은총만을 강조하는 '영혼의 표정'이다. 또 다른 눈은 사회적인 모순을 직시하고 그에 맞서 싸우는 '정의의 표정'이다. 물론 이런 표정의 눈빛에는 또 다른 극단이 있다. 신과 개인적인 만남만을 강조하여 아무도 안 만나고 굶어 죽을 때까지 토굴 속에서 기도 생활만 하는 은둔적 수도생활이 전자의 극단적인 편향이라면, 후자의 편향으로는 성지를 회복한다는 명목으로 주변국들을 상거래 지역으로 확보해낸 12세기 십자군들의 폭력성을 들 수 있다.

이렇듯 성경은 수많은 행동의 근원이 될 수도 있는 힘을 지니고 있다.

이런 다성적(多聲的)인 담론체계를 영화예술은 어떻게 영상화하고 있을까. 우선 기독교를 소재로 한 영화들을 짚어보자.

기독교 영화 하면 떠오르는 방화로는 〈저 높은 곳을 향하여〉(1977), 〈낮은 데로 임하소서〉(1982), 〈죽으면 살리라〉(1982), 〈순교자〉(1965), 〈새벽을 깨우리로다〉(1990) 등이 있으며, 외국 영화로는 〈십계〉(The Ten Commandments, 1956), 〈벤허〉(Ben-Hur, 1959), 〈천지창조〉(The Bible, 1966), 〈쿼바디스〉(Quo Vadis, 1951), 〈성의〉(The Robe, 1953) 등이 일반인들에게도 귀에

익은 작품들이다. 특히 리처드 버튼, 진 시몬스, 빅터 머추어 같은 호화 배역이 주연한 〈성의〉(聖衣)나 무슨 절기만 되면 방영하는 〈십계〉, 〈쿼바디스〉만큼 재미있고 대중성을 띤 작품도 드물 듯싶다. 종교영화들은 대부분 목적의식에 치우친 나머지 현실과는 괴리가 있어 일반 관객들은 물론 종교인에게마저도 흥미를 끌기 어려워 밋밋하고 따분한 경우가 대부분이기 때문이다. 이에 비해 〈미션〉(The Mission, 1986)은 과거의 역사를 통해 현대를 다시 조감할 수 있는 작품이다.

롤랑 조페 감독, 로버트 드니로, 제레미 아이언스 주연, 엔니오 모리꼬네 음악…. 이름만 들어도 믿을 만하다고 대뜸 느껴지는 이 영화를 본 사람들의 평가는 그야말로 천차만별스럽다. 말은 다르지만, 공통점은 영화가 아주 진지하다는 점이고, 다른 점은 어떤 이는 "유럽 영화의 감동을 맛보았다"고 느끼고, 다른 어떤 이는 "현대인들의 오락성이 완전히 결여돼 있다"고 느낀다는 점이다.

오락성이 없다고 이 영화를 평가했던 사람들도 〈미션〉을 단순한 종교영화로 보지 않는다. 실상 종교성을 지니고는 있지만, 딱히 종교만을 딱딱하게 설교하는 영화는 아니다. 이 영화가 강조하는 부분은 가장 세속적인 상황에서 가장 고귀하게 희생하며 살아가는 삶의 이야기다.

1986년 12월 24일 국내에서 개봉됐을 때, 제수이트 신부들이 등장하고, 원주민에게 복음을 전파하는 내용으로 이루어졌기 때문에 신앙생활을 하는 사람들이 관객의 대부분을 차지하는 것이 특색이었다고 한다. 또한 유독 메시지가 무거워 그 어느 영화보다도 평균 연령이 높은 편이었다고 한다.

사실 롤랑 조페가 만든 영화라고 해서 찾아갔던 내 경우에는 〈미션〉을 현실적인 시각에서 '읽었다', 바로 이런 문제의식에서였다.

과연 기독교는 현실 속에 어떤 대응력을 가지는가? 기독교적 사랑의 의미는 어느 정도인가?

이런 질문에 대한 답변이 영화 〈미션〉의 주제가 아닐까.

영화가 시작되고 관객의 가슴은 무슨 소리인가에 압도되어 출렁거리기 시작한다. 완전한 침묵 속에 있다가 갑자기 터져 나오는 엄청난 물소리 때문이다. 이어 화면에 펼쳐지는 첫 장면은 사람이 매여 있는 십자가 하나가 거대한 폭포수 밑으로 거침없이 떨어지는 청록색의 눈부신 장면이다. 눈부시다고 했지만 사실은 비극이고 충격이다.

첫 장면부터 비극을 아름답게 꾸며놓은 이 영화에는 두 명의 주인공이 등장한다. 가브리엘 신부(제레미 아이언스)와 멘도자 신부(로버트 드니로)가 그들이다.

먼저 등장하는 가브리엘 신부(역을 맡은 영국 출신 배우인 제레미 아이언스는 이 영화로 세계적인 배우로 부상한다)는 하나님 나라를 세우기 위해 생명을 바치기로 서원한 자로, 과묵하고 청결하며 모든 인간의 평등을 확신하는 사랑의 신부다. 그는 천성적인 신부로 늘 사랑과 신앙의 힘을 믿고 있다. 애당초 순교를 두려워하지 않는 그는 잡히면 송장이 되어 나오는 과라니족의 마을에 자청해서 들어간다. 잠잠히 그들과 함께 생활하며 차츰 그들을 변화시킨다. 또한 노예 상인이 노예를 팔아먹는 걸 금지하려고 과라니족의 어린애를 뽑아 백인들 앞에서 성가를 부르게 한다. 인디오들도 인간이라는 점을 부각시키려 애쓰는 것이다. 또한 노예사냥을 합법화하려는 추기경들의 모임에 반대 의사를 표명하기도 한다. 이런 상황에서 그는 자기 동생을 죽이고 고행을 자처하며 찾아온 멘도자 신부를 맞이한다.

여기서부터 가브리엘과 멘도자, 두 사람의 만남은 시작된다. 물론 누가 더 중요한지 어느 한쪽에 치우칠 수 없지만, 영화상에서 눈에 띄는 연기력으로는 단연 멘도자 신부 역을 맡은 로버트 드니로가 돋보인다. 〈택시 드라이버〉, 〈성난 황소〉, 〈디어 헌터〉(The Deer Hunter, 1978), 〈코미디의 왕〉(The King of Comedy, 1983), 〈뉴욕 뉴욕〉(New York, New York, 1977), 〈1900년〉(Novecento, 1976), 〈엔젤 하트〉(Angel Heart, 1987), 〈케이프 피어〉 등 로버트 드니로는 자신이 출현한 작품에서 맡은 배역을 완벽하게 소화해냈다.

주제가 강하고 영화다운 영화를 만들어보려는 야심만만한 감독들에게 흔히 제일 먼저 떠오르는 배우가 로버트 드니로라고 하는데, 〈미션〉에서도 그는 관객을 실망시키지 않는다. 〈미션〉에서 보여주는 드니로의 연기는 보는 사람을 압도하는 침묵의 힘을 지닌 순교자의 모습으로, 말 그대로 압권이다. 그 엄숙함 밑에 애잔한 인간의 번뇌를 지니고 청춘의 밝음과 사랑의 패배, 살인, 희생의 속죄 등 드라마틱한 일생을 펼치는데 너무도 조용하고 너무도 '파워풀'하다.

드니로가 맡은 역은 18세기 예수교 소속의 멘도자 신부.

멘도자가 신부가 되기까지 그에게는 엄청난 과거가 있었다. 한때 그는 노예상인으로 악명을 날렸으며 바로 지금의 원주민들을 팔아넘겼던 장본인이다. 노예상인으로 큰 부를 축적했던 그였으나 사랑에는 실패했다. 카르로타라는 여자를 사랑했는데 그녀가 자기의 유일한 혈육인 동생 펠리페를 사랑한다는 말을 들어야 했고, 급기야는 애인과 자신의 동생이 벌이는 애정행각을 목격하고 만 것이다. 급하고 이기적인 그는 끝내 동생을 죽이고 만다. 이 일로 실의에 빠져 있던 멘도자를 가브리엘 신부가 권유해서 수도승이 된 것이다.

그리스도의 사랑으로 그는 스페인 영토와 포르투갈 식민지가 맞닿은

남미의 오지에서 원주민들을 교화시
키는 신부가 된다. 그는 가브리엘 신
부를 도와 과라니족을 개화시켜 정
글에서 끌어내다가 근대적인 영농을
하는 마을로 발전시키고 교회를 세
우는 데 성공한다.

　이때 스페인과 포르투갈이 새로
운 영토 분배를 합의하여 과라니족
의 마을은 무신론자가 배후 조정하
던 포르투갈 왕의 식민지에 편입하
게 된다. 그것은 과라니족의 신앙을
뺏는 것이었고, 따라서 두 신부에게도 철수령이 떨어진다.

　하지만 과라니족은 이에 불응했고 신부들도 남아서 그들과 싸울 것을
결심한다. 이때부터 이구아수 폭포를 중심으로 역사상 과라니족의 전멸이
라는 끔찍한 종말을 남기게 되는 싸움이 벌어진다.

　멘도자는 칼을 들고 앞장섰으며(숲속에서 칼을 뽑아 연습하는 그의 모습이
그려진 포스터 그림처럼), 가브리엘 신부는 성경과 사랑의 마음을 지닌 채 목
숨을 버렸다. 두 사람은 거의 같은 순간에 총에 맞고 힘없이 쓰러지는데,
죽음의 장면이 마주치는 짧은 순간은 관객으로 하여금 무한한 감동을 감지
하게 한다.

　십자가를 들고 행진하던 가브리엘 신부가 총탄에 쓰러진 멘도자의 눈
을 차분하게 마주 보는 마지막 신(scene), 가브리엘 신부는 다시 천천히 행진
한다. 이윽고 그 역시 가슴팍에 총을 맞고 힘없는 갈대처럼 꺾어져 버린다.

죽음을 대하는 두 신부, 두 사람의 묵묵한 표정, 그 찰나적 순간에 관객의 머릿속에는 또 한편의 영상이 빠르게 스쳐 지나간다. 그들이 실천하며 살아온 고행의 길, 두 사람이 살아온 삶의 영상들이다. 그것은 성경이 지니고 있는 소중한 두 가지의 표정이 아닐까.

또한 이 장면은 현실에 대응하는 그리스도인들의 두 가지 입장을 보여준다. 오직 사랑만으로 대응하는 '영혼의 표정'과 악마적 폭력에는 정의의 폭력으로 대응하는 '정의의 표정'이다. 감독은 여기에 어느 평가도 내리지 않는다. 다만 있는 그대로의 모습을 그려낼 뿐이며, 감독이 강조하고자 하는 것은 그들 두 신부가 행했던 사랑의 실천, 그 아름다운 지상천국의 건설이다. 〈미션〉에서 가장 아름다운 부분은 영화 중간부에 지상천국이 건설되어 가는 과라니족 마을의 화평스러운 영상이다.

아무튼 두 신부는 죽는다. 그리고 힘없이 죽어간 그들에 대한 평가는 추기경의 입을 통해서 말해진다.

"그들은 죽었지만 그들은 영원한 승리를 얻었습니다."

역사상 실제 있었던 사실을 소재로 한 이 영화는 진보적인 해방신학을 기초로 하고 있다. 감독은 〈킬링 필드〉(The Killing Fields, 1984)로 유명해진 롤랑 조페, 그는 이미 스케일이 큰 참혹상에는 일가견이 있는 사람이다. 1960년 중반 프랑스 좌익 학생운동권 출신인 그는 학창 시절부터 다큐멘터리 기법을 익혀 사실적이고 집요한 자세로 세계 영화계에서 명성을 얻기 시작한 신예다. 〈미션〉으로 그는 〈킬링 필드〉에 이어 '의식 있는 작가'라는 칭호를 또 한 번 받았다.

그 밖에 스태프진도 세계적 수준이다. 각본가 로버트 볼트는 〈닥터 지바고〉(Doctor Zhivago, 1965)를 집필했으며, 촬영가 크리스 멘지스는 〈킬링 필드〉로 아카데미 촬영상을 받은 귀재다. 음악을 맡은 엔니오 모리꼬네 역시 세계적인 히트곡을 많이 남긴 영화음악의 거장이다. 원시적인 서정을 물씬 느끼게 하는 피리 소리를 그레고리오 성가와 믹싱(mixing)한 거장 엔니오 모리꼬네의 음악은 관객을 감동의 울림에 흠뻑 젖게 한다.

이토록 기법적인 면에서도 세계적인 위치에 있는 〈미션〉은 목소리만 높은 설익은 포교와는 멀찌감치 자리를 달리하고 있다. 다만 감독은 무엇이 옳은 행위인가, 무엇이 옳은 인간주의인가, 인간의 근본심을 파괴하는 행위가 어떤 것인가를 18세기 남미라는 역사적 무대를 빌려 영상화하고 있다. 그리고 그 안에서 진정한 기독교의 모습은 무엇인가를 슬쩍 암시한다.

관객이 마지막 순간에 짧게 눈물 흘리게 되는 까닭은 두 신부가 총에 맞아 죽었다는 단순한 죽음의 결과가 아니라, 그 순수한 두 사람이 자신을 희생해가며 과라니족의 마을에서 행한 사랑의 실천이 감동적이기 때문이다. 관객에게는 그들의 죽음이 뼈저리다. 당연히 우리가 주목해야 할 부분은 두 신부의 실천적인 삶이다.

서두에서 많은 종교 영화가 때론 슬프고 때론 기쁘디 기쁜 인간의 다양한 삶은 없고, 따분하고 밋밋한 이념만을 선전하고 있다, 그러니까 사실 비현실적이기에 감동이 적다라는 지적을 했다. 다만 부활절이나 성탄절이면 한 번씩 돌리는 액션 영화 〈삼손과 데릴라〉(Samson And Delilah, 1949)와 〈벤허〉 혹은 〈성의〉 등이 고작이다. 그러나 〈미션〉의 경우에는 카메라가 현실사회에 밀착하여 원주민의 생활을 찍고 그들의 생생한 숨소리를 마이크에 담아내는 리얼리티를 담고 있어 감동적이다.

물론 〈미션〉이 백인들이 제작한 영화관의 한계를 완전히 벗어난 것은 아니다. 가령, 카메라의 초점이 백인 순교자들의 열정적인 삶에 맞춰 있지,

숱하게 죽어가는 원주민의 죽음에는 맞춰 있지 않다. 그들은 다만 백인들에게서 복음을 받고 그나마 행복하게 죽어가는 은혜 입은 자의 모습으로 잠시 그려지는 배경의 역할뿐이다. 물론 할리우드 영화에서 나오는 인디언이나 베트콩의 죽음보다는 훨씬 고귀하지만 말이다.

이런 한계 속에서도 롤랑 조페 감독은 20세기 제국주의의 문제를 18세기의 역사를 끌어내 과감하게 패러디하고 있다. 또한 노예제도를 지지하는 비인간적인 신부들의 모습과 허울 좋은 권위로만 충만한 로마 교황청의 꼴상을 벌거벗겨 내보인다. 게다가 가브리엘 신부와 멘도자가 마지막 순간에 마주 보는 눈길 속에서 우리는 묘한 부활의 이미지를 느끼기도 한다. 그것은 폭력적 현실 앞에 너무도 나약한 인간의 여린 눈빛인 동시에, 죽음 같은 것일랑 전혀 두려워하지 않는 불사조의 신앙이다. 그리고 영화의 끝 장면에 원주민 아이가 물에 잠긴 악기를 끄집어내는 모습은 다시 그들의 생활과 찬양이 시작될 것이라는 암시를 하고 있다. 게다가 감독의 주제의식은 그것으로 끝나지 않고 자연 그대로의 영상미와 토속적인 음악이 환상적으로 결합하여 영화예술의 극치를 보여준다.

그만치 이 영화는 내용적으로나 예술적으로나 많은 문제를 생각하게 한다. 〈미션〉에 이어 주목을 요하는 현대판 〈미션〉이랄 수 있는 작품 〈로메로〉(Romero, 1989)를 덧붙여 생각해볼 수 있다. 1970년대 엘 살바도르 독재체제에서 살아가는 민중의 삶 속에서 사명을 지키다가 죽어간 한 성직자를 그린 존 듀이건 감독의 〈로메로〉. 이 작품은 〈미션〉의 두 신부를 한 사람의 인물에 모아 영상화시킨 듯한 의미를 던져주고 있다. 도그마의 종교가 아니라, 살아 숨 쉬는 그리스도인들의 모습을 그려낸 영화 〈미션〉과 〈로메로〉. 현실 속에서 예수를 따르는 자들의 실천이 무엇인가를 고민하고자 할 때 〈미션〉

과 〈로메로〉를 상기한다면 우리가 실천이라고 자만하는 행위는 너무도 부끄럽게 느껴질 때가 많다. 그래. 모래야, 우리는 얼마나 작으냐.

엔니오 모리꼬네의 서정 음악

음표를 혀끝에 뱅뱅 돌리다 보면 떠오르는 영상. 클래식을 잘 모르는 대중들까지 아무런 거리낌 없이 영화 속에서 클래식의 향(香)에 취하도록 만든 영화음악의 거장, 로마에서 태어난 작곡가 엔니오 모리꼬네(Ennio Morricone, 1928-2020).

    60년대 마카로니 웨스턴의 거장 세르지오 레오네 감독의 영화 〈황야의 무법자〉를 통해 영화음악에 발을 들여놓은 그는, 작곡과 관현악 편곡을 전공한 전문가로서 이후 〈원스 어폰 어 타임 인 아메리카〉(Once Upon A Time In America, 1984) 등에서 클래식의 음악적 재능을 십분 살려 영화의 주제를 부각시켰다.

    먼저 〈미션〉(1986)에서 그는 오지(奧地)의 토속 음악과 세련된 천주교 음악 간의 조화를 이루어낸다. 정글로 들어간 가브리엘이 연주하는 묘한 오보에(oboe) 소리에 원주민들이 모여든다. 팬플룻과 오보에 멜로디는 영화 전편에 포도주처럼 흘러넘친다. 고요함 속에서 울리는 이 선율은 뒤에 원주민의 악기로 다시 연주되면서, 문화의 이동을 간접적으로 표현하고 있다.

    모리꼬네의 음악에서 또 하나의 시도이자 발전이라 할 음악은 바로 "지구상에서 천국과 같은 이곳"(On Earth as It Is in Heaven)이다. 이 음악은 여러 면에서 참신하다. 전형적인 가톨릭 성가나 오라토리오를 연상케 하는 합창

속에 깔린 강한 리듬의 토속음악은 정글 속의 문화를 인상 깊게 드러내는데, 이 두 음악이 아무런 수정 없이 동시에 연주되는 조화미는 참으로 재미있는 기법이 아닐 수 없다. 더욱 재미있는 점은 끝으로 갈수록 서구음악의 특징이 점점 누그러들고 약간 토속적인 느낌을 주면서 끝난다는 것이다. 이는 두 주인공이 그들 자신의 서구문화가 아닌, 정글 속 문화에 동화하여 죽음의 길에서조차 원주민들과 함께하게 된 이야기를 표현하는 것이 아닐는지.

엔니오 모리꼬네의 영화 음악 중 〈시네마 천국〉(Cinema Paradiso, 1988)에서 흐르는 아름다운 선율 또한 잊을 수 없다. 가장 인상적인 곡은 주제음악인 "시네마 파라디소"(Cinema Paradiso)다. 피아노 전주와 바이올린 테마는 어린 시절의 향수가 물씬 젖어 있는 음악이다.

모리꼬네는 영화 음악을 만들기 전에 영화의 배경이 되는 장소로 찾아가 분위기에 푹 젖으려 노력한다고 한다. 예를 들면 〈미션〉의 음악을 지으려고 아마존의 현지를 2년 동안 답사했다는 기사가 그렇다.

엔니오 모리꼬네라는 이름은 영화음악의 수준을 한 단계 끌어올린 대명사로 기록되었다. 〈미션〉에서 그레고리오 성가와 아마존 토속음악을 조화시키고, 〈시티 오브 조이〉에서 클래식과 인도 토속음악을 조화시킨 명 조율사, 음악과 영상의 마술사. 2020년 그는 "나 엔니오 모리꼬네는 죽었습니다"라고 시작하는 미리 쓴 부고와, 영원히 잊지 못할 영혼의 리듬을 남기고, 무한한 세계로 떠났다.

(1993)

<사일런스>

시네마 에피파니

영화를 보다가 눈물 흘리며 치료받는 순간, 아, 이거구나, 눈이 번쩍 뜨이는 순간, 머리와 가슴이 텅 비면서 서늘한 바람이 스치는 순간, 부조리한 시대와 싸워야 한다는 다짐을 주는 순간, 그 깨달음의 순간을 어떻게 이해해야 할까요. 그 깨달음이 영화를 보고 나서 며칠, 아니 평생 잊지 못할 기억으로 남을 수도 있습니다. 그 순간을 '시네마 에피파니'라는 용어로 표현해봅니다.

에피파니((顯現, Epiphany)의 어원은 '나타난다'로, 본래 예수가 이 세상에 나타난 것을 축하하는 축일이란 뜻입니다. 동방박사 세 명이 아기 예수를

찾아와 경배드린 1월 6일을 '에피파니'의 날, 주현절(主顯節) 혹은 현현절(顯現節)이라 합니다. 셰익스피어의 희극 『십이야』(The Twelfth Night)에서 십이야는 크리스마스로부터 열두 번째 밤, 손꼽아보면 1월 6일 전날 에피파니의 밤에 일어난 이야기랍니다. 이 에피파니는 신을 만나는 순간이라는 의미로도 사용해왔습니다.

에피파니를 생각할 때 스피노자의 저서 『신학정치론』(서광사, 2017) 1장이 떠오르곤 합니다. 1장에 나오는 "예언"이란 단어는 '계시'라는 뜻으로 읽으면 이해하기 쉽지요. 스피노자는 "예언 내지 계시(prophrtia sive revelatio)는 신이 인간에게 계시한 어떤 것에 대한 확실한 인식(certa cognitio)이다"라고 먼저 정의 내리고 글을 시작합니다. 1장에서 스피노자는 계시가 어떻게 전해지는지 성경에 나오는 여러 순간을 제시합니다. 계시라는 단어 대신 저는 에피파니를 넣어 읽곤 합니다.

> 계시가 오직 이미지들만을 통해서 성립한다는 것은 역대기상 21장에 분명히 나와 있는데(41쪽)…신은 직접 자신을 인간에게 전할 수 있다. 왜냐하면 신은 어떤 신체적 매개를 사용하지 않고서도 자신의 본질을 우리의 정신에 전달할 수 있기 때문이다(스피노자, 『신학정치론』, 위의 책, 43-44쪽).

스피노자는 신의 뜻을 전하는 여러 과정을 성경 구절을 낱낱이 들어 설명합니다. 자연 속에 계시가 있고 깨달음이 있다고 썼습니다. 신은 '이미지'를 통해서 자신의 뜻을 계시한다고도 썼습니다. "너희 가운데 예언자가 있으면 나 주님이 환시 속에서"(43쪽) 계시한다고 했는데, 이 환시는 visio, 즉 겉모습, 현상, 관념을 의미합니다.

스피노자가 1장에 쓴 계시를 전하는 방법, 즉 '이미지', '환시', '우화와 비유'야말로 영화의 기법이며 내용이 아닐지요. 영화를 보면서 우리는 특별한 깨달음을 얻을 때가 있습니다. 낡은 얘기지만 영화의 본질 중 하나가 아닌지요. 계시의 순간은 '에피파니'의 순간이기도 합니다. 평범하게 살아가다가 문득 깨닫는 영원한 것에 대한 통찰이나 감각을 얻는 순간입니다.

제임스 조이스의 연작소설 『더블린 사람들』(민음사, 2018)에서 "마비"(paralysis)라는 단어는 소설집 전체를 꿰뚫는 핵심어입니다. 이 소설집에는 온갖 부조리에 마비된 사람들이 스멀스멀 나옵니다. 궁핍에 쪼들려 가난에 마비되고, 영국 식민지에 마비되고, 종교 강요에 마비된 더블린 사람들이 그 주인공입니다.

> 밤에 유리창을 쳐다볼 때면 나는 으레 '마비'라는 단어를 속으로 가만히 되뇌었다(「자매」, 7쪽).

> 그러다 문득 그 얼굴이 마비로 죽었다는 생각이 떠오르더니, 그 성직매매자의 죄를 사해주기라도 하려는 듯이 나 또한 희미한 미소를 짓고 있는 것을 느꼈다(「자매」, 11쪽).

제임스 조이스 소설에는 마비의 사회를 견뎌내고 이겨내는 '에피파니'의 순간이 소설 마지막에서 살짝 반짝입니다. 단편 「작은 구름」에서는 영국으로 이주해서 성공한 기자로 살아가는 친구 얘기가 나옵니다. 영국 식민지인 아일랜드 더블린에서 구차하게 살아가는 '나'를 우습게 보는 친구에게서 '나'는 한없는 열등감에 시달립니다. 구차한 더블린에서 살아가기는 흡사 '종신

형 죄수 팔자'와 다를 바 없습니다. 어떡하면 아일랜드를 탈출할까 괴로워하며 귀가했는데 아이가 울기 시작합니다. 이상하게도 그 아이 울음에 쉽게 형용 못할 깨달음을 얻습니다.

> 아이의 발작적인 흐느낌이 점점 잦아드는 걸 듣고 있자니 두 눈에 뉘우침의 눈물이 맺혔다(「작은 구름」, 114쪽).

'마비'되어 살아가는 더블린 사람들에게서 제임스 조이스는 특이한 견딤의 의미를 드러냅니다. 마비 속에서도 견디게 하는 에피파니의 힘을 독자가 순간적으로 공감하게 합니다. 갑자기 베일이 벗겨지듯이 신비가 드러나며 사물의 진실을 깨닫는 순간입니다.

제임스 조이스에게 에피파니는 "저속한 말씨나 저속한 몸짓이나 아니면 조속한 마음 그 자체의 중대한 단계에서 갑자기 정신적으로 일어나는 현현의 순간"입니다. 에피파니는 "갑작스러운 정신적 계시"(a sudden spiritual manifestation)로서 "천박한 언어나 일상에서" 너무도 쉽게 깨닫는 순간입니다. 조이스는 『더블린 사람들』에서 더블린이 '마비라는 병폐'에서 깨어나기를 고대했습니다. 에피파니는 탈출할 수 있는 순간입니다. 해방을 만나는 순간입니다. 깨달음의 순간입니다.

불안하고 부조리한 세계에 자신보다 1년 일찍 태어난 제임스 조이스의 소설에 나오듯, 카프카 소설에도 인간 본성의 근원을 깨닫게 하는 에피파니가 나옵니다. "너는 달리는 방향만 바꾸면 돼"(Du mußt nur die Laufrichtung ändern; 카프카, 「작은 우화」)가 바로 그 순간입니다. 달리던 방향을 바꾸는 방향 전환, 어마어마한 속도로 돌진하는 현대인들에게 필요한 에피파니입니다.

달리는 방향을 완전히 바꾸는 혁명은 가능할까요. 달리던 길에서 잠깐 멈추기만 해도 희망은 보입니다. 나의 모든 습관을 뒤집는 패러다임의 변화, 가정과 사회의 혁명은 불가능할까요. 무의식 밑바닥에서부터 내가 갖고 있는 모든 고정관념의 '방향'(Laufrichtung)을 새롭게 생각해보는 혁명적인 인식은 불가능할까요.

나를 밟아라. 밟히기 위해 나는 존재한다

신학적인 의미에서 시작한 에피파니는 영화 〈사일런스〉(Silence, 2016)에서 명확히 볼 수 있습니다.

주교였던 페레이라 신부가 배교했다.

최고 중요한 직책인 주교(主教) 페레이라 신부(리암 니슨)가 배교(背教)했다는 소식으로 영화는 시작합니다. 1614년 일본인을 포함하여 70여 명의 가톨릭 신부들이 추방을 당했는데, 페레이라 신부는 일본인 신도를 버리고 갈 수 없어 잠복하여 선교 보고서를 보내던 이였습니다. 감동적인 선교 보고서를 보내곤 하던 그가 배교했다는 소식을 듣자, 믿을 수 없었던 그의 제자 로드리게스 신부가 그 사실을 눈으로 확인하기 위해 일본으로 갑니다.

영화 〈사일런스〉는 소설의 문법을 되도록 그대로 살렸습니다. 원작인 엔도 슈사쿠 장편소설 『침묵』을 읽으면서 상상만 했던 끔찍한 장면을 그대로 드러낸 영화는 소설보다 더 큰 충격을 줍니다. 1637년, 포르투갈에서 일본이라는 먼 미지의 섬에 도착한 로드리게스(앤드루 가필드) 신부는 잡히지 않기 위해 작은 숯 창고에서 숨어 지내며 포교를 합니다. 그는 순수한 일본인을 만나며 아름다운 예배를 드립니다.

행복한 순간은 오래가지 않습니다. 곧 비극이 찾아옵니다. 바닷가에 박힌 나무 말뚝에 묶인 채 밀물에 서서히 잠겨 가며 수형(水刑)을 당하는 신자들의 찬송가, 아니 신음으로 그는 통곡합니다. 기독 신자를 찾아내 밀고하면서도 로드리게스만 보면 고해성사를 하려 하는 키치지로가 말할 때마다 풍기는 악취, 그것은 살아 있는 가룟 유다의 썩은 악취입니다.

결국 로드리게스도 체포됩니다. 그는 밤마다 이상한 소리를 듣습니다. 그 소리는 귀 뒤에 작은 구멍이 뚫린 채, 구덩이를 판 땅에 거꾸로 매달려 조금씩 피를 흘리며 죽어가는 신도들의 신음이었습니다. 그가 배교하지 않으면, 무고한 신도들을 '구멍 매달기' 고문으로 한 명씩 죽이겠다고 합니다. 극단적인 정신적 고문입니다. 순교해야 할 것인가, 그들을 살리기 위해 배교해야 하는가. 페레이라 신부는 "신이 침묵한다고 자네까지 그럴 필요없네"라며 로드리게스 신부에게 형식적인 배교를 권합니다. 에도시대 때는 신자와 비신자를 구별하기 위해 예수 혹은 성모를 그린 성화 나무판을 밟게 했습니다. 발로 밟히는 그림판이라 하여 후미에[踏み絵]라고 합니다. 로드리게스가 후미에를 살짝 밟으면 많은 일본인 신자가 살 수 있는 상황입니다. 로드리게스는 후미에 앞에서 괴로워합니다.

바로 그때 그는 무수하게 밟힌 후미에에 그려진 얼굴에서 묘한 음성을 듣습니다. 그리고 아무도 모를 깨달음을 얻습니다. 성화를 밟으라는 절대자의 목소리입니다.

나를 밟아라(Step on me). 너희에게 밟히기 위해 나는 존재한다. 이제 너의 생명은 나와 함께 있다. 밟아라(2:17:50).

이 말을 어떻게 이해해야 할까요. 로드리게스는 형식에 집착하는 표층(表層) 종교보다, 죽어가는 이웃과 하늘의 본질을 신뢰하는 심층(深層) 종교를 택합니다. 그에게 후미에를 밟는 순간은 심층 종교를 깨닫고 선택하는 에피파니의 순간입니다.

'그리스도가 살아 계셨다면 지금 자기의 얼굴 그림을 밟고 배교했을 것이다'라는 판단으로 로드리게스는 후미에를 밟습니다. 로드리게스가 배교하자, 거꾸로 매달려 있던 일본인 신자들은 목숨을 건집니다.

로드리게스는 가롯 유다의 마음으로 일생을 괴롭게 일본에서 살아갑니다. '내 마음을 재판하는 것은 일본인도 사제단도 아니고, 오직 주님뿐이다'라는 믿음으로 그는 일본인의 옷을 입고, 일본 여자와 결혼하여 85세까지 살다가 슬픈 이력을 마감합니다.

이 영화는 신적 응답의 한 방법으로 '말 없음'(沈默)을 증언합니다. 침묵은 무언(無言)이 아닙니다. 잡담보다 침묵이 좋습니다. "잠잠할 때가 있고 말할 때가 있습니다"(전 3:7). 절대자의 침묵은 인간의 자율적이고 명확한 행위를 요구하는 가장 확실한 응답입니다. 여기에는 인간이 생각하는 '순교자=善/배교자=惡'이라는 도식은 없습니다. 인간이 생각하는 '선/악'이라는 잣대를 뛰어넘는 깨우침의 순간입니다. 물론 이런 인식을 자기만의 판단으로 비판할 수도 있습니다.

로드리게스는 이 늪지대에서 더욱 지루한 나날의 고문을 감내할 수밖에 없었던 '운 없는 순교자'가 아닐까요. 저기에 가족이 있고 자유가 있는데,

여기를 떠나고 싶어도 떠날 수 없는, 어쩔 수 없이 묶여 있는 그의 삶이야말로 순교가 아닐까요. 로드리게스의 마지막 고백을 인용합니다. 순교자 못지 않은 무거운 신앙고백이 실려 있습니다.

> 나는 그들을 배반했을지 모르나 결코 그분을 배반하지는 않았다. 지금까지와는 아주 다른 형태로 그분을 사랑하고 있다. 내가 그 사랑을 알기 위해서 오늘까지의 모든 시련이 필요했던 것이다. 나는 이 나라에서 아직도 최후의 가톨릭 신부이다. 그리고 그분은 결코 침묵하고 있었던 게 아니다. 비록 그분이 침묵하고 있었다 하더라도 나의 오늘까지의 인생은 그분과 함께 있었다(엔도 슈사쿠, 『침묵』, 공문혜 옮김, 홍성사, 2003, 294-95쪽).

소설과 달리 영화에서는 에피파니적 암시를 남깁니다. 로드리게스가 죽자 그 시신의 손안에 누군가 십자가를 쥐여줍니다. 불교식으로 화장되는 로드리게스 시신의 손안에 십자가가 쥐여 있습니다. 마틴 스코세이지 감독이 관객에게 전하고 싶은 마지막 에피파니의 순간이겠지요.

영혼에 지진이 일어나는 순간, 에피파니

에피파니와 비슷한 순간을 철학, 문학, 사진 등에서도 많이 볼 수 있습니다. 철학에서 니체가 말한 정오의 시간에 깨달음이 번개처럼 쏟아지고 혹은 표범처럼 달려드는 순간, 발터 벤야민이 말한 '메시아적 순간'이 그러하겠지요.

문학에서는 제임스 조이스가 에피파니를 언급했습니다. 현대시에서는 영원한 깨달음을 회감(回感)하는 '서정적 순간'이라고 합니다. 파블로 네루다는 "길에서 불 속에서 갑자기 다가온 그것"(「시」)이라 했지요. 사진 기술에서는 '푼크툼'(punctum)이라는 말도 있습니다. 롤랑 바르트는 『카메라 루시다』(열화당, 1998)에서 사진 찍을 때 가장 중요한 것이 "푼크툼"이라 했지요. 신학과 문학과 사진술에서 나오는 에피파니적 순간을 우리말로 한다면 '깨달음의 순간'이겠습니다.

이 글에서 신학과 문학의 사유인 에피파니를 영화에 접목시켜봅니다. '깨달음의 순간'이란 분명 영화의 중요한 기능 중 하나입니다. 영화에서 에피파니의 순간은 자기성찰과 영화치료와도 이어집니다. 종교적 깨달음을 주는 시네마 에피파니의 순간도 있습니다. 역사와 사회를 깨닫게 하는 영화에도 혁명적 순간이 있습니다. 사라지는 것들의 선연한 아름다움을 깨닫게 하는 예술 영화에도 시네마 에피파니의 순간이 있고요.

어떤 영화를 보는 수용자는 상상력이 융기(隆起)되고, 치명적인 깨달음을 얻습니다. 그것이 치료가 되든(자기성찰), 계시가 되든(종교적 만남), 다짐의 순간(역사적 성찰)이 되든, 우리는 영화를 보면서 눈에 보이지는 않지만 손에 쥔 듯한 깨달음의 순간을 얻습니다. 영화는 에피파니의 순간을 통해 유한한 인간이 무한하여 형용할 수 없는 그 무엇을 깨닫게 하는 귀중한 예술입니다.

(2021)

12세기

〈햄릿〉

애도의 심리학

로렌스 올리비에의 영화 〈햄릿〉
(Hamlet, 1948)은 한 편의 연극을 보는
듯하다. 아름답고 순진한 오필리아가
실성하는 대목은 가련하기까지 하다.
셰익스피어의 『햄릿』은 결국 비극으
로 끝나고 만다.

애도(哀悼, Trauer, mourning)란 무
엇인가, 어떻게 해야 상처를 회복할
수 있는지, 기억과 망각은 어떠한 역
할을 하는지 생각해보려 한다.

셀 수 없이 많은 사람이 죽어가
는 제1차 세계대전이 한창이던 1915
년에 지그문트 프로이트(Sigmund Freud, 1856-1939)는 「애도와 우울증」(Trauer
und Melancholie)을 발표한다(한국어에는 「슬픔과 우울증」[『정신분석학의 근본개념』,

열린책들, 2003]으로 번역되었다. 이후에 이 책의 인용은 「슬픔과 우울증」으로 표기하겠다). 애도는 무엇인가 잃어버린 상실에서 발생한다. 그래서 애도를 우리말로 '슬픔'으로 번역하기도 한다. 사랑하는 대상을 잃어버린 후에 생긴 고통과 결핍을 극복하여 마음의 평정을 회복하는 정신과정을 애도라고 한다. 애도는 주로 사랑하는 사람의 죽음과 관련 있다. 프로이트는 제1차 세계대전의 비극 속에서 사별하여 슬퍼하는 우울증 환자들을 많이 만났다. 이때 '정상적인 애도'는 병리적인 것이 아니라 자연스러운 과정이라는 것을 확인했다. 어떤 대상을 상실한 뒤에 '정상적인 애도' 과정이라면 대상에게로 집중했던 리비도를 자신에게 다시 거둬들인다. 시간이 지나면 눈물이 마르듯, 상실에 적응하고 관계에서 위안을 얻으며 평정을 회복하는 과정이 '정상적인 애도'다.

불안전한 애도에는 치료가 필요하다. 불안전한 애도는 우울증을 일으킨다. 우울증을 앓는 사람은 자신을 쓸모없다고 생각하고, 자신을 해하고, 세상을 저주하며 복수심을 품기도 한다.

〈햄릿〉은 비극이 어떻게 일어나는지, 인간이 정신적 외상(外傷)을 당하면 얼마나 고통스러운지 말하고 있다. 어떡해야 그 상처를 극복할 수 있을지는 독자에게 숙제로 넘긴다.

햄릿, 막장 비극

『햄릿』은 클로디어스에 대한 복수에서 사건이 끝나지 않는다. 모든 주요 등장인물이 사망하는 거대한 비극의 원인은 무엇일까. 모든 비극의 원인에는 모든 개인의 비극적 결함(tragic flaw)이 문제로 드러난다.

1) 햄릿, 애도하지 못하는 주체

'애도하지 못하는 주체'는 라캉이 쓴 표현이다. 햄릿이야말로 애도할 수 없는 주체였다. 햄릿의 비극은 '정상적인 애도'를 할 수 없었던 불완전한 과정에서 시작된다. 비극은 햄릿의 어머니인 덴마크 왕비 거트루드와 삼촌 클로디어스가 결혼하면서 막이 오른다. 아버지가 죽은 지 두 달도 되지 않아 어머니인 왕비가 클로디어스와 결혼한 것을 보고 햄릿은 절규한다.

> 햄릿: 오, 너무나 더럽고 더러운 이 육신이 허물어져 녹아내려 이슬로 화하거나, 영원하신 주님께서 자살금지 법칙을 굳혀 놓지 않았으면, 오 하느님! 하느님! 이 세상만사가 내게는 얼마나 지겹고, 맥 빠지고, 단조롭고, 쓸데없어 보이는가! 역겹다. 아, 역겨워, 세상은 잡초투성이 퇴락하는 정원, 본성이 조잡한 것들이 꽉 채우고 있구나. 이 지경에 이르다니! 가신 지 겨우 두 달- 아니 아냐, 두 달도 안 돼-(1막 2장, 129-38행).

이 절규로 햄릿의 삶은 울혈(鬱血)의 고통에 들어간다.

당시 햄릿은 독일 비텐베르크에서 유학하고 있었다. 사건은 비텐베르크에서 863킬로미터 떨어져 있는 덴마크 헬싱괴르(Helsingør)에서 일어났다. 햄릿에게 사신이 찾아가는 데 거의 한 달이 걸렸을 것이다. 그리고 햄릿이 돌아왔을 때는, 아버지가 살해된 지 빠르면 한 달 반 아니면 두 달 후일 것이다. 돌아와서 아버지의 상실(喪失)을 확인하는 순간부터 햄릿에게서 '정상적인 애도'가 작동되어야 했다. 놀랍게도 그럴 틈도 없이 이미 엄마는 살인자와 결혼하고, 더 이상 애도하지 말라고 거듭 강요받는 상황이다. 제대로 애도할 수 없는 햄릿의 상황은 거의 치료가 필요한 광적인 상태로 점점 변한다.

태줄로 이어져 있던 어머니가 아버지가 아닌 다른 남자와 결혼했을 때, 햄릿의 오이디푸스 콤플렉스는 이중의 고통을 겪는다. 영원할 것 같았던 사랑이 독일에서 돌아와 보니 한꺼번에 무너져버린 것이다. 우울에서 벗어나지 못하고 자살할 생각도 한다.

> 햄릿: 있음이냐 없음이냐, 그것이 문제로다. 어느 게 더 고귀한가. 난폭한 운명의 돌팔매와 화살을 맞는 건가. 아니면 무기 들고 고해와 대항하여 싸우다가 끝장을 내는 건가. 죽는 건- 자는 것뿐일지니, 잠 한 번에 육신이 물려받은 가슴앓이와 수천 가지 타고난 갈등이 끝난다 말하면, 그건 간절히 바라야 할 결말이다.
>
> 죽는 건, 자는 것, 자는 건 꿈꾸는 것일지도- 아, 그게 걸림돌이다. 왜냐하면 죽음의 잠 속에서 무슨 꿈이, 우리가 이 삶의 뒤엉킴을 떨쳤을 때 찾아올지 생각하면, 우린 멈출 수밖에- 그게 바로 불행이 오래오래 살아남는 이유로다.
>
> 왜냐면 누가 이 세상의 채찍과 비웃음, 압제자의 잘못, 잘난 자의 불손, 경멸받는 사랑의 고통, 법률의 늑장, 관리들의 무례함, 참을성 있는 양반들이 쓸모없는 자들에게 당하는 발길질을 견딜 건가?
>
> 단 한 자루 단검이면 자신을 청산할 수 있을진대. 누가 짐을 지고, 지겨운 한 세상을 투덜대며 땀 흘릴까?(3막 1장, 57-77행)

죽은 아버지의 유령과 만나고 난 뒤, 미친 척하는 햄릿은 고단한 삶을 토로한다. 고통이 가득한 이 세상에서 어떻게 견뎌야 할지, 죽음의 잠 속에서 어떤 꿈을 꿀 수 있을지. 이렇게도 저렇게도 할 수 없는 햄릿의 고뇌가 담긴 명

대사다. 이것은 독자들의 실존을 향해 묻는 질문이기도 하다. 자신을 단검으로 해하려는 햄릿의 상태는 '정상적인 애도'를 하지 못하여 우울증 증세를 보이는 상황이다.

> 우울증의 특징은 심각할 정도로 고통스러운 낙심, 외부 세계에 대한 관심의 중단, 사랑할 수 있는 능력의 상실, 모든 행동의 억제, 그리고 자신을 비난하고 자신에게 욕설을 퍼부을 정도로 자기 비하감을 느끼면서 급기야는 자신을 누가 처벌해주었으면 하는 징벌에 대한 망상적 기대를 갖는 것 등으로 나타난다(지그문트 프로이트, 「슬픔과 우울증」, 위의 책, 244쪽).

우울증에 빠진 햄릿은 자애심(自愛心)이 완전히 추락한 상태다. 바꿀 수 없었던 과거를 환상하며 그리워한다. 그는 살아 있으나 죽은 육체처럼 자신을 비유한다. "우울이란 무엇인가? 그것은 감각에 대한 무능력이며, 우리의 육체가 살아 있음에도 불구하고 죽어 있는 느낌을 가지는 것이다. 그것은 슬픔을 경험하는 능력이 없는 것일 뿐만 아니라 기쁨을 경험할 능력도 없는 것을 말한다. 우울한 사람은 만일 그가 슬픔을 느낄 수만 있어도 크게 구원을 받을 것이다"(에리히 프롬, 『건강한 사회』). 우울증에 걸린 햄릿은 아버지를 그리워하며 성루를 헤매고 어머니에게 호소하기도 한다.

햄릿은 용의주도한 인물일까. 애도하지 못한 우울증 상태에서 그는 "배우들에게 아버님의 살해와 엇비슷한 연극을 삼촌 앞에서 시켜야지"(2막 2장, 604행)라며 계획을 꾸민다. 게다가 "내가 본 혼령은 악마인지도 몰라"(605행)라며 유령에 대해 비판적인 거리도 유지하고 있다. 나아가 "내 허약함과 우울증을 빌미 삼아"(608행)라며 자신의 증상을 우울증으로 정확히 파악하고 있다.

햄릿의 결함은 '우유부단'일까. 그는 아버지의 혼령을 만나 클로디어스의 흉계를 알고 복수를 결심한다. 하지만 죽이려 할 때 클로디어스가 기도하고 있어서 이때 죽이면 "천당으로"(3막 3장, 78행) 보내는 것이라며 절호의 기회를 놓친다. 그는 어쩔 줄 몰라 하다가 의도치 않게 오필리아의 아버지 재상 폴로니어스를 살해하고 만다.

이 모든 슬픔에서 멀리 떠나 망각하려고도 한다. 햄릿은 '복수'를 계획하지만, 폴리니어스의 아들 레어티즈와 결투하다가 자신은 물론 왕가가 몰락한다.

2) 클로디어스, 욕망과 휘브리스

햄릿의 삼촌이며 덴마크의 왕인 클로디어스는 욕망의 인물이다. 클로디어스가 형을 죽인 것이나 형수인 거트루드를 왕비로 삼은 행위는 '욕망에 대한 집착'이다. 그 욕망은 권력욕과 성욕이 겹친 상태이며, 그는 거짓을 덮기 위해 조카인 햄릿까지도 죽이려 한다.

클로디어스는 "어째서 왕자는 아직도 구름에 덮였는가?"(1막 66행)라며 햄릿의 고통을 이해하지 못한다. 사랑하는 아버지가 돌아가신 슬픔을 미처 다 쏟아내기도 전에 작은아버지와 결혼한 어머니를 보는 햄릿의 눈길은 슬프다. 어머니가 햄릿에게 "네 고귀한 아버지를 찾으려 하지 마라. 넌 모든 생명은 죽으며, 삶을 지나 영원으로 흘러감이 흔한 줄 알겠지. 그런데 너에게는 흔한 것이 왜 유별나 보이냐"라고 묻자, 햄릿은 말한다.

햄릿: 보이다뇨, 마마? 아뇨, 유별납니다. 전 보이는 건 모릅니다. 어머니, 저
   를 진실로 나타낼 수 있는 건 검정 외투, 관습적인 엄숙한 상복, 힘 줘 뱉
   는 헛바람 한숨만도 아니고, 또 강물 같은 눈물과 낙담한 얼굴 표정, 거기
   에다 비애의 모든 격식과 상태와 모습을 합친 것도 아닙니다. 그런 건 정
   말 보이지요. 누구나 연기할 수 있는 행동이니까요. 허나 제겐 겉모습 이
   상의 무엇이 있으며, 그런 건 비통의 옷이요 치장일 뿐입니다(1막 2장,
   75-86행).

오로지 햄릿만이 애도의 자세를 표하고 있다. 애도는 "누구나 연기할 수 있
는 행동"이기도 하다. "겉모습 이상의 무엇이 있"다는 말은 클로디어스의 형
식적인 애도와 다른 진정한 애도의 자세를 뜻한다. 햄릿은 진심으로 아버지
의 죽음을 슬퍼하고 있다. 자신의 야망과 왕비를 탐하여 결혼한 클로디어스
는 괴로워하고 있는 햄릿을 보며 이어 말한다.

왕: 왕자의 본성이 자상하고 훌륭하여 아버지에게 애도를 표시하고 있구나. 허
   나 알아둬야 할 일은 왕자의 아버지도 아버지를 잃었고, 그 아버지도 아버
   지를 잃었다는 사실이야- 그리고 유족들은 한동안 자식 된 도리로 상례에
   어울리는 슬픔을 보이게 되어 있지. 허나 끈질기게 집요한 비탄은 죄 받을
   옹고집의 길이고 사내답지 못한 비애야. 그건 크게 하늘을 거스르는 태도,
   약해 빠진 심장, 조급한 마음, 단순하고 무식한 이해력을 보여주는 셈이야.
   피할 수 없음을 알며 가장 흔해 빠진 것처럼 눈에 띄는 일을 왜 우리가 멍청
   하게 반발하며 가슴에 새겨둬야 해? 허, 그건 하늘을 거역하고 망자를 거역
   하며 자연을 거역함이고, 가장 부조리한 논리인데, 자연법칙으로 흔히 조상

이 죽으니, 최초의 시체에서 오늘 죽은 사람까지 '이건 할 수 없다'라고 자연이 항상 말해주지 않느냐. 바라건대, 무익한 비통을 땅에 던져버리고 나를 아버지로 생각해라. 왜냐하면 온 천하에 알리노니, 왕자가 내 왕위 계승자요, 가장 다정한 아버지가 아들에게 품는 고귀한 사랑에 못지않은 사랑을 내가 너에게 베풀기 때문이다(1막 2장, 86행, 23쪽 112행).

비통에 싸인 햄릿에게 클로디어스는 "모든 생명은 죽으며, 삶을 지나 영원으로 흘러가는 흔한 일"이라고 가볍게 말한다. 짧지 않은 이 대사를 읽어보면 클로디어스가 얼마나 오만하며, 반대로 햄릿이 얼마나 고통스러웠을까 상상할 수 있다. 햄릿에게 슬퍼할 시간을 주지 않는 클로디어스와 함께 어머니는 "어미의 기도가 헛되지 않게 해라"(1막 118행)며 나무라기까지 한다.

"온 천하에 알리노니, 왕자가 내 왕위 계승자요, 가장 다정한 아버지가 아들에게 품는 고귀한 사랑에 못지않은 사랑을 내가 베풀기 때문이다"라고 선언하는 클로디어스는 오만한 휘브리스(Hubris)의 비극적 인물로 등장한다. 휘브리스는 '모르고 지은 죄'를 뜻하는 하마르티아(Hamartia)와 함께 그리스 비극에 등장하는 주인공에게 반드시 나타나는 비극적 결함(tragic flaw)이다. 가령 아침 막장 드라마가 재미있으려면, 주요 등장인물 중 몇 명은 오만하거나, 자신도 모르게 지은 죄가 있어야 하는 것이다. 형을 살해하여 왕이 되었던 클로디어스였기에 그 불안을 숨기기 위해 더욱 과장된 행동을 한다. 그는 혹시 햄릿이 복수할지도 모른다는 염려에 마음 졸였을 것이다. 그것은 터무니없는 자신감으로 표출되고, 오만한 모습으로 나타난다.

클로디어스는 오만하여 지혜가 없는 자가 아니다. 그는 사람을 이용할 미세한 언어로 설득한다. 햄릿의 칼에 찔려 죽은 폴로니어스의 아들이며 오필리아의 오빠인 레어티즈를 설득하는 장면을 보자.

> 왕: 부친(햄릿에게 죽은 폴로니어스—인용자)을 사랑하지 않았다 생각해서가
> 아니라, 사랑의 발단은 시간임을 알며, 그 불꽃과 열기도 시간 가면 줄어듦
> 을 실제 증거를 통하여 보았기 때문이다. 사랑의 불길 속엔 그것을 약화시
> 키는 일종의 심지나 검댕이 자라는 법이며 언제나 꼭 같이 좋은 것도 없는
> 법이다. 왜냐하면 좋은 것도 넘치면 화병처럼 제풀에 죽기 때문에, 우리가
> 하고픈 일 하고플 때 해야 돼. 왜냐면 '하고픔'은 말이 많고 손이 많고 사건
> 이 많은 만큼 변하고 줄어들고 지연되며, '해야 됨'도 한숨이 피 말리는 것처
> 럼, 누그러지면서 우리를 해치니까(4막 7장, 110-123행).

사랑이란 항상 같은 크기나 무게로 고정되어 있지 않다는 말이다. 시간이 지
날수록 영원할 것만 같던 사랑은 다른 형태로 변한다. 클로디어스는 아버지
가 죽어 슬픔에 잠겨 있는 레어티즈를 사랑이라는 단어로 자극한다. 그리고
햄릿처럼 복수의 마음을 품게 한다. 복수라는 실천도 사랑의 한 행위라는 것
을 묘하게 조언하는 장면이다. "우리가 하고픈 일 하고플 때 해야 돼"라고
직설적으로 복수를 권한다. 사랑의 본질을 악용하는 클로디어스 왕의 계략
과 수사는 불쾌하기까지 하다. 복수를 하고 싶지만 참고 있던 레어티즈의 분
노에 불을 질러 넣는 표현이다. 레어티즈를 이용하여 언젠가는 자신에게 복
수할 것 같은 햄릿을 제거하려는 것이다. 감언이설로 백성들을 속여 희생양
으로 만드는 폭군의 모습을 보여주고 있다.

3) 거트루드, 어쩌지 못하는 어머니

『햄릿』의 많은 장면에 등장하지만 대사가 적은 인물은 어머니 거트루드다. 겉으로 보면, 아름답고 상냥한 어머니인 왕비 거트루드는 남편이 죽자마자 시동생과 몸을 섞는 욕망에 충실한 인물이다. 거트루드의 대사가 많지 않기에 오히려 그녀가 왜 그렇게 판단했을까 궁금해진다. 다른 등장인물의 대사를 통해 거트루드의 마음을 알 수 있기도 하다.

> 왕 클로디어스: (햄릿에게) 비텐베르크의 학교로 다시 돌아가려는 네 의도는 나의 소망에 심히 역행하니, 원컨대, 그 뜻을 굽히고 내 격려와 위안 속에 나의 최고가는 충신이요 조카이며, 내 아들로서 여기에 머물기 바란다.

> 거트루드: 어미의 기도가 헛되지 않게 해라. 햄릿, 우리와 함께 있자, 비텐베르크로 가지 말고(1막 2장, 112-20행).

어머니 거트루드는 무조건 애도를 빨리 끝내고 함께 있기를 말한다. "어미의 기도"라며 초자아를 끌어들여 이제 그만 울자고 말한다. 물론 이 기도는 관념적인 태도가 아니라, 노르웨이가 침략해오려는 국제 정세나 삼촌이 아들을 살해할지도 모르는 상황에 대해 염려하는 기도일 수도 있다. 반대로 그저 이 상황을 무조건 받아들이라는 기도라면 이러한 태도는 때로는 대단히 비성서적이다. 오히려 예수는 스스로 함께 애도했다. 죽은 나사로가 시체로 누워 있던 동굴 앞에서 예수는 세 번이나 크게 슬피 울었다(요 11:33-34, 38). 예수는 말로 값싸게 위로하지 않고, '함께 애도'하는 자세를 보인 것이다. 이제 그만 애도를 멈추라는 말은 비성서적일 수 있다. 그녀는 신의 이름을 빌려 애도를 멈출 것을 강요하는 형국이다.

어머니를 다른 남성권력에 빼앗긴 햄릿에게 이제 어머니는 증오의 대상으로 바뀌기 시작한다.

> 햄릿: 제가 어머니의 심장을 짜볼게요. 만약 그게 부드러운 물질로 돼 있다면,
> 망할 놈의 습관이 쌓아놓은 철저한 무감각의 철옹성이 아니라면.
> 거트루드: 내가 뭘 했길래 네가 감히 혓바닥을 이리도 무엄하게 놀리느냐?(3막 4장, 35-38행)

본래 어머니는 햄릿에게 리비도가 집중되는 대상이었다. 리비도의 대상을 빼앗겼을 때 햄릿은 상실(喪失)을 경험하고 슬픔에 빠진다. 이제 어머니로 향한 햄릿의 신뢰는 완전히 깨진 상태다. "철저한 무감각의 철옹성"으로 보이는 못난 엄마 거트루드의 반응은 너무도 이상하게 떳떳하다. "내가 뭘 했길래"라며 오히려 당차게 말한다.

거트루드 입장에 대해 많은 연구가 있다. 왕인 남편이 급사하자마자, 노르웨이 왕자인 포틴브라스(Fortinbras)가 잃어버린 영토를 찾아 공격하겠다는 위기에서 왕비 거트루드는 빨리 시동생과 결혼하여 나라의 안정을 도모했을 거라는 연구도 있다. 혹은 왕이 죽으면 그 아들인 햄릿이 왕위를 이어받아야 하는데 독일에 유학 가 있기에 시동생이 왕권을 잡았는데, 왕권을 확

고히 하기 위해 햄릿을 암살할 수도 있다는 판단에 아들을 위해 시동생과 결혼했을 수도 있다는 연구도 있다. 결국 나라의 안정과 아들을 보호하기 위해 거트루드는 시동생 클로디어스와 결혼했다는 것이다.

거트루드는 햄릿의 절규를 듣고 죄를 깨닫지만, 사죄의 결과물을 내놓지 못한다. 죄를 알지만 진정 뉘우치는 실천이 없다. 결국 비극을 피해가지 못하고, 햄릿이 결투하는 마지막 장면에서 그녀는 독배를 들어 단순한 도구적 존재로 생을 마감한다.

4) 오필리아, 모성적 사랑의 대체물

가련하고 순수하며, 많은 독자에게 사랑받는 인물인 오필리아의 결함은 '순종'이다. 수많은 음모와 음침한 계략 아래, 오필리아만은 항상 순진하고 세상 물정 모르는 아가씨였다. 아버지와 오빠 레어티즈의 말에 무조건 순종하기만 하는 오필리아는 자신에게 닥친 상황을 주도적으로 해결하지 못한다. 감당할 수 없는 한계에 부닥치자 오필리아는 현실을 외면하는 수동적인 인물로 등장한다.

아쉽게도 『햄릿』에 등장하는 여성들은 모두 수동적이고, 가련하게만 보인다. 아버지와 오빠의 말에 무조건 순종하다가 아버지가 죽자 미쳐버리는 오필리아나, 햄릿의 절규에 제대로 변명도 못 하고 쩔쩔매는 왕비의 모습이 그러하다. 오필리아를 '모성적 사랑의 대체물'이라고 쓴 이유는, 그녀 스스로 운명의 주체가 되지 못하고 자신을 주체로 인식하지 못했기 때문이다. 그녀는 자신의 문제를 말로 표현하지 못하고 기구한 인생을 스스로 마감한다. 하위주체인 "서벌턴은 말할 수 없다"(Subaltern can not speak)고 한 가야트리 스피박(Gayatri Spivak)의 지적처럼, 오필리아는 자신을 극복하지 못한 안타까운 운명으로 등장한다.

반면 소포클레스 비극『안티고네』등에 나오는 여성들은 자신의 의견을 확실히 한다. 당찬 안티고네나 순응적이지만 자기 이익을 계산할 줄 아는 이스메네는『햄릿』의 오필리아나 왕비 거트루드보다 훨씬 개성 있고 생동감 있다.

5) 레어티즈

오필리아의 오빠 레어티즈도 중요한 인물이다. 유망한 청년이었던 레어티즈는 클로디어스의 꾀임에 속아 칼끝에 독을 바르는 야비한 술수까지 사용한다. 다혈질적 성격으로 인해 그는 스스로 넘어가 버리고 만다.

> 레어티즈: 용서를 나눕시다, 햄릿 왕자님.
>
> 저와 부친 죽음 그대 탓 아니고,
>
> <u>그대 죽음 또한 제 탓이 아니기를.</u>
> 햄릿: 하늘이 용서하리. 나 그대를 따르리라(5막 2장, 336-39행).

소포클레스의 비극적 주인공 오이디푸스와 햄릿은 매우 닮았다.

햄릿은 제대로 애도할 시간을 보장받지 못했다. 심지어 어머니까지도 아버지를 잊고 더 이상 애도하지 말라고 한다. 애도할 수 없었던 햄릿은 복수로 나아갈 수밖에 없었다. 죽기 전 햄릿이 레어티즈로부터 "당신의 죽음은 당신 탓이 아니에요"라는 말을 들었을 때 얼마나 위로가 되었을까. 타인의 고통에 나의 잣대를 들이밀고 함부로 평가해서는 안 된다. 피해자가 충분히 슬퍼하고 정리할 시간을 존중해야 한다.

인물 분석을 주로 했기에 『햄릿』 대본을 낭송했을 때 어떤 효과가 일어나는지 설명하지 못했다. 3막 2장에서 연극 중 왕 역을 맡은 배우가 했던 아래 대사는 소네트의 효과를 보여준다. 영어 대본을 보면 문장 한 행마다 8행씩 끝단어에서 "yyeettee-yytteeee"로 쓰여, 각운(脚韻, rhyme)이 철저하게 지켜진 것을 볼 수 있다.

결심이란 기껏해야 기억력의 노예일 뿐,

　　Purpose is but the slave to memory,

태어날 땐 맹렬하나 그 힘이란 미약하오.

　　Of violent birth, but poor validity;

그 열매가 시퍼럴 땐 나무 위에 달렸지만,

　　Which now, like fruit unripe, sticks on the tree,

익게 되면 그냥 둬도 떨어지는 법이라오.

　　But fall unshaken when they mellow be.

우리들이 자신에게 빚진 것을 잊어버려

　　Most necessary 'tis that we foget

못 갚는 건 정말이지 피할 수가 없는 거요.

　　To pay ourselves what to ourselves is debt.

격정 속에 우리들이 자신에게 제안한 건

　　What to ourselves in passion we propose,

그 격정이 사라지면 결심조차 없어지오.

　　　The passion ending, doth the purpose lose.

슬픔이나 기쁨이나 격렬하면, 행동으로

　　　The violence of either grief or joy

옮겨지는 과정에서 그 자체가 소멸되오.

　　　Their own enactures with themselves destroy.

기쁜 마음 광분하면 슬픈 마음 통탄하고,

　　　Where joy most revels, grief doth most lament;

별것 아닌 사건으로 슬픔 기쁨 엇갈리오.

　　　Grief joys, joy grieves, on slender accident.

이 세상은 영원하지 아니하며, 사랑조차

　　　This world is not for aye, nor 'tis not strange

운에 따라 바뀌는 건 이상할 것 하나 없소.

　　　That even our loves should with our fortunes change;

왜냐하면 운과 사랑, 어느 것이 먼저인지

　　　For 'tis a question left us yet to prove,

아직까지 안 밝혀진 의문이기 때문이오.

　　　Whether love lead fortune, or else fortune love(111-12쪽).

햄릿이 광대를 불러 공연을 시키는 독특한 장면이다. 연극 속의 연극이라 할
수 있다. 한 행 한 행 곰 삭여 읽어보면 깊은 통찰이 보인다. 인간의 결심이란
얼마나 허망하며, 사랑 또한 얼마나 가볍게 바뀌는가. 셰익스피어가 보는 인
간론, 운명 앞에서 너무도 미약한 인간 실존이 드러난 대사다.

애도와 기억

사람의 병을 치료하는 것이 프로이트의 목표였다. 그가 우울증을 문제 삼았던 것도 정상적인 애도를 통해 슬픈 사람들을 치료하기 위함이었다. 프로이트라면 제대로 애도하지 못한 한 인간의 복수와 비극적 결말을 담고 있는 『햄릿』의 인물들을 어떻게 치료하려 했을까.

햄릿의 반항적인 심리 상태는 우울증으로 쉽게 바뀐다. "반항적인 심리 상태가 우울증으로 바뀌는 과정을 재구성하는 일은 그리 어렵지 않다"(「슬픔과 우울증」, 위의 책, 251쪽). 햄릿은 자살하려는 성향을 보여준다. 자신의 몸을 자해하려 한다. 우울증의 세 가지 조건인 대상의 상실, 애증 병존, 자아로의 리비도 퇴행을 보인다.

애도하지 못하여 우울증에 걸린 사람은 어떻게 회복할 수 있을지 그 과정에 대해 미로슬라브 볼프는 『기억의 종말』(IVP, 2016)에서 이렇게 설명하고 있다.

즐거움의 기억이 과거의 즐거움을 재현하듯, 고통의 기억은 과거의 고통을 복제한다(40쪽).

고통을 초래한 사건을 기억하는 것 못지않게 그 기억에서 고통을 제거하는 것 또한 중요하다(43쪽).

트라우마의 경험은 침습성 병원체와 같아서 "침투한 지 오랜 후에도 여전히 활동하는 균으로 보아야 한다"(47쪽).

상처 입은 정신을 치료하기 위해서는 트라우마 경험을 기억할 뿐 아니라 떠올린 기억을 인생사(one's life story)라는 더 넓은 장에 통합시키는 데까지 나아가야 한다(48쪽).

과거의 고난을 기억하는 것은 연대를 만들어내는 데 도움이 되고 꼭 필요하다(53쪽).

"피해자는 과거에 당한 악행의 기억을 날카로운 칼처럼 마구 휘둘러 주위 사람들의 삶을 무자비하게 난도질할 수 있다"(123쪽)는 구절은 햄릿에 해당한다. 잊으려고 노력하면 오히려 잊히지 않는 까닭은 대상이 리비도를 움켜쥐고 있기 때문이다. 잊으려 애쓰지 말고 차라리 그 애도, 곧 슬픔의 대상을 기억하고 회상하는 편이 치료에 좋다.

세익스피어는 햄릿을 통해 애도 못한 이의 상처를 전한다. 계속 기억하는 방식으로 애도하며 리비도를 고갈시키는 과정이 치료다. 『햄릿』은 애도하지 못한 주체를 통해 애도와 기억의 중요성을 담은 작품이다. 작가는 충분한 애도란 슬픔을 극복할 방식이라고 강변한다. 아직 장례식이 끝나지 않았다고, 충분히 울고 울라고 권하고 있다. 아무리 슬퍼도 현실을 직시하라고 권한다. 사랑하던 대상이 현실 속에 없다는 것을 직시해야 견딜 수 있다고 말한다.

(2018)

<저란체스코>

1182-1226

평화의 도구로 써주소서

주여, 나를 평화의 도구로 써주소서
미움이 있는 곳에 사랑을
다툼이 있는 곳에 용서를
의혹이 있는 곳에 믿음을
절망이 있는 곳에 희망을
어둠이 있는 곳에 광명을
슬픔이 있는 곳에 기쁨을 심게 하소서

위로받기보다는 위로하고
이해받기보다는 이해하며
사랑받기보다는 사랑하며
자기를 온전히 줌으로써
영생을 얻기 때문입니다

역사상 예수를 가장 많이 닮았다는 아시시의 성 프란체스코(이콘 연구소 4기 작품전, 문혜영 클라라 작, 성 프란체스코, 목판 에그템페라, 20x27cm, 2008년)

매년 10월 4일은 성 프란체스코 (1182-1226)의 축일이다.

아시시의 성 프란체스코 하면, 흔히 「평화의 기도」를 생각하고 엽서에 쓰인 시 구절 혹은 결혼식 축가 정도로 생각할는지 모른다. 누군가 "프란체스코를 아십니까?"라고 묻는다면, 가족 앨범의 낡은 사진에 그려진 할아버지 얼굴 정도를 잠깐 떠올리다가 얼버무릴지도 모른다. 하지만 그의 삶은 현대사회에서 톱니바퀴처럼 살아가는 우리의 일상에 새로운 깨달음과 반성을 자극한다.

프란체스코를 아끼는 예술인들은 그의 삶을 다양한 장르의 작품으로 완성해냈다. 소설만 보더라도 니코스 카잔차키스의 『성 프란체스코』를 비롯해 여러 편이 있으며, 미술에서는 지오토가 남긴 프란체스코에 대한 28개의 프레스코 벽화(1296-1300)나 마르티노가 만든 벽화 등이 유명하다.

그의 삶을 기록한 전기는 꽤 많이 나와 있어, 진본과 위본을 가려야 할 형편이다. 『보나벤뚜라에 의한 아씨시의 성 프란치스꼬 대전기』(1260, 분도출판사, 1979)도 그 정본이거니와, 프란체스코가 클라라와 주고받은 편지인 『성 프란치스꼬와 성녀 글라라의 글』(분도출판사, 1987) 역시 중요한 자료다.

그의 생애를 진지하게 접할 수 있는 영화도 있다. 릴리아나 카바니(Lilina Cavani)의 원작·감독으로 제작된 영화 〈프란체스코〉(Francesco, 1989)가 주목된다. 미키 루크(Mickey Rourke)가 성자 프란체스코로, 헬레나 본햄 카터 (Helena Bonham Carter)가 연인 클라라로 열연하는 영화다. 이탈리아 감독 릴리아나 카바니의 뛰어난 영상 감각과, 반젤리스(Vangelis)의 웅장하고도 때로는 잔잔한 중세적 음악이 영화의 감동을 압도한다. 물론 이런 평판 뒤에는 '화려한 캐스팅'이라는 상업적인 배려가 놓여 있다.

귀공자에서 빈자의 친구로

> 가서 가진 것을 다 팔아
> 가난한 사람들에게 나누어주어라(막 10:21).

영화는 'ASSIS 1226'이라는 자막과 함께 프란체스코의 시신을 '작은 형제들'이 거적으로 옮겨놓는 신(scene)부터 시작한다. 프란체스코의 죽음 옆에서 클라라는 가만히 누워 그의 삶을 생각하고, 형제들에게 돌아와 그의 삶을 회상한다.

육신을 고행의 제단에 불살라 비로소 하나님의 목소리를 듣게 된 프란체스코의 생애도 당초에는 평범한 집안에서 시작된다. 이탈리아 중부 아시시에서 포목상을 하는 부호의 아들로 태어나, 쾌락을 좇아 아시시를 배회하는 매력적인 방랑자 프란체스코.

그런 그에게 커다란 전기를 가져온 계기는 이웃 도시 페루자와의 전쟁에서 경험한 쓰라린 패전이다. 거기서 1년 동안의 감옥 생활을 통해 그는 세속에로의 끊임없는 충동과 명예욕에서 해방된다. 승자의 횡포와 폭력 속에서 부상을 입고 돌아온 그는 이제까지의 생활이 얼마나 공허했는지를 깨닫는다. 이 무렵 그는 형장에 끌려가는 죄수로부터 우연히 무엇인가 끄적거린 낡은 수첩을 받는다. 아시시 말로 번역된 복음서(福音書)다. 이 복음서에 인도되듯 그는 이웃 다미안 마을의 쓰러져 가는 교회에서 십자가를 발견하고, 복음서의 뜻을 어렴풋이 이해하기에 이른다. 전기적 사료에 따르면, 그 교회에서 프란체스코는 "프란체스코야, 내 집이 허물어진 것이 보이지 않니. 이 집을 재건하여라"라는 신의 계시를 들었다고 하는데, 영화에서는 목소리 없이 잔잔하면서도 어떤 전율에 싸인 프란체스코의 표정으로 그 떨림을 표현한다.

그 뒤 그는 가난하고 병든 자의 벗이 되며, 가진 것을 모조리 그들에게 나누어주고 자신은 아무것도 갖지 않은 채, 하나님을 향한 실천의 길을 걷기 시작한다. 게다가 역겨운 냄새까지 풍기는 나병 환자를 껴안고 입 맞추기도 한다. 유복한 가정을 버리고 스스로 걸인의 길을 자처하는 그의 해괴한 행동은 아버지의 노여움을 샀고 주위에서는 비웃음을 당하며 미친 사람으로 치부된다.

프란체스코와 친숙한 친구들은 하나둘씩 그를 이해하며 따르게 되고, 친구였던 클라라(헬레나 본햄 카터)는 가장 먼저 그의 신앙심에 감동받는다. 이후 클라라는 프란체스코를 무조건 이해하고 따르는 마음의 반려로서 평생을 통해 그의 엄청난 고행을 지켜보는 반려자 노릇을 한다. 이성으로서의 사랑에 앞서 하나님의 벅찬 사랑부터 깨달았기 때문이다.

친구였던 클라라가 정신적인 사랑으로 힘이 되어주는 한편, 프란체스코를 따르는 세력도 점점 커져간다. 자기가 가진 것을 모조리 버려야 한다는 프란체스코의 실천 행위에 동조하는 부유한 친구들이 앞다투어 자기의 재

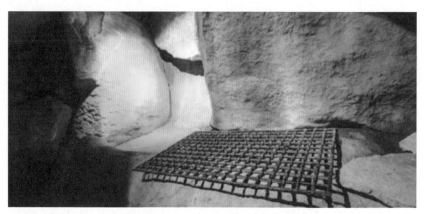

라베르나산에 있는 프란체스코의 동굴. 침대로 사용했던 석쇠가 남아 있다.

물과 권위를 버리는 시퀀스는 박진감을 더한다. "가진 것을 다 팔아 가난한 사람에게 나누어주는"(막 10:21) 것이다. 바로 이 대목이 이 영화에서 가장 흥미로운 부분인 듯싶다. 이 영화가 담고 있는 강렬한 메시지 역시 우선 가진 것을 버렸을 때 비로소 얻을 수 있다는 진실의 발견에 있다.

맨발의 성자와 침묵의 기쁨

> 나를 따르려는 사람은 누구든지
> 자기를 버리고
> 매일 제 십자가를 지고 따라야 한다(눅 9:23).

영화 중반에 들어서면 교회 건물도 없는 맨발의 성자 프란체스코를 따르는 수많은 신도가 모여들면서, 기존 교회의 비난도 점차 거세어진다. 교황청의 눈으로 보면 교회도 규율도 없이 실천적인 신앙만을 고집하는 프란체스코의 존재는 이단이었다.

교황청의 추기경들은 프란체스코를 제도권 속에 끌어넣고자 압력을 가한다. 그러나 이미 제도화되어 권력자로 군림하는 종단이 하나님과는 거리가 멀어져 있다는 사실을 알고 있는 프란체스코는 이에 굴복하지도 그렇다고 항거하지도 않는다. 그는 교황청에 자기의 생각을 호소하고 탄원하며 끝내 순종자로서의 자세를 다짐한다. 이 작고 가난한 형제는 다른 사람을 기도로 인내하는 데 필요한 '침묵의 힘'을 알고 있었던 것이다. 부당한 압력에도 침묵과 순종으로 '대응'하는 프란체스코의 모습은 찡한 감동을 안겨준다.

하지만 프란체스코와는 달리 릴리아나 카바니 감독은 하나님의 이름을 빌려 권력을 거머쥔 교황청의 위선을 영상에 담아 매몰차게 꼬집는다. 수도자들의 초라한 모습에 비해 얼굴에 기름기가 번들번들하고 뱃살이 뒤룩한 교황청 신부들의 모습도 그렇거니와, 프란체스코가 두 번째 로마 교황청에 방문했을 때 교황은 초라한 시체로 바닥에 뒹굴고 있는 반면, 다음 교황 선출만 생각하는지 추기경들은 온데간데없이 을씨년스러운 성당의 분위기를 꾸며낸 감독의 속내는 얼마나 차갑고 날카로운지.

교황청에 제출한 규칙서가 많은 이의 반대를 사게 되지만, 프란체스코는 그를 따르는 수많은 신도마저 버리고 험한 산속으로 종적을 감춘다. 남의 영혼을 구원하기에 앞서 자신의 영혼부터 구원해야 한다는 순진무구한 신앙의 부르짖음. 산속을 방황하여 오직 하나님의 목소리를 듣기 위해 자신의 심신을 가혹하게 학대하는 후반부의 처절한 상황에서는 차라리 신의 존재가 원망스럽게 느껴질 만큼 애처롭다.

마침내 육체가 극도로 피폐하여 실신한 상황에서 그는 하나님의 목소리를 듣는다. 식음을 전폐한 그의 간절한 기도에 하나님은 드디어 그의 손과 발 그리고 허리에 구원의 징표로 못 자국과 창 자국을 새겨 주었다. 그것은 바로 바울이 "내 몸에는 예수의 낙인이 찍혔습니다"(갈 6:17)라고 고백했듯이 프란체스코 역시 십자가에서 죽으신 예수님과의 일치의 표시로 다섯 개의 상흔, 곧 오상(五傷)을 받은 것이다. 그런데 릴리아나 카바니 감독은 오상이 은총의 선물이란 사실을 관객에게 강요하지 않는다. 침묵 어린 고행 속에서 얻은 기쁨을 그는 이런 식으로 표현한다.

"응답하셨어. 하나님이 다시 말씀하셨어."

관객들이 '저 상처는 그리스도께서 프란체스코를 성인으로 인정해주시는 흔적이야'라고 생각하게끔 슬쩍 '암시'할 뿐이다.

현실주의의 시각에서 기적의 신비를 담아

재미있는 점은 프란체스코 역을 미키 루크가 맡았다는 점이다. 루크는 〈나인 하프 위크〉(Nine 1/2 Weeks, 1986), 〈엔젤 하트〉(Angel Heart, 1987), 〈와일드 오키드〉(Wild Orchid, 1990), 〈광란의 시간〉(Desperate Hours, 1990) 등을 통해 자본주의의 기형적인 삶 속에서 살아가는 일그러진 초상을 연기해낸 인물이다. 감독은 그의 섹시즘적 이미지를 부자의 아들 프란체스코 역에 투영시키고, 회심의 이미지를 강조하려 했는지 모른다. 한편으로는 그의 상업적 가치에 덕을 보려는 의도인지도 모른다.

사실 부자의 아들로 태어난 귀공자 타입에는 권투 선수 출신으로 근육질 가슴과 미끈한 생김새를 지닌 미키 루크의 이미지가 너무도 잘 어울린다. 다만 고행으로 몸이 말라비틀어진 후기의 프란체스코를 재현하는 미키 루크의 연기에는 고행자의 냄새가 나지 않는다. 출가(出家) 이전의 이미지가 완전히 가시고 피골이 상접한 채 고행에 임했던 프란체스코 역을 다소 '느글느글'하게 연기하고 있어 사소한 분심(忿心)마저 생긴다. 사실 『아씨시 성 프란치스꼬의 생애』(분도출판사, 2001)를 썼던 첼라노의 토마스 수사는 그를 "매우 야위었고, 보잘것없는 외관"에도 불구하고 기쁨에 찬 얼굴로 사람의 마음을 사로잡고 움직일 수 있는 힘을 지닌 사람이라고 묘사하고 있는데 말이다. 그래도 〈나인 하프 위크〉, 〈홈보이〉, 〈엔젤 하트〉 등 작품마다 눈부시게 변신하는 미키 루크의 열연은 칭찬할 만하다.

이외에 몇 가지 아쉬움이 있는데, 하나는 영화 진행이 너무 빠르다는 점이다. 비디오 회사의 가위질이 한몫하고 있기도 하지만, 앞부분 진행이 너무 빨라 프란체스코가 회심하는 과정이 개연성 있게 묘사되지 못했으며, 몇몇 중요한 삶의 대목이 생략되어 한 인간의 삶이 일관되게 묘사되고 있지 않다는 점이 아쉽다. 전반부에 '전쟁→감옥 생활→회심'에 이르는 과정은 쇼트마다 잘 연결되지 않고, 몇몇 에피소드들을 급하게 짜깁기한 느낌마저 든다.

또한, 다미안 교회에서 회심을 거친 후 교회 건축에 임하는 전기적 사료는 영화에 빠져 있는데, 이런 부분은 무척 중요하다. 사료에 따르면, 다미안 교회에서 그는 "가라. 그리고 네가 보는 것처럼 쓰러져 가고 있는 나의 교회를 다시 일으켜라"는 하나님의 음성을 듣고, 쓰러져 가는 교회를 찾아 건축하는 일을 시작한다. 그는 몇몇 부서진 교회를 찾아 돌을 수집하고, 몰탈을 만들어 보수하거나 건축해내기도 했다. 그런데 영화에서는 집을 짓는 장면은 있으나, 무슨 일을 하는지는 확실치 않다(사실 그 하나님의 음성은 세상의 부패한 하나님의 교회를 다시 수축하라는 뜻이리라). 아무튼 이런 과정을 통해 하나님의 진리를 한 가지씩 깨달아가는데, 영화에서는 깨달음의 과정이 단선적이고 개별적인 에피소드의 나열로 제시되어 있다. 이외에 다큐적인 기법이 제대로 사용되지 못했거나, 쇼트의 촬영과 편집이 너무 단순(가령, 롱쇼트는 거의 없다)하여 화면 구성이 다소 지루하다는 느낌도 든다.

반면, 이 영화를 돋보이게 하는 점은 '사실적인 구성'이 아닌가 싶다. 감독은 프란체스코의 실천적인 면에 렌즈를 맞추고 있어, 빈민촌에서의 활동에 많은 필름을 할애한다. 특히 예수님의 상흔을 받는 마지막 대목이 이 영화를 더욱더 사실적이게 한다. 말하자면 이 영화에는 성자 영화에 흔히 있는, 가시적인 기적 같은 것이 한 군데도 없다. 명암 대비를 위한 콘트라스트(contrast)를 높이 올려 빛을 밝게 하는 눈속임이나, 신의 목소리를 흉내 내려고 울림(echo)을 주는 상투적인 조작도 없다. 다만 프란체스코의 생명이 모진 고행을 거쳐 연소돼버린 시점에서, 손과 발의 못 자국으로 신의 기적을 표현해낸다. 필경 프란체스코의 삶이 그랬지만, 감독은 이런 수법을 통해서 신비적인 일이 몽상적인 상황에서만 일어나는 것이 아니라 충분히 '일상적으로' 만날 수 있음을 암시(혹은 '은근히 강조')하는 것이다.

사료와 비교컨대 카바니 감독은 확실히 입증된 증거를 토대로 프란체스코를 영상화해냈다. 때문에 이 영화는 감상적인 측면은 물론 교육적인 가치로도 충분한 의미를 지닌다고 평가된다. 한편 카바니 감독의 시각이 어떤 자료에 기대고 있는가에 따라 영화의 가치 기준은 정해질 것인바, 만약 그녀가 레오나르도 보프 신부가 남미인의 입장에서 프란체스코를 보고 써낸『정그리고 힘』(1981, 분도출판사, 1987)에 기대어 원작을 썼더라면, 프란체스코의 실천적인 이미지가 좀 더 강조되었을 법하다.

성 다미아노 성당의 전경. 프란체스코는 이곳에서 기도하던 중 "내 집을 세우라"는 주님의 음성을 들었다.

결국, 이 영화는 배우 선정이나 스토리 진행이 매끄럽지 못하다는 등의 흠을 지적할 수 있으나, 반면에 신비적인 종교 문제를 가장 현실적인 시각에서 담아낸 미덕이 돋보인다.

자기 몸을 완전히 주는 것

예수와 프란체스코는 어떤 공통점이 있을까. 예수는 혁명가인 동시에 신비가였다. 그를 혁명가로만 본다든지 혹은 기적만을 행하는 신비주의자나 요술쟁이로만 보는 것, 그 어느 것 하나로 그를 평가할 수 없다.

성 프란체스코는 '대충'이 아닌 '완전'을 추구했다. 그는 자기충족이나 자기위로의 허위 속에서 헤매는 사람들의 이상을 초월한 '완전한 자유인'이었다. 그러므로 그의 삶은 다만 13세기에만 한정되는 것이 아니라, 인간의 표상으로 오늘은 물론 영원토록 남으리라.

(1993)

BC 551-479

<공자>

춘추전국시대와 시진핑 중화주의

1.

베이징 대학 캠퍼스의 넓은 평지를
걷다 보면 호숫가에 실버들이 짙푸
르게 늘어져 있다. 호수 주변에 벤치,
잔디, 운동장이 있었다. 사회주의 국
가에서는 학생들이 대부분 기숙사
생활을 한다는데 여름방학이어서 그
런지 사람 그림자가 거의 보이지 않
았다. 고풍스러운 청나라 건물 혹은
근대 유적지가 늘어선 박물관 거리

같은 풍경, 낡은 건물을 지나 새로 지은 건물에 우리는 들어섰다. 교실 한 칸
크기의 세미나실은 밝고 깨끗했다.

　베이징 대학원 학생들은 벽 쪽으로 앉아 있었다. 한국에서 간 우리 일

행은 창문 쪽으로 앉았다. 외국 학생들이 들어오면 손뼉 치며 환대할 거 같았는데, 중국 학생들은 무거운 표정으로 우리를 쳐다만 보았다. 당시만 해도 한국과 중국의 소득 격차가 심하여, 부자 나라에서 온 학생들을 보는 눈길이 뜨악했다. 어색한 소개 시간이 있었고, 우리로 말하면 국정원 직원 같은 사람이 앞에 앉아 말하기 시작했다. 통역원이 옆에서 통역했다.

"베이징 대학에 온 것을 환영합니다. 이제부터 중국과 한국 대학원생이 대화를 나눌 텐데 세 가지는 대화 나누지 말아주시면 합니다."

중국 대학에는 대외업무를 총괄하는 외사판공실 직원들이 학교에 근무한다는 말이 떠올랐다. 우리로 말하면 국정원 직원이 학교에 상주하며 학내에 오가는 말을 감시한다는 것이다. 그는 딱딱한 표정으로 계속 말했다.

"첫째, 인권 문제에 대해 대화하지 말아주시기 바랍니다. 둘째, 사회주의냐 자본주의냐, 체제에 대해 대화하지 말아주시면 합니다. 셋째, 국경에 대해 말하지 말기 바랍니다. 이런 문제로 대화하기 시작하면 곤란해질 수 있습니다."

내용이 어찌하든 그의 표정이 너무 무거워 우리는 흠 먹은 표정으로 멀뚱히 벽만 바라볼 수밖에 없었다. 한없이 상상할 수 있는 젊은이들의 입을 막는 제한사항이었다. 대체 뭔 말을 나누란 말인가. 당시만 해도 중국에서는 홍콩 영화나 할리우드 영화가 상영되지 않아 영화 얘기도 나눌 수 없었다. 그나마 중국 학생들이라면 쉽게 말하겠거니 하고 한국 학생들이 질문한 것은 공자 이야기였다.

"한국에서는 『논어』나 『맹자』를 읽으며 중국사상을 공부합니다. 베이징 대학에서는 중국사상을 어떻게 공부하나요?"

누군가 질문했는데 그다음 말이 놀라웠다.

"우리 베이징 대학에서는 모택동 사상 등 정치사상을 공부하지만, 봉건 시대를 지배했던 반동사상은 공부하지 않습니다."

분위기가 다시 뜨악해졌다. 우리는 누구랄 것 없이 입을 다물었다. 괜히 말했다 싶었다. 멍멍한 침묵만 공중에 떠 있었다. 아직 중국에 자본주의 경제가 느껴지지 않았던 1994년 풍경이다.

2.

마오쩌둥(毛澤東)이 주도한 문화대혁명 시기에 공자(孔子, 기원전 551-479)는 역사를 후퇴시킨 반동으로 비판의 대상이 됐다. 1966년 11월 8일에서 12월

문화대혁명 시기 때 조직적으로 파괴되었던 공자 사당

7일까지 29일 동안, 베이징의 홍위병은 산둥에 있는 공자의 고향 취푸(曲阜)로 갔다. 홍위병들은 공자 유적을 철저하게 파괴했다. 1973년 7월 마오는 '비림비공'(批林批孔)이라면서 정적 린뱌오(林彪)와 공자를 비판했다.

"린뱌오나 국민당이나 모두 공자를 존경하고, 법가에 반대하는 무리다. 법가는 역사를 전진시켰고, 공자는 역사를 후퇴시켰다."

사실 문화대혁명의 배경에는 마오쩌둥의 실패한 대약진운동이 있다. 1958년 마오쩌둥은 위생운동과 농업생산을 증진해야 한다며, 참새 죽이기 운동을 벌였다. 벼 이삭을 먹는 참새만 알았지, 해충을 먹는 참새의 역할은 몰랐던 것이다. 참새들이 거의 멸종 직전에 이르자 메뚜기떼가 번창하여 곡식을 다 먹어버렸다. 생태계가 무너지고 3년 동안 대기근이 일어나 인민 300만 명이 굶어 죽었다. 이에 마오쩌둥을 반대하는 사람들이 늘었다.

마오쩌둥은 중국다운 면모를 세운다는 대의를 내세우며 문화대혁명을 일으켰다. 겉으로는 부르주아 세력 타파와 자본주의 타도를 내세운 문화대혁명은 사실 반대파를 숙청하려는 마오쩌둥의 야심에 의한 헛된 짓이었다. 1966년부터 1976년까지, 문화대혁명이 일어난 10년간 중국에서는 상상할 수 없는 비극이 일어났다. 아들이 아버지를 신고해 죽이고, 미국 유학을 다녀왔다는 이유로 의사가 변소 청소를 하다 굶어 죽어가고, 중학생 나이의 홍위병이 병원에서 의사 역할을 했다. 홍위병이 주도한 문화대혁명에 의해 170만 명 이상이 사망했다.

문화대혁명에 대한 비판이 시작되면서 덩샤오핑(鄧小平)은 1979년 집권하고 나서 취푸의 공자묘를 재건했다. 결국 1981년 중국 공산당은 문화대혁명을 '당과 국가, 인민에 심각한 좌절과 손실을 준 마오쩌둥의 극좌적 오류'라고 공식 선언했다.

공자가 복권된 배경에는 외국에서의 평가도 있다. 1980년대에 들어 '아시아의 4마리 용'인 한국·홍콩·대만·싱가포르가 급속히 발전하는 이면에는 공자를 교육하는 '아시아적 가치'가 있다는 기사들이 퍼지면서, 중국 정부는 계속 공자를 비판할 수만은 없었다.

1990년대 들어 유교를 마르크스주의를 대신할 국가 이데올로기로 주목하기 시작할 때, 내가 속한 한국대학원생 중국방문단이 베이징 대학을 방문했던 것이다. 문화대혁명이 끝난 지 한참 되었건만 학생들은 아직 공자를 봉건사상으로 보고 있었다.

후진타오 시대에 들어 중국 경제력이 강해지자, 중화주의 전파를 위해 공자는 좋은 도구였다. 프랑스의 알리앙스 프랑세즈나 독일의 괴테 인스티투트를 본뜬 '공자학원'(孔子學院)을 2004년 11월 서울에 처음 설치하고 전 세계에 세우기 시작했다. 2008년 베이징 올림픽을 기점으로 공자는 완전히 복권되었다. 복권 정도가 아니라, 세계에 중화주의를 알리기 위한 사상가로 중국 공산당은 공자를 적극 활용하기 시작했다.

영화 〈공자—춘추전국시대〉(孔子, 2010, 이하 〈공자〉라고 약칭)는 바로 이러한 배경에서 제작된 국책영화다.

2013년 3월 시진핑(習近平)은 집권 후 공자의 평화 이미지를 강조하고, 중국이 전통문화를 중시하는 문화대국이라는 이미지를 만들기 위해 공자학원을 선전 도구로 활용했다. 중국 정부의 보조금과 각종 인센티브와 중국 유학생을 받기 위해 여러 나라는 공자학원을 받아들일 수밖에 없었다. 2020년 4월 현재 162개 국가에 545개 공자학원, 1170개 공자학당이 있다.

황당하게도 공자학당에서 사용하는 교과서에는 역사왜곡과 중국공산당 찬양이 가득했다. 전 세계 공자학원에서는 한국전쟁을 미국에 대항하고

북조선을 도왔다는 '항미원조'라고 가르쳤다. 인민해방군 열병식을 찬양하
는 영상 자료를 교재로 쓰기도 했다. 교사 중에 스파이 혐의를 가진 인물들
이 있다는 내부 폭로가 있어, 급기야 미국과 벨기에 등 몇 나라에서는 공자
학원을 퇴출시켰다.

3.

기원전 500년경은 그리스에서는 소크라테스, 플라톤, 소포클레스, 중동에서
는 다니엘 등의 예언자들이 밤하늘 별빛처럼 도글도글 빛나는 시대였다. 그
무렵 기원전 551년 중국에서는 본명 공구(孔丘)라는(짱구머리라는 뜻일지), 놀
라운 아이가 태어난다. 공구라는 아이는 어른이 되어 공자(孔子)라는 이름으
로 존경을 받는다.

영화 〈공자〉는 『논어』뿐만 아니라 『춘추좌전』, 『춘추곡량전』, 『사기』 등
에 나오는 공자 사료를 기초로 감독의 상상력을 추가하여 만든 작품이다. 이

영화는 공자의 삶을 재현하고 공자가 체험한 많은 역사적 일화를 소개한다.

순장(殉葬)의 관습을 부정하는 공자, 협곡에서 회담을 승리로 이끄는 공자, 위나라 영공의 젊은 부인 남자(南子)의 유혹을 지혜롭게 극복하는 공자, 노자와 만나는 공자, 가장 사랑하는 제자 안회의 죽음을 목도하는 공자, 마지막으로 귀환하는 공자 등을 볼 수 있다.

늙은 공자(주윤발)가 살아온 과거를 회상하면서 영화는 시작된다.

51세의 공자는 노나라에 대사구, 우리로 말하면 법무장관급의 관료로 등용된다. 공자는 순장이라는 잘못된 예법을 비판하고 부정한다. 협곡의 회담장에서 제나라 군대의 무력 압박에 대항하여 공자가 위장전술로 흙먼지를 일으켜 마치 대군이 다가오는 듯이 속임수를 쓰는 장면은 상상일 뿐이다. 다만 공자가 활을 정확히 쏘는 장면은 가능하다. 『논어』에 보면 활쏘기는 도를 닦는 수업 중 하나였다.

이때가 공자의 일생에서 그야말로 가장 잘나가는 시절이었다. 협곡의 회담에서 패한 제나라는 공자가 대사구로 있는 노나라를 이길 방도가 없었다. 제나라는 틈을 노리다가 노나라의 권력자인 계환자(季桓子)가 여자라면 환장한다는 정보를 얻는다. 제나라가 계환자에게 미인계를 썼다는 기록은 『논어』의 「미자」에 나온다.

제나라 사람들이 여인과 악대를 선물로 보내고, 계환자가 이를 받은 뒤 사흘 동안 조정에 나가지 않았다. 이에 공자가 떠났다(齊人歸女樂, 季桓子受之. 三日不朝, 孔子行).

계환자가 미인들에 빠져 국정을 잡치자, 공자는 더 이상 기대할 바가 없다며 노나라를 떠난다. 영화 자막에 기원전 497년이라고 나오는데 이때 공자 나이가 55세였다. 이후 공자가 노자를 만나는 장면이 삽입된다. 확실한 역사적 사실로 증명된 바가 아니기에 신비한 영상으로 재현된다.

　위나라 영공의 부인인 남자(南子)가 공자를 유혹하는 장면도 영화에 나온다. 공자가 이 음탕한 여인을 만난 사실은 『공자세가』에 있다. 공자가 남자(주신)에게 "아침에 도를 들으면 저녁에 죽어도 좋다"(朝聞道, 夕死可矣)는 『논어』의 「이인」(里仁)으로 유혹을 단념시켰다는 것은 설정일 뿐이다. 마치 예수가 "사람은 떡으로만 사는 것이 아니라, 말씀으로 산다"며 유혹을 이겨내는 장면을 떠올리게 하는 그럴싸한 장면이다. 공자가 남자를 만나 어떤 이야기를 했는지는 기록이 없다.

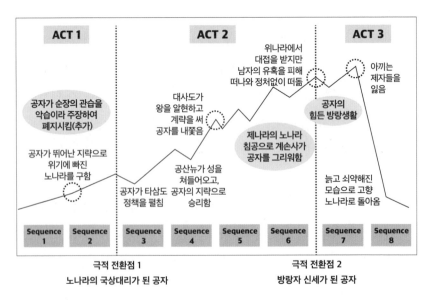

홍진희의 논문 「영화 〈공자〉와 고전문헌 『논어』 비교」(한국외국어대학 석사논문, 2010)에 나오는 도식

4.

이 영화에서 가장 인상 깊은 부분은 공자가 가장 아끼던 안회(顏回, 기원전
521?-491?)가 죽는 장면이다. 안회는 가난하게 자랐지만 선비로서 도를 지킨
인물이었다. 예수에게 베드로가 있다면, 공자에게는 안회가 있었다.『논어』
에 공자가 안회를 칭찬하는 장면은 수차례 나온다. 공자는 가난하여 제대로
못 먹고 자랐지만 안회는 오로지 학문과 덕을 쌓아 높은 수준에 이르렀다.
공자는 자기보다 서른 해가 아래인 안회를 최고의 제자로 여러 번 극찬한다.

요즘도 자주 쓰는 말 중에 "하나를 들으면 열을 안다"(聞一知十)는 바로
안회를 일컫는 말이었다. 공자가 그의 제자 자공(子貢)과 나누는 대화 내용
이『논어』(論語)「공야장」(公冶長)에 나온다.

"자네와 안회를 비교해 누가 낫다고 생각하는가?"

공자가 묻자 자공이 대답했다.

"저를 어떻게 안회와 비교하겠습니까. 안회는 하나를 들으면 열을 깨치는 사람
입니다만, 저는 하나를 들으면 둘을 깨칠 뿐입니다."

공자가 말했다.

"그래 말이야. 나나 자네나 안회보다는 못하지."

子謂子貢曰: "女與回也孰愈?"

對曰: "賜也何敢望回. 回也聞一以知十, 賜也聞一以知二."

子曰: "弗如也! 吾與女弗如也."

자공은 자신이 안회보다 못하다고 낮추고 있지만, 실은 "그래도 하나를 들으면 저는 둘은 압니다"(聞一知二)라는 과장하지 않는 겸손을 표한다. 자신의 현재 상황을 정확하게 판단하는 자공은 공자가 전국을 다닐 때의 경비를 대부분 준비했다. 자만하지 않는 자공은 이후에 큰 부를 이룬다. 자공의 말이 어찌하든 안회는 공자뿐만 아니라 동학들에게도 인정받는 인물이었다. 놀라운 것은 공자의 마지막 말이다. 공자는 자기나 자공이 안회를 넘어설 수 없다고 말한다. 스승이 제자를 자기보다 수준이 높다고 칭찬할 정도라면, 안회가 어떤 수준의 인물일지 짐작할 수 있겠다.

자로가 죽는 장면은 『논어』에 명확히 기록되어 있기에 영화에서 그대로 재현됐지만, 안회가 어떻게 죽었는지는 정확한 기록이 없다. 감독은 무리해서 영화적 상상력을 발동시킨다.

병든 공자를 수레에 태우고 제자들은 눈보라가 내리는 한겨울 살얼음이 언 강을 건넌다. 다른 수레에는 공자의 말씀을 대나무에 기록한 죽간(竹簡)이 쌓여 있다. 조심해서 운반하지만 무게를 이기지 못한 빙판에 금이 가고 끝내 깨지면서 죽간이 물에 모두 가라앉는다. 다른 동학들이 어찌할 바 몰라 할 때 안회는 맨몸으로 얼음장 밑으로 뛰어든다. 잠수했다가 솟아 나와 죽서를 꺼내놓고 다시 얼음 밑에 들어간다. 잠수를 여러 번 반복하면서 죽서를 꺼내다가 끝내 탈진하여 죽는다. 공자는 안회의 죽음을 보고 "안회야, 안회야, 어디 있느냐. 안회야, 어디 갔어! 그만 올라오너라"라며 절규하다가 혼절한다.

안회가 얼음물에 빠져 죽었다는 장면은 완전 허구다. 공자가 노나라에 돌아오기 전에 자로와 안회가 죽은 것도 영화적 설정이다. 자로와 안회가 죽은 것은 공자가 노나라에 돌아온 후 공자 나이 70이 넘어서다. 안회는 32세에 요절했다.

안회가 얼음물에 빠져 죽었다는 상상은 받아들이지 말고, 공자가 안회라는 제자를 얼마나 사랑하며 괴로워했던가를 기억하자. 안회의 죽음에 괴로워하는 공자의 내레이션은 『논어』의 「선진」에 나오는 구절과 유사하다.

안연이 죽자 공자가 말했다.

"아! 하늘이 나를 버렸어! 하늘이 나를 버렸어!"

안연이 죽자 공자께서 곡을 하며 상심하셨다. 모시고 있던 사람이 말했다.

"선생님께서 상심하시는군요!"

(공자께서) 말씀하셨다.

"내가 상심한다고? 이 아이(안회—인용자)를 위해 울지 않으면 누굴 위해 울겠는가?"

顏淵死 子曰 噫 天喪予 天喪予

顏淵死 子哭之慟 從者曰 子慟矣

曰 有慟乎 非夫人之爲慟 而誰爲

성경에서 예수가 우는 장면은 세 번 나온다. 『논어』에서 공자가 통곡하는 장면은 이 대목뿐이다. 덕망이 높고 실력 있는 제자를 먼저 보내야 하는 스승의 가슴이 얼마나 쓰라린가. 그야말로 "하늘이 나를 버렸구나"(天喪予)라고 통탄할 순간이다.

5.

앞서 썼듯이 〈공자〉는 중국 정부가 중화주의를 선전하기 위한 동기에서 만든 국책영화다. 중국 공산당이 주도하는 이데올로기를 인민에게 알리고, 교화하려는 목적으로 만든 이런 영화를 주선율영화(主旋律电影)라고 한다. 어떠한 일이 있어도 대의를 위해 굴하지 않은 공자가 우리에게 있다, 중국인이여 긍지를 가져라, 세계인이여 부러워하라, 이 명확한 의도로 만든 영화다.

　제작된 배경에는 선뜻 마음이 가지 않지만 볼 만한 면이 적지 않다. 영화 한 편을 보고 공자의 거대한 사상을 배울 수는 없다. 공자를 유혹하는 젊은 부인의 자극적인 장면이나, 노나라와 제나라 사이의 전쟁을 지휘하는 전략가로 공자를 재현시킨 스펙터클한 장면만 기억에 남는다면 공자에 대한 잘못된 고정관념을 가질 수도 있겠다.

　아쉽기는 하지만 공자의 삶을 스토리텔링(Storytelling)하여 삶 전체를 일별하는 데에는 도움을 준다. 노나라를 떠난 공자는 송나라, 진나라, 채나라, 상나라, 주나라, 위나라, 제나라, 초나라, 조나라 등을 전전하다가 고향 노나라에 돌아와 숨을 거둔다. 51세의 공자부터 벽에 기대앉아 숨을 거두는 73세까지, 이 영화는 공자의 삶 중 마지막 23년을 소개한다. 사실과 상상, 정치적 의도들을 헤아려 가며 본다면, 혹시 『논어』에 다가가는 계기가 생긴다면, 보는 시간이 아깝지만은 않은 그럴싸한 작품이다.

(2021)

BC 1010-971

<다윗 대왕>

다윗에 대한 네 가지 기억

억압에 눌린 상황에서 시인들은 대개 다윗을 악의 세력과 대항해 싸우는 투사의 모습으로 그리는 경향이 있다. 가령 4·19 때 이승만 폭정에 대항해 싸우는 학생들을 다윗의 함성으로 그려낸 조지훈의 시 「다윗의 초상」이 그렇다. 혁명기 때 다윗의 형상은 많은 예술가의 손에서 투사의 모습으로 상징되어왔다.

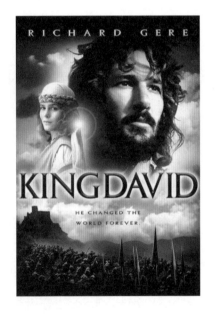

　　과연 다윗은 어떤 인물인가. 사울 왕의 뒤를 이어 이스라엘의 왕이 된 다윗. 이스라엘 왕국의 제2대 왕으로 그의 재위 기간은 기원전 1010년에서 971년까지의 40년간이었다. 짧지 않은 삶인데도 거개가 '다윗' 하면 골리앗을 때려눕힌 놀랄 만한 '소년 장군'의 모습만을 상상하지는 않는지. 하지

만 다시 생각해보면 그 삶이 지니는 깊이는 오히려 죽음의 문턱에 이르게 한 '죄의 늪'에 있지 않을까.

다윗을 주인공으로 만든 영화는 두 가지가 있다. 하나는 리처드 포이티카 감독의 〈다윗과 골리앗〉(미국 MGM 제작)이고, 다른 하나는 브루스 베레스포드(Bruce Beresford) 감독이 만들고 리처드 기어가 주연한 〈다윗 대왕〉(King David, 1985)이다. 종교 영화의 테두리에 갇혀 있는 〈다윗과 골리앗〉은 다소 밋밋한 느낌을 준다. 한편 〈다윗 대왕〉은 영상미학에 조금 신경을 쓴 작품이다.

내용은 성서에 있는 그대로다. 이스라엘 다윗 왕의 전기를 그린 대하 스펙터클. 그의 고난과 영광, 애정과 탐욕, 승리와 패배 등 파란만장한 흥망성쇠가 장대하게 펼쳐진다. 다소 자의적일지 모르나 다윗의 삶은 네 가지 대목으로 우리의 삶 속에 기억되고 있지 않나 싶다. 그 첫째는 소년 장군의 모습이고, 둘째는 요나단과의 우정 어린 모습이며, 셋째는 죄를 범한 죄인의 모습, 넷째는 하나님을 찬양하는 신앙인의 모습이 아닐까.

첫 번째 기억: 골리앗을 이긴 소년 장군

영화의 첫 장면은 사울 왕이 예언자 사무엘에게 하나님의 진노를 전해 듣는 순간이다. 하나님께 외면받은 사울은 이때부터 더욱 강박해지는 반면에, 예언자 사무엘은 이때부터 하나님이 지명한 새로운 사람을 찾아 헤맨다. 얼마 뒤, 이스라엘의 예언자 사무엘은 이새의 집을 찾아가 양 치는 소년인 다윗에게 기름을 붓는다.

기원전 1000년, 기름 부음을 받은 어린 목동 다윗은 패전의 위기에 처한 이스라엘 군대를 대표해서 거인 골리앗 장군과 싸워 이긴다. 신자들이나 일반인들에게 알려진 다윗의 모습은 바로 이 대목일 것이다. 사람들이 대부분 떠올리는 다윗은 적장 골리앗을 단 한 발의 돌팔매로 쓰러뜨린 용감한 '소년병 다윗'이다.

영화가 시작되고 얼마 지나지 않아 흥미진진한 긴장감을 주는 이유는 바로 어릴 적 기억을 자극하는 장면이 펼쳐지기 때문일지도 모른다. 골리앗이 나무 밑에서 코를 골며 자고 있는 장면이나, 너무도 침착한 다윗의 눈빛과 입매, 다윗의 돌이 잘 맞지 않아 조바심 나게 만드는 장면은 모두 아는 사실인데도 흥미롭다.

다만 성서적 사실과 영화 내용이 몇 가지 다르다. 가령, 다윗의 형제는 8형제인데 영화에서는 4형제만 나온다. 또 이새의 아들에게서 주의 종을 찾을 때 옥구슬 두 개로 찾아내는 원시종교적이고 주술적인 요소가 영화에 펼쳐지는데, 성서에는 없는 사실이다. 골리앗과 싸우는 장면에서도 성서에서는 돌을 골라 나갔다고 했는데, 영화에서는 바닥의 돌멩이를 주워서 던진다. 이외에도 성서와 다른 부분이 꽤 있다.

골리앗을 무찌르고 명성을 떨친 다윗은 백성들의 사랑을 받기 시작하고, 바로 이때부터 다윗 역을 〈사관과 신사〉(An Officer And A Gentleman, 1982), 〈브레드레스〉(Breathless, 1983), 〈커튼 클럽〉(The Cotton Club, 1984)을 통해 80년대 믿음직한 스타로 비약한 리처드 기어(Richard Gere)가 맡는다. 아마 감독은 리처드 기어를 다윗 역으로 선택하면서, 그가 미묘한 감정의 동요까지도 표현하는 연기파라는 중론과 미켈란젤로의 '다윗상'처럼 강인하고 미끈한 몸매를 지닌 리처드의 외모를 의식했는지도 모른다. 혹은 록 허드슨처럼 밋

밋하게 잘생긴 얼굴도 아니고, 클라크 게이블처럼 바람기만 날리는 얼굴도
아닌, 철학을 전공했던 리처드의 고독한 눈빛을 선호했는지도 모른다.

두 번째 기억: 요나단과의 우정

다윗의 삶에서 우리를 감동케 하는 또 하나는 친구 요나단과 함께 멋진 인간
으로 성숙해가는 모습이다. 이스라엘 왕국의 태조였던 사울 왕의 큰아들인
왕세자 요나단. 요나단과의 우정은 다윗이 왕이 되기 전부터 시작되었지만,
그들의 우정은 사울 왕의 질투가 심하면 심할수록 더욱 강해졌다. 요나단이
길보아 전투에서 전사한 후에도 그들의 후손에까지 이어졌다.

사울 왕은 다윗의 인기가 날로 높아가는 것을 보고 질투하기 시작하다
가 마침내는 다윗을 죽이기로 결심한다. 이 과정에서 벌어지는 파란만장한
역사적 사실들을 리처드 기어가 다윗 왕 역할을 맡아 장대하게 펼쳐낸다. 이
때 다윗을 따르는 자들은 무법자(Desprodos)로 구성되었다(삼상 22:2). '데스프
로도스'란 권력자에 의해 박해받는 자, 불만에 찬 계층들이다. 이를테면 다
윗의 새 왕조를 바라는 사람들은 이런 인물들이었던 셈이다. 이들과 함께 쫓
기는 다윗은 갖은 고생을 겪던 중, 동굴에서 사울을 죽일 수 있었는데도 그
를 살려준다.

사울은 원래 종족동맹(Amphiktyonie)에서 왕으로 추대받을 때부터 문제가
많았다. 사울의 왕권을 반대한 자들은 사회적으로 '비천한 자들'이었다. 그는
동맹의 종족 전체를 덮을 만한 힘이 없었다. 그래서 사령부도 자기 고향에 두
었던 그는 안팎으로 반대 세력에 부딪혔다. 사무엘과의 결렬, 새로운 세력 다

윗의 위협, 마침내는 자식들과의 사이도 악화되었다. 사무엘상 28장에는 그가 무당을 찾아가 이미 죽은 사무엘의 혼을 불러 달라고 애걸하는 일이 있는데, 영화에서는 궁지에 몰려 애처럼 우는 장면까지 있다. 무척 신경질적인 인물이었을 듯싶다. 사울 역을 맡은 에드워드 우드워드(Edward Woodward)는 "교만은 패망의 선봉이요 거만한 마음은 넘어짐의 앞잡이니라"(잠 16:18)라는 말씀을 그대로 보여준 사울의 전형을 실감나게 연기해냈다.

이런 갈등의 시기마다 요나단은 아버지께 다윗을 위해 탄원했다. 그리고 다윗과 요나단은 야웨 하나님의 이름으로 서로 이렇게 약속했다.

"야웨께서 너와 나, 너희 후손과 나의 후손 사이에 언제나 함께하실 것이다."

참된 우정이 어떤 것인가를 느끼게 하는 그들의 관계는 "사람이 친구를 위하여 자기 목숨을 버리면 이보다 더 큰 사랑이 없나니"(요 15:13)라는 구절을 생각하게 한다. 슬프게도 요나단에게 비극이 찾아왔다. 왕자 요나단은, 판관 기드온이 미디안 족과 싸워 이긴 길보아 산지에서 숙적 블레셋 군에게 패하고 끝내 그곳에서 전사하고 만다(이 대목에서 현실과 상상이 겹치는 시퀀스는 박진감이 넘친다). 요나단을 포함한 그의 아들들이 전사한 것을 본 사울은 제 칼로 자살해버린다. 그의 통치 기간은 고작 2년이었다.

이때 사울 왕의 암살을 피해 도망 다니던 다윗이 이 소식을 전해 듣고 뼈저린 시 한 편을 사무엘하 1장(19-27절)에 남겼다. 그 일부를 추려보면 다음과 같다.

너 이스라엘의 영광이 산 위에서 죽었구나.

아, 용사들은 쓰러졌구나.

사울과 요나단은 살았을 때 그렇게도 정이 두텁더니

죽을 때도 갈라지지 않았구나.

독수리보다도 날쌔고, 사자보다도 힘이 세더니

요나단이 산 위에서 죽었구나.

나의 형 요나단, 형 생각에 나는 가슴이 미어지오.

형은 나를 즐겁게 해주더니, 형의 그 남다른 사랑,

어느 여인의 사랑도 따를 수 없었는데(공동번역).

세 번째 기억: 잊을 수 없는 실수

하나님을 거역한 사울 왕이 길보아 전투에서 전사하고 다윗은 이스라엘로
돌아와 왕위를 계승한다. 이 영화의 아름다운 대목은 다윗이 성에 입성하면
서 춤을 추는 신(scene)이다. 이 부분의 화면 구성은 폭이 넓다. 카메라를 트레
일러에 끌어올려 높은 곳에서 아래로 롱쇼트로 찍어내고 있다. 환희와 감사
의 춤을 추는 다윗의 모습은 정말 절정에 이른 한 성자의 모습이었으리라.

　「워싱턴 포스트」(조선일보, 1992년 9월 24일 재인용)는 흥행 여부에 상관없
이 배역 선정이 잘못된 영화들을 지적하여 흥미를 끌었다. 미스 캐스팅은 제
작자의 '계산'이 작용한 결과다. 흥행 실패를 겁내는 제작자들은 배역 성격
과 관계없이 한창 주가가 올라 있는 스타를 무조건 기용하려 한다. 이 방법
이 돈을 벌거나 손해를 최소한으로 줄이는 왕도(王道)라고 확신하기 때문이
다. 햄릿 역의 멜 깁슨이 대표적인 사례다. 그는 자신이 배역에 맞지 않는다

는 것을 알면서도 제작자의 결정에 따르느라 희생된 배우다. 아울러 「워싱턴 포스트」가 "배우 스스로 주제 파악을 못한" 경우를 들어 〈사관과 신사〉, 〈귀여운 여인〉(Pretty Woman, 1990) 등에서 큰 인기를 얻은 리처드 기어가 〈다윗 대왕〉 같은 고전물에 출연, 이미지 변신을 꾀했으나 결국 실패했다고 혹평하는데 꽤 적확한 지적이다.

아마 이런 지적은 앞서 지적한 춤 장면 같은 데서 풍기는 불완전한 이미지에서 오는 것일 터다. 새로운 배역을 통해 완전히 새로운 모습으로 탈바꿈하는 변신이 아닌, 전의 것을 재탕한 듯한 모습을 보여준다면 그 연기는 실패한 연기가 아니고 무엇일까. 리처드 기어가 애써 다윗 역을 해내고 있는데, 관객이 거기서 다윗의 모습보다는 〈아메리칸 지골로〉나 〈브레드레스〉, 〈유혹은 밤 그림자처럼〉(Internal Affairs, 1990)에서 여인을 뜨겁게 달구던 동물적인 눈빛, 저 '세기말적 섹시 가이(guy)'의 모습을 연상해낸다면 문제가 아닐까. 아니, 오히려 바로 그 타락한 모습이 남의 아내를 범했던 다윗의 이미지와 겹치는 것이 아닐까. 나는 리처드 기어의 탐욕적인 면이 타락한 다윗의 이미지와 겹쳐 보였다.

이때부터 이스라엘 제2대 왕으로 보위에 앉은 다윗. 그는 바로 이 성공의 문턱에서 또 다른 인간상을 보여준다. 그것은 성공 사례가 아니다. 실패자의 면면으로 드러나는 죄인의 적나라한 모습이다.

다윗은 4명의 아내를 두었지만 자기 부하의 아내인 밧세바를 탐하여 부하를 전쟁터에 내보내 죽게 하고 밧세바를 차지한다(오히려 이 대목에서 리처드 기어는 전혀 섹시하지 않고 어정쩡하다). 영특한 판단으로 많은 신하를 책망하고 처벌하던 그 자신도 예언자 나단에게서 차갑게 고발당하는 것이다. 뜨거운 욕정의 결과는 바로 하나님의 은총이 다윗에게서 떠나는 것으로 나타나며, 자기 자식인 압살롬의 칼을 피해야 하는 쓰라린 체험도 겪어야 했다. 결국 그는 사랑하는 아들이 죽게 되어 회개로 세월을 보내게 된다.

어떻게 보면 다윗은 승리한 개선장군의 영광을 얻으면서 인생을 화려하게 출발한 듯했으나, 알고 보면 평생토록 두려움, 고통, 죽음의 위협, 간음과 음모 등등으로 보통 사람과 별로 다를 바 없는 얼룩진 생을 살았다는 사실을 영화는 보여준다.

네 번째 기억: 내 잔이 넘치나이다

다윗은 이스라엘 왕으로 추대되며 남북을 통일한다. 그는 강력한 위치를 구축하기 위해서 두 가지 커다란 처방을 시도한다. 하나는 예루살렘을 점유하여 그의 성을 세운 것이요, 또 하나는 예루살렘에 야웨 전통의 법궤를 이송, 안치한 일이다.

법궤를 자기의 사영(私營)에 안치하여 그는 야웨의 신을 독점한다. 따라서 목동으로 출발한 그가 제사장들을 임명하는 권한까지 행사하기에 이른다. 그는 제사장을 수하의 다른 관리와 같은 범주에 두고 있다(삼하 8:18). 이로써 다윗은 비록 이스라엘의 왕이 되었으나 이스라엘은 그 본 모습을 잃어버리게 된다. 야웨가 이끄시는 제의적 종족이 아니라 군주 왕국이 되어버린 것이다. 영화에는 안 나오지만 그런 국체를 이끌려면 계속 전쟁을 해야했고, 그만큼 잔인하게 많은 피를 흘려야 했다. 모압, 암몬, 아람, 에돔 족속들과의 전투가 그런 피 흘림이다. 결국 다윗 왕국 내부에서까지 압살롬(삼하 13-19장)과 세바(삼하 20장)에 의한 반란이 일어난다. 결국 다윗은 예루살렘에서 피난할 수밖에 없는 운명에까지 이른다.

이것이 바로 다윗이 저지른 죄, 곧 자신의 위치를 위해 하나님의 법궤를 이용했던 일, 우리야의 아내를 범했던 죄, '데스프로도스'를 배신한 죄의 삶이다.

그럼에도 다윗이 가장 진실하고 일관된 모습을 보여준 부분이 있다.

한 인간으로서 권력을 취했기에 치명적인 잘못을 저지르는 인간 다윗을 볼 수 있는 반면 하나님 앞에 무조건 무릎(영화에서는 엎드려 머리에 흙을 덮으며 회개한다)을 꿇는 또 한 면의 다윗을 볼 수 있다. 그는 하나님 앞에서 늘 감사하는 순종의 마음을 가지고 살았다. 이것이야말로 다윗의 시편 23편이 그토록 많은 사람에게 세대와 인종을 초월하여 읽히면서 사랑받는 까닭이라고 생각한다.

원수들 보라는 듯 상을 차려주시고,
기름 부어 내 머리에 발라주시니
내 잔이 넘치옵니다.
한평생 은총과 복에 겨워 사는 이 몸,
영원히 주님 집에 거하리이다(공동번역).

아쉽게도 영화는 뒷부분에서 너무도 성의 없게 마무리된다. 다만 이 영화를 통해 세세한 부분보다는, 사울 왕의 인간 됨됨이나 다윗이란 인간이 살아온 전체적인 면모를 한번 훑어보자는 아주 가벼운 의도로 본다면 그리 큰 손해는 없을 것이다.

우리 안의 다윗

좁은 신앙적 편견만으로 다윗을 볼 때 우리는 한 인간이 지닌 깊은 의미를 파악할 수 없을 것이다. 다윗은 한 면으로만 볼 수 없는 다각적인 인물이다. 하나님을 열렬히 사랑했던 그의 인생은 천 갈래, 만 갈래 역경의 파노라마다.

우리가 살아가면서 다윗이 저질렀던 실수를 재탕하고 있지는 않은지 되새겨볼 일이다. 마음 아프게도 영화에서는 다윗의 실수가 슬그머니 약화되어 있다. 한참을 지나서야 다윗이 반성하는 모습을 펼치고 있는데, 그것이 바로 우리네 모습이 아닐까.

이제 될 수 있으면 골리앗을 때려눕힌 성공자 다윗의 모습보다 우리야의 아내를 간음한 실패자 다윗의 모습을 기억하자. 거짓을 행했을 때, 그때의 삶이 얼마나 무서운지를 잊지 말자.

사회에 적극적으로 참여하면서 신앙을 실천해나가는 우리 중에 혹시 다윗처럼 교만해본 적은 없는지, 혹 자신의 입지 조건을 세우기 위해 정의를 부르짖는 일은 없었는지 반성해볼 일이다. 과연 우리 마음속에 있는 다윗은 어떤 표정일까. 이런 반성을 위해 짧은 글 한 편을 보탠다.

(1993)

짧은 당부

– 어린 다윗에게

잊지 마라. 수풀에 숨어 다니던 쓰린 시절, 외진 길에서 등살 벗기던 땡볕, 뉘 모르게 씹어 삼키던 비 젖은 밥알, 상처 난 시간을 잊지 마라. 거리에 기어 다니는 헐벗은 무르팍, 글썽이며 꾸짖던 소중한 눈빛들.

승리에 취해 부르던 키 작은 피리 소리야, 자랑치 마라.

너 또한 범할지도 모른다, 남의 평화와 남의 웃음과 남의 아내와 남의 재물을 빼앗을지도 모르던 그때… 그때는 별빛이 사라졌다 하리라. 그때는 내가 모른 체하리니 저주 내릴진저… 늘 깊이 삼가라, 네 눈물에 푸른 싹 돋으리니

　_김응교(1993)

고맙습니다
다시 에피파니의 순간을

태어나 처음 썼던 영화평은 '람보(Rambo) 시리즈'라는 미뽕 영화였다. 베트남 전쟁 참전 후 고향으로 돌아왔지만 외상후 스트레스 장애에 시달리는 퇴역 군인 이야기부터 긴 시리즈는 시작된다. 인권을 무시하는 부패한 보안관 사회를 향해 M60을 난사하는 〈람보1〉(Rambo, 1982). 채석장에서 강제 노동하다가 미군 포로를 구하러 베트남으로 향했다가 속아서 고문당하고 다시 포로를 구해 탈출하는 〈람보2〉(1985). 태국에서 격투기 선수로 살다가 아프카니스탄에 가서 소련군 포로가 된 사무엘 대령을 구해 오는 〈람보3〉(1988). 여기까지 '람보와 제국주의의 무의식' 같은 제목으로 1991년경 「연세대 대학원 신문」에 두 번 발표했는데 찾을 수 있을지 모르겠다. 그 후 짬날 때마다 영화평을 썼다.

겁 없이 씩씩하게 자란 아들을 밑천도 없이 장가보내는 기분이랄까. 오랫동안 써온 영화에 관계된 산문을 미적이다가 추려서 넘긴다. 이십 대 말부터 써온 영화평은 쓸데없이 많이 쌓였다.

영화는 우리를 세상 속으로 안내한다. 영화를 보며, 나를 반성하고, 역사를 체험하고, 상처를 치료받는다. 비극을 보며 낮아져 겸손을 배운다. 절망 속에서 희미한 희망을 꿈꾼다. 영화에는 깨달음의 순간, 곧 에피파니의 순간이 있다. 난잡하게 흩어져 있는 영화평들을 '시네마 에피파니'라는 이름으로 깁고 다듬어 작은 밥상을 차렸다.

글 제목 앞에 써 있는 년도(年度)는 영화를 만든 때가 아니라, 영화에서 우리에게 잊지 못할 깨달음의 순간을 제시한 역사적 순간을 말한다. 부족한 글이지만 이 산문들을 통해, 감동적인 에피파니의 순간을 다시 체험하시기를 바란다.

이 글을 쓰는 데 큰 도움 주신 분들이 계시다. 한국영화평론가협회 회장이신 영화평론가 황영미 숙명여대 교수님은 좋은 영화를 계속 권해주시고, 영화평론이라는 즐겁고 고단한 길로 이끌어주셨다. 평생 글을 쓸 수밖에 없는 서생을 국제영화비평가연맹(Fédération Internationale de la Presse Cinématographique, FIPRESCI) 한국본부에서 회원으로 받아주셔서 영화평론가라는 직함이 서생의 머리 위에 얹혔다. 현재 소속된 36인 선배 영화평론가에게 배우며 영화평론을 쓰려 한다. 추천해주신 한국본부 김시무 회장님, 성공회대학 박태식 교수님, 황영미 교수님께 감사드린다.

서생이 영화 좋아하는 것을 아시고 "모두를 위한 기독교 영화제"(Christian Film Festival For Everyone)에 조직위원으로, 나아가 이사로 함께하게 해주신 "모기영"의 모든 분께 감사드린다. 배우 강신일 집행위원장님, 내 게으름을 너그럽게 혜량해주시는 영화평론가 최은 부집행위원장님, 난삽한 원고를 마지막으로 읽어주신 영화평론가 박일아 프로그래머 님께 머리 숙여 감사드린다.

변두리 서생의 어려운 순간을 신기할 정도로 알고, 지원하고 기원해주신 새물결플러스 대표 김요한 목사님은 어둔 밤을 달빛으로 채우는 분이다.

정인철 팀장님은 『그늘: 문학과 숨은 신』, 『곁으로: 문학의 공간』에 이어 서생의 세 번째 책을 다듬어주셨다.

영화를 좋아하는 누구라도 이 책을 읽을 수 있도록 쉬운 문체로 문장을 다시 다듬었다. 10년 가까이 숙명여대에서 해온 1학기 수업 "세계문학과 철학" '영화로 보는 문학과 철학'에서 이 책을 교재로 하려 한다.

영화를 볼 때마다 큰아들 김재민 감독에게 많이 배웠다. 이 책 안에는 큰아들과 나눈 영화 이야기, 함께 봤던 영화들 이야기가 곳곳에 녹아 있다. 아들이 만든 첫 단편영화 〈광야〉를 볼 때 많이 행복했다. 언젠가 아들이 만든 영화평을 쓰고 싶다. 노래를 작곡하는 뮤지션 막내 김재혁도 언젠가 영화음악을 작곡하면 좋겠다. 낮밤 구별 없이 사는 세 남자를 돌보는 안해 김은실 선생에게 어떡하면 행복을 도글도글 전할 수 있을까.

에피파니란 단순히 홀로 있는 자기만의 깨달음이 아니다.

때로는 투쟁해야 하는 이유, 투쟁해야 할 순간을 깨우치는 에피파니도 있다.

민중을 탄압하는 미얀마 군부에 대항하여 싸우는 〈람보4〉(2008)에서는 람보가 수세에 몰렸을 때 카렌족이 나타나 협공하는데, 이 장면이 요즘 미얀마 현실을 떠올리게 한다. 미얀마 군부 살인자들에 의해 수많은 민주 시민이 학살당하는 지금, 미얀마 민주 시민들은 람보를 넘어선 단독자 다중으로 목숨을 걸고 싸우고 있다.

영원한 구원은 어떻게 다가오는가.

에피파니란 단순히 개인이 깨닫는 순간을 넘어선다.

부조리에 맞짱 뜨는 인생, 헛되지 않다는 응원을 공유하는 순간,
영화 같은 에피파니의 순간이 아마득 반짝이는 5월의 새벽이다.

2021년 5월 18일

5·18민주화운동 41주년, 미얀마 민주화항쟁 5개월의 새벽

수락산 서재에서

김응교

시네마 에피파니

김응교 영화에세이 1991-2021

Copyright ⓒ 김응교 2021

1쇄 발행 2021년 6월 25일

지은이	김응교
펴낸이	김요한
펴낸곳	새물결플러스

편 집	왕희광 정인철 노재현 한바울 정혜인
	이형일 나유영 노동래 최호연
디자인	윤민주 황진주 박인미
마케팅	박성민 이원혁
총 무	김명화 이성순
영 상	최정호 곽상원
아카데미	차상희

홈페이지	www.holywaveplus.com
이메일	hwpbooks@hwpbooks.com
출판등록	2008년 8월 21일 제2008-24호
주 소	(우) 04118 서울시 마포구 마포대로19길 33
전 화	02) 2652-3161
팩 스	02) 2652-3191

ISBN 979-11-6129-206-9 03800

책값은 뒤표지에 있습니다.

이 책에 나오는 영화의 포스터와 스틸 이미지는 포털사이트 영화 공식홈에 올라와 있는 자료를 사용했습니다. 그 외 출처를 찾지 못해 표기하지 못한 몇몇 사진이 있습니다. 연락을 주시면 사례하겠습니다.